河南大学文学院院史丛书

我在河大读中文

卷三

武新军 主编

中国社会科学出版社

目　　录

卷　三

卷　三

中文六二歌

阎天瑞

当年河大读中文，一九六二入校门，学子一百二十名，大都来自农村，如同一个大家庭，一起求知共奋进。

当年河大读中文，名师荟萃勤耕耘，三尺讲台育英才，各展风采播甘霖。精通古文李嘉言，讲《离骚》如数家珍，先背一段才开讲，分析独到见解新；不知疲累任访秋，笑态和蔼倍感亲，课堂滔滔不绝讲，还搞讲座做导引①；教材教法虽乏味，寓教于乐周鸿俊②，课堂活跃氛围浓，眉飞色舞总入神；何望贤③操湖南腔，知识渊博论古今，酣畅讲述不尽意，有时还把古诗吟；刘溶擅长授写作，总求文章出神韵，善做辅导何权衡，登高观日在凌晨④；宋应离与王振铎，才华初露也照人。

当年河大读中文，茁壮成长有气氛。领导激励立大志，报效国

① 任访秋在课余专门介绍治学如何打基础、选方向与课题、集资料、搞索引、制卡片等，学生自愿参加。

② 周鸿俊后任河南省文化厅副厅长。

③ 何望贤教文学概论，后到《求是》杂志社（《红旗》杂志社）任职。

④ 何权衡辅导文章写作，命题《日出》，带领学生在天刚亮时登上城墙仔细观察日出前后的变化，随时指导。后调到郑州某高校。

家铭记恩[①]；学习英模找差距，促膝交谈情浓醇[②]；助人为乐成风尚，校内校外留脚印；砥砺意志进军营，千里拉练远行军[③]；塑造正确人生观，人生价值常思忖。认知升华动力足，知识泉水紧吸吮，课堂听讲不旁骛，课余分秒都攥紧：阅览室里广阅览，开拓视野拨雾云；图书馆里是常客，学海探珠苦搜寻；书摆桌案与床头，学习见缝而插针；有人夜读路灯下，为让室友好安寝；也有走进老师家，聆听教诲求学问；还有苦练试笔锋，诗登报刊抒胸襟[④]。

当年河大读中文，生活愉悦暖似春。免交学费食宿费，医疗也不掏分文；排房数人住一室，亲密无间如弟昆，争尚朴素不攀比，互助互学情意真；冬发毯子让保暖，夏发蚊帐夜防蚊，《参考消息》随手看[⑤]，暖水瓶儿供茶饮。就餐就到二食堂，凭券领餐一份份，想吃稀饭随意盛，餐厅笑语扣窗频；一周午餐不重样[⑥]，馒头米饭不离荤，或者肉蛋炒菜蔬，或者卤面油浸浸；过节吃顿热水饺，女生帮厨去一群，一片心意包里边，大家吃着特过瘾；早晚两餐素淡些，馒头青菜也滋润，有时啃啃窝窝头，味儿别样耐细品。

当年河大读中文，基础打牢技在身，一旦走出河大门，大显身

---

① 刚入校时系主任钱天起给新生讲话，说及领导对这届学生如何重视，要让老教授到教学一线，到大四时还要开选修课（后来由于学生参加农村“四清”而选修计划落空），要学生立志成才。副系主任吕景先还用亲身经历谈如今学生如何幸福，不仅上学不要钱，毕业后还分配工作；在旧中国即使能上起学，毕业就等于失业；鼓励学生努力学习，毕业后报效国家，报答党的恩情。

② 开展学习雷锋活动的同时，学校和系里还请一些先进模范作报告，如西华农场知青万伯翱，开封化肥厂工人李春，电影《平原游击队》里李向阳的扮演者郭振清等；开封长途汽车站司机吴国政还到年级与学生代表座谈。

③ 1965 年暑假，一部分男生下连队当兵锻炼，随同驻商丘的 8184 部队到豫南西部山区野营，返回时徒步行军；另一部分男生与女生在校由解放军带领军训。

④ 当时在《河南日报》等报刊发表诗作的有之，如王怀让（后任《河南日报》社文艺处长，中国作协会员，河南省作协副主席），李云鹤（后任《驻马店日报》总编辑，驻马店市文化局副局长），杨子江（后任河南省委副秘书长），李继槐（后任海南省政府《海南旅游大观》主编，海南省作协会员），席根（后任平煤集团机关党委书记，河南省作协会员）等。

⑤ 每个学生宿舍发一份《参考消息》。

⑥ 每周一上午食堂门口贴出一周七天午餐单。

手步子稳，工作敢于挑重担，严于律己不沾尘。或在学校执教鞭，教书育人忘苦辛；或在机关任要职，勇于进取总为民；或在报刊出版界，专做嫁衣为他人；抑或潜心搞研究，出版专著一本本；有办企业谋发展，业绩累累而超群；还有六二“四绝”者，诗文书画[①]可曾闻？

当年河大读中文，四年光阴寸寸金，湖光塔影伴书声，常在梦中又重温，岁月洗得发霜白，思念之情愈加深，不计笔拙写首歌，忆昔抒怀以表心！

作者简介：阎天瑞，1962级本科生，中学高级教师，曾任中船河柴重工集团普教处长兼中学校长。

① “诗文书画”指三班王怀让的诗歌，四班张俊山的文章，二班刘海程的书法，一班师安衷（师安中）的绘画；有同学称其为六二级中“四绝”，虽系戏言，却也不虚。张俊山为河大文学院教授，中国作协会员，与王怀让一起入选《河南大学作家群》一书；刘海程为河南省新闻出版局局长，中国书协会员，省书协顾问，中州书画院院长；师安衷为三门峡市艺术馆馆长，中国工艺美术学会会员，省工艺美术学会副会长，省文史馆馆员。

“红旗”与“朝阳”

——记中文系20世纪60年代的两种黑板报

鲁枢元

似乎没有人专门考察过中国高等院校办墙报（也叫壁报）、黑板报的历史，在河南大学，也曾经有过这一校园文化的辉煌时期。50年前，要把手写的字变成印刷的字，且不说铅字印刷，即使在钢板上刻出的蜡纸油印下来的字，对于作者来说，都是一件很奢侈的事。那时，发表作品的最现实的渠道，就是墙报、黑板报。苏金伞老人在他的回忆文章中说，当年他在河南大学教书时，尽管已经是教师，仍然乐于向壁报投稿。在如今网络流行的时代，墙报、黑板报差不多成了出土文物，遗憾的是这又是些不易保存的“文物”，注定要在高校的文化记忆中烟消云逝了。

这里标题上写下的“红旗”与“朝阳”，就是当年定期出版的两块板报的名字。

《红旗报》是由河南大学中文系学生会与团委主办的大型黑板报，而且在全校享有崇高声誉，从版面设计到文章的品位，以及装饰、缮写的水平，首屈一指。尽管艺术系有着便利的美术人才，但每到全校板报评比大赛，《红旗报》总是排名第一。

《红旗报》办在一块超长、超宽的黑板上，要几个人才能抬动，每月出版一次，遇到“五一”“五四”“七一”“十一”之类的节庆，还要隆重推出专刊。遗憾的是“版权”无法保留，出新的一期，就一定毁掉前边的一期，我不知道当时是否有有心人拍下过照片，如果没有，那么“红旗”就真的完全沉没在时间的隧道中，永远无法打捞了。

当年的甲排房西侧的马路边是发布《红旗报》的最佳处

我介入《红旗报》的编辑出版，大约是在1964年，我的职务是“美工”，当时的“美工大师”是高我两届的一位师兄冯铁友，个子高大，面孔黝黑，却有一手画刊头的绝活。当时的《红旗报》算得上豪华版，刊头总是先画在纸上，而且尺寸大，有时竟占满一整张图画纸。冯大师用的画法是“水粉”加“水彩”，有时还要配上剪纸工艺，镶上银线金边，既美观，又大气。我的任务是为文章的标题制作“题头”，也是先画在纸上，再贴到黑板上，只能算是跟着冯师兄打下手。师兄既然是大师，脾气也大，一个小小的题头，往往返工数次仍不获通过，但也由此磨炼了我的画工。

除了画工，对于黑板报的出版来说最重要的就是缮写了。用毛笔蘸了白色广告颜料（有时稍微掺上一点钴蓝或柠檬黄，显出版面色彩的丰富），在光滑的黑板上写字，本已不大容易，而且黑板又大又笨重，缮写者要不时变换自己的身姿，站着、蹲着、仰着、俯着，比在纸上写字困难多了，况且一块板报上还不能只是一种字体，要体现出变化。艰难困苦，玉汝于成，一点不假，从《红旗报》的缮写队伍中也真走出了后来的几位书法家。一位是高我一届的师兄刘海程，南阳人，当时就眼看着他“魏碑”和“隶书”的功夫在黑板上一天天长进。许多年后，竟出版了自己的书法集，还是隶书与魏碑。大约仍旧是办《红旗报》打下的根基、练出的基本功，后来到省城办大报，当上了《河南日报》的副总编辑。接下来，更上一层楼，一直干到河南省出版局的局长，掌管许多家出版社的行政事务。

另一位是我同年级同大班的师兄许祖亭，祖籍山东曹县，他在黑板上的拿手书法是楷书与行书。话语不多，善于琢磨，精益求精。“文革”中《红旗报》办不下去了，他又借抄大字报的机会练自己的字。“文革”后期他住在一所中学的狭窄宿舍里，我去看他时，满地都是他写过字的废报纸。以《红旗报》为起跑线，他终于成了著名的书法家、中州大学的书法教授，名字也改作“许挺”。从40多年前我们办《红旗报》那时起，我们的友谊一直持续下来，前年他在荣宝斋出版他的书法长卷，还是由我写的序言。退休后，他另辟蹊径跑到江西景德镇，与那里的工艺大师联手，把自己的书法艺术烧熔在瓷器上，一字千金，供不应求。

文字方面的编辑，反倒有些记不清了，因为这档活儿多半做在事先。最初我所熟悉的黄泽生，是我开封一高的同学，那时我们就曾在一起办过黑板报，他比我早一年考进河大中文系。再就是一位低我一届的师妹，一位文静女生，中文系团委干部，后来居上成了《红旗报》的领导之一。当时，中文系里很有威望的教师如王宽行、赵明诸位先生也给板报写稿子，一般同学的诗文要想在《红旗报》上发表，并不容易，一旦刊出，即荣耀非常！所以，作为板报的总编，也要有过人的才力和识人的目光才行。师兄黄泽生在“文革”中超常发挥，成了一派组织的笔杆子，他的文章在河大的“文革”浪潮中一度起到“主沉浮”的作用。年轻的师妹叫郑敏，她也不负众望，多年后成了郑州铁路警官学校的“郑校长”。

我也许对办报情有独钟，这要追溯到我上小学四年级的时候，班主任汪老师号召同学们给班里的墙报写稿子，我的一首诗歌被选中，被小同学中的书法家誊写到墙报上。那墙报也就一张纸大，我的诗总共四句，现在只记得一句：“四月大麦遍地黄”，版权是否完全属我，还需要查核。然而，这次发表作品对我来说却是一件至今不忘的大喜事，半个多世纪过去，无论后来发表、出版了多少文字，这次“处女作”的发表仍让我留恋不已。

在为《红旗报》画题头的同时，我的办报的热情似乎不能完全释放，于是，就伙同班里的几位室友，办起了自己的板报——《朝阳》。

说起这块板报，就寒碜多了。那只是借了年级阅报室里的一个“报架”，是一张有两个斜平面的报架，每面的大小略等于一张对开的报纸。由班里几位爱好写作的同学提供稿件，稿子就抄写在十六开的稿纸上。负责缮写的是同住室的李钦承，他能写一手整齐的硬笔书法，可怜他毕业不久患上癌症，二十多岁便与世永别。我不但负责编排，而且承担全部美工。记得第一期的刊头是一轮朝阳在满天彩霞中由东边的古城垣上冉冉升起，前景是几株柳树的剪影，那景色几乎就是我们当年生活的甲排房清晨的写实。除了刊头，记得还有插图，是临摹的齐白石的水墨鸡雏。第一期《朝阳》在甲排房的中间的过道上面世，作为发行人兼主编的我，就躲在远处，用满怀期盼的目光扫视是否有人前来问津，一旦看到有人光顾，自己的心就先突突地跳上一阵！

《朝阳》大约没有出版几期，就倒闭了，其原因，我已不再记得。三十多年后，我在海南大学一手筹办一种内部交流的刊物《精神生态通讯》（后来改称《生态文化研究通讯》），也许就是那时种下的机缘。虽然也不过是几张薄薄的“灰纸头”，但我办得很是投入，而且一办就是十年！就是这份小小的刊物，内部的《通讯》，却得到不少学界同人在国内一些显赫大报上的赞誉、夸奖。不久前，著名生态美学家、山东大学前任校长曾繁仁先生还在公开发表的文章写道：“鲁枢元于1999年创办的《精神生态通讯》，遂成为我国生态文艺学研究的特有阵地。该刊延续十年，其重要贡献有目共睹。”

附带再说一句，我在郑州大学时指导的硕士生曹元勇，后来做了上海文艺出版社副总编辑；在苏州大学时，我指导的博士生朱鹏杰毕业后到上海谋职，很快升任《电影新作》杂志的编辑部主任。鹏杰曾对我说，编辑刊物的一些基本功还是在协助我办《精神生态通讯》时学到的。由此看来，当年《红旗报》的香火还在持续传承。

作者简介：鲁枢元，1963级本科生。河南大学文学院讲座教授，中国文艺理论学会副会长。

35个“兵”的河大中文情

李长富

1972年2月26日，是我终生难忘的日子。

那天，古老的河大（时称开封师院）焕发了青春，校园内外彩旗飞扬，锣鼓喧天，我们来自驻豫部队1军、54军、坦克11师和13师的35名解放军学员，身着绿军装、头戴红五星，肩负着首长和战友的嘱托，同来自河南省各地的工农兄弟姐妹，汇成浩浩荡荡的“工农兵学员”队伍，昂首阔步跨进了古朴庄严的河大校门。在先期入校同学的引导下一路北行，古香神韵的博雅楼，玲珑俊俏的老斋房，庄严典雅的大礼堂，挺拔矗立的铁塔，似乎都绽开了灿烂的笑容，古都古校古建筑目不暇接地映入眼帘。那时，我们心中油然升起好像走进古老神圣殿堂的感觉，飘然走进一片青瓦房，放下背包，开始了为期三年的学习生活。

历史恩赐，幸入河大中文系

20世纪六七十年代，各大学都停止了招生，我们初高中“老三届”（66届、67届、68届）毕业生，要么上山下乡或返乡，要么压在学校坚持“复课闹革命”，停止了前进的步伐，望大学兴叹。于是我们报名参军，走进了军营。1970年，中共中央印发了《关于北京大学、清华大学招生（试点）请示报告的批示》。先在两校试点，然后在全国各地陆续按照“自愿报名、群众推荐、领导批准、学校复审”的办法，从有实践经验的工人农民和解放军战士中选拔优秀青年上大学，实行“上管改”。这是历史的恩赐，给我们打开了人生前进的一扇大门。

1972 年 2 月 21 日，当收到开封上大学的通知时，我几乎不相信自己的眼睛，激动得夜不能寐。更令人高兴的是学我最喜欢的专业——中文。第二天，按要求我来到政治处副主任颜学仁办公室。颜副主任十分严肃认真地对我说：工农兵上大学是伟大领袖毛主席无产阶级革命路线胜利的一个重要成果。组织上决定送你去上大学，这不仅是我们部队的第一次，而且是 1966 年之后河南的第一批。这是党对你的最大信任，希望你刻苦学习，决不能辜负党组织对你的期望。颜副主任的一席话，说得我热血沸腾，立即站起来表示：请首长放心，保证完成学习任务。后来有个知情人告诉我，机会难得，稍纵即逝，你恰好现在符合军党委确定的活学活用毛主席著作积极分子、高中毕业、22 岁，又是优秀班长这四个优先条件。我十分珍惜历史给予的这个学习机会，稍做准备，三天后我打起背包，站在营区大门口，向欢送我的首长和战友，十分有力地行了一个重重的军礼，乘火车直抵开封。35 个“兵”集体到河大读中文，开了百年老校的先河。

心潮澎湃，戎装书生溯文魂

入学之时正是“全国学习解放军”之际，军宣队理政。军队地位高，我们穿着军装很惹眼。这是光荣更是责任，内心充满着发扬军队光荣传统的使命感，在学习上也要用一往无前、敢打必胜的人民军队的精神，攻坚克难，誓夺全胜。现在说这些看起来是笑话，但却是激情燃烧岁月的真实心态。

我打小就偏爱文科，从心底就十分向往百年风雨百年风光的河南大学。因为她以文科成就名扬四海，以出文苑泰斗占领鳌头。在这里追溯文魂、探寻河大奥秘成了一种妙不可言的乐趣。河大自 1912 年诞生起，迎来一茬又一茬新生，送走了一届又一届英才，是中国近代高等教育发展的见证，是“中原文化”的摇篮，不单是培养人才的沃土，而且还是国内许多高校的发祥地。所以，从这里毕业的学生都会骄傲地自称“铁塔牌”的号。1903 年至 1904 年，中国最后两次会试在这儿的河南贡院举行，延续了大约 1300 年的封建科举制度在此画上了句号，孵出了现代教育的新生。1912 年 9 月，教育家林伯襄牵头在清代贡院旧址上创办了河南留学欧美预备学校，并担任第一任校长，这就是河大的前身。当时，河大留学欧美预备学校与清华学校（清华大学前身）、南洋公学（上海交通大学、西安交通大学前身）三足鼎立，是中国三大留学培训基地之一。后来，河南留学欧美预备学校一度改名为中州大学。1927 年，北伐军占领开封、郑州，冯玉祥将军任河南省政府主席。他抄了大军阀赵倜的家产，充当建校基金。1930 年，中州大学改称省立河南大学。这是“河南大学”的名字首次出现在该校的历史上。1942 年，省立河南大学改为国立河南大学，成为一所拥有文、理、工、农、医、法等学科的综合性大学。学术实力雄厚，享誉国内外。接下来，理工科相继分解出河大，产生了一些新学科专业大学。但河大文科却始终未伤筋动骨。这样，河大文魂一路走来：贡院——中国留学培训基地——中州大学——开封中山大学——省立河南大学——国立河南大学——河南师范学院——开封师范学院——河南师范大学，直到现在的河南大学。其间多有曲折变故，而河大文魂之光始终是一颗璀璨的明珠。

更让我们景仰的是点亮灯塔的泰斗、文豪、学者。冯友兰老前辈就是老河大首任文科（后来的文学院）主任，等于是把旗帜插上了“上甘岭”。后以任访秋先生为标志性学者形成的河大文学研究奋飞的雁阵，令我们仰慕。仅我们当时直接受教益的有牛庸懋、华锺彦、刘增杰、张中义、赵明、王钦韶、王宽行、王怀通等名师群体，他们具有勤谨自律、平易近人、温良儒雅、仁厚宽和的学者风范；他们对学生循循善诱，努力以理想的魅力、人格的魅力、知识的魅力感召青年以及为人师表的道德情操，都深深刻在了我们这些戎装学子的心底。他们还专门从实际出发为我们部队学员开设了新闻写作课。王文金老师后来挑起河大校长的重担，完全是实至名归，使河大文魂得到了更好发扬。当时我们在校时虽然受到运动的影响，然而恩师点燃的河大文魂却始终在我们这群“兵”的脑海里萦回，师生情谊绵绵悠长。

闹而取静，如饥似渴读书忙

河大文魂的吸引，要把过去耽误的时间抢回来这一自身特定的需要，以及部队首长的要求，这些多重叠加的能量驱使着我们去读书。然而，愿望与现实还是有差距的。如果说从有实践经验的工农兵中选拔学员是那个时代的办学特色，那么在运动中学，边学习边运动就是那时的特质，走的是“上管改”的探索之路。探索是多方面的。先是军事化管理，学员一到校就按连排班对号入座。我们 35 个部队学员单独一个排，葛玉存任排长，刘冬桂为副排长。过一段军宣队撤离，工宣队进驻，工农兵打散，全年级 188 人混合编为六个班。

生活是供给制。我们这些“兵”报到时都把供给关系转到了开封军分区，月津贴第一年兵 6 元，然后多一年兵加一元钱。月生活费 13.5 元，一顿一个白面馒头，黑窝窝头随便吃。虽清苦，但衣食无忧，纪律严明，自觉性很高，风清气正，学习努力。开始我们多到 10 号楼大阶梯教室上课，同学们都专心致志，偌大的教室常常无一杂音，只听到老师一人厚积薄发的讲授。可到第二年招生考试时东北出了个“白卷英雄”张铁生，被“四人帮”一操弄，气候大变，刮起了“反潮流”“杀回潮”风。树欲静而风不止。上课不正常了，原来踌躇满志的老师受到了批判，我们这些不积极参加大批判的学生被戴上“是拿着红布袋来装白知识”变异分子的帽子。于是，我们打起了闹而取静开辟第二课堂的主意。除听课和必须参加的集体活动外，我们化整为零，三五结伴，或单独找老师请教，更多的是去图书馆。

这样使我在图书馆有幸结识了有着知遇之恩的张玉祥老师。我常同郝子庆、陈润仪、华旭贵、黄波、魏继光等到图书馆找张老师借书。张老师特理解我们，尽可能满足我们的要求，并加以指导，包括一些禁书都悄悄借给我们。有一次张老师对我深情地说：“图书馆只要有，对你们无禁忌。”为了珍惜时间，寒暑假我们这些无牵挂的“吃粮”人，好多都放弃了回家机会，利用一切可能的机会读书。其中我记得《死魂灵》《巴黎圣母院》《红与黑》《金瓶梅》《高老头》等，就是1974年暑假读的。为了帮助我们消化吸收，张老师要我们每读一本非禁书至少要写一篇书评，然后刊发在他主办的读后感专栏上，有时被校刊发表。同时，我们读禁书时都做了笔记。记得后来有次搬家丢掉8本当时的读书笔记，至今还念念不忘，很是可惜。为了提高效率，我们将禁书与非禁书交叉看，为的是阅读与写作两不误。2018年，我与郝子庆又去开封登门拜望了现已86岁的张玉祥老师。张教授精神矍铄，好人好福寿，回味起那些“地下课堂”之事，笑逐颜开。

利用运动学习，也是当时特定环境下的一个创举。1974年开始“评法批儒”，我被抽去参加了省委宣传部命题的《先秦法家军事著作选注》小组，有幸在高文先生和何法周老师的直接指导下读起了先秦古籍。高文先生当时身体欠佳，抱病在家手把手地辅导校订。为注释大军事家孙膑的军事著作，该年10月，我同郑州炮校两位老师（军人）和本校政教系郑一男老师、孔玉芳同学一道被派往山东临沂银雀山索取刚刚出土的《孙膑兵法》。获取而归后，在高文先生、何法周老师亲切指导下辛苦半年，圆满完成注释书稿。同时在这两位恩师的教导下，我终于补上了阅读文言文的短板，学到了课堂上没法学到的古汉语知识。

情真意切，弘道敬业显文功

疾风知劲草，情随文魂流。入学的激情，学习的温情，工作的豪情，桩桩蕴在情理中。虽然三年河大中文学习仍在搞运动，但毕竟是后期。我们这一群“兵”在那种特殊环境中，动中有静，静中有动，动静结合，共同在河大中文变革发展的洪流中成长，为毕业后的工作打下了良好基础。毕业后，不论从文还是习武，不论是做经济工作还是从事其他社会事业，都显示出河大中文的底气。比如，陈润仪在新华社香港分社，为香港回归做出了特殊贡献。李福生毕业归队一出山就扛起“硬骨头六连”指导员的大旗，叫响三军。张绍文马到成功，担任第一军第一师一个团的政委，号称天下第一。黄波在陆军防化学院从宣传处长、中级指挥队政委到副军级硕士生导师，写出《解读全世界注视的焦点——核生化武器》《涅槃朝鲜战场》等多部人民出版社出版的专著，参编《毛泽东全书》《中国共产党历史通志》等多部国家重点出版图书，并多次参与北京奥运会、上海世博会等大型国家活动，立下汗马功劳。魏继光在解放军出版社社长、总编辑岗位上做成枝繁叶茂的新天地。史保富从野战军选调到国防大学勤务训练学院，成为军队高等学府30多年的常青树，硕果累累。肖德桥在东部战区三届训练基地司令员岗位上，锤炼一波又一波军事人才。刘二兵、葛玉存转业到国家及河北轻工战线，大刀阔斧，掠营拔寨。王广才被委以中国方志精品工程专家，领导着河北省地方志全面工作并亲手撰写、编辑、审核，共出版志书500多部，并应邀全国四处讲学，创造了一摞摞史话。王顺成主政浙江旅游，胡昭奎主导徐州交通运输业，均成效斐然。我虽无大作为，但也能在部队当宣传科长时因机关公文成绩突出荣立三等功。现进入古稀行列的35 个“兵”，没一个因腐败问题倒下，让“铁塔牌”更加灿烂光辉。

“兵”爱母校河大，愿河大中文更辉煌！

作者简介：李长富，1972 年入开封师院中文系学习。历任洛阳市政法委办公室主任，洛阳市郊委常委、政法委书记，洛龙区人大常委会副主任。

2000年，王文金校长与返校的李长富等同学合影

亲历特殊年代的河大中文系

刘景荣

我 1973 年 9 月 10 日报到入学，开始了在河大（当时校名是开封师范学院）中文系学习的历程。

在河大中文系百年建系的历史长河中，1972 年到 1976 年这 5 年的招生有点特别。这是因为“文革”的政治运动导致大学停止招生 6 年后的恢复，是本着“从有实践经验的工人农民中间选拔学生”的招生精神，选拔进来的工农兵大学生，时称“工农兵学员”，我是第二届。

由于那时刚恢复招生，招收学生比较少，我们那一届只招 1000 名学生。在我们入校之前的 1972 年只招收了 955 名学生，两届在校生还不满 2000 人。我们中文系 73 级 6 个班共 215 人，我是 6 班的，我们班一共 36 名学生。

我们入校学习期间，正是大力推行“教育必须为无产阶级政治服务，必须同生产劳动相结合”的教育方针的时期。所以，无论是课程设置还是教学内容都不可避免地打上了那个时代的烙印。

看看我们那一届安排的课程表就知道了。除了中文系必开的专业课、共修课和选修课，有一栏叫“开门办学”。那个时候提倡学生不仅要学好书本知识，更重要的是培养学生的实际经验和能力。这就要走出校门，到工厂、农村、军营去体验生活，参加实际的劳动和训练。这就叫“开门办学。”从课程表可以看出，“开门办学”安排的时间很不少，每个学年都有8周时间（实际上我们下乡进厂的时间比课程表上的还要多）。就我个人的经历，到过鄢陵、鹤壁、灵宝的农村，割麦，积肥，挖河沙；到过开封市的百货店卖过布；到过商丘军营接受“军训”。我们班还有同学到过剧团做后勤，到中学校办工厂做过工……校内的劳动也参加过很多次：到过龙亭公园运土堆假山，参加过东城墙下挖防空洞……劳动，出力，吃苦，对于有着上山下乡五六年经历的我们来说，一点也不算回事。

除了安排很多时间出去开门办学，在校内也有不少政治任务，办专栏，贴大字报，批儒评法，评《红楼梦》，批《水浒》，等等。这对正常的文化课学习造成不小的冲击。但是，从另外一个角度看，也客观上锻炼了我们的实际工作能力和写作能力。据《河南大学史料长编》载入的材料透露，仅我们一届，“评《水浒》报告1400余场，听众达87万。注释儒法斗争文选600多篇，编写儒法斗争故事300多篇。完成《李斯文集》《诸葛亮文选》《李贺诗选》的选注。还有近百篇通讯报道、报告文学被报刊电台选用”。这样的锻炼和收获，从某种角度来看，也是让我们受用终身的经历。

那个时候的教材很不正规，除了刘大杰的《中国文学史》等少数课程配有正儿八经的课本做教材，其他基本都是油印的页子，像是老师临时编写，再印成页子，装订成册，发给我们做教材。这种教材发到我们手中时，总能闻到清晰的油墨味儿。

尽管政治气候的冲击，让我们的文化课学习有了很多的缺憾。可作为有着悠久的历史、深厚的文化积淀和浓郁的学术氛围的河大中文系，专业课的教与学仍然是比较系统和认真扎实的。

不说别的，先说师资。上苍眷顾，让我们遇到了河大中文系一批德高望重、实力雄厚，也可以说是无可比拟的大师级的教授团体。他们是任访秋、于安澜、高文、华锺彦、王梦隐等老先生。这一批由民国时期培养且早在40年代就已经晋升为教授的老先生们，虽然

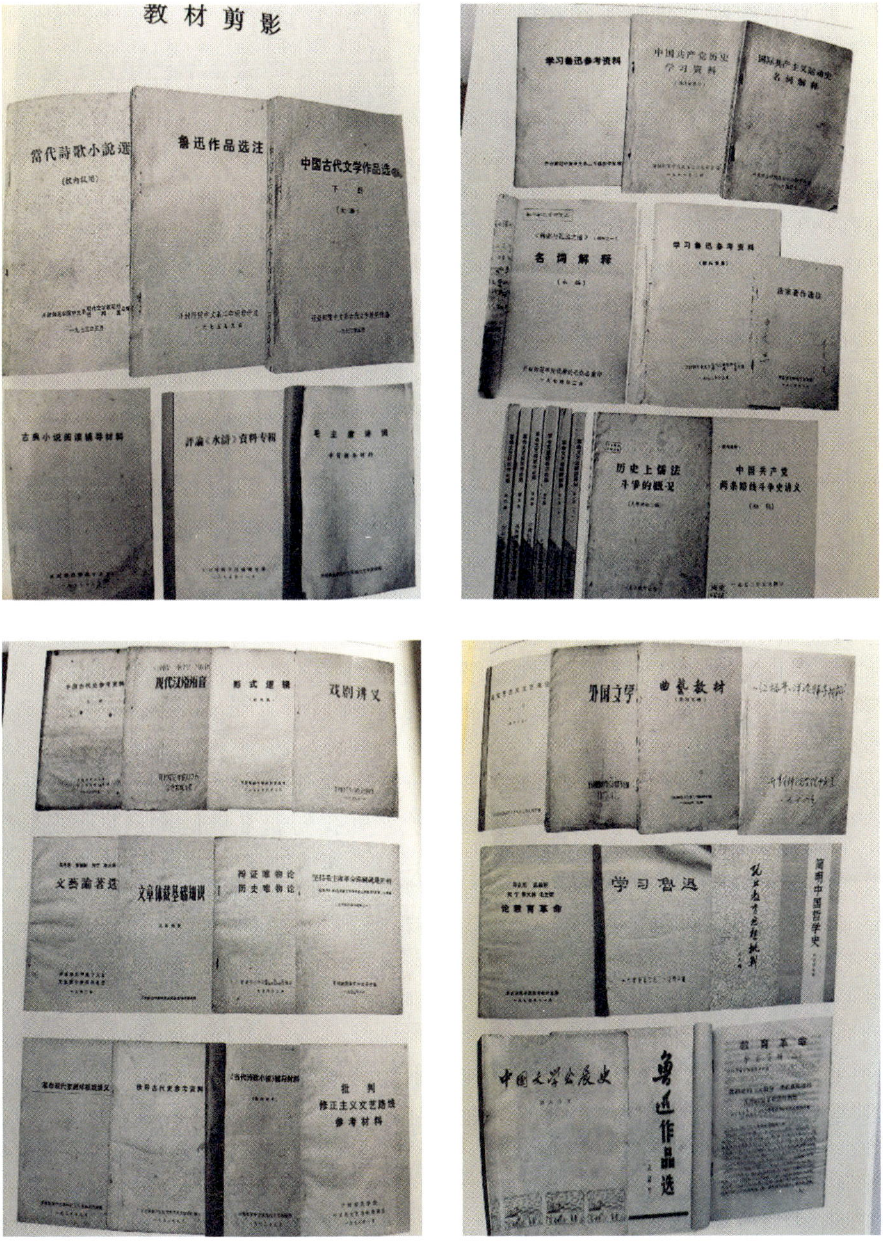
教材剪影
當代詩歌小說選
魯迅作品选注
中国古代文学作品选
古典小説阅读辅导材料
評論《水滸》資料专辑
学习鲁迅参考资料
中国共产党历史
学习资料
国际共产主义运动史
名词解释
名词解释
历史上儒法
斗争的概况
中国共产党
两条路线斗争史讲义
现代汉语语音
形式逻辑
戏剧讲义
文艺论著选
文章体裁基础知识
辩证唯物论
历史唯物论
批判
修正主义文艺路线
参考材料
外国文学
曲艺教材
论教育革命
学习鲁迅
简明中国哲学史
中国文学发展史
鲁迅作品选

73 级学生使用的教材

年事已高，但宝刀不老，仍继续在为传递这所著名老校的薪火尽着各自的职责。我们能够在课堂上亲聆先生们的教诲，是多么幸运的事情。现在掐指算来快半个世纪过去了，这些老先生都已作古，竟然还翻出来了袁喜生当年听任访秋先生讲课的课堂笔记！从这页笔记可以窥得，先生虽然在讲符合当时政治口味的“批孔”题目，可是先生是按照严肃的学术立场来讲解儒教对现代思想界的影响。讲什么，虽然避免不了受到当时大气候的制约，但怎么讲，仍然不脱离学术传统优良的百年老校的学术根基。

当时活跃在教学第一线、经常给我们上课的老师中有40年代就任课的牛庸懋、赵天吏、刘溶、滕画昌、吴君恒等先生；有50年代走上教学岗位的张振犁、刘增杰、赵明、王振铎、宋应离、王宽行等老师；还有60年代之初走上教学岗位的王芸、王怀通、王钦绍、岳耀钦、刘文田、张豫林等老师。这些老师都是学养深厚、爱岗敬业、令人尊敬的好老师。政治的动荡影响到他们不能及时晋升教授，但在我们心中他们早已是教授级别的恩师了。我们入校才初登讲坛的青年才俊王文金、张中良、张俊山等一批老师也以他们的才华、学养和口才崭露头角，深受同学们的欢迎和爱戴。所以，我们虽然是在特殊年代走进河大中文系的学子，可我们非常幸运地遇见了一支多么优秀的教师队伍啊！大学，大学，非高楼大厦之大也，谓大师之大也！今生求学，能在课堂上被大师们耳提面命，这不正是历史赋予我们的机遇吗！

杨泽令老师给我们讲现代汉语课，看看无意间留下的被杨老师批改过的课堂作业。学生作业做得下劲，老师对作业的批改细心认真。透过这一“斑”也可以窥见当时教与学的真切面目。

再说说我们的读书。“开门办学”虽然分去不少时间，但是在教室里、在课堂上学习文化课还是主要的。我们那一批同学，中学毕业后到社会上待了五六年，现在上了大学，重新回到课堂上，都十分地珍惜这个机会。同学们的学习热情非常高。在课堂上，无论哪位老师上课，同学们都屏息凝神，专心致志听讲，手里刷刷地记录课堂笔记。袁喜生我们都是“文革”前老三届高中生，课堂笔记记得好。所以，我们的笔记总是一下课就被抢走，在班里传抄。课下传抄课堂笔记真是一景，足以说明当时同学们的学习劲头。

课下读书更是如饥似渴。没有进校之前就听说了河大图书馆的藏书比省图还要多还要老。这座百年老校虽然经历了战乱和时局的动荡，可图书资料保存完好。我们走进这个校园，能够在这样的图书馆借书读书，真觉得是三生有幸！我们念书时图书馆还在7号楼，那时还没有逸夫楼。古色古香的7号楼，庄重典雅，厚重的木地板，脚踩上去有轻微弹性。一走进去就有一种威严神圣之感。记得我们配发的图书证，一次可借4本书。开馆时泡在图书馆里，一边贪婪地读，一边认真地记。闭馆了，带走借出的4本书回到宿舍继续读。

当时开放的图书是有限制的。所谓被列为“封、资、修”的图书是被批判的，封存着不能借。可同学中总有神通广大者，不知从哪里弄到了《安娜·卡列尼娜》《红与黑》《高老头》《家》《春》《秋》等当时的禁书，引得同学们疯抢。有一次，我从72级同学那里借到溥仪《我的前半生》和当时绝对不许看的“黄书”《金瓶梅》，人家给我限时一星期。可是，不知什么时候被一位同学“偷”走，他没看完了又被别人抢走。两周了，我都追不回来。为此事，还曾经跟“偷”我书的同学撕破脸皮，大吵一架。

批《水浒》，评《红楼梦》是政治任务。随着系里布置的任务，开放了一批所谓“禁书”。这些书都是平时借不到的，于是，同学们谁都想先睹为快。开放的图书分到班级，再分到小组。我是一个小组长，负责分配本小组的图书。可是，僧多粥少，分不公平。一个同学为此大闹，到班长那里告状说我不公平。这些例子说明那时的我们是多么渴求多读一些书啊！

我们那一届的年龄以五零后为主，好多是共和国的同龄人，是在雷锋精神熏陶下成长的一代。所以，“为他”是我们一代人共同的道德取向。所以，在校期间，同学们的关系亲密无间。我们班，女同学为男生拆洗被褥，男同学为女同学打热水分送到各个宿舍。特别困难的同学会得到救助，生病的同学，班里排班轮流到医院护理。发放生活补助，不是争得头破血流，而是忍让、自我牺牲、顾全大局……这就是我们那一届的风气。由于同学之间纯真的友谊，建立的关系经得起考验，等毕业的时候，我们班就发展成功六对情侣，组成六个家庭。现在看来，这些家庭婚姻美满，生活幸福，也算是河大给我们的另一个不错的厚礼吧！

从 1973 年至今，我在河南大学中文系学习、工作，已有 47 个年头了。我从一个意气风发的年轻姑娘变成了白发苍苍的古稀老人。河大中文系不仅给我知识，更是铸造了我的人格人品。没有河大中文系就没有我的今天。建系百年的河大中文系，早已成为与我血脉相连的永远的家园。

作者简介：刘景荣，1973 级本科生，河南大学文学院教授。

酷暑夜读忆当年

胡山林

1973 年 9 月，我来到河南大学（当时叫开封师院）中文系学习。当时正是“文革”岁月，在许多人的既定思维中，那时的学生只知道“革命”，不知道读书，完全是在频繁的政治运动中混过来的。我认为这是一种流行甚广的“傲慢与偏见”，因为事实并非如此。诚然，“文革”期间的大学没有如今这样完整系统的课程体系，没有严谨科学的教学安排，没有严格规范的考试制度，没有琳琅满目的课外书籍。这是时代的荒唐，谁也无法超越。但是，如果说人人都不努力，那却是绝对化的妄言。

这里说说我自己。我出身普通农民家庭，毫无“关系”可供攀缘，完全靠自己多年努力奋斗，靠大家看得到的实绩，才得以在层层推荐选拔中胜出，后又经过文化课考试，极其艰难同时也是非常意外（在此之前完全没有想到）地获得了上大学的机会，因而极其珍惜自己的幸运。入学几个月了，还精神恍惚地怀疑自己是不是在上大学，心想该不是长梦未醒吧！入学几个月，我坚持不睡午觉。我对大白天睡觉感到不可思议，不能接受。我认为白天就是干活的，而不该睡懒觉，睡觉就是浪费时间浪费生命，就是追求享受，说严重点就是颓废，就是堕落！后来才明白是自己老土，自己可笑——活脱一个新时代的男性“刘姥姥”。

当时确实政治活动比较多，正常的教学秩序得不到保障，学习气氛不浓厚。但是，每当看到庄严肃穆的大礼堂，总感到大学就是求知的地方，必须多读书才算是上大学，因而读书愿望很强烈。然而那时图书馆里的书大多被判为“封资修”，能让学生借阅的很有限。在可借阅的书中，我把认为该读的书尽可能地都读了，有的还记了笔记。例如文学史方面，我从刘大杰的《中国文学发展史》、北大 1955 级学生编的《中国文学史》，一直读到辽宁某大学当时编的《当代文学 30 年》，上下几千年我大体通读下来了。其他的书我也看，如哲学、历史、自然科学等，乱七八糟啥都看。看书时间不够用，我把假期也用上。

暑期酷热，白天还好些，最难耐的是夜晚，但就连夜晚我也不想白白放过。宿舍是平房，闷热难耐，没有电扇，屋里坐不住，于是想办法：把书桌抬到屋外，桌角绑上竹竿，电灯扯在竹竿上。灯光招来蚊子和飞蛾，为了抵御它们的袭击，我穿上厚厚的褂子和裤子。两脚呢，插在水盆里，既降温又防蚊。脸上头上怎么办？有扇子啊！那时我住在和铁塔公园一墙之隔的甲八排房，东边几个污水坑，蚊蝇猖獗。但就用这种办法，我安然度过暑假，看了不少书。这些书的内容，现在看来，大多比较“左”，至今已毫无价值和意义，而且也基本全忘了。但我仍然认为，读了总比不读好。它们开阔了我的眼界，增长了我的知识，训练了我的思维。至少，它们锻炼了我的意志。

在大学教书几十年，我的学生们常常问我上大学时是怎样学习的，我把上面的事说给他们听，他们感到有点不可思议，一再问我为什么要把自己弄得那么苦，问我的“动力”是什么。我说我没觉得苦啊！我是感觉快乐才读的呀，我要是觉得苦就不这样做了。这话是真的，没有矫情，没有作秀，当时就那样感觉的。

至于“动力”，一个极其普通、顺理成章的问题倒把我问住了。是啊！我的动力是什么呢？为了将来留校吗？不是。我们是第一届公开选拔（我们上届是试招，没公开）又经过考试的工农兵大学生，当时还没有毕业生，后来我们上届毕业了，全部哪儿来哪儿去，都回老家了，所以压根没有留校这回事；况且，当时大学老师是“资产阶级知识分子”，在大学教书并不是多么值得羡慕的事（事实上，后来留校的同学坚决要求转走的不止一个）。为了保研或考研吗？也不是，当时还没有考研这一说。为了成绩好一点将来分配个好工作吗？也不是。第一，当时还不明白分配是怎么回事；第二，当时主要看政治表现，对成绩好并不重视，学习好也光荣不到哪儿去。

那么我究竟是为什么呢？总不能没有原因吧！没有外部的引力和压力，那么动力必然来自内部，来自我自己。我这人比较平庸，胸无大志，永远没有出人头地的愿望，是个自甘当士兵而不想当将军的人，一生的最高追求是“不丢人”，因此这方面产生不出“动力”。仔细反思一下当时的心态，发现动力来自我从小就有的极为朴素的信念——年轻人应该努力学习，时间不应该浪费。这两个再普通不过的“应该”就是我学习动力的源泉，事情其实就这么简单。

世界上的事常常很奇怪，有时候多少大道理都没有用，但有时极为简单、极为朴素、极为平常、人人皆知的道理，只要入了心，只要渗入骨子里，就会转化为一种强大的自律力量——不用别人监管，自己监督自己。看来做人处世没那么复杂，只要老实遵循一些简单的基本道理就够自己用的。

我又想起一件事。那时因为没有学习压力，因而老乡们互相串门，你看我，我回礼再去看你。老乡来了，我不得不接待，但老乡闲聊时间长了，我心里就着急。嘴上又不好意思撵人家走，急得狠了头就蒙，身上就冒汗。就因为怕闲聊，所以我基本不串老乡。不是我不近人情，是怕赔不起这个时间。这个时间观念谁加给你的？当然是自己加给自己的。换句话说，是强大的自律意识和自己过不去。

朴素信念形成的自律意识不但表现在学习上，也表现在其他地方。例如，当时很少组织地上早操，锻炼身体是自己的事，从没人管。我记得有一次一夜大雪，第二天早上谁都不想起来，都在被窝里享受惬意的温暖。我当然也不想起来，心想，下雪了，大家都不起来，和大家一样享受一下吧，别难为自己啦！但是，另一个我不依。另一个我谴责不想起来的这个我，命令这个我挣扎着爬起来去跑步。于是冒着风雪从铁塔下跑到大礼堂，再跑到南大门，来回地跑，整个校园就我一个人，每一个脚印都是新的。那时心里真是美啊！我为自己战胜了自己而得意，而自豪，而陶醉，而享受。这种体验，用现在时髦的话说，就应该是人生的审美享受吧！这种行为，不是艺术胜似艺术，也应该是人生的艺术化了吧！哈！不好意思，自我陶醉啦！这样做的动力也很简单，就是年轻人不应该太懒，要注意克服自己的惰性。“如此而已，岂有他哉?!”

这里需要说明的是，在同学们当中，我绝对不是最努力的人，当然也不是不努力的人，客观地说是比较努力的人。比我刻苦、比我努力的人多着呢！抓紧一切时间刻苦读书，在当时虽不是所有人，但也绝不是个别人，而是很多人，应该说也很普遍。近半个世纪过去，如今想想，在荒唐的年代我们并不荒唐，我们认真学习过，我们没有荒废青春，没有白白放过难得的学习机会。河南大学有着悠久的历史，有着深厚的文化积淀，有着强大的精神气场，她本身就是文明的象征，就是文化的符号，绝对是读书学习做学问的好地方。即使在“文革”那样的年代，我们也听懂了她无声的教诲和感召。母校的深沉厚重滋养了我们，我们也无愧于母校的教诲和感召。

作者简介：胡山林，1973 级本科生，河南大学文学院教授。

豪华落尽见真淳

胡耀德

我退休以后，在闲暇之余，总爱打开手机微信，在群里寻找大学同学，每次观看都使我激动不已。微信上一个个眼熟的名字，叠化出一副副鲜活的面孔，栩栩如生地呈现在我的脑海里。副班长闫刺猬，是个豫北汉子，朴实能干，每天早晨带领我们出操，瓮声瓮气地喊着口令；当过兵爱唱歌的班长李连生，至今“小小竹排江中游……”的余音还在我耳畔萦绕；出生在杞县的同学刘善魁，具有电视剧《父母爱情》主人翁江德福的幽默感，遇事总爱鼻子一纵，“咦”的一声，变换各种逗人发笑的脸型，是班里有名的开心果，一改“杞人忧天”的说法……

这是个不同凡响的大学班级。1974 年秋季，开封师范学院中文系共招新生 211 人，6 个班。同学中有上山下乡的同窗契友，有对国家对集体做出贡献的模范青年，也有基层青年干部，还有优秀共产党员。年龄最长的已满 30 岁，最小的正当 17 岁的花龄。

我是该年级年龄最大的学生。我在六班学习生活，平时同学很少叫我的名字，都叫我胡大哥。当时，我已有五个小孩，全靠我爱人挣工分养活全家。加上大孩多病，家庭生活困难更是雪上加霜。

在校期间，生活上受到同学兄弟姊妹般的关照。每年拆洗被褥，不是这里烂了就是那里破了，女同学李道灵、王继红一针一线地补好缝好，她们认真缝补的神态，至今历历在目。李道灵的字写得劲道好看。1975年春，我班在鹤壁市开门办学，我主笔采写郊区团结大队党支部书记崔碌的长篇通讯，题目是《一颗红心为革命》（发表于1975年6月29日《河南日报》第二版）。因多次改动，李道灵不厌其烦地反复抄写。开门办学结束了，领队张仲良老师叫我去河南日报社送稿。同学们见我衣服破了，从紧张的办公经费中挤出钱，给我买了新布料，由女同学裁剪做好，我第二天出差穿上了新衣新裤。尽管布料很廉价，时隔40多年，每逢想起这件事都感动不已。

同学情最大的特点，就是情里透着“真”。在生活中，任何一件事情，不带任何虚假，不带任何掩饰，敞开心怀直面向你表白。

人非木石，孰能无情？毕业前夕，男女同学之间的情爱悄悄进入萌动期。我和我班男同学李红现住在同一寝室。女同学黄云竹经常面带羞涩来找李红现。我知趣地离开，腾出空间，让他们的悄悄话说得更加甜蜜。在情爱的萌动中，我从同学的目光中体察到他们想得到唯美爱情的煎熬。我看在眼里，急在心头。想方设法找信息，倾注全力为他们的爱情牵线搭桥。

同届不同班同学李良平，是我老家相邻县光山县人。他情不自禁地对我说，他的父亲逝世早，母亲是个民办教师，母亲一人把他们弟妹三人拉扯大不容易。他的婚姻问题不能再叫母亲操心，委托我给他介绍。我瞧他对我信任的表情和渴望的眼神，郑重其事地对他说：“我县有个中学物理教师，是个娴雅的女子，读中学时是学校的校花。因出身不好，一直没有找到如意郎君。再者，她年龄比你大五岁。”李良平听了很高兴并表示年龄相差五岁不是问题，叮嘱我介绍年龄时，把他多报几岁。我当即表示那不行，一定得做到一是一，二是二，不能有半点虚假。在我的如实介绍下，他俩一拍即合，很快结了婚。女方供他念完最后一年大学。现在有孩子一男一女，都在北京成家定住。

有的同学初恋时就彰显出那种炽热的情绪，却不懂得生活中处处充满着哲理。陡冷陡热，玻璃杯就会爆裂；琴弦绷得太紧，就有断弦的危险。“当局者迷，旁观者清。”同学情赋予我责无旁贷的义务，我不但要当好牵线人，而且还要做好场外指导。

有位男同学在闲聊时对我说：“大哥给我介绍对象吧。”我说：“你那老乡女同学就不错，个子苗条，为人实在，是个过日子的好女人。”他说：“你给我做媒吧。”我说：“现在不行，等到瓜熟蒂落时我再出面。”“怎样才能达到那个程度？”他急切地问。我说：“星期六星期天，一有空你就邀她去其他系会老乡，从生活、行动、语言上要关心、尊重人家。相处多了，就能看出端倪，适时吐出恋爱之情。”

一天夜里，我独自一人在露天游泳池边散步，他找我找得满头大汗，上气不接下气地对我说：“大哥呀毕业离校时间快到了，你再不出面，我的事情就泡汤了。”他把刚发生的事情说了一遍。在他们从化学系会老乡返回的路上，他对女方说，“我给说一件事”。女方走在前面，扭转头，见他说话吞吞吐吐的样子，就大声说：“啥事？你咋不说呀？”当下，显得阴盛阳衰。他要说的话已到嗓子眼了，被女方问得咽下去了。

在他再三恳求下，我把女的叫到游泳池边，语重心长地说：“平时叫我大哥，我把你当作自己亲妹妹一样看待，有件事要问你，对不对你不能发火。”她坦然地说，大哥有事你尽管说。我把谁追求她的事直言不讳地说了一遍。她笑而不答，就这样促成了他俩的情侣关系。

这些点点滴滴平凡而温馨的小故事，把同学情拉得很近很近。情谊纯真得近乎透明。不是亲兄弟姊妹胜似亲兄弟姊妹。这届中文系年龄最小的是个女同学，名叫胡克梅。在班里处处受到同学的关怀和照顾。1976 年夏季，我们班到农村开门办学，在郑州火车站候车室等车，胡克梅瞌睡了，上半个身子俯卧在副班长屈文梅怀里，安枕而卧大睡。屈文梅一边给她打扇子，一边给她擦涎水。这场面这逸情，凝重味纯，沁人心脾。

1977 年秋季，我们大学毕业。同学们踌躇满志走向工作岗位。谁都怀着宏大的抱负。鸿鹄志远，鹏程万里，鸢飞唳天，正是每个人的铭言。闫刺猬走上工作岗位后，觉得原名不合时宜，更改为闫诗巍。刺猬与诗巍，虽说谐音相近，词义却大相径庭。前者是名不见经传的小动物；后者则诠释名显心机、情高远致。同学们经过自己的打拼，不少人脱颖而出。有的当上教授、编审、局长、县长、大学校长；有的下海经商，腰缠万贯，头顶光环，各放异彩。

2017 年，是我们大学毕业 40 周年。这届 200 多名同学，先后从不同的工作岗位上全部退了下来。昔日那种上下级关系、同志情、亲友情，逐渐淡薄，变得异化、隐晦，只有同学情与人生潮起潮落无关，保持永恒的温度。中文系教授魏清源不忘同学情的初衷，从学校档案馆里寻找每个同学的地址，锁定地址再找单位，一个个弄清每个同学的信息，为魂牵梦萦的大团聚作准备。

2017 年，金风吹散了天空浮云，银霜催灿了汴梁金菊。在 10 月风和日丽的日子，我们从全国各地来到河南大学团聚。每个人都非常珍惜这个难得的机会，说呀，笑呀，唱呀，跳呀，尽情宣泄喜悦之情。经过 40 多年岁月洗礼之后，终于奏响了同学大团聚的欢快乐章。

“豪华落尽见真淳”。这淳，诚实朴素，厚重美好。兄弟姊妹，让我们共同呵护这淳美的奇葩！

2020 年 5 月 11 日

作者简介：胡耀德，1974 级本科生。

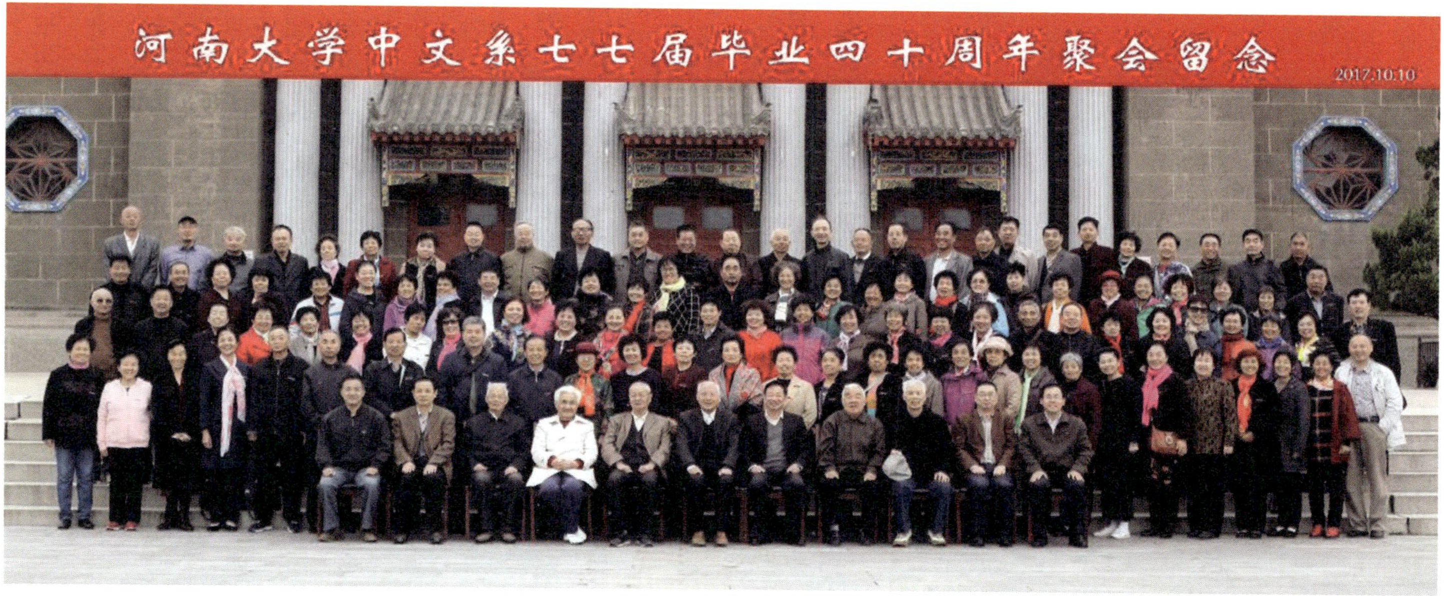
河南大学中文系七七届毕业四十周年聚会留念
2017.10.10

77届毕业四十周年聚会留影

我的人生加油站

于兆敏

我是1975年开封地区师范学校“戴帽招生”的文史专业大专生，推荐上学，属于工农兵学员的身份。由于特殊的历史条件，在文化素养方面造成了既先天不足又后天营养不良的状况。但值得庆幸的是我求学在一座底蕴丰厚的文化古城，这里藏龙卧虎、人才济济，这里有一座享誉中外的百年学府。

近水楼台，每当我学习工作中感觉到力亏腹饿的时候，都可以十分方便地到那座神圣的殿堂里去加油充电，尽情享受知识甘露的营养滋润，使我得以恢复元气、精神饱满地走向人生的下一站。

一

我第一次跨入河南大学的校门是1976年的春天，当时的名字叫开封师范学院，我接触到的第一位河南大学的学人是现当代文学教研室的张俊山老师。

我入学时河南省教育界正“学朝农迈大步”，和辽宁省一起成为全国第一批搞“社来社去”大学毕业不分配的两个省份。开封地区教育局也搞大学下乡，把开封师范大专班办在了东郊，就在火电厂后边小董庄旁一个废弃农科所的闲置房院里，四周全是稻田。只有几位服从调令的老师风雨无阻，坚持给我们上课。这里不仅空间上离城 20 多里，而且距离自己心目中上大学、求知识的预期境况也相差甚远。当年 12 月初报到，第一学期主要是结合当时的政治运动，评《水浒》、批宋江，讨伐投降派。

春节放假回家过年，走亲戚时得到一个消息，不远的邻村有一位老乡在开封师院教书。于是，1976 年春季一开学，就约上一位学兄辗转进城找老乡去了。

张俊山老师当时正值盛年，住在学校最北边几排靠近铁塔的平房院里，房舍不大，院子里的甬道也很狭窄。寒暄之后得知张老师是教诗歌的，这对于正处于诗的年龄的文艺青年来说，那份激动自不待言。但是由于学识上的落差，张老师口中的那些名词术语我基本上是一个也不理解。于是便张口索书，希望能借几本书回去慢慢研读，张老师给了我一份中文系 73 级资料组手刻翻印的王力的《诗词格律十讲》。

拿回去如获至宝，一边读一边抄，两万多字，花了四天的课余时间，将整本书抄了下来。这是至今我保存的手抄本中抄录字体最工整的一本，比后来从我的恩师孟靖尘老师那里借来抄录的《宋诗一百首》和《唐宋词一百首》都要工整。为什么要抄录？因为拿回去之后便有一串学友排着队等着要借读，一是怕油印纸张太脆，读的人多了弄脏了弄烂了就读不全了，二是怕万一弄丢了，那就更要哭天抹泪了。后来还真应了这种担忧，不知是有了手抄本放松了警惕，还是自己有手抄本把原件送给哪一位好友了，反正今天我的库藏中已经没有那本油印的原件了。不过它带给我的快乐、带给我的充实、带给我的底气一直都在。直到现在我偶尔还能提笔记几行仿古体句子，都要归功于最初那本小册子的导引。

第二次再见到张俊山老师已经是 15 年之后的事了。1991 年 4 月 27 日，由开封市文联、开封市图书馆、开封日报社三家联办的首届“东京之春”诗歌创作朗诵大赛在龙亭湖东南角的老市图书馆大厅举行，张俊山老师被特聘为专家评委坐镇挂帅。

不过这次见面只是单向性的，张老师肯定认不出我这个当年的“小老乡”了，况且我参赛用的又是笔名，当年见面时留下的姓名痕迹也给抹去了。为了避嫌，众目睽睽之下我不好意思奔过去“认老师、认同乡”，能看到50岁的张老师仍然健康壮硕、英姿不减当年，已经很让人欣慰和温暖了。更值得满足的是，我的作品《沧桑又一春》获得了这届诗赛创作组唯一的一个一等奖，既圆了多年热爱的诗歌梦，也对得起张老师的那本油印册子了。

又12年之后，因单位工作安排，讲授过几年刘景荣教授主编的《中国当代文学》教材，诗歌部分不出意外应该是由名列编委的张俊山老师所著无疑，以诗人谈风格、以作品论手法的体例编排很适合我的大专生使用，算是跟张老师的又一次不期而遇吧。

二

再次到河大文学院去加油充电，是20世纪80年代的事儿。我们当年那批“社来社去”的工农兵学员毕业时，已经是天翻地覆之后的1978年了，既是国家需要，也是政府有意要给这批人一条出路，毕业回乡劳动两个月之后，接到可以参加河南省教育局（当时是局级）组织的招教考试，合格后给予录用。幸运，我挤进了按80%比例录取的范围之内，于是得以进入刚刚筹建的开封地区第二师范任教。但是自己心里空虚得很，自己知道自己有几斤几两，唯一的办法就是发奋恶补。为了扩大视野、提升实力，读书之外，还经常想办法去多参加一些学术报告、教学研讨之类的交流活动。

那时候校名已改作河南师范大学，中文系既经常邀请一些知名专家学者来学院讲学，也经常组织一些颇具规模的专业性教学研讨。海报贴在大礼堂、电教馆、图书馆、十号楼等处，除了个别时候需要持票参加，多数情况下都是开放式可以任意旁听的。于是，骑上自行车到校园里提前打探消息，便成了一种习惯。感谢我的单位不实行坐班制，使我得以在没课的时候前去旁听，感谢中文系把很多报告会安排在周末举办，为工作忙碌不能兼顾者提供了很大的便利。

1980 年 10 月 11 日上午（具体时间是查看笔记核对的），北京大学王瑶教授的报告《中国现代文学的民族传统和外来影响》，提纲挈领廓清了大转折时期现代文学教学中的许多迷雾；同日下午，中国人民大学教授冯其庸的《近几年来的红楼梦研究进展情况》，从高端学术第一线通报了最前沿阵地上的诘问与反驳；1980 年 12 月 26 日上午，河南师范大学一位张老师的《文艺和政治的关系》旧论新辨、高屋建瓴，从“文艺必须反映渗透了政治的社会生活”这一本质入手，一边批判文艺为“政策”服务的极“左”思潮，一边批判文艺要脱离政治“干扰”的右倾思想；1981 年 5 月 16 日，著名作家姚雪垠回母校汇报成绩，以《历史小说与历史科学》为题，强调“历史小说家首先应是历史学者”，直到今天这见地仍然无情地鞭挞着那些胡编乱造的所谓“宫廷文学”……

实话实说，当年我就是靠着这么些来自国家级别最高学术层面的理论营养，躲过社会上对工农兵学员的种种非议和歧视，逐渐在职业生涯中立稳脚跟的。

三

90 年代，我又遇到了一段困境，当我的职称按照正常晋升序列要进入副高级别的评审时，由于学历、论文等硬件都有所欠缺，不得不再下一番苦功。这时候学校早已恢复河南大学的校名，文学院也早从十号楼搬到更为幽静的八号楼办公，我成了八号楼一楼西头资料室的常客。从各大院校众多专业期刊中寻找有价值的研究方向，在错综复杂的学科交叉地带开拓一块属于自己的领地，摘抄、引用、创新，最后架构出几篇绝非人云亦云的合格论文和课题报告，着实又是文学院给我加油充电的结果。

这一时期还有一件因文学院而长进的事儿，高考改卷。河大文学院是河南省教育厅委托的高考语文试卷评卷点，河南是高考大省，那时的报考人数已达20万之多。除了从全省各地中学抽调精兵强将担此重任，还在开封广泛动员吸纳各学校语文教师参加。先后有七八年吧，每年都在7月中旬那段最热的天气加入评卷大军里。每天早餐后7点出发，自行车骑行5公里赶到十号楼“打卡”，晚上7点半回到家再吃晚饭，中间除掉午饭午休，每天8个小时高强度的精细作业，容不得半点马虎，没有空调，没有冰镇汽水，仅凭十号楼一楼的自然阴凉来减弱一些暑气。

苦确实是苦，收获也不小。第一，每年评卷之前集训学习评分标准是一种享受，张仲良老师对作文卷的条分缕析，张生汉老师对知识题的情境预设，都施了魔法般地让你在接下来的工作中每遇疑难杂症时都有一种轻车熟路的感觉。第二，眼见着那么多学富五车的专家教授坐在你的身边跟你一样汗流浃背，紧张得连扇扇子的空儿都没有，对这份敬业精神便会自然而然地融入你自己的职业生涯中。第三，我自认为几年的评卷工作最大的收获是我感悟到一条人生的哲理：坚守底线，融会贯通。当你面对一副达到你承重极限而又无法逃避的担子时，认怂，只会被担子压得粉碎；怨天尤人，除了能暂时转移一下心理压力，对于你被粉碎的结局毫无补益。这时候最有用的除了勇气实力，就是智慧。我曾经进行过统计，当时评改知识卷的老师每人每天要面对的分值点都在一万个以上，判断对错之后还要对各点的分值合并计算、填入题首、签上姓名，再搬到卷首的总分统计栏。为了节省时间，每考场一本30份试卷，只好在首尾两份按要求签评卷者全名，中间的都只签一个姓作罢。只要保证复查组发现有错改漏改时每一个点都能追查到具体评卷人就行。作文卷的具体情况这里就不多说了，亲历过高考评卷的老师们都是深有体会的。

我的最大感触是，任何一件事，当你不能比别人做得更好、拿不出比别人更完美的解决方案时，虽然你仍然拥有批评别人的权力，但你其实早已丧失了批评别人的底气。直到今天，我仍然坚持认为，凡事倾注心力，着眼于解决问题才是正道，那些习惯于隔岸观火、眼高手低、站着说话不腰疼的人，多是在借助对别人的攻击贬低来掩饰自己的心虚和无能。这拙见归功于我在文学院参加高考评卷时的一次顿悟，此后，年轻时的张狂心态便得到了自觉有效的遏制。

四

来到21世纪之后，不论家庭生活、社会交往，还是职场生存，都早已超越摸爬滚打的艰辛，进入看山还是山的境地。摒弃了以实用为目的的囚笼，再读书，那感觉真是爽极了。

记得有一次在河大西门外的书摊淘宝的时候（顺便说一句，这半生岁月积存的书房存货中，有相当数量都是在那条旧河道填起来今天叫作内环东路北段的街边书摊上淘来的），一本《文学欣赏导引》使我眼前一亮，回家后边读边品，至今还记得胡山林老师在《花非花雾非雾》中对文学的多义性进行的美学阐释。后来有消息得知胡老师又有大作《文学与人生》面世，便急不可耐地致电在文学院工作的老同学张玉萍帮我索要了一本，以期先睹为快。捧读至第十二讲如饮甘露，胡老师以著名作家史铁生的创作为标本，用16000多字把人生困境中的各种悖论形态一一拎出来上下左右前后正反八面剖析，至今余味不散。

谢谢胡老师在这段随心所欲的泛读时期给予我的阅读享受。

五

再后来就进入眼下这种只有收获而不付汗水耕种的退休状态了，靠着一份退休金，开启了一种优哉游哉的新生活。许多过去读书时留存下来的记忆，像“一览众山小”啊，像“西湖七月半”啊，像“尚思为国戍轮台”啊，像“零丁洋里叹零丁”啊，像“春风十里扬州路”啊，像“蜀道之难难于上青天”啊，等等，都想亲临现场去追寻凭吊一番。想沿着古人那一行行清晰的足迹，闻着历史深处散发着的烟火味，去和前贤圣哲重启心灵的对话。当你坐在苏轼汲水煎茶的北门江边，当你立于杜甫登高赋怀的飒飒风中，那感觉绝对是你面对案头的几叠黄卷所不可比拟的。

到了这地步，本想着河大文学院在我的人生中已经完成了它特殊的历史使命，除了偶尔在席间遇到河大友人还会聊起些许雅事外，教授、博导、院长等名头早已被兄长之类的称谓取而代之。令人意想不到的是，即便到了这时候，仍然会在不经意间需要“河大学人”这个身份的帮助。那一次去海南，在海口苏公祠里看到一副十分欣赏的长联：“读公书近四十年，追溯宗盟，源远浑忘流派别；离吾乡约二千里，仰瞻遗像，风微弥觉感人深。”可惜的是由于是草书，中间有两个字才疏学浅的我怎么都顺不过来，越喜欢越想探究竟，越探究越是放不下。最后还是由今已改了称谓的张生汉兄给帮助解决的。

河大文学院作为我人生的加油站，看来已成宿命。它给了我职场拼搏的勇气，给了我人格铸造的标杆，它不仅是我学业上进的启明星，更是我精神家园的北斗星。

这既是一种缘分，也是一种幸运。

谢谢您，河南大学文学院！

作者简介：于兆敏，1975 级专科生。

刻骨铭心的记忆

——河南大学中文系教授印象

宋宏建

每年教师节来临的日子，便有许多撰写回忆老师的文章。内容多是叙述一人一事或一人几事，以歌颂“传道、授业、解惑”者的奉献精神和表达尊师重教之情。而我不揣冒昧录下1978—1982年我在河南大学中文系上学期间，那个特殊岁月里一组老教授们的讲课镜头，以示学子对恩师的深深景仰与怀念。

以学术阐释为主的任访秋教授：20世纪70年代，河南高校中文系里级别最高的教授，据说有两个，一个叫龚依群，另一个就是任访秋。我到河大（当时叫开封师院，后改为河南师范大学，再后改为河南大学）学习那会儿，任教授任中文系系主任，教现代文学史。当我们大大小小一群年龄参差不齐的学生平心静气地坐在教室，听仰慕已久的泰山北斗授课之时，澎湃的心潮难以抑制。可一段时间过后，某些大龄的“胡子生”洋溢的热情骤减。听他们说：“任教授上课，藤椅里一坐，高度近视镜片贴着讲义。”老先生授课，以向学生阐释学术思想为主，很少离开学术随意发挥，对文化基础较薄弱的学生来说，自然会难以适应。

先写后讲的于安澜教授：于安澜教授是河南赫赫有名的古文字学家，也是开封市著名的书法家。他给我们上第一堂训诂课时，辅导员介绍之后，他一声不吭，走上讲台捏起粉笔就写。十几分钟之后，三四支粉笔写完，一黑板工工整整的板书端到我们面前。说实话，那时傻里傻气的我等，根本不懂什么是甲骨文、钟鼎文、金文、大小篆、梅花篆、隶书、楷书、宋体什么的，也不知老先生们各自的讲课风格是什么，就感觉，单那一帘风景样的艺术品板书，就令莘莘学子个个瞠目结舌，眼界大开并佩服得五体投地……

泣不成声的高文教授："文化大革命"期间，"破四旧，立四新"，大批老教授们，都被当作"臭老九""牛鬼蛇神""白专先生""反动学术权威"等靠边站或挨批判，有的还被造反派们"打翻在地，再踏上一只脚，让他永不得翻身"过。高文教授原是从中文系调到了政教系，1978 级新生刚刚入校，他回原中文系给我们搞讲座，当时教授授课的具体内容，至今早已模糊不清，只记得先生有一次讲到被"四人帮"残酷迫害时，游离了主题，且喉头哽噎老泪纵横，多次泣不成声而无法继续讲课，弄得学生们也心绪难平，唏嘘连声……

喘气不匀的王宽行教授：王宽行教授个子不高，然而讲起课来却音韵宽厚，激情澎湃，颇有点《列宁在十月》和《列宁在 1918》电影里导师演讲的味道。他给我印象最深的是教《木兰辞》一课，那天讲到花木兰"万里赴戎机，关山度若飞"之际，教授进入角色不能自拔，居然做一手持缰、一手扬鞭的两腿骑马状嗒嗒跳跃，唱戏般在五六米长的大阶梯教室讲台上"驰骋"两周——"东市买骏马，西市买鞍鞯，南市买辔头，北市买长鞭。旦辞爷娘去，暮宿黄河边。不闻爷娘唤女声，但闻黄河流水鸣溅溅。旦辞黄河去，暮至黑山头……"末了，教授累得一屁股坐进藤椅里，半天喘不过气来，实在令台下的学子们心疼。

敬烟鼓励的宋景昌教授：大学四年中，教我们古文学三载，也是时间最长的宋景昌教授，讲课风格与王宽行教授有些相似，尤其是在富于激情方面。他个子不高，但性格豪爽，与学生亲昵得极像家中长辈。他的授课特点，我总结为"说评书式"：时而声若洪钟，口似悬河；时而气若游丝，音似潜流。再加上极富小品色彩的动作模仿和造型表演，成为最受学生欢迎的师长之一。不过宋教授烟瘾大，讲课时激情上来，又爱两节中间不休息。这样便有“胡子生”们于课前，把半盒一两毛钱的劣质烟，比如红梅牌、汝河桥、白河桥等放上讲台，当然较好的如黄金叶、许昌牌（2 角 5 分），偶尔也会有几支庐山牌、红艺牌和三门峡（3 角以上一盒），以备先生的不时之需。经常性的镜头是，课间休息时老师掏出烟盒发现没烟，正尴尬间，心眼活泛的“胡子生”中，便有人急不可耐地点燃烟卷儿，先敬老师一支鼓励，然后自家也趁机点一根嗞嗞猛抽。当时班上的“胡子生”和“老三届”，多指年龄在 28—38 岁、深谙世事艰难的大哥大姐们，他们对老教授们都敬若家中长辈。

扔掉话筒的华锺彦教授：华锺彦教授年龄大，嗓音低，讲课语调慢条斯理，唱歌似的，典型的古文人吟诵。我们那会儿上年级大课时，课堂上都用麦克风扩音。有次讲《诗经》中的《豳风·七月》，他把最先进的钢笔式话筒别在上衣纽扣处，刚“唱”了句“七月流火”，话筒就哑巴了。教授低头吹吹，嗡嗡作响；再“唱”一句“七月流火，九月授衣”，仍然没声。于是又重新别在胸前吟诵，结果唧哇一下过后，又成了哑巴。最后，教授气得把话筒啪地敲了一下，扔到课桌上，骂声“啥破新玩意儿！”谁知这一敲一扔倒好了，话筒里大声扩出一句：“啥破新玩意儿！”惹得学生们哄堂大笑。

“羊尚在否”的刘溶教授：刘溶教授教我们写作课，上课期间偶尔会侧着脑袋向外张望，有时还走下讲台到窗前看。一段时间后，学生们见先生有如此“习惯性动作”，也常频频偷窥窗外，但因没发现什么风景，便都心生纳闷儿：这刘教授习惯性“氓之蚩蚩，望穿秋水”，何故也？请教 77 级学兄，谜底才被揭开：原来先生老母有病，家庭经济拮据，喂了一只奶羊，所以每天牵着羊上班。到学校后，先把羊拴在外面的草坪上才去工作。由于教授那个特定动作，导致我们一些不谙世事的弟子们好奇心作怪，凡上刘教授的课，进教室时也常踮起脚尖侧目伸脖，模仿老师“氓之蚩蚩，望穿秋水”状，以看“羊尚在否”的动作为乐。这里说明一点，此文在报纸上发表后，有同事与我交流时，曾为当年老教授们的遭遇和生活窘境流下了热泪。

“卡片失踪”的牛庸懋教授：牛庸懋教授是著名的外国文学专家，其特点之一是“卡片式教学”。在课堂上，他经常是口袋里摸出一张张卡片，边讲边念或边读边说。大概是1980年冬天，他教我们古希腊神话那一部分，有次讲到“潘多拉的魔盒”一节，口中念念有词着“这个潘多拉的魔盒”，在大衣两个口袋里都没掏出来。于是又继续念叨着“这个潘多拉的魔盒”，在内衣口袋里掏摸。结果内外上下共翻找了五六个衣袋，“这个潘多拉的魔盒”依然没有露面。最后教授不好意思地笑笑说：“这个潘多拉的魔盒嘛，明天再讲吧。”下节课铃响，牛教授去提门旮旯的菜篮子（刘溶老师是每天负责放羊，牛庸懋老师是每天负责买菜。因下课后不想再回教研室，干脆就把菜篮子提到教室放到门后或墙角儿），把里面的布兜一掀，那个“潘多拉的魔盒”竟然变魔术一般，从菜篮子底下闪亮登场。牛教授这样的教学镜头，应该说是极偶然的一次吧，可在那个“四人帮”刚刚粉碎、祖国山河百废待兴的岁月里，设身处地地想想老知识分子们的遭遇和生活困境，感觉一切偶然都是寓于必然之中。

……

星霜荏苒，四十载过矣，弹指一挥间。上述老教授们已大多作古，健在的也该是百岁老人或耄耋之年吧。今逢盛世，又至母校百年华诞之际，草录此文，除寄托对恩师的怀念外，就是渴望故者音容宛在，懿德千秋；祝愿河大学子薪火永续，风范长存！

作者简介：宋宏建，1978级本科生。

母校河大，我永远的精神家园

李根贵

您是我尊敬的长辈，我是您挚爱的至亲：
喝着您知识的乳汁，我身心向阳学业日进，
聆听您谆谆的教诲，我醍醐灌顶吐故纳新；
红砖赭瓦的教学楼，穿梭着同窗们万千的足音，
铁塔湖畔的林荫道，学友们三五成群谈古论今；
典雅古朴的大礼堂，时常响彻着大师们的妙论，
洋气中式的图书馆，仍留存着激情燃烧的青春；
宿舍里，唇枪舌剑俨然成了春秋争霸战国瓜分，
晨曦中，处处书声琅琅堪称诗词歌赋之大比拼。
啊母校河大，校风勤勉谦逊让我荷润！

您是润物的雨露，我是遍地的桃李：
任访秋主任——手执鸠杖风雨无阻躬行坐镇，
华锺彦导师——精神矍铄老当益壮和蔼可亲；
牛庸懋先生——学贯中西名联佳构一字千金，
刘增杰教授——眉飞色舞惟妙惟肖精彩绝伦，
王文金师长——别有情调伟人诗词楚语长吟；
聂华苓女士——秀口一吐清风徐来满目皆春，

姚雪垠顾问——满头银发笔耕不辍著作等身；
学海畅游哟书香浸润，弹指间只剩下流风余韵。
啊母校河大，往事并不如烟永志师恩！

您是我的设计师，我是您的践行者：
孔夫子有教无类，遂有弟子三千贤者七十二人，
鬼谷子谨庠序之教，成就了商鞅孙膑张仪苏秦；
您数十万的优秀学子，与共和国同呼吸共命运，
您多少饮誉中外的高足，助推前进的中国巨轮；
狼烟四起，历经血与火洗礼直可惊天地泣鬼神，
祖国建设，听从国家之召唤四海为家雁阵排云；
师兄学妹们，在各条战线上青春当歌频传喜讯，
领奖台上，那鲜艳的大红花最想献给的就是您。
啊母校河大，我的荣光也有您的一份！

您是我的一团火，我是您的满天星：
曾记否？
“智山慧海传真火，愿随前薪作后薪”，
此团火，德侔天地道贯古今弘扬科学没有穷尽，
此团火，大美无言直指人心点亮愚昧历久弥新；
此团火，是广揽天下英才而教育之的学界匠心，
此团火，是支撑这所已逾百年的高等学府之魂；
此团火，昭示着风雨过后是彩虹辉煌前头是艰辛，
此团火，让“铁塔牌”成为驰骋于天下的生力军；
此团火，让我的心田一辈子四季如春繁花似锦。
啊母校河大，“猗欤吾校永无疆”歌行吟！

您是我停泊的港湾，我是您放飞的风帆：

大海从来都是——一面暗流涌动一面恶浪翻滚，
每个人都必须——在与风浪搏斗中选择退或进；
一帆风顺时，所宜深慎的是载舟覆舟之古训，
一波三折时，千万警惕的是惊慌失措之窘困；
您让我领悟到，加油充电才是续航前行的后盾，
您让我明白了，同舟共济才能增强奋进的信心；
您让我颇有感，直挂云帆济沧海所必备的坚韧，
您让我深懂得，海到无边天作岸所隐含的意蕴。
啊母校河大，从来是大浪淘沙始见金！

您是我湛蓝的天空，我是您飞动的白云：
朗朗乾坤，超大屏幕上总有普照万物的金轮，
片片白云，就像那碧海里的弄潮儿直面无垠；
星光灿烂的夜晚，您把智慧的眼神送给我们，
繁星艳阳之轮休，您让追梦者在奋斗中追寻；
蓝天与白云，永远是整体与部分的彼此依存，
任他日月无光，也难以遮断千年修来的缘分；
天地转光阴迫情谊深，谁也没权利妄加评论，
官再大位再尊人再牛，也要记得自己的出身。
啊母校河大，树高千丈不忘本才是真！

您是我的精神家园，我是您的永久居民：
迷惘时，忆一忆河大人明德新民、止于至善，
危殆时，学一学河大人敢为人先、爱国爱群；
偏激时，试一试河大人海纳百川、吞吐古今，
浮躁时，思一思河大人不事浮华、天道酬勤；
侈谈时，品一品河大人脚踏实地、务实求真，
得失时，晒一晒河大人淡泊名利、不忘初心；

挫折时，亮一亮河大人平正通达、蹈厉奋进，

退步时，嗨一嗨河大人见贤思齐、开拓创新。

啊母校河大，慎始而敬终者终以不困！

后记：教育，始于期待，行于唤醒，终于树人。母亲只给了我血肉之身，而母校则赐我以精神之魂，我是有了灵魂的载体，人生路何惧山高水深。不管走向何方，无论命途逆顺，抑或世事纷纭，母校河大注定是我生命中不可或缺的一部分。作为中国近代最早创办的高等学府之一，母校自创办始，迭经迁徙，数易其名，致力于强国，开发其民智，薪火相传，人才辈出，业已逾越期颐之龄，虽践百年之沧桑，历人事之变迁，经风雨之洗礼，迨至今日，仍弦歌不辍，青春永驻，光彩照人。其民主科学、前瞻开放、兼容并包、教化斯民、造就真才、共襄复兴等办学理念，可谓名满天下，影响滋远。吾辈有幸忝列其中，短短四载之耳濡目染，思想得以熏陶，灵魂得以净化，学问得以长进，人格得以完善等，确实获益匪浅。要之：中西合璧之建筑风格，明德新民之肇立校训，海纳百川之学术氛围，硕师方家之润物耕心，人文昌瑞之书香墨润……无不成为我生命之氧吧与精神之家园。漫步书山探宝，母校恩重如山，仰之弥高；泛舟学海采珠，师长情深似海，没齿难泯。是为记。

作者简介：李根贵，1979 级本科生。

永不忘却的记忆

翟国胜

1971 年 2 月，初中毕业的我才 15 岁，就随着“上山下乡”的洪流到“广阔天地”去当了一名并没有多少知识的“知识青年”。

刚走出家门的头几天，一切都是新鲜的。但半个月后，就感到尽管“天地”是“广阔”的，但劳动着实是乏味的，无非是修渠、锄草、间苗、送粪；业余生活更是乏味，没有电视，没有报刊，只有一个破旧的篮球架，供我们练“投篮”，偶尔打打“半场”。我从小喜欢读书，但当时却无书可读，翻过来翻过去的就是《毛主席语录》《赤脚医生手册》等。有一次听同学说西华县新华书店进了一本《苏联是社会主义国家吗》的新书，我徒步 20 多里前去购买。拿到书后，一看内容，并不喜欢，但还是买下了。那时心里总想，如果能有机会在校园里读书学习，那该是多么幸福啊！

两年后，由于劳动踏实肯干，我被推荐上了一所中等师范学校，成了一名“工农兵学员”，心想，这下可该好好学点知识啦。一到学校，我就给自己制订了详尽的学习、锻炼计划，每天比其他同学早起一个小时，晚睡一个小时，想把两年当作三年用。可谁知，刚刚过了一个学期，又赶上了“批林批孔”运动。当时教育界树了辽宁朝阳农学院这样一个所谓“教育革命”的典型，其特点就是“开门办学，与十七年对着干”。我们学校也不甘落后，喊出了“学朝阳，迈大步”的口号。这时的校园，再也放不下一张平静的课桌。我们先是上工厂、下农村“开门办学”，后又到校办农场翻淤压沙，就这样折腾了一年多，我的在校学习生活就结束了。

1975 年 8 月走上工作岗位，我担起了初中毕业班语文课的教学。当时心中尽管充满了对教育事业的挚爱、对新生活的憧憬，工作起来废寝忘食，但教学效果却不理想，因为自己肚里毕竟没“水”，教起课来常常是捉襟见肘，力不从心。此时，我是多么渴望能有机会到大学深造啊！

粉碎“四人帮”，全国喜洋洋。1977 年高考制度的恢复给我带来了希望，又萌发了“我要读书”的愿望。但由于自己数理化基础太差，权衡再三，只得正视现实，痛苦地放弃了报考全日制大学的念头。

1978 年 10 月，听到开封师范学院要招收中文专业函授生的消息后，我高兴得几乎要跳起来，心想，这次机会可一定不能错过。于是就立即复习准备报考。在紧张的复习期间，我往往是黎明即起，深夜才睡，没看过一次电视，没有虚度过一个星期天。经过两个多月的紧张复习，终于考上了开封师范学院函授中文本科。手捧着录取通知书，我激动得欣喜若狂，发誓一定要珍惜学习机会，把“四人帮”耽误的时间夺回来。

我们这届函授生是 1979 年 3 月入学，原定是 5 年学习时间。后来按照教育部要求，必须学完教育部规定的教学课程，这样又延长了一年，到 1984 年 12 月我们才毕业。我入校时领的是开封师范学院函授生录取通知书，中间学校更名为河南师范大学，到毕业时，学校又恢复了河南大学的校名。这就是说，我上 6 年函授，学校前后是 3 个名称。这戏剧性的变化，也从一个侧面反映出当时整个社会飞速前进的步伐。

当时我们的学习是函授自学与面授辅导相结合。河南大学设有函授部，主任是许钦承，各地市设有函授站，县设有函授分站，市函授站和县函授分站都聘请有辅导老师。每门课河南大学的老师对全市的学员集中面授 1 次到 2 次，每学期函授站或函授分站集中面授 10 天左右。

1979 年的 5 月 4 日，是第一次到外地参加面授的时间，而此时我爱人才刚刚生产 3 天。去不去参加面授？不去，失去了一次学习机会；去，又确实有些不放心。最后在爱人的支持下，我毅然踏上了去参加面授的征途。记得这一次面授是，路德庆老师讲写作，刘安国老师讲现代汉语。他们渊博的知识、对教材游刃有余的驾驭能力都给我留下了深刻的印象。在 6 年的函授学习中，所有的面授集中学习，我每一次都按时参加，从没有请过半天假。

函授学习以平时自学为主。领到函授教材的那天起，我就给自己约法三章：不打扑克，不下象棋，不闲聊天，以“钉子”精神去对待学习。不论工作多忙，每天总要抽出两个小时进行自学，偶有耽误，第二天立即补上。

对当时的每一门课程，我都是按照学校下发的《函授指导书》的要求，首先是通读教材，认真做好笔记。对重点章节，则反复阅读。即便是对当时下发的参考资料和《函授通讯》，我也是认真阅读，没有拉下一页。实在弄不明白的问题，就和一起参加函授学习的同学讨论，或向函授分站辅导老师请教。而后，再按要求认真完成作业。每一章结束，我都要先搞出自测题，反复学习，重点突破，力求对要点能全面把握。

6 年函授不寻常。在这整整 6 年的时间里，白天我奔忙在学校，夜晚遨游在书海，实在太困了，就用冷水洗洗脸，到外面跑跑步又坐下来继续学习。暑假本是教师轻松一下的时候，我却在异地面授的大教室里挥汗如雨地记着笔记；寒假，当别人还沉浸在全家团圆的天伦之乐时，我又顶风冒雪去参加考试。有一年正月初八，我到外地某校参加集中复习。当时学校没有开学，学校食堂也没有买菜，只得凑合着吃咸菜，有一个同事风趣地说：“函授函授，真是寒受啊!”每次考试，我都是把复习材料抄了一遍又一遍，反复诵读，并用录音机把答案录下来，一有时间就听，就连吃饭也是边吃边听。就这样凭着顽强刻苦的精神，我攻下了古代汉语字词句的难懂，文学概论的抽象，外国文学的难记，古代文学的深沉，在1984年年底获得了鲜红的河南大学本科毕业证书，将届而立之年圆了我的大学梦。

有人说，“函授学习质量不高”，对这话我不认同。我承认函授学员中确实个别人有“混学”现象，但不能以偏概全。由于特殊的经历，我们中的绝大多数人对知识都有一种急切的渴求，对读书有一种狂热的爱好，诚如高尔基所言：“扑在书上，就像饥饿的人扑在面包上一样。”同样，学校对我们也是严格要求的。我的写作考试成绩是90.4，现代汉语是79.2，中学语文教材教法是96.8，中国现代文学是81.5，外国文学是85.5。有朋友开玩笑说：“还都带着小数点啊。”我发自内心地说：“不四舍五入，不正说明学校要求得严格，我的成绩真实吗?”

我是1975年的中师毕业生，1984年获得河南大学本科毕业证时我的工资还没有达到国家规定的大学毕业生的定级工资标准。在拿到毕业证书的第二个月，学校就按当时的有关政策报请人事部门及时给我上调了工资。许多同事开玩笑说：“你真幸运啊，不进大学门就能享受大学毕业生的待遇。”我高兴地说：“党的政策好啊。”

尽管不是大学正规毕业生，有时我也自嘲是“土八路”，但系统的函授学习毕竟使我丰富了知识，提高了水平，培养了强烈的敬业精神，讲起课来也就得心应手，左右逢源，从而赢得了学生的错爱，并多次在省内外报刊上发表教学论文，成为本地小有名气的优秀教师。“学有专长、教有特色、研有成果”，我给自己明确了为师的目标。课堂内外，感受着学生那虔诚、崇拜的目光，真正让你感受到占有知识的崇高。我知道，这都是参加河南大学函授学习的结果啊。我深刻地体会到：“函授学习，大有学头；学用结合，大有甜头。”

后来，由于工作需要，我走上了黄泛区农场这个大型企业宣传工作的领导岗位。当一篇篇调研报告、理论文章见诸报刊时，当工作取得成绩受到赞扬的时候，当评上教授级高级政工师的时候，我就想起了6年的函授生活。是河南大学中文函授为我打下了坚实的知识功底，并培养了我刻苦进取的精神，使我受益终生。

6年紧张的函授学习生活刻骨铭心，永难忘却，在我的记忆里这是一道灿烂的风景。我曾有感而发，将这段函授生活写成一篇散文《一道灿烂的风景》，发表于2001年11月14日的《河南日报》上。

作者简介：翟国胜，1979级函授本科生。

学院伴我四十年

——电影票拾忆

张进德

今年是我的本命年，既是我在河南大学文学院执教的第37个年头，也是我在明伦园内生活的第41个年头。在即将享受退休以后的清闲生活之际，与母校母院的缘分使我无限留恋难以割舍，总觉得有很多话要说，但一时又不知从哪里说起。

2023年是文学院建院的100周年，为了迎接文学院的百年华诞，让世人了解文学院的辉煌历史，本成书记和宏林院长亲自挂帅，成立了院史编写小组。我作为文学院自考办负责人也忝列其中，与负责成教的国平主任等共同承担院史“社会服务板块”的部分资料搜集与撰写任务。一次开会聊天，我提到在古代文学教研室刚参加工作时的趣事，说起学院、教研室过去的各种“传统”“规矩”，刚留校时每周要徒步到教研室各位老先生家送电影票，在与老先生们的交往中多有感触，大家都说这是个很好的素材，撺掇我把它写出来。我当时也觉得这事回忆起来蛮有意思，应该写几句话记录下来，真到老来忘事的时候翻检一下，未尝不是值得炫耀的谈资，于是就有了重拾这些记忆、写几行蹩脚文字把当年这些生活碎片记录下来的想法。然而，疫情的突然暴发使得这个想法慢慢搁置了下来。

这个学期是我在文学院最后一次给本科生讲授古代文学基础课，

原来安排每周 8 节，这也是多年来已经适应的排课习惯，后来因一个老师工作调动，他的课程需要别人来分担，教研室负责教学的军政主任找到我，希望我能够再承担 4 节课，这样我每周就达到 12 节了。说实话，这是我近 40 年教学生涯中第一次在一个学期承担这么重的本科教学任务，加上年岁不饶人，体力精力都是个不小的挑战，但一是工作总不能掉地下，课总得有人上；二是做教研室主任尤其是负责教学的主任的难处我深有体会，因为我当年做教研室主任时曾经为人手不够课程安排不开到处求人救急，深知如果军政主任不是实在没办法不会轻易向我这个老教师开口；三是本人历来安分守己服从安排，一直对教学工作心存敬畏，总不能在教研室工作安排出现难题时不管不顾晚节不保，所以没有任何犹豫当即就答应了下来。但屋漏偏逢连夜雨，疫情的出现又给我出了大难题——逼着我上网课。这对于习惯了采用黑板加粉笔这种传统教学模式的我而言，说得雅一点是挑战，俗一点就是赶鸭子上架，于是只好硬着头皮去适应。说来让人难以置信，在这个过程中，我先后试用了 QQ、微信、雨课堂、腾讯会议、钉钉等软件，在其他老师、家人和学生的指导帮助下才算勉强上手。现在每次上课都是提心吊胆，一怕停电，二怕网络不给力，三怕电脑出问题，再加上要审读各类学生论文，整天忙得头大眼昏，所以围绕电影票写几行文字那点所谓的灵感慢慢也就消失殆尽了。最近，负责这个栏目的主管新军院长几次发信息催促，我才不得不重拾思绪，唠叨一下我和文学院 40 年的深深缘分。

从哪儿入手呢？想来想去，还是把“电影票”作为“入话”吧。既然是“入话”，可能要扯得远一些。1976 年我 16 岁，高中毕业就在老家——汝阳县内埠公社马营大队——做了一名“民办教师”，就是在学校教书像生产队的社员一样挣工分的那种。当时国家因为财力所限，没有充裕的资金为教师发薪，而各级各类学校又不能没有教师，于是各级学校便从当地年轻人中挑选识字多几个的到学校当老师，大队给记工分，每月另外发几块钱的补贴。对于当时的农村人来说，不用下地遭雨淋日晒，还有几块钱的补贴，这已经是很体面且让人羡慕不已的活计了，甚至连找媳妇都是优势。教书时间不长，高考制度恢复，不管本科专科还是中专，一旦考上就有了粮本吃上商品粮了，毕业后工作不愁稳端“铁饭碗”。与我年龄差不多的同伴都一窝蜂似的报考应试，而我深知自己初中高中阶段学校一直在搞“批林批孔”“反击右倾翻案风”等运动，在学校很多时间都花费在开批判会写大字报上，学到的一星半点东西早就还给老师了，报考也无非是充当分母，差不多犹豫了三年之久。好在自己在学校教书的同时也时常给自己充电，也不甘于一生就这样默默度过，终于破釜沉舟痛下决心，辞掉了“民办教师”这个工作，集中半年多的时间，去内埠高中复习班复习应考。说来好笑，当时村里不少人为我惋惜，说我不该辞去这个工作；也有人感觉我是好高骛远不自量力，还编了“不做老师做学生，不坐椅子坐板凳”的顺口溜来揶揄。算是功夫不负有心人吧，历经九个月的苦战，忍受着营养不良体力透支引起的浮肿，克服了睡眠不足压力过大导致的神经衰弱，终于在高考中上了一本分数线——据说那年全国本科及大中专录取的比例占全部考生的百分之七。虽说没有范进般癫狂兴奋，但也足以让我高兴得好梦连连。等到填报志愿时，冥冥之中似乎有一种东西左右着我的意志，没有任何犹豫，就在第一志愿中填上了河南师范大学（当时的校名）中文系。实际上，当时在专业选择方面我一无所知，只是朦胧感觉在可供选择的文科专业中，语文历来是主科，而其他则是辅科，觉得其他专业要么是看报喊口号，要么是埋头搞古董，这种感觉现在看来当然显得无知且可笑。当我怀揣梦想、背着行囊来学校报到，首先给我强烈震撼的，就是雄伟庄严、典雅肃穆的大礼堂！（那时南大门正门没有开启。）不仅全体新生的开学典礼在这里隆重举行，也是我平生第一次在室内的座位上看电影——新生发了招待票。那种感觉，绝不亚于高晓声笔下第一次上城住五块钱旅店的陈奂生！那时在农村老家，公社有专业电影放映队，轮流到各个大队去放电影，当然是露天放映。虽说放电影不花钱，但电影胶片是要花钱租的。于是乎，人们便想出各种办法逃避片租，比如相邻或相近的村庄如果都在某天放不同的电影，就相互派人将放过的电影胶片飞速送到对方放映现场接着放，这在当时叫“跑片”，同时看两个片子，彼此都可以少花一次的租片费用。当时乡村没有电视，农民在耕作之余除了天天听村里大喇叭中反复播放的几个样板戏外没有其他娱乐形式，能看一场电影是一种莫大的享受。又由于租电影胶片要花钱，所以村里一年半载也放不了几场电影。当时只要听说邻村要放电影，哪怕是遇到刮风下雨天，村人往往在晚饭后成群结队浩浩荡荡就奔赴邻村去了，因消息不准而跑空的情况也屡屡出现。对于我来说，学校有晚自习，我们几个要好且电影瘾大的老师有时会瞒着校领导，晚饭后结伴偷偷跑到邻村看电影，领导检查时让班长给打掩护；有时瞒不过，只好等下了晚自习，在一帮学生“粉丝”簇拥下再跑去观看，但片子往往放映过半，只能看个结尾，无头无脑，基本情节也搞不明白。其中《地道战》《地雷战》《南征北战》《渡江侦察记》等战争片看过多遍，最后都是八路军、解放军胜利，日本鬼子和蒋匪帮败得一塌糊涂举手投降。总之只要看到银幕上枪声阵阵炮声隆隆就很过瘾，那种满足绝对不亚于总是取得最后胜利的八路军和解放军官兵。

我们八零级两百名同学分六个小班两个大班，我在四小班，上课属后大班。除了正常的上课学习，大学四年最大的享受就是周末看电影。那时每周六晚上和周日下午、晚上大礼堂都要放电影，一般都是两个片子。学校有个电影放映队，把电影票分到各个单位，由单位统一领取再进行分配，卖不掉的交由电影队出售。就学生来说，每个班级由生活班长统一到年级长那里领回，之后到各个宿舍售卖。票分甲乙丙三个等次，价钱分别为一毛五、一毛和五分。同学们大多从农村来，经济宽裕的不多，所以甲票一般剩得多，乙票比较抢手，我则专买丙票，虽然位置偏些，一楼有的位置甚至因立柱遮挡看不清，但可以带一张报纸，坐在一楼走道或二楼第一排前的台阶上看，效果一样不错。甚至有时运气好，好的座位没人坐，自己就可以有一毛钱乃至一毛五的享受。在农村老家看电影只看个热闹，通过中文系的文学概论、古代文学、现代文学等课堂，才懂得了从艺术的角度去欣赏。有时与同年级其他系的老乡们聚会，如果说起周末看的哪部电影，还有机会从专业的角度谈点看法卖弄一下。观看的电影中，不少都与课堂教学有关，比如《家》《阿Q正传》《武训传》《赤橙黄绿青蓝紫》《精变》等，看过之后，电影的内容又成了大家热议的话题。大家也在不知不觉中彼此接受着专业的熏陶，加深了对文学的理解。

大学四年的生活是充实的，也是快乐的，这种充实和快乐当然离不开每周两场电影的享受。我的大学宿舍共八个人，四个年龄大些，四个年龄小些，各有各的脾气秉性。尽管不免鸡毛蒜皮之类的小摩擦，但总体上大家相处其乐融融。其中我和年长我两岁的霍清廉脾气最投缘，买饭时我俩总是合作，一个排队打饭，另一个排队打菜。上课时我俩总是结伴坐在一起，课后彼此交换课堂笔记，补上课堂上记得不完整的内容；习惯晚饭后将书包放在十号楼的某个教室，占好位置就到校园散步，时而拉家常，时而讨论甚至争执一些学习上的问题，之后再到教室自习。霍兄不苟言笑，对待什么事情都很认真，做起事来很是执着。记得有一次晚饭后散步争论起《红楼梦》中林、薛的优劣，我问他将来找媳妇是找林还是选薛，他沉思了半天说道，“选林黛玉，但我要用薛宝钗的性格把她改造一下”，当时让我笑得肚疼。他的家境也不怎么好，从小失怙，靠伯母养大，在校不仅专业学习很刻苦，而且涉猎广泛，做过马克思主义研究会的会长。他毕业后曾到新乡的张武店当硕士村主任，再后来到河南工业大学一个学院做了书记。同宿舍另外几个同学，石应四年龄最长，我们选他做寝室长。他留下的话题很多，印象最深的是他烟瘾较大，好开玩笑。有一次他一本正经地给我们“宣读文件”，说学校规定以后称寝室长要称“陛下”；他住在上铺，平时上下床蹿跳很麻利，有一次要给我们表演一下，结果拿捏得不是太到位用力过猛失了手，一下子被床帮弹了回来狠狠摔在地上，走路瘸了好几天；毕业时主动要求到新疆支边，好多年音讯全无，我几次到新疆参加学术会议，多方打听都未能打听到他的下落。其他几个同学有从政当官的，有在各类学校教书的，有在新闻部门的，在自己的领域皆有所成，无愧母校母院的培养。我留守文学院默默耕耘至今，将一生的年华浇铸于此，教过几十届弟子，也觉得很满足。回想起来，毕业已近四十年，大学同学或已退休或面临退休，有的甚至阴阳两隔，墓木已拱。尽管各有所成，但面对子辈硕健孙辈咿呀，白云苍狗、物是人非之感油然而生，不由使人两鼻酸楚，涕泗奔涌。

四年大学所学课程丰富多彩，在这里回忆一下给我传道解惑的各科老师，以志师恩难忘：讲授古代文学课程的有白本松、李博、王宽行、张家顺、温振宇、宋景昌、王芸、李贤臣、李春祥、曹炳建、郭振勤等老师，讲授现当代、近代文学课程的有任访秋、刘增杰、刘思谦、王文金、章秀定、王介平、岳耀钦、张永江、赵明、周启祥、张俊山、刘文田、关爱和等老师，讲授文学概论课程的有毕桂发、王绍令、王怀通、拜宝轩等老师，讲授写作课程的有贾占清、贾华锋、张锡智、张子臣等老师，讲授古代汉语课程的有王浩然、董希谦等老师，讲授现代汉语课程的有陈信春、丁恒顺、王中安、陈天福、王燕燕等老师，讲授外国文学课程的有卢永茂、冉国选、张中义、袁若娟、赵宁等老师，讲授教学法课程的有张仲良、何琛、董长纯等老师，此外还有讲授民间文学的张振犁老师、讲授逻辑课程的梁遂老师、讲授语言学概论课程的滕画昌老师、讲授古代文论的刘溶老师等。四十载的岁月，加上痴呆在望，罗列难免遗漏。不少老师都给我留下了深刻印象，比如文学概论课堂上要言不烦的毕桂发老师，激情澎湃、每次课后都是大汗淋漓的王怀通老师；

现当代文学课堂上信阳口音很重、文本剖析精深的王文金老师，讲课有板有眼、偶尔蹦出几个“普通字”的刘增杰老师；古代汉语课堂上四平八稳、概念清晰的王浩然老师；逻辑课堂上动作幅度很大、总是带两个杯子、期末考试中给绝大多数同学都打了90多分的梁遂老师……

当然因为兴趣所致，留下印象最为深刻的还是古代文学的各位老师。比如，讲先秦文学的白本松老师是温县人，口音虽然难懂，但从其表情神态以及声音的抑扬顿挫，可以感受到他讲课时对文本的陶醉，而我们尽管听得似懂非懂，课堂上往往也跟着白老师一起陶醉；李博老师喜欢在讲解学术问题时联系现实乃至他个人的生活工作经历，并且时发警句，让人倍感亲切。讲汉魏六朝文学的王宽行老师讲课时家乡话和普通话兼用，激情四射，特别投入，对他而言讲台总是显得太小；张家顺老师普通话说得很好，讲课深入浅出，幽默生动，当年给我们讲《报任安书》时声情并茂的情景历历在目——后来他调市里当了负责文教卫的市长，一直关心支持着文学院的发展。我们专业举办各类学术研讨会，总派我到老政府大院通过秘书通报并指引路径，到“刘少奇纪念馆”上面一个很大的办公室找到张老师，让他打电话或写条子协调，在组织代表考查市内文化景点和导游服务等方面给予很多关照，当然客观上也为开封作了宣传。讲唐宋文学的王芸老师讲课语速不紧不慢，条理清晰。宋景昌先生上课时烟不离手，抽不起带过滤嘴的香烟，而练就了熟练接烟的绝活，即当手中的一支烟将要吸完时，下意识地从上衣兜中抽出另一支，不用眼看，边讲课边接烟，几个指头一拧就不差分毫地接上了。宋先生授课板书工整，笔力遒劲，旁征博引，往往且背诵且板书且翻译且讲解，再辅之以肢体语言和传神的手势，常常引得满堂喝彩和阵阵掌声。

四年大学生活转瞬即逝。到了毕业季，大家最关心的无疑是工作去向问题。那时是计划经济，国家对大学生包分配，毕业时根本不用为工作发愁。每年由省里制定分配方案，统一安排到各个工作岗位。分配有一级分配和二级分配之说。所谓一级分配，就是直接分到省直单位，包括政府机关、事业部门、国有企业、大中专院校等；所谓二级分配，就是档案转到各个地市教育部门，由教育部门再进行分配。省里将分配指标下达各个高校，由学校决定你到哪里去，所以领导和辅导员的推荐很关键。除此以外，毕业时优势还有“三优”之说，即四年的学习成绩、毕业论文和教育实习三项成绩都是优秀，具备了这个条件，一般都够得上一级分配。我抄录了一份当年我们年级的分配方案一直保存至今：省直机关33人，部属单位11人，大专院校（包括附中）37人，各个地市120人。我原初的打算是毕业后回县城或洛阳谋职，甚至当时洛阳师专（现在的洛阳师院）来招人的老师已经和我谈过话，要我到他们那里工作；后来事情出现了变化，有了留校教书的选项，我想本科院校比专科院校当然要有更大的发展空间，于是在当时古代文学教研室副主任白本松老师找我谈话时我就爽快地答应了；再到后来又有了到省城一个不错单位工作的机会，但终于还是在苏文魁书记的“教育”下留了下来。回头想想，毕业时三个机会摆在我面前可供选择，最终留在文学院并且在这里“苦劳”了一辈子，这除了深深的缘分，还能有其他什么更为合理的解释呢？

我刚留校时，古代文学教研室的阵容相当庞大，先秦、汉魏六朝、唐宋、元明清四段的老师加起来总共有二十五六个人。如果从年龄上分，在我看来，第一梯队应该包括华锺彦、王梦隐、宋景昌、邢治平、王宽行等老先生，第二梯队应该包括李春祥、白本松、李博、王宗堂、王芸等老师，第三梯队应该包括张家顺、王立群、李贤臣、郭振勤、张弛、王刘纯、曹炳建、陈江风、齐文榜、王珏、张一木以及古代文学教研室资料员万宁等，第四梯队应该包括李恒义、常萍和我。工作中除老先生们的关怀外，年轻教师中很让我佩服的是王刘纯和陈江风两位，他们不仅学问做得好，人品也没得挑别。刚入职的我对什么都懵懂无知，他们会时不时地在工作和生活方面给予点拨，让我倍感温暖。王刘纯多才多艺，兴趣广泛，尤其是书法很好，1981 年参加新中国成立以来首届全国大学生书法竞赛，荣获了一等奖，人们对他的评价是除了不会生孩子其他什么都会。他留校后从事唐宋文学研究，给著名古文家、金石家、书法家高文先生做助手，合作出版了在学界很有影响的《高适岑参诗选》，现在大象出版社做董事长，每年给他们单位创造巨大的效益。陈江风教汉魏六朝文学，研究视域较宽，尤其擅长从文化与民俗的视角来观照中国文学，出版了颇有影响的《天文与人文》等专著，在河大由中文系副主任做到教务长，后来又先后做了南阳师院、郑州轻工业学院的副院长。另外，曹炳建老师也把他备课的经验体会以及注意事项等毫无保留地分享给我。

还回到电影票上来，我跟着李春祥老师当助教，同时兼任教研室秘书，除平素要办理教研室的一些杂事外，就是每周四到各位老先生们家送电影票。程序是系行政办公室的黄炳申老师统一到学校电影队那里领回来，分配到各个教研室，分配时自然是甲乙丙票搭配，且老先生们每人只能满足一张甲票，这样即使老夫老妻看电影时也不能坐在一起。华锺彦、王梦隐、宋景昌等几位老先生住在明伦校区南面的家属院。华锺彦先生住的是两层小楼，记得第一次到他家送电影票，走上二楼，首先映入眼帘的是书房门头镶嵌的写有“双鹤轩”三字的扇面，房间墙壁上挂着一幅青松双鹤图，他正和夫人孙叔容老师整理文稿，各种书籍文稿平铺了一床——华先生也常说自己这里是“年年岁岁一床书”。我自我介绍后，他指着夫人说：“这是孙老师，你可要认识她呀。”后来去送电影票，他会偶尔问起我讲课的内容，并时有精警的点拨。后来我了解华先生曾师从高亨、钱玄同、俞平伯等学术大师，在唐诗宋词元曲以及《诗经》等各个领域都有很深造诣，其《花间集注》《戏曲丛谭》至今享誉学界。我和宋景昌先生是汝阳老乡，他住一套小型三居室，到他家送电影票时他时常和我拉家常，从如何讲好课到搞科研写文章多有点拨；谈及他当年被打成右派到农场劳动改造以及其他磨难，总是显得豁达乐观，很少苦涩的流露。王梦隐先生家住最南一排，他平时似乎不大爱出门，第一次去送电影票我通报姓名后，他随口说“君子进德修业”，以后每周去家，他总是让我坐下，问系里这事那事，很是详细。王宽行先生家住西门外家属院，家境好像比较困难，不大爱买甲票。第一次给张家顺老师送电影票曾遇到过一件尴尬事，当时他住在校西门外一个简易的两层小楼的二楼，我自我介绍后，他很关心地问我各方面的情况，未料临走时他问“你结婚没有”，天哪，我才二十来岁，连恋爱还没有任何实战经验呢！透过张老师关切的发问，我该对自己的老成有多么大的自信！后来和张老师熟了，他开着玩笑告诉我，说他女儿至今还为自己的老师嫁给了我而“替老师抱屈呢”这句让我始终都觉得遭受很大打击的话。

送电影票过程中，我也对其他老师的研究领域有所了解：邢治平先生曲稗兼治，曾出版过《红楼梦十讲》等专著；白本松老师在先秦寓言研究方面建树颇多，还精通《周易》，我们几个年轻人常常晚饭后相约到他家串门，请教学问争论问题，生活中的各种困惑迷茫也总让白老师帮着释疑解难指点迷津；李博老师虽讲授先秦，但苏轼研究在学界有一定影响；王梦隐先生研究贺铸；王宽行先生研究陶渊明；等等。李春祥老师的情况当然我最熟悉，元杂剧和红学领域多有创获。他的生活特别有规律，习惯是早上 5 点多起床写东西，7 点多出门跑步锻炼，早饭后接着写作，10 点骑车到系办公室取信。李老师最大的学术贡献是在元杂剧研究方面，《元杂剧史稿》《元杂剧论稿》两部专著的出版，也奠定了河南大学文学院当时在元曲研究方面的领先地位。

从 1985 年给 1982 年级开讲，到今天给 2017 年级网授元明清文学，我总共给文学院的 36 届学生讲过基础课。回忆我在河大文学院工作的近四十年，老师们退休了一批又一批，班子换了一茬又一茬，学生毕业了一届又一届。在将要阔别十号楼熟悉的三尺讲台之际，想到与母院的深深缘分，总是感慨万千。在与文学院相伴的四十年中，自己一直心怀感激与忧虑。感激的是在这里始终有师辈的关怀与指点，自己才能在高校教学科研这块别人看来非常神圣的领地站住了脚跟；忧虑的是唯恐努力不够做事不周愧对“铁塔牌”称号，有损母院声誉。感到欣慰的是，历届毕业生对自己的教学还有一定程度的认可，时不时会收到毕业多年的学生发来的问候信息，还多次被毕业生评为“自己最喜爱的老师”之一，同时在自己的学术领域也拥有了一定的话语权。我坚信并深深祝愿，文学院会乘着“双一流”的东风，借百年院庆这个契机，在各个方面取得更大突破，创造出更加辉煌的明天。

作者简介：张进德，1980 级本科生，河南大学文学院教授。

关于河南大学中文系马克思主义研读会情况的回忆

霍清廉

一、背景。我们八零级同学是“文革”后恢复高考的第四届学生。当时，因为结束“文化大革命”，很多人思想上比较茫然。一方面，系里开会，领导讲时事政治；另一方面，系团委老师也以多种形式做我们学生的思想工作。为了解除思想上的困惑，在系领导的支持下，由中文系七九级同学发起，全校同学参与，于 1982 年年底成立马克思主义研读会，会长是七九级一位学兄（记不清名字）担任。当时入会同学以中文系居多，我记得也有历史系同学，我是第一批会员，会员 100 人左右。

二、马克思主义研读会的活动情况。马克思主义研读会的活动得到了系团委领导夏林同志的大力支持，同时学校各方面的领导都给予大力支持。主要开展以下活动。首先是在老师的指导下，读原著。读马克思和恩格斯合著的《共产党宣言》及其序言，读恩格斯的《社会主义从空想到科学的发展》等。记得当时请政教系的老师指导，老师的具体名字记不清了，但是老师在讲解《共产党宣言》时的风采印象颇深。我本人还读了政教系的《科学社会主义》教材，是一位杞县籍的张姓老师指导我读的。其次，请老师做坚定共产主义信念的演讲，记得是外语学院的老师为我们做演讲，他讲得慷慨激昂，很有感染力。其中举夏明翰从被捕到英勇就义的过程为例，讲得我们热烈鼓掌，记得手都拍麻了。还请历史系的老师做历史讲座，其中一位叫林家坤的老师，讲课语言幽默，深入浅出，颇得同学们爱戴。再次是看影视作品，记得最清楚的是在图书馆（中轴线西那座古式建筑）看《青年马克思》电视连续剧（好像是上中下三集），在看之前也有老师介绍和点评，谈到恩格斯与马克思第一次见面的情节，让我们理解马克思对时间的珍惜，还有马克思刻苦读书、思考问题，大量抽烟，等等。最后，搞社会调查，会员们到开封电视机厂，调查的题目是《对国民经济翻两番的看法》，我们受到了厂方的热情接待，毫无保留地让我们参观生产线，还做细致的讲解。以上活动，我们每吸收一批新会员都会组织一遍。当时社团没有经费，没有人动员，都是看到宿舍楼门口、系办公楼门口附近的张贴栏里有海报，就报名了。老师给我们做报告、搞演讲从来不提费用；到图书馆看影视作品，老师们非常支持，热情服务；去工厂调查参观都是各自掏公交车票。但是，社团的号召力和凝聚力很强，大家都很遵守时间和纪律。

三、参加社团的收获。对于我个人来说，在河南大学读本科期间，母校给予我很多，以至于把我从一个生长在偏僻农村的青年，改变为一名青年干部、教育工作者。其中，马克思主义研读会给了我以下帮助。第一，坚持独立思考、实事求是。在众说纷纭的时候，不盲从，不走捷径，不武断下结论，而是从事物本身出发，自己去学习去认识。譬如，当年很多人叫嚷着“马克思主义过时论”，我们则从原著读起，自己去认识。在今天看来，虽然读得不多，但是读懂了马克思主义最基本的观点。认为是正确的，就应该坚持。这个态度和方法，支撑着我工作 35 年，使我一步一个脚印，踏踏实实走出了自己的人生路。我的工作经历如下：团校教师—基层干部—县级干部—高校社会科学管理工作者—马克思主义学院党委副书记到党委书记；于 2019 年 6 月退居二线。一路走来，感到非常踏实，无怨无悔。第二，理论联系实际，不仅要读书，还要到社会上去调查；既要读书，更要在实践中检验；把理论运用于实践，从实践中丰富理论。更重要的是与人民群众打成一片，在践行马克思主义理论和党的方针政策中，为人民群众办实事办好事。在35年的工作中，我获得了一系列的荣誉：中国共青团第十三次全国代表大会代表、河南省第九届政协委员、河南省青年联合会第九届常委、河南省劳动模范（1999年）、全国五一劳动奖章获得者（2002年）、中国好人榜“爱岗敬业型”中国好人（2014年）、河南省优秀第一书记（2015年）、河南工业大学优秀处级干部（2018年）等。所有这一切的取得，我个人认为：一是河南大学给了务实的学风、朴实的做人风格；二是马克思主义研读会的学习与锻炼，特别是老师们无私的奉献精神，对我树立正确的“三观”起到了重要的作用。

回忆人在校情况：霍清廉，男，河南大学（入校时还是河南师范大学）中文系80级4班学生，班团支部组织委员。1982年年初加入马克思主义研读会，1983年5月当选为第二任会长，1984年5月毕业前夕，主持换届，由中文系83级尤黎明同学继任会长。我以“三优生”的成绩毕业，分配到河南省团校执教。

作者简介：霍清廉，1980级本科生，原河南工业大学马克思主义学院党委书记。

汴京铁塔下的美好时光

郝　银

1981 年 9 月，我来到开封的河南师范大学（后改名为河南大学）中文系学习，在铁塔风铃的陪伴下度过了 1000 多个日日夜夜。

转眼，已经过去了将近 40 年。河大的求学时光在我的记忆中是那样的生动、浪漫、美好，影响了我的一生。

大师云集

河大中文系，当时一个年级录取 200 多个学生，河大第一系，也有人号称亚洲第一大系。

说大，名师众多也是最主要原因。当时，闻名全国的中文系四老——任访秋、华锺彦、高文、于安澜先生，很少上课，只偶尔给我们做一两次讲座，领略了大师的风范。但风华正茂的刘思谦先生讲文学评论，后来闻名遐迩的王立群先生讲古代文学，周启祥讲当代诗歌，刘增杰讲现代文学，何甦讲文学概论，王文金讲现代文学……可喜的是刘思谦先生是我的论文指导老师，只后悔当时怕老师繁忙，每每请教都不敢多问。

老师们授课个性鲜明，诙谐有趣。他们有的用普通话，有的用家乡话，有的南腔北调。但全都是站着上课，很少看教案，激情飞扬，抑扬顿挫。

每每上课时分，趴在桌边听老师们讲课，潜入中外文学的奇妙长河中，真有乐不思蜀的感觉。当然，我们也经常给老师们起外号，模仿老师们的声音，如果哪位老师脸上有个疤痕，我们便丰富细节：是与夫人打架了？为什么？谁输谁赢？构思出很多情节。

有幸的是与七七级的师兄师姐们同在校了半年。对七七、七八两届学兄学姐我们是高山仰止。我初中的一位语文老师也在七九级中文系读书，我们由师生成了同学。他们后来成了我们敢于接近的辅导员或助教老师。

当时七七级任校团委书记的夏林老师指导我如何写讲话稿，改了好几次也未能满意。张国臣老师当时在校报负责宣传，我写了一首歌颂祖国的诗，他很欣赏，专门给我进行了指导。这首诗后来发表在《汴京文学》上，是我第一次发表作品，也点燃了我文学创作的火苗。

与大师、名师们共度的岁月，使我增加了对文学的景仰和向往，感觉三生有幸。毕业后我先在大学教书，后又在杂志社工作十年，当了杂志副总编。至今已出版两部专著，发表百余万字，成为省作协会员。

好书共赏

20 世纪六七十年代，那是一个十分荒芜的读书年代，一般人很难找到真正的文学名著。

但我第一得益于工厂的一位高阿姨，她很喜欢文学，有一箱子偷偷藏下来的书，还有一些旧时的杂志。《暴风骤雨》《小二黑结婚》，还有刘少奇的《论共产党员的修养》等。我常借她女儿之手拿回家来读。第二个是我的姐姐，她长我两岁，也能从别处借到当时的一些“禁书”来读。

因为父母不愿意让读这些“危险”的书，每到晚上也没有电了。我俩经常用布挡着窗户，点着煤油灯，我的近视大概也是那时形成的。

到了河大，踏进古色古香的图书馆，看到那么多的书，感觉真的游到了书海。第一学年，我读了一百多本。原来自己喜欢的《简·爱》《呼啸山庄》《巴黎圣母院》《家》《飘》《安娜·卡列尼娜》等，都借来读。当时觉得这个大学读得太好了，多读书就可以做一个好学生，岂不乐哉。

读书后来成了我一生的习惯。每每或歪在沙发上，或在阳台躺椅上，或在床头拿起一本书，喝一杯咖啡，品一口红酒，饮一盏清茶，觉得幸福生活也不过如此。

青春激扬

大学四年，正是人生最美好的时光。

当时我们上课有两种模式，有时上大课，是全年级 6 个班一起上，200 多人，大多在十号楼阶梯教室。有时候上的是小课，3 个班一起，100 人左右。

我们中文系八一三班 34 人，男生女生混合分组。

经过初、高中男女生的封闭管理和学业紧张，进了大学，心情放松了，我们可以谈天说地，评古论今。同学们在一起为一些不同观点，争得脸红脖子粗。

中秋时，全班聚在一起包饺子，用脸盆和面、拌馅，书桌当成了案板，啤酒瓶当成了擀面杖，笑语喧天，香味扑鼻。

记得最清楚的，当时女排比赛，同学们挤在一起听收音机，忘了吃饭，听宋世雄解说我们夺得了世界冠军，激动得无法表达。听说体育系有人把自己床单都烧了。大家拿着脸盆、吃饭的铁碗敲起来，把同学往空中抛，路上是自发的庆祝队伍，脸上挂着自豪的泪水，又哭又笑，感觉中国人扬眉吐气了。

那时候，操场上有我们的身影，脸上激荡着笑容，梦在这里升起，青春在这里飞扬。感觉我们正年轻，青春、梦想、激情，有什么实现不了呢？

在大学期间，因为学习和工作，还认识了很多其他班级、其他系的好同学，他们成了我一生中最亲密、最可信赖的朋友。

有苦、有难，我想到的是他们；有乐、有喜，我想分享的也是他们。偶尔相聚，我们会一起在河边散步，一起吃饭聊天，生活是那么美好。每次相见，心生欢喜。

挚爱闺蜜

在高中，谈恋爱的很少。

在大学时，记得开始三年要求比较严，按规定是不允许同学谈恋爱的。但是哪个青年男子不钟情，哪个妙龄少女不怀春，所以明里不让谈，但暗送秋波、山盟海誓又怎么管得住。当然，有些同学行为外露被发现，也在年级大会上受到了批评。

后来我们的李慈健、董武军、郭富堂等老师当辅导员时，尤其是到大四的时候，有点网开一面，他们默默地，不太阻止。

我和爱人相遇，同是老乡，但在不同的系，也在大四的时候偷偷摸摸地谈了恋爱。现在已携手走过30多年。

对我一生影响更大的，是结识了几个好闺蜜。

当时我们班女同学外加另一班的丽共11人，住在铁塔下的一个老式平房里。这当中有来自许昌的萍子，她总是笑眯眯的，笑容纯净，像早春的花朵一样，同学送外号“小沙弥”；还有爱多愁善感的娟，文学修养很高，爱诗赋，我们给她起了个外号叫“林黛玉”；有来自南阳的松，夜色里在寝室唱《老房东查铺》；有来自郑州的迪，教我们学习乐谱；有来自鹤壁的莹，会拉手风琴，领着唱《莫斯科郊外的晚上》；还有朴实的大姐荣、会写小说的红、从容的蓓、年小的霞……

我们住在邻近铁塔的宿舍里，入夜时分，寝室卧谈，风吹铎铃，叮咚作响，伴我们入眠，真是少有的美妙。

到郑州来工作的第一晚，我、萍、娟三个人加上我的男朋友，分别住在娟男朋友小石的办公室。当时天气炎热，也没想过要去住旅馆，我们分别躺在大办公桌上，吹着电扇，感觉好幸福。

40年来，我、萍、娟因为趣味相投，又住在一个城市，共诉着我们的苦恼，分享着彼此的快乐，时常相聚，互相鼓励，成为最好的心灵伴侣。受两位才女潜移默化的影响，这也是我能坚持写作的源源不断的动力。

美景美食

在古城开封，所有来读书的女孩子，都感到特别幸福。因为原来家里生活比较贫穷，好吃的东西也不多，一来到开封，让我们大开眼界，有那么多美食啊，真是好口福。

我们穿梭在鼓楼区的夜市，在明伦街边徜徉，去书院街买书看电影，借着这样、那样的机会，我们就会忍不住去吃一点美食。

记忆最深的，我们五六个女同学，常常每个人凑出一点钱，买一点好吃的，站在摊边，一小口一小口地吃，因为买得很少，真叫“品尝”，包括开封的桶子鸡、小笼包子、小果子、油炸糕、甜咸烧饼、焦黄的炒凉粉、乳白的杏仁茶、炒红薯泥……

尤其是夜晚9点后，走在充满古意的汴梁街上，突然遇到一个挑着担子的小馄饨摊，我们一人吃几口，上面漂着地道的香菜叶，真是唇齿留香。

开封有很多著名的景点。当时我曾当过班级的团支书，经常组织同学们去游玩，去黄河边儿踏青野炊，看太阳升起和落下，去龙亭湖坐船游春，在岳飞庙骂秦桧，去大相国寺看千手观音，到禹王台赏菊花，去古城墙下谈心……

河大的四年时光，就像一坛老酒，经过40年慢慢发酵，随着时光老去，越发醇香，回味无穷。

每个河大学子的人生都被河大盖上了深深的印记。不管是他的精神气质、面貌、行为举止，还是他的情感，都融入了河大的血脉。

河大永远是我们的精神之乡、启航之地。

每隔一段时间，我们都要回河大转转。看到那古朴端庄的校门，徘徊在琴声悠扬的艺术系小楼，在大礼堂后面的草地上闲坐，念几首海涅、泰戈尔、舒婷的诗，或清风朗月之下漫步，仿佛触摸到了过去的岁月，又回到了河大的美好时光。

作者简介：郝银，1981级本科生，河南大学中原武术研究院教授。

学一食堂里的青春碎片

宋红叶

1982 年初夏，我带着对大学生活的憧憬，开始了人生新的旅程。时间的沙漏沉淀着记忆的碎片，才华横溢、个性鲜明的老师，在三尺讲台上的风采还历历在目；勤奋努力、埋头苦学的同学，在十号楼教室认真听讲的神态还记忆犹新。但在学一食堂里的青春碎片，却依旧画面鲜活留在我的记忆里。学一食堂在五号楼后花园的北边，离铁塔很近，有风的时候，可以听到塔上的铃铛清脆的响声，当时的食堂是一排青砖大瓦房，现在已不复存在了，取而代之的是一栋宿舍楼。毕业三十四年，许多事情恍若隔世，但还能清晰地记起和学一食堂有关的一些事情。

一　人生的第一舞台

辅导员陈江风老师把我们中文系 82 级第一次集合地点就安排在了学一食堂，在这里，精神饱满、目光炯炯的陈老师给我们上了大学的第一堂课，讲了上大学的意义、父母的希望、命运的转折以及他自己的求学经历，第一次让我领略到大学老师的渊博的知识和优秀的口才。他还作了军训动员，并宣布了各班以及年级干部的名单。没有想到的是这次干部名单里有我——三班团宣传委员！我心里着实吃了一惊，因为我毕业的省重点中学河大附中人才济济，渺小自卑的我从来没有当过干部。正心里嘀咕着自己能不能胜任呢，只听陈江风老师声音洪亮地说："现在，我们活跃一下气氛，谁上来给大家表演个节目吧?"他的目光环视大家一圈，只见人人都把头低得像成熟的向日葵那么低，害羞得我们都在心里念叨："老天保佑，千万别叫我!""宋红叶，出列，来给大家唱支歌!"陈老师竟然点将点到了我！没法子只好硬着头皮站到了全年级同学的面前。又想支持辅导员的工作，又想给大家留下一个好印象，于是我鼓足勇气挺直身体，很热情地对大家说："大家好，我叫宋红叶，很高兴认识大家！今天我给大家唱一首《绿岛小夜曲》吧!"大家热烈地鼓掌，这是我第一次上舞台，第一次为 261 名同学演唱，大家看到的是声情并茂在演唱的我，其实有一个秘密只有我自己知道——那就是两条小腿在喇叭裤里不停地打摆子。我一遍遍暗示自己："宋红叶，你有点出息，不要再抖了！不要再抖了!! 再抖同学们就都发现了!!!"可是，不争气的腿一直在抖，一直抖到我唱完，唱完后我竟然还没忘记给大家鞠一躬。但是，不管演唱效果如何，这毕竟是我第一次登上人生的舞台，是陈老师把我推到舞台上的。有了这第一次瑟瑟发抖的演唱，后来在元旦晚会演唱《长征组歌》《月之故乡》等歌曲时，我的腿再也没有抖过，我完全可以自信、挺拔地站在舞台上了。陈老师的这一点将，让我变得勇敢，课堂上回答问题、课下组织同学们活动（参观汴绣厂、飞机场，义务植树活动，去老人院做公益等），以及在工作岗位的三尺讲台上的教态自然、讲课生动，这都要感谢那个在学一食堂让我走向舞台的陈江风老师。

二　女排夺冠

1982 年，经济还不发达，能吃饭、有学上就是幸福，大多数人家没有电视，学校教室也没有，只有电教馆有，所以很喜欢张中义老师的外国文学课，因为这门课有时可以到电教馆欣赏世界名著改编的电影。不过，学一食堂有一台黑白小电视。那时候日本电视剧《排球女将》很流行，我特别喜欢里面的小鹿纯子，甚至我自己的发型也是小鹿纯子型的，也因此特别喜欢看排球比赛。1981 年我们中国女排第一次获得了世界冠军，全国人民备受鼓舞。1982 年 9 月 25 日在秘鲁，中国女排杀进世锦赛决赛！那一天决战美国队，学一食堂的电视早早就搬了出来，放在学八楼下的一个木桌子上，我们宿舍的几位姐妹早早搬着凳子下去抢占位子！决赛开始了，我们前排蹲着、后排坐着、再后一排站在凳子上，挤挤挨挨，热血沸腾地盯着那可怜的九寸小黑白电视，青春的热血在血管里荡漾，我们嘶喊着“郎平加油!”“孙晋芳得分!”最后，我们终于取得了两连冠。年轻的我们欢呼雀跃，蹦着跳着喊：“我们胜利了!”还有的同学拿出了脸盆当当地敲。甚至有两三个同学把暖水瓶给摔碎了。此时已是半夜，楼上的同学有人抗议：“还让睡觉不?”我们反呛道：“冷血动物，还睡啥，下来!”

那时，没有大彩电、没有大沙发、没有啤酒、没有茅台，有的只是梦想、快乐，有的只是爱国、热血。现在条件好了，我们可以窝在沙发里，喝着咖啡，看比赛、看电影，但永远也找不到年轻时同学们一起看女排夺冠时的兴奋感觉，特别给力的感觉!

三　青春圆舞曲

80 年代是个沉闷的年代，伤痕文学、反思文学比较流行，男生和女生之间不太讲话，每天就是宿舍（学八楼）—教室（十号楼）—食堂（学一食堂）三点一线，周而复始。男生女生遇见了也是把头一低就过去了，连招呼都不打，不是不礼貌，而是害羞。害羞到什么程度，这样说吧（又泄露秘密了），我们班女生由我第一次领到澡堂洗澡时连衣服都不愿意脱。

为了活跃大学生活，增进同学之间的友谊，更是为了国庆35周年庆典，学校组织大家学习跳集体舞，并决定国庆节在篮球场进行比赛。82级选送了我和刘剑涛去艺术系学习“青年友谊圆舞曲”集体舞，我们俩学得很快，因为这个舞本身就不难，就是双人拉着手，上步、退步、转圈、摆造型。但是要教会全年级的人却是个很艰难的过程。教舞地点在学一食堂，我和剑涛一个班、一个班地教，男生都很害羞，估计都是第一次拉女生的手、第一次靠得这么近。虽然很疲惫，我还是很认真、很耐心地教着这些大男孩，我可以感受到他们的认真，并强烈感受到他们的紧张，一会儿他们手心儿里就是汗涔涔的了，一会儿豆大的汗珠从额头上滚落下来，一会儿踩着我的脚，一会儿方向又转反了、两个人尴尬地锁在了一起，显得特别笨拙。每个人的头上冒着热气，青春的汗味弥漫在整个食堂里。

我记得比赛是初秋的一个傍晚，天已经黑了，篮球场（现在是东斋房旁的花园）上几个大灯泡亮着，灯火辉煌的感觉。我站在第一排，领着身穿白衬衣蓝裤子的同学们旋进了“舞池”，随着“蓝色的天空像大海一样，广阔的大路上尘土飞扬，穿森林过海洋来自各方，千万个年轻人欢聚一堂，拉起手唱起歌跳起舞来，让我们唱一支友谊之歌”的歌声响起，我们起舞着，我们旋转着，但每个人都神情紧张，既认真又略显僵硬地完成着每一个动作。跳完“青年友谊圆舞曲”集体舞后，老师们表扬了我们，名次还不错！大家的表情马上放松了下来，笑声点亮了夜的星空。登上这人生的第一次舞台后，同学们也变得爽朗活泼起来，男女同学打破了清规，增进了友谊，有的同学还因此打开了爱情的窗子。多少年过去，我还记得学一食堂内同学们认真练舞、汗气氤氲的场景，那个青春飞扬、破茧成蝶的场景。

四　温暖有爱的地方

食堂，顾名思义：吃饭的地方。可是，食堂对于我们来说，它也是有温度的、有爱的地方。

那个时候我们吃得并不丰富，可以说比较单一。菜谱就是咸菜、白菜豆腐、番茄鸡蛋、包菜粉条。主食是馒头、炸馍片、大米、面条、稀饭。

没有零食的我们，每天下课时早已饥肠辘辘，下课铃一响，大家飞奔向一个地方——食堂！尤其是冬天，没有空调，没有暖气，有的同学双手都冻烂了！在我们的心里，食堂是一个很温暖的地方，热汤、热饭、热菜，热气腾腾，它就是我们温暖的港湾。下课了，同学们在食堂里吃着香喷喷的饭菜，三五个人一桌，边站着吃，边讨论着读书的心得呀，课堂上的问题呀，唇枪舌剑、妙语连珠。有的同学很喜欢赵复生老师的现代文学课，有的同学很敬佩讲文艺理论的何甦老师，每个人心中都有学习的偶像。还有一些同学匆匆走进食堂，排了队、打了饭菜，站在餐桌旁匆匆吃完，又打了一份带走了，干吗？带给宿舍有事或有病的同学，然后去教室或阅览室占座位，自习、思考、看书。那个年代团结友爱的故事很多。

还有一种情况很常见，两个女生一起去打饭，一个排打菜的队，一个排打主食的队，这是搭帮吃饭的闺蜜，精打细算，吃饱吃好。女生吃不多，一个月 17 块 5 毛的补助，能省下来五六块钱饭票，退了钱，买书、买衣服及日用品。多少女生在学一食堂搭帮吃饭的过程中成了终生好友。比如我和贤淑善良的小妹王淑明就是吃饭的好搭档，中国好闺蜜。

在学一食堂吃饭的还有艺术系的同学，独特的气质、艺术的穿着打扮，也往往吸引着中文系的多看几眼。他们脖子里挂着琴房的钥匙，一手拿碗，一手拿勺，或挺拔优雅，或吊儿郎当，或练着发声向学一食堂走去，在我们中文系同学的眼中他们是一道亮丽的风景。他们时髦的衣着、发型往往是学校流行的风向标。嗯，就是爱多看他们几眼，羡慕全写在眼里。“甜妹子”韩梅、“小英子”霍玲，到现在我还记得她们，特喜欢她们的范儿！有多少中文系的才子暗恋着艺术系的佳人还不知道吧？据说，后来还真成了几对儿呢！这是佳话啊。

学一食堂还有一种功能，仿佛是现在的西餐厅吧，就是地下恋人或公开恋人共进晚餐的场所。男生积极地排队，哪个菜里有点儿肉腥，肯定最快卖完，然后男生们就端着饭盒和心爱的人一起分享，没有鲍鱼大虾，但柔情蜜意使饭菜变得非常美味。

在学一食堂对面的路灯下，冬天的夜晚总会有一个老太太在那儿卖茶叶蛋，年轻人消化得快，下了晚自习我会去她那儿买茶叶蛋吃，一角钱一只，那可是奢侈品！到现在我还记得墨蓝的天空飘着洁白的雪花，昏黄的路灯下，一个老太太竹篮里的茶叶蛋，真香！

五　别离笙箫

四年的大学生活飞驰而过，懵懵懂懂地就到了毕业季。我们那时候没有相机，没有手机，没有民国服、旗袍或汉服。就在大礼堂全年级合照了一张黑白照，算是给大学生活画上了一个句号！然后，学校在学一食堂招待我们吃一次散摊儿餐，竟然还提供了啤酒！大家默默地吃着，嘴里味同嚼蜡，心里五味杂陈。突然有了女生啜泣的声音，慢慢就有一些女生拥抱着哭了起来，男生则豪爽地喝起了啤酒，更有甚者还摔碎了酒瓶。

我和王淑明也开了一瓶啤酒，这大概是我们82级中文系许多人第一次喝啤酒，只记得是很苦很涩的味道。伤感、忧郁、迷茫、不舍，各种滋味，我很难说清，反正很难受。同学们要挥一挥衣袖，不带走一片云彩喽。吃完饭后，我们宿舍的女生有默默打行李的，有悄悄抹眼泪的，有在毕业纪念册上奋笔疾书的，有放声大哭的！那个夜晚悄悄走了多少人我不知道，因为我是本地人，我是一拨儿一拨儿地往车站送人，最后一拨儿送的是班长乔和好友宛春。我记得是用力把他们从绿皮火车窗子里推进去的，挥挥手火车就开走了。站台上留下我黑色的影子，悠长又寂寥的影子。这一别，天南地北，有的同学走后就再也没有见过，还有的同学已经过世了。少年不识愁滋味，为赋新词强说愁。中文系的同学本来就多愁善感，今晚，离愁滋味铭心刻骨却无处赋词。回到宿舍楼，各个房间空荡荡的，盥洗室没有了歌声、笑声、脚步声和吵闹声，世界一下子静了下来。82 级中文系的同学，你们还好吗？你们还记得学一食堂我们喝的啤酒么？绿色玻璃瓶装的汴京啤酒是什么滋味？羽帆诗社的小伙伴们，你们回来作一首诗吧！

学一食堂，是我青春开始的地方，也是我青春散场的地方。在这里我结识了 261 名大学同学，4 年的友谊如幽谷里的小花，开在记忆的最深处，每个人都在学一食堂拉开了梦想的帷幕，走向青草芳香、繁花似锦、硕果累累、桃李天下的远方。

愿中文系 82 级的青春永不谢幕！6 月 3 日凌晨 5 点，写给我饭菜飘香、温暖有爱、熙攘喧闹、青春涌动的河大学一食堂！一生感谢的地方！感恩母校，感谢老师！怀念青春，怀念学友！

作者简介：宋红叶，1982 级本科生。

在河大，我的青春不留白

方红霞

在风华正茂的年龄，我走进了河大雄伟严正古色古香的大门，37 年过去了，由青涩到成熟，由肤浅到丰富，如今的我即将退出工作岗位，回首往事，我越来越深地感觉到大学对我的影响。读书在河大，是我最美好的四年，也是我一生的宝贵财富。

一　在河大，我走进了文化的殿堂

从偏远闭塞的黄泛区，进入向往已久的著名学府，让我感受最强烈的是河大的文化氛围。走进河大，就走进了历史和文化：千年贡院遗址，那是封建科举考试的终结地，而庄重雄伟的大门，中西合璧六号楼、七号楼、大礼堂、东西十二斋则是中原现代教育的发展标志，加之巍然屹立的千年铁塔，杂树掩映的古城墙，仿佛一条从古到今的走廊，见证着历史的昨天，也见证着河大发展的今天，见证着河大学子的成长。

大礼堂如宫殿一般，青砖灰瓦，飞檐斗阁，气势恢宏。那里是开学典礼的场所，科普的讲堂，重要演出的舞台。

礼堂是学校各种重要讲座的场所。在那里，我聆听过多场大师们的精彩讲座。交响乐之父李德伦的讲座，对我无疑是一次高水平的音乐欣赏课。当时他已经六七十岁了，但他对交响乐的热爱和激情感染着我，他重点讲述贝多芬命运交响曲的创作，乐曲所表现的冲突与斗争，胜利与喜悦，代表着贝多芬不向命运低头的顽强精神。他模拟命运敲门的悲怆音调至今仍在耳边。在那里，我还有幸聆听了著名数学家陈景润的演讲。那天，礼堂的走道都站满了人，水泄不通。虽然我对陈景润的方言不能完全听懂，但仍觉如仰高山，此生幸事。还有徐悲鸿遗孀廖静文的讲座，通过廖女士的娓娓述说，我知道了比教科书上更有血有肉的美术大师。

大礼堂还是电影放映场。之前在家乡我看的都是露天电影，第一次在那么漂亮的礼堂看电影，我特别兴奋。观看《青春万岁》我也曾和剧中主人公一样心潮澎湃，热血沸腾，青春的热情洋溢全身。观看《女大学生宿舍》，觉得电影里的人物既陌生又熟悉，与我们的生活如此接近。观《人生》，来自偏远地区的我们更能理解高加林的生活，更能懂得他奋斗的沉重和代价。

飞檐翘角中西完美结合的7号楼，与高树绿植相映成趣。雕花垂柱，小巧精致的东西十二斋，爬墙虎直到女墙，那些都是有故事的建筑。

与校园有一墙相隔的铁塔，浑然铁色，挺拔高耸，经历了千年的风雨，沉淀着厚重的文化，俯瞰着芸芸众生，见证着时代的变迁。它和我们河大相依相伴，相得益彰，河大“铁塔牌”恰如其分，名副其实。铁塔俨然成了校园的一部分，也成了我们河大学生生活的一部分。我曾多少次和同学漫步铁塔公园，遥想历史的瞬间，感叹古代工匠的超人技艺。也曾走上盘旋的台阶登临塔顶，观看我们美丽的校园，观望楼房鳞次栉比的开封城。也曾登高怀远，思接千载。铁塔湖清澈见底，杂树环绕，多少次我和同学临湖而坐，静心读书，又多少次沿湖散步，悠闲自在。

绿树掩映的古城墙，阴凉清幽，适合夏季乘凉也适合读书休闲。登上城墙，可看见一条铁路南北伸展，大片农田，庄稼长势喜人，一如我的家乡的景象。

品读着掩映于翠绿中的建筑，品味着历史的厚重和文学的绚美，河南大学注定成为我生命中不可分割的一部分。

二　在河大，大师引领，止于至善，我承继着勤奋踏实严谨的优良学风

河大四年，是我一生中读书的黄金时期。河大（当时校名为“河南师范大学”）的文史专业在全国都享有盛名，得知我被录取到中文系心情非常激动，颇觉幸运，决心努力学习，学有所成。在中文系学习，我感受最深的有两点：一是有学术水平高、爱教敬业的老师；二是有勤学踏实严谨的学风。

当时，我们中文系堪称大师级的人物有任访秋、高文、华锺彦等，虽然我无缘亲耳聆听他们讲课，但我有幸在五位教授从教50年座谈会上见过他们一面，仰慕之情无以言表。他们一生倾心教育，培育人才，致力于国家教育强盛，令人感佩。

很多老师给我留下很深印象。宋景昌老师的宋词鉴赏底蕴深厚又幽默风趣。六七十岁的老人讲起课来表情丰富，他常常配合肢体语言，令人忍俊不禁，听他的课就是一种享受。有一次，他讲到一首词中“倚栏杆”一句，随即快步走下讲台到窗口，一肘抵窗台，手托腮，眼神若有所思。那形象那神态，我至今回忆起来如在眼前。

刘思谦老师对当代文学有独到的研究，很受同学们欢迎，需要抢位置才能有幸听到。为了听她的讲座，我们往往早早去占座位，吃饭都可以随便应付。

王立群老师教我们时正值年富力强，他不苟言笑，但讲课特别认真，他对古代文学有自己的观点思考，深受同学们欢迎。

教我们现代文学的是一位年轻的副教授，一口上海普通话，他思维敏捷活跃，不照搬教科书，他敢说敢评，对现代文学史上的论

战提出了自己独特的看法，听他的课有一种耳目一新的感觉。

河大一向有优良的学风，学习的氛围很浓。大学学习虽不像高中那样要求严格，没有早晚自习，但是同学们还是比较自觉地读书做作业。那时，教室里没有空调，但无论暑热难耐，无论寒雪纷飞，十号楼晚上总是灯火通明，我和同学一起按时到教室学习。困了累了就出来随意走走，吹吹凉风，看看星空。回到宿舍，饿了，吃点剩馍咸菜当夜宵，有时泡一碗方便面，偶尔也吃碗馄饨“犒劳”自己一回。那年菏泽地震波及开封，晚上不敢回寝室，我和室友在十号楼看书到熄灯，现在回想，往事如昨。

那时，大多数同学晨起读书，校园里的小树林儿、十号楼附近的草坪、古城墙旁槐荫小道、铁塔湖畔都留下了许多勤学人的足迹，当然也包括我。我背诵唐诗宋词，背诵古今美文，能背诵《离骚》全诗。四年里，我读诵了许多古今中外的经典诗文，感受文学的魅力，不断地丰富着自己。

图书馆是我们经常去的地方。新图书大楼竣工投入使用，高大宏伟的建筑，几百万的藏书，我和同学们还着实有些兴奋呢。我和同学经常在下午到图书馆，教科书中提到的以及当代热点作品多有借阅。几年下来，我读了不少书。毕业前，我和室友特地在图书馆前拍照留念。书店街也是我们经常去的地方。周末休息，我和室友结伴逛逛马道街，吃碗炒凉粉，来二两小笼包子，最后一定会到书店街。那时的书店街名副其实，大小书店一家挨一家，古书新书比比皆是。逛书店是我们这些学子的乐趣，可浏览可阅读，特别喜欢的就买下来。书店街可算作我们的校外图书馆。

三　河大，开启我新生活的大门

进入河大，新的生活一下子拉开了大幕，新事物新体验不断冲击着我年轻的心，让我既新奇又兴奋。

参加军训，和我们年龄差不多的教官严肃亲切，既严格又关怀备至。第一次手握真正的半自动步枪，新奇兴奋之余又有小小的不安。训练间隙，各连队相互拉歌，群情激昂，一扫训练的劳乏。实弹射击有点紧张，但很刺激。

第一次和同学一起过冬至，热闹而温馨。学校发了面和肉馅儿，交给我们自己动手做。我们女同学是主力，擦干净桌子做案板，找来酒瓶做擀杖，有人搓面，有人擀皮儿，有人包馅儿。大家边说笑边包饺子，面和馅儿很快变成了白白胖胖的大馅儿饺子。煮饺子的活由男同学负责，热腾腾的饺子，一盆盆端回来，腾着热气，散着香味。虽然有的饺子破了皮儿，有些漏掉了馅儿，但自己动手包的饺子吃起来别有一番风味。一个细节让我记忆一生，班里的男同学让我们女生先盛形状完整的饺子，那种同学间的关心和友爱至今温暖我心。

第一次登山——游嵩山少林寺，来自平原的我第一次亲眼看到过去电影里的大山。登临少室山顶，放眼远望，群山起伏，峰峦叠嶂，忽然就有了“一览众山小”的豪情。俯瞰山下农田状如棋盘，色如彩画，登山的疲劳一扫而光，只觉神清气爽，心旷神怡。

第一次看灯展，人如流水灯如昼，火树银花不夜天……

第一次赏菊花展，观者如云花如海，满城尽飘菊花香……

我曾多次走近母亲河——黄河，每次体验都有不同。之前，黄河只停留在课本中，是一个抽象的符号，黄河在我读过的诗词中，只是一个遥远的意象。入校的第一个学期，我们全班去了黄河游览区，当时正值枯水期，宽阔的河道时有沙底呈现，捧起浑黄的河水，我亲眼见识了黄河水一碗水半碗沙的特点。放眼上游，想起李白“黄河之水天上来，奔流到海不复回”的诗句，心中不免有几分疑惑。后来我又和朋友骑车去黄河，看到了黄河的真面目：道宽水大，一望无际，浩浩汤汤，滔滔东流。询问当地艄公，得知黄河汛期波涛汹涌，浪高过丈，声如响雷。遥想当年刘邓大军乘木船强渡黄河的场面，是何等的惊心动魄，又是何等的雄伟壮观哪！

参加校合唱团活动的那些日子，是我一段快乐的时光。在舍友的鼓励下，我克服了自卑心理，报名参加校合唱团，清唱一段《我的祖国》即被录取。课余时间，和许多陌生的同学一起学乐理，识乐谱，练发声，排练《黄河大合唱》。合唱团的学习和训练，对我来说，就是音乐启蒙，让我窥探到音乐的美妙与魅力。那是一段快乐的时光。

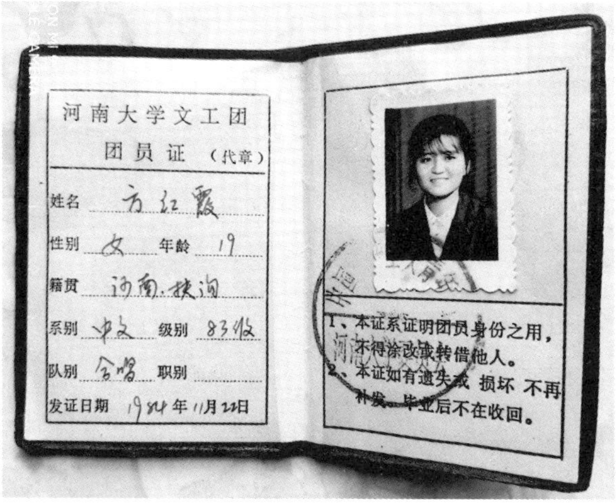

方红霞的“河南大学文工团”团员证

参加勤工俭学活动也是我十分难得的体验。岗位由学生会牵头联系，学生们可以自由选择。我选择做家教，给一个上初中的姑娘辅导语文。一个月上四个半天，15 元，雇主还给我提供了一辆粉色斜梁女式自行车。我和小姑娘相处融洽，每次去辅导，家长都热情挽留我吃午饭，我有种为师者的满足和愉快。做家教是我从教前一次难得的社会实践活动，可以算作我毕业前的演练。

……

河大，我的母校，你是知识的沃土，我的智慧之树在这里恣意生长；你是文化的殿堂，我的思想大厦在这里筑实建造；在你的培养下，我不断充实丰富，强健而有力量。无论我走到哪里，“铁塔牌”是我永久的印记，美丽的校园，是我终生想念的地方。

此生有幸读河大，我的青春不留白。

作者简介：方红霞，1983 级本科生。

我们那逝去的青春啊

何作林

1983年，不满十八岁的我，考取了河南大学（时称河师大）中文系，成为我们山村的第一位大学生。四年的大学生涯，河大将我由一个懵懂少年培养成一位有理想、有韧性、有担当的热血青年。

在河南大学生活的四年，是我人生中最幸福、最快乐、最难忘的黄金时代！

一

还记得1983年那个炎热的9月，我怀揣河南大学录取通知书，一头挑着木箱，一头挑着被子，与同时考取河大的两位同学，一起坐上了由商城开往信阳的长途汽车。我们坐最后一排，由于人多拥挤，一路上周身动弹不得。直到下午三点多，我们又挑着行李摇摇晃晃，跌跌撞撞，挤上开往开封的火车。20世纪80年代坐火车，人流拥挤程度可想而知。我们被拥挤的旅客挤到厕所旁边，继而退守在车厢连接处。

夜晚八九点钟，火车抵达开封站。出站口，看到“河师大新同学，欢迎您”的横幅，一股暖流涌入心田。跟着接新生的学长，我们坐上了学校的汽车。

汽车开到学校大门，古朴雅典的校门，让人顿感庄严肃穆。车在大礼堂前停下，看到学校巍峨雄伟的大礼堂，一种神圣的感觉直抵心扉。在通往大礼堂的道路上空，高高悬挂着一幅幅欢迎新生的标语。灯火通明的夜晚，偌大安谧的校园，道路两旁高大蓊郁的古柏树，此情此景，心里陡生感慨：这是多么理想的学习乐土啊！

安顿好后，接下来的几天，在学八楼下的小卖部买了第一双解放牌胶鞋，换下从家里穿来的百纳底布鞋。买了第一条皮带，换下从家里系来的棉布腰带。买了白瓷缸、洋瓷面盆，买了绿书包。

为期一个月的军训，给我留下最深印象的就是，坐上卡车到野外实地打靶的场景。

平时训练，卧倒，端枪，瞄准，三点一线，射击。进入战壕后，听到此起彼伏、震耳欲聋的枪声，自己早已吓得魂不附体。匆匆装上子弹，哆哆嗦嗦瞄准，扣动扳机，“砰”的一声，子弹飞出枪膛。听到自己开枪的剧烈声音，随着机身对身体的剧烈冲击，反弹似的站了起来。这时，教练一个箭步冲了上来，一把按下，“不要命啦！”惊慌失措中，还没等对面报成绩，又端枪，瞄准，扣动扳机，“啪！啪！”两发子弹连射。报靶的老兄始终不敢伸出头来。最终，不知道自己的三发子弹打中多少环。

二

新生的活动很多。入校不久，司琳娜同学就教我们唱，“巨浪！巨浪！不断地增长……”第一次见识到，一个女生也可以这么飒爽干练。

之后，中文系八三级新生在阶梯教室举办了一次联欢晚会。我和曹杰合唱一首《夫妻双双把家还》。由于自己当时可能还没有完全变声，我唱七仙女的词，一举手，一投足，一颦一笑，那地道的黄梅调，高亢甜美的歌喉，顿时倾倒、“嗨翻”全场，从此落下“花腔女高音”的美名。

大学四年，观看了系里、学校里组织的许多晚会，记住了荆霞、韩梅的大名，也熟悉了《南屏晚钟》的旋律。

大学四年，每逢周末，大礼堂就放电影。甲级票一角五分，乙级票一角，丙级票五分。发到票去看，没有票，拿着用过的废票，也混进礼堂去看。

大学四年，听过许多高水平的报告会。印象最深刻的是数学家陈景润来河大作报告。这位攻克“哥德巴赫猜想”的英雄，相当于今天“感动中国”的一号人物。他的到来，河大学子的热情可想而知。当晚，大家蜂拥进大礼堂。不少人挤掉扣子，挤掉鞋子，挤撕了衣服！

大学四年，我与曹杰多次翘课，去电教馆看高年级中外名著录像。有一次，由于信息有误，误入化学系的电教课。把门老师不让出去，我俩硬是受了一次化学课的洗礼。

大学四年，由六号楼、七号楼的老图书馆到新图书大楼，我一共读了两三百部中外名著。

三

上了大学才知道，不是上午、下午都有课，也不是天天都排课。教室不是固定的，同学也不是固定的。十号楼是中文系的主教楼，由苏联专家设计建造，是河大有名的“飞机楼”。从一楼到四楼大小几十间教室。大学四年，几乎从一楼到四楼在若干个教室上过课。

中文系八三级共八个班，每班三十四人左右。体育课单班上课，男女生分开上。英语、普通话两个班一起上，文学课等专业课四个班一起上，而公修课则在阶梯教室，八个班两百多人，一起上大课，蔚为壮观！

河大毕业生，素有“铁塔牌”之称，这应该与河大有多位才华横溢的名师、大师有关。

由于自己偏爱文学，所以，对教文学课的老师印象较为深刻。教楚辞的李博老师，地方口音浓，但讲课时，针砭时弊，激情澎湃，颇有屈子之风。教唐代文学的王立群老师，文学史讲得精要，作品分析新颖独到，鞭辟入里，颇让人叹服。讲授“李清照研究”的宋景昌老师，个子不高，但精神矍铄，表情丰富，表演逼真，课堂十分活跃。讲授“陶渊明研究”的王宽行老师，知识渊博，让我们领教了，做学问还可以做得那么深。“平畴交远风，良苗亦怀新”，至今难忘。教现代文学的赵福生老师，是上海人，一口上海腔，但课教得很好，多次在阶梯教室给我们作名家名作分析报告，很受同学们欢迎。教当代文学的刘思谦老师，思想活跃，作品分析有见地，她的课座无虚席，在今天，当属“网红教授”。

四

北方饮食与南方大不相同，南方常年吃大米，而北方以面食为主。

来到河大，才知道，吃面条，不是先葱姜炸锅，面条里加几叶青菜，而是要浇上一勺带有肉汁的卤。第一次吃到杂粮，第一次吃到油炸馍块，第一次吃到面包，第一次喝豆浆。在铁塔食堂，第一次吃到少油多盐炒得带煳味的包菜，第一次吃到勾芡炒作的油炸藕条。三毛钱一份的小炒肉，只有打牙祭才吃上一回。学五食堂门角处玻璃窗里的卤猪蹄、炸排骨，偶尔侧目几次。后来，喝到了开封正宗的胡辣汤，吃到老字号的羊肉泡馍，吃到一毛三分钱一两的牛肉水饺，品尝过鼓楼广场的黄焖鱼。多年以后，才知道，开封的名吃是灌汤包。

每年中秋节下午，学校给每人发一块半斤重的巨大月饼。领到手，掰点吃，晚饭后，再吃点，等到中秋赏月时，一块月饼早已消灭干净。

冬至这天，铁塔食堂给每班发饺子馅，分面，每班男男女女一起包饺子。地区不同，包饺子的手法也各异。于是，每次包完，各种做工，各种形状的饺子被端到一口比农村杀猪锅还大许多的锅里下进去。然后，不是用锅铲，而是用巨大的漏勺、大铁锨把水饺盛进各班的盆里，端到宿舍，热气腾腾地吃起来。那么大的铁锅，那把大铁锨，真让人长见识了！

毕业前夕，贾天仓、陈雷、戴瑞莉我们四人，到铁塔公园游玩一下午。晚上一起下小酒馆。几个小菜，荤素搭配，两扎啤酒，快意人生！这算是我人生中的第一次请客吧。

毕业会餐，品种十分丰盛，这是人生中的第一次大餐。只是离情已浓，大家争着敬酒，话别，嬉笑怒骂。

多年以后，每次去河大，都要去学生食堂吃一份学生餐，体味那煳味的包菜，勾芡炒作的油炸藕条，还是那个味儿，满满的都是回忆！每次到开封，也必定喝一碗正宗的胡辣汤，吃一次羊肉泡馍。只可惜，馍已不再是手工掰的那种小块，而改为机器断碎，少了当年那浓浓的令人咂摸的正宗味道……

五

开封是我国著名的旅游城市，它是八朝古都，宋代为盛，城市文化氛围浓厚。书店街，马道街，鼓楼广场，见证着宋代的繁华。京古斋沉淀着古开封厚重的文化底蕴。繁塔的古朴，铁塔的高耸，大相国寺的千手佛、一百零八罗汉堂，让人惊叹古人高超的工艺和大国工匠的智慧。龙亭那几十米长、几十米高的龙雕石刻，会当绝顶、君临天下的气度，让人折服于古代帝王的胸襟和气魄。那潘杨二湖，龙亭宝殿，至今凛然安坐，震颤千古！

每年元宵节的开封灯展，万人空巷，游人如织，摩肩接踵。那造型各异的大灯笼，把整个开封城照得如同白昼。其繁华热闹，仿佛又让人回到东京汴梁元宵节赏灯的盛况。

班级团支部组织的第一次活动是游嵩山少林寺。坐长途汽车，清晨出发，傍晚返回。先到中岳庙，再到少林寺。第一次看到大雄宝殿，第一次亲历电影《少林寺》寺僧练武功，在青砖地面上留下一个个深凹大坑的场面。绕过一个厢房，偶然看到一小僧手拿一本《世界地理》在读。忽然悲怆，这就是传说中高考落榜，遁入空门，寻求净土的少年吗？接下来，游览塔林，攀登达摩洞。

节假日，同室八仙也多有游玩。校门、大礼堂、铁塔公园、龙亭湖，留下我们青春的影像。

秋季没有课的下午，多次与老夫子孙荣璋郊游。曾走得很远很远，开封风沙大，每次归来，两腿都是厚厚的泥灰。

与好友姚伟骑自行车去过黄河，可惜遇到枯水期，没能见到“黄河之水天上来”的壮观景象，只能在河床淤泥上狠狠地蹦弹几下。返回时，有幸见识到开封的婚俗。新郎官身披各路亲戚送来的色彩各异的被面，鞠躬答谢。憨实的新郎被那厚厚的几十床被面搞得汗流浃背。一路上，我俩不禁感慨，结婚真是个体力活啊！

六

河南大学，百年老校，文化底蕴深厚。这里不仅是潜心求学、修身养性的风水宝地，也是让人悦目怡情、心旌荡漾的好去处。

夜自习，十号楼，灯火通明。坐在阶梯教室看窗外，楼中心空井处，泡桐花盛开，那喇叭形的花朵，似乎在演奏着美妙的乐章，芬芳四溢，是为一景。早自习，登上十号楼顶，背屈原《离骚》，俯瞰校园，匆匆上学、上班的人流，旭日东升，景静人动，是为一景。冬季，路灯下，看着纷纷落雪，听着脚下琼花碎玉的吱吱声，也是一景。初夏，躺在古城墙边的槐树林里，数着一串串洁白硕大的槐花，嗅着浓郁的芬芳，听着嘤嘤嗡嗡的蜂鸣，口中念道：“白日不到处，青春恰自来。苔花如米小，也学牡丹开”，又是一景。

学八楼302寝室，有几多趣事，叙其一二。

其一，大一秋季，开封发地震。深夜，熟睡的人们被“地震啦，地震啦”的疾呼声惊醒。顾不上开灯，穿鞋，上铺的兄弟踏着我的脊背抢先冲出寝室。走廊上，满是惊恐拥挤的人流。三层楼梯，莫名地被人脚悬空地挤下来。来到楼下的空白处，黑压压的全是人头，并没感觉山摇地晃的地震啊，而男女同学秋眠时，穿少露多的尴尬，多年后，仍是一种谈资。

其二，大二暑假，由于计划在学校看点书，没回去。假期人少，安全起见，学八楼东楼梯封了。某夜十时许，从教室回来，习惯性地上楼，三楼梯左拐，第一个寝室，推门。“你谁啊？找谁呀？怎么不敲门就进来了？”一女生上身穿着小白背心，正在擦拭，见状惊呼。“这不是我们寝室吗？这不是302吗？”自己一脸的茫然。“你自己抬头看看是几零几？出去，向东，开步走！”学八楼男女同楼的趣事还不知有多少呢。

其三，某个炎热的周末夜晚，室友们正在高谈阔论，突然敲门进来一位高大刚毅的男子，“大家都在啊”，接着给我们每一个人递烟。“这是我当年睡过的上铺啊”，他拍拍窗户边的一个床位，饱含热泪。“我是你们上几届的学兄，大家还不知道这个寝室的光荣历史吧？当年学校发生一起震惊教育界的由外籍教师引发的事件，就是在这个寝室发起的。河大学子，铁塔牌，有优良传统啊！不过，后来，大家都受到了轻重不同的处分。路过开封，再回母校，想念啊……”唏嘘再三。

河南大学的校园，建筑典雅古朴，绿树黛瓦，环境清幽，是中国最美校园之一。在这里，曾留下了多少珍贵的回忆！

与自己八位同窗建立了深厚的友谊，也给暗恋过的女生写过情书，与外系女孩闹过一出荒唐的事件。曾在一个夏日午后，跟着一个穿碎花裙子的女生，进错教室。一女一男，一前一后，刚进十号楼门口，透视的阳光，照得人头晕目眩！在图书馆阅览室，被一位身着红上衣、牛仔裤、黑皮鞋的同龄进修生惊艳到。1987 年“五一”节，女朋友由南方某高校只身来到河大。匆匆一周，校园，公园，鼓楼广场，黄河滩边，留下了我们青春飞扬的身影。“爱满黄河九曲溢，情压龙亭铁塔低”，这是大学同窗费晗在我毕业留言册上留下的两句诗。

1987 年 6 月，托运完行李，拖着一声长长的火车汽笛声，捏着一根白兮兮的粉笔，从此，走上了家乡的三尺讲坛！

大学毕业前几年，每每忆到河大，泪水浸湿枕巾。每每讲到河大，几度泪目，几度泪奔，几度哽咽……毕业初，每年必去一次河大，一下火车，开封，河大，那湿润甜丝丝的空气，早已让人沉醉。

总要去看一看学八楼 302 宿舍，总要去十号楼阶梯教室坐一坐。去大礼堂，图书馆，操场，铁塔湖转转。再登古城墙，寻觅浓郁的槐花香、嘤嘤嗡嗡的蜂鸣……也曾去过新河大校园，偌大的校园，造型各异的现代化建筑，光鲜靓丽的学子，可当年的感觉一点寻觅不到。

毕业十周年同学聚会，我参加了；二十年聚会，我参加了；三十年聚会，我参加了。三十五周年，说好的，我们还聚么？

我那魂牵梦绕的河大啊……

作者简介：何作林，1983 级本科生。

记忆中的讲座与刊物

程相喜

1983 年 9 月至 1987 年 6 月，我在河南大学中文系度过了四年美好的青春岁月。虽然时光荏苒，倏忽间已过去三十多年，但记忆却犹如缓缓流动的长河，常常会不经意间飞溅出几朵浪花，把自己的思绪带回到当年的求学时光。而记忆最深刻也最有意义的，是我在系学生会担任学宣部部长期间亲身组织参与的两件事。

第一件事，是组织开办中文系“文艺之窗”讲坛。

1985 年下半年，随着 81 级毕业、82 级进入大四，学生会改选后，作为大三的 83 级和大二的 84 级一批学生会干部成为各部门的骨干。在学生会主席张国安（现任贵州大学马克思主义学院院长，教授）的举荐下，由我继任学习与宣传部部长，副部长有 84 级的杨少伟、85 级的范红卫，委员里有 83 级的金勇（现就职于中国妇女报）、王新照，85 级的张英俊等。上任之初，大家热情高涨，如何打开学宣部的工作局面，成了思考最多的问题。

当时，中文系名师荟萃，有一大批学养深厚深受学生喜爱的老师。经过大家热烈讨论，最后意见集中到了充分利用中文系现有的优秀教师资源开办课外讲座上。

从确定讲座名称、制订计划，到选定老师，经过充分酝酿，1985 年 10 月 11 日晚，在系领导的大力支持下，由系学生会学宣部组织的“文艺之窗”讲坛，在十号楼123阶梯教室破壳而出。第一讲由系当代文学教研室、有全国十大女评论家之称的刘思谦老师主讲“近年小说创作概论”。刘老师以其女性评论家独具的视角和感悟，选取当时引起轰动的一批作家的代表作为例，为大家分析讲解了这些作品产生的时代背景、现实意义和风格特征，受到了同学们的热烈欢迎。第二讲是由古代文学教研室的宋景昌先生所作的“古典诗歌艺术构思”。宋先生当年下过乡参加过田间地头的文艺演出，练就了一套说书的技艺，讲起课来犹如说书一般眉飞色舞、活灵活现。先生当时年纪已高，但一个多小时的讲座，一直站着讲，精神饱满，并且在讲坛上走来走去，还时不时地仿照诗词中的意境做出各种各样的动作，快乐得像个老顽童。记得当时先生讲解李清照的词，讲到“倚门回首，却把青梅嗅”时，突然走下讲台拉开教室门，做出了一个倾身托腮倚门而立的动作，把青春少女的娇媚调皮之态表现得惟妙惟肖。接下来，根据老师们的时间，我们又邀请推出了现代文学教研室赵福生老师的“灵与肉的搏斗——从郁达夫到张贤亮”、外国文学教研室张中义老师的“苏联当代文学发展趋势”、张俊山老师的“朦胧诗欣赏”等讲座（还有一位赵明老师，讲的内容已记不清了）。讲座一经开办，便获得了空前的成功。每当同学们看到晚上有讲座的海报，便早早地赶往教室抢座位，去得稍晚点的没有位置的同学，只好密密麻麻地挤坐在阶梯上，教室后面也都站满了人，还有挤不进教室的同学自带凳子趴在窗户外听讲。可以说，当年中文系的讲座成为同学们最具吸引力的课外活动，为开阔同学们的视野、弥补课堂教学的不足开启了一扇明亮的窗户，也吸引了许多外系的学生旁听。

而尤为令我感动的是，这些讲座老师的平易近人和无私奉献的精神。这些老师都是中文系当年的教学名师，虽然大多数老师没有给自己上过课，平时也没有什么接触，但当我们怀着忐忑不安的心情到老师家里登门邀请的时候，老师们一听是要为学生们开讲座，都非常热情，当场应允，并和我们商量讲座内容。当时讲座是没有任何报酬的，自始至终没有一位老师提过报酬的事，也没有一位老师因报酬问题拒绝过。讲坛的成功也极大地促进了学宣部工作的开展，之后，我们还陆续推出了中文系英语大奖赛、元旦征文、演讲朗诵比赛等一系列活动。

第二件事，是创办中文系学生刊物《创作与研究》。

80 年代初期至中期，正是改革开放后中国文学创作大爆发也是最引起轰动的一个时期。从小说到诗歌，雨后春笋般地涌现出了一大批惊世之作，成就了一大批一夜成名的作家，各种文学思潮也应运而生，伤痕文学、反思文学、寻根文学、朦胧诗等，成为同学们热烈追逐的时尚。而当代文学的大繁荣所带来的影响，对于中文系的学生来说，最直接的便是各种文学社团的兴起。记得当时比较有影响的文学社团有校级的羽帆诗社，中文系的铁塔文学社、开拓文学社，吸引了一大批各个年级的文学爱好者。为了激发同学们的创作热情，给有志于文学创作的学生提供一个发表作品的园地，培育文学幼苗，在系党总支书记苏文魁，副书记吕文源、李慈健和副主任邹同庆等老师的大力支持下，由系学生会学宣部组织创办了中文系学生刊物。

记得当时讨论刊物名称的时候，苏书记说，作为中文系的学生，不仅要学会创作，还要学会研究，要创作和研究两花齐放。于是便有了刊物名称《创作与研究》，为季刊，16 开，每期 80 个页码（后来因学生投稿非常多，为尽量多发表一些学生作品，最多时曾出过 102 个页码），每期印 250 册，面向中文系学生免费赠送。为了支持刊物编辑出版，系里除了拨出专门经费外，还在 10 号楼一楼为编辑部提供了一间办公场地。1986 年 1 月，中文系学生刊物《创作与研究》编辑部正式成立，刊名由书法家、音乐系的赵振乾老师题写。

《创作与研究》作为学生刊物，由学生写、学生编。编辑人员都是从各年级喜爱文学创作并有一定基础的学生中挑选。初创时编辑中有 82 级的高金光（铁塔文学社社长，现为河南报业集团副总编）、吴元成（羽帆诗社社长，现为河南法制报新闻中心主任），83 级的我、梅强（系学生会办公室主任）、王海燕、王春生、乔木、李连随，84 级的杨少伟（开拓文学社社长）、杨国强、范清安、韩德富，85 级的吴丹青、陈红兵、赵丹珺、董立群，以及后来 86 级的荣海洋、张琳、钱频、黄琳、戴平等。主编由李慈健老师亲自担任，副主编有路春生（81 级留校）、吴元成、杨少伟，编务主任由梅强和我担任。82 级毕业后，从第 3 期开始，我接任副主编。

为了增加刊物的权威性和吸引力，由系里出面，邀请了系内外一批学术大家和文学名流担任顾问，如任访秋、刘增杰、苏金伞、王怀让、孙荪、苏文魁、青勃、刘思谦等，还有《开封日报》副刊的李允久、李怀苑、肖明礼，后来又增加了《洛阳日报》副刊的李宝琦、《牡丹》杂志的赵运通等老师。当时因条件和经费有限，刊物最初的 4 期为油印，1987 年改为铅印。刊物的栏目设有顾问寄语、小说潮、夷园（诗歌）、湖光塔影（散文）、文学社团、影剧评论、名作欣赏、古今中外（学术论文）等。刊物的创办，虽然排版和印刷十分粗糙，刊发的文章质量也非常稚嫩，但她却为全系广大爱好文学创作与研究的同学们开垦了一片处女地，在全系学生中产生了极大的影响。从 82 级到 86 级的很多同学所发表的第一篇处女作，都是在这个小小的系刊上。

深以为憾的是，由于毕业日久，《创作与研究》的创刊号已无处可寻，仅留存有 1986 年油印出版的第 3、4 两期，发刊词上写的什么也记忆不起，但我想，发刊词一定会是激昂澎湃激情四射的吧。

“起来，中文系的一代天骄，语言文学的宠儿；起来，有志于创作研究的同学们，拿起笔来，让我们用青春的金线编织我们瑰丽的梦吧，在崎岖的道路上，愿我们是同路人！”好在有这段刊发于第 4 期上的编后语为证，为我们管窥 80 年代河大中文系学生追梦的足迹留下了时代印记。

《创作与研究》的创办，不仅点燃了许多同学的创作热情，而且编辑人员之间还收获了友谊，甚至影响了很多人的职业选择。由于梅强、杨少伟和我三个人负责编辑部的日常事务，课余时间经常在一起讨论稿件和商议编辑出版事宜，故而成为非常要好的朋友，一直延续至今。梅强毕业时被分配到中原油田电视台，后来和编辑部85级的陈红兵结为伉俪，成就了一段佳话。杨少伟毕业后先是到了一个中专做老师，后来凭着写作才能调到河南教育学院从事校报编辑工作，一直干到宣传部部长。

《创作与研究》的编辑经历，对我个人来说，影响也极为深远。除了在每期刊物上发表作品外，一些作品也陆续见诸报端。记得自己公开发表的第一篇作品，是1986年6月《开封日报》副刊上的文艺随笔《浅谈当前小说中的怪味》；刊登在《创作与研究》上的小小说《奖学金发过之后》，被《河南大学报》转载。还有一篇小小说差点被《奔流》杂志发表。当时奔流杂志社的一位姓顾的副总编来学校召开学生文学社团座谈会，为杂志刚开办的“菁菁校园”栏目征集稿件，我把自己刊登在《创作与研究》上的小小说《一只瞎了眼的猫》誊抄给她，她回去后很快便给我来信，说小说转给栏目编辑看后，认为作品有一定的深度，揭示了现实生活中的某种典型现象，很有象征意义，拟发表。但后来顾老师又来信说，因作品中有些象征性的含义争议较大，最后终审时未能通过。虽然作品未能发表，但却给了我极大的鼓励。

因了这份编辑经历，毕业实习时，在顾问李宝琦老师的帮助下，经系里批准，进入《洛阳日报》副刊部实习。实习的两个来月中，我陆续在《洛阳日报》副刊上发表了10余篇小小说、文艺随笔、杂文，还有两篇消息。正是靠着这点小小的“资本”，毕业分配时被郑州工学院党委宣传部到校选人的老师相中，成为郑州工学院校报的一员编辑。

也正因为有了这份经历，工作后，从新闻采写、稿件编辑，到版面设计，很快便胜任了编辑工作。后来因工作性质，我的写作方向逐渐由文学转移到新闻写作上。在从事校报编辑工作的十几年间，陆续在《光明日报》《中国青年报》《中国教育报》《科技日报》《河南日报》等新闻媒体上发表消息、通讯等稿件200多篇。采写和编辑的新闻作品还分别获得河南省新闻奖一、二、三等奖，撰写的言论《莫拿青春赌明天》，不仅被毕业生《就业指导报》《中国青年报》转载，还获得第五届中国教育好新闻大学校报类一等奖，本人也还被中国高校校报协会评为优秀编辑。凭借这些成绩，在2000年副高职称评审中，从学校激烈的竞争中冲出参加全省新闻类职称评审，被评为主任编辑。也正是这份写作底子，2000年新的郑州大学组建后，先后被抽调到学校党办、校办从事和分管文秘工作14年。可以说，本人吃了大半辈子文字饭，而这一些都源自河大中文系。

“一切都是瞬息，一切都会过去；而那过去了的，就会成为亲切的怀恋。”四年，在人生的长河中虽然只是瞬息，有些记忆随着时间的流逝也已模糊不清，但那些记忆深处的过去却历久弥新，值得去怀念，去珍惜，去永远地留存。在河大中文系求学的四年，那些青春的激扬澎湃，那些奋斗的耕耘收获，特别是中文系博大精深的厚重历史、授予我们的知识、赠予我们的舞台、滋润我们的营养、赋予我们的铁塔牌自强不息拼搏向上的精神内核所蕴含的动力，将伴随并驱使着我们一路前行，永不停歇。

作者简介：程相喜，1983级本科生，现为郑州大学北校区综合管理中心主任。

青春时代的光辉岁月

杨少伟

1984 年 9 月，我怀揣着录取通知书，背着绿色挎包，带着一床被子，穿着一身绿色军装，坐三轮车、乘长途汽车和绿皮火车，从南阳地区内乡县王店公社杨湾村，辗转来到古城开封，走进河南大学的大门，开始了学习中文的大学时代。

当年是带着满心的失落和一百个不情愿来到这里。因为如果不是志愿填报的问题，至少北大以外的重点高校都可能上。就这样，“一步错，步步错”，使自己生长在河南、学习在河南、工作在河南。

穿过河大巍峨的南大门，走过长长的水泥大道，见到雄伟的大礼堂，内心还是产生了一点震撼和敬畏，油然而生细微的崇高和自豪。对大学，对大学生活，生发了某种程度的神秘向往和莫名好奇。

之后，参加军训，拜会老乡，游走校园，不知不觉，漫不经心，开始了大学生活。住在学八楼，食在三食堂，上课十号楼，观影大礼堂。河大的校园主体坐北朝南。南有明伦街，街南有小湖。北接铁塔公园，有北宋琉璃铁塔。东依城墙，抱铁塔湖。西接居民区，有西门通达。校园古色古香，布局错落有致，尤其是大礼堂俯视的前方建筑群，斋房，六号楼，七号楼，小礼堂，彰显了学校的沧桑过往和厚重历史。

熟悉了校园，体验了校园生活，尤其是明白了即将从事的教师职业，失落感、挫折感，不断涌上心头。驱散了进入大学初期的浅浅的喜悦，淡化了刚刚升起的对大学生活向往的热情，特别是升腾起对未来大学毕业从事中学教师职业的恐惧。想逃离，逃离这个校园，逃离这所大学。

于是，查找了西南政法学院的通信地址，认真恳切地给西南政法学院校长写了一封充满渴望的信，表达了要转学到西南政法学院学习法律从事律师职业的想法。结果，当然是石沉大海，杳无音信。

在懵懵懂懂中，度过了一个多月。通过各种信息的汇合，得到了一个结论：将来不想当中学教师，只有好好下功夫写作；在写作方面有成果，就有可能走出专业方向划定的“职业困境”。在这样初始的心情翻腾下，开启了大学生活，开始了学习中文的征程。

一　创办开拓学社

河南大学中文系当时号称亚洲最大，实际上也是世界最大。这个大在于学生人数多。全校 5000 多名在校生，中文系学生占三分之一。

我们八四级，超过 270 人，分为 8 个小班管理、2 个大班上课。全体男生住学八楼，女生住学五楼。我就以学八楼为主战场、以年级男生为主力军，创办了开拓学社。

开拓学社的构架是宏伟的。下设文学分社、书法分社和演讲分社。我总策划，召集年级五六个人，一个一个宿舍宣传动员，最终有 170 多人参加不同分社，几乎囊括了年级全部男生，名副其实“和尚学社”，文学分社人数占据了半壁江山。

开拓学社的“开拓”一词没有特别深奥的意思，就是简单的字面意思：开启新天地，拓展新方向。学社没有成立大会，没有油印刊物，没有请领导或专家担任顾问或指导教师。建立有组织机构，印行了社员名单，在相对固定时间开展学习交流活动。以专业学习促进活动开展，以活动开展促进业余爱好的水平提升。

开拓学社的创办，在中文系高年级师兄中产生了一定影响。他们赞赏新入校师弟们开拓的勇气、探索的精神。我们也积极主动向他们咨询请教。他们带我们参加校级文学社团羽帆诗社、系文学社团铁塔文学社的主要活动，参加开封市大中专学校社团联谊会。我们由此开阔了视野、增长了见识、丰富了生活，尤其在人生道路选择和价值观确立等方面，得到了豁然开朗的启发。

开拓学社的创办像涌泉，开始的时候气象万千，渐渐地泉水四溢，到我们毕业离校，已经是微风吹过了无痕迹。但是，她开启了我们年级同学们写作、书法、朗诵的爱好之旅，打开了我们走出年级融入全系、全校，跨越校园走向社会的通道，延展了我们年级不少同学大学后事业发展的光明坦途。

于我，自此和中文系爱好写作的师兄师弟，结下了一生淳厚的友谊，像八一级的杨普林、张新兵，八二级的吴元成、高金光，八三级的程相喜、梁书战、梅强，还有我们年级的崔志强、梁士奇、孙留欣、范清安、李志军，之后八五级的吴丹青、董立群，八六级的杨少波、吕挺琳等，成为文学爱好的同道者、事业发展的促进者。

于我，自此把诗歌写作作为记录人生经历、抒发内心情感的特殊方式，把读诗、赏诗、写诗融入了日常生活，享受其中不可言传的快乐。

于我，自此改变了大学生活秩序，以至于四年大学生活，竟然有三年的时光在课堂之外的图书馆和文学社团活动中度过。尤其是参加了学校图书馆读书爱好者协会，并认识了之后成为我妻子的小师妹。也许，这可能是最大的收获。

二　编选《新时期大学生诗潮》

20 世纪 80 年代，是充满理想主义和英雄主义的年代，文艺复兴，云蒸霞蔚，大学校园，青春灿烂。文化热潮交迭袭来，我们在应接不暇中畅游求学。

我们学习诗歌，欣赏诗歌，批评诗歌，传播诗歌。诗歌是青春的，青春是诗歌的。1985 年，是我们这些在校大学生的芳华时代。于我，最可记忆的是与同级同学崔志强合作编选了《新时期大学生诗潮》。

崔志强，河南浚县人，笔名黎阳。我小六班，他小七班，一个大班上课学习。入学半年后，我们一起学习交流诗歌写作，分享大学生诗歌写作的讯息和动态，邮购转卖北京大学五四文学社编选的《新诗潮诗集》，油印出售当时前卫文学评论家的新潮评论文章。志强对诗歌的分析评价有独到之处，具有那个时代大学生少有的创造力和商业眼光。他走向社会之后成为北上名闻京城、南下开拓有成的文化商人。那时候新诗潮风起云涌，大学校园诗人高喊着打倒北岛掀起了后新诗潮，但是诗歌发表的阵地不太多，诗歌传播的渠道太单一，诗歌分类公开出版的选集基本没有。整个诗坛万马奔腾，可供奔腾的草原少之又少。1985 年 5 月，国家出版局批准成立河南大学出版社。这给我们编选大学生诗选提供了千载难逢的机遇。志强和我萌发了编选大学生诗选的念头。恰逢其时，我们又有幸遇到不可忘怀的青年才俊、新锐编辑杨君。杨君，北京人，河北大学中文系八零级。杨君父亲，北京大学毕业，河南大学马列教研室教授。杨君是随他父亲从北京来到河南大学出版社工作的。他一米八零以上个头，皮肤白皙，身材魁梧，满头波浪式的卷发，黑黑的，长长的，覆盖在大大的脸庞上，在金丝眼镜的装饰下，透射出青年贵族的“潮”气和优雅。满口京腔和新潮词汇，使我们似乎从一个人身上，领略了首都新时期青年人的风采。他是促成我们编选大学生诗选的推手和帮手，也是我们学习研读编选大学生诗选的启蒙者和指导者。后来，他去了海南，天各一方，断了联系。

河大出版社初创时期，思想解放，眼光敏锐，思路开阔，放眼全国。出版社总编朱绍侯先生、孟宪法老师，大力支持我们的出版选题，给予了无微不至的关怀和帮助。中文系特批我们免费复印《诗刊》《飞天》《星星》等杂志资料。我们的编选工作顺风顺水，如火如荼。那个时期，甘肃《飞天》杂志的“大学生诗苑”是大学生诗歌发表的高地，也是最为荣耀的平台。刊发的诗歌作品，都附有作者所在大学的院系和联络方式。我们千方百计查询了当时将近2000位诗人的通信地址，向他们邮寄征集优秀的发表的未发表的诗歌作品。整个暑假，河南大学成为全国优秀大学生诗人关注的焦点，应征诗歌作品信函在酷暑中雪片一样从全国各地飞来。我们俩拆信函、读作品，深分析、慎分类，反复研讨，纵横比较。将近4个月，在孟宪法先生和杨君编辑的指导下，1985年10月，选集初成，名曰《新时期大学生诗潮》。遂计，确定请谢冕先生作序言。

谢冕先生是北京大学教授，新时期诗歌评论的潮头大家。每一位大学生诗歌爱好者，如果能够拜见到谢冕先生，就是一种人生荣耀。1985年11月的一个下午，我背着绿色挎包，装着初成的书稿，从学校出发，坐长途汽车到郑州，乘火车到北京，坐公交到北大。在北大中文系办公室，问询到先生的住所和电话。步行到蔚秀园21号楼，走进先生家。先生一人在家，个子不高，穿着朴素，神采奕奕，像个战士。先生用带有福建口音的普通话，问我从哪里来，吃中午饭否，有什么事情要办。先生坐在客厅的沙发，客厅书柜林立，书籍琳琅满目。我打开挎包，掏出书稿，说明来意，请他为我们编选的《新时期大学生诗潮》作序。先生称赞说，这样的选集全国初见，一定会尽早阅读认真作序，向全国诗歌爱好者推荐。我出乎意外地兴奋，用极简单的方式告别先生，沿着来时的路、乘着来时的交通工具回到了开封，回到了学校。前后32个小时，一人北上南归，没有吃一口饭，没有喝一口水，完成了一件不平凡的事情。

后来，先生的序言如期而来，书的出版依序推进。我们兴奋着，期待着。但是1986年2月，国家出版局专电，此书不能出版发行。

如今，我不知道书稿在哪里，也不知道谢冕先生的序言在哪里。不知道杨君在哪里，也不知道谢冕先生在哪里。顿然，有一种淡淡的阴郁和淡淡的喜悦。我想，如果可以，中国当代文学史，或者至少中国当代诗歌史，应该写上这样一段表述：1985 年，河南大学中文系学生崔志强、杨少伟，编选了著名诗歌评论家谢冕作序的全国第一本大学生诗选《新时期大学生诗潮》。

三　编辑《创作与研究》

1984 年 5 月，河南大学恢复校名，并由此迈入了历史发展的中兴时期。

这个时期，河南大学中文系有一个好的领导班子，有一支在社会上有影响力的高水平教师队伍，有一群孜孜学习奋发向上有理想有抱负的大学生。系刊《创作与研究》的创办就是一个小小的明证。而我，有幸参与了《创作与研究》的编辑事务。

1986 年春天，时任中文系党总支书记、诗人苏文魁先生和时任党总支副书记、中国近代文学研究著名学者李慈健先生等系领导，顺应中文系学生培养的时代需要，决定创办学生刊物《创作与研究》，旨在给全系学生提供创作和研究发表作品的平台，激励创作和研究的热情，培育创作和研究方面的潜在人才。

刊物邀请了系内外、校内外著名作家、评论家任访秋、苏金伞、王怀让、孙荪、刘思谦、李允久等担任顾问和指导老师。李慈健先生担任主编，八一级留校的讲授中国当代文学的青年教师、诗人路春生，时任羽帆诗社社长八二级师兄吴元成，时任系学生会宣传部部长八三级师兄程相喜和我（时任系学生会宣传部副部长，开拓学社社长并担任一年多的常务副主编）任副主编。时任系学生会办公室主任的八三级师兄梅强和师兄程相喜任编务主任。先后选择了八二级至八六级 4 个年级在文学写作和研究上初有成绩的学生近 20 人担任编辑或编务。

刊物邀请了著名书法家赵振乾先生题写刊名。赵先生的书法，既有魏碑的稳重和潇洒，又有行书的流畅和奔放，彰显了办刊宗旨，透射了中文系特有的文化底蕴。编辑部有完善的组织机构，专门的办公场所，专项的经费保障。刊物初为油印，不长时间即为铅印，16 开，将近 100 个页码，每季度出版 1 期，每期印制将近 300 册，免费赠送中文系学生。开办有顾问寄语、小说潮、诗歌、散文、影视评论、名作欣赏、学术论文等栏目。主要刊发学生文学作品和研究文章。

刊物的编辑出版，集合了一支创作与研究的学生队伍。参与编辑和编务的同学，大家写文章、编文章、发文章，彼此探讨编辑技巧，交流读书经验，切磋写作心得，比赛发表文章的数量和质量，在编好刊物、营造学生创作和研究良好氛围、提升创作和研究写作水平的同时，积累了编辑编务工作经验，历练了组织和协调能力，不断提高了创作或研究水平，为社会培养了有潜力的编辑出版、新闻宣传学生群体。比如，《人民日报》的杨少波、《中国纪检监察报》的范清安、《河南日报》的高金光、《河南法制报》的吴元成、中原出版集团的吴丹青、《南阳晚报》的韩德富、《汉语言文学研究》刊物的赵丹珺等毕业后一直从事新闻宣传、学术刊物编辑、书籍出版工作，郑州大学的程相喜、中原油田的梅强、驻马店教育局的王春生和我本人则一直从事教育系统宣传工作。

刊物的编辑出版，构建了校园内外文学创作与研究的联通渠道。不少同学在《创作与研究》发表处女作后，在省内外以及国家级文学或学术期刊发表了更有影响力的作品。从事编辑编务的一些同学，通过向顾问老师请教，掌握了积累素材的方法，获得了学术研究的途径，加深了对社会的认识，确定了文学研究的方向。目前活跃在河南文坛的许多中年作家和评论家，省文联作家协会、评论家协会、民间艺术家协会的主席、副主席，有不少是河南大学中文系毕业的，学术界也不断推出河南大学文学群落的研究成果。

于我，参与《创作与研究》编辑工作，苏文魁先生、李慈健先生的人格魅力、领导风格影响了我的职业生涯，他们是我的楷模和标杆。程相喜、梅强、梁书战等师兄的人品修养、工作态度和作风影响了我的工作和生活，我们不仅结下了终生的友谊，而且也促进了下一代的健康成长。我本人的编辑业务锻炼，对编辑关键环节把握、编辑事务程序衔接、编辑角色职能认知，大大有助于我从事高校校报编辑、高校宣传工作，并且取得了可喜的成绩。

感谢母校中文系，怀念这一段美好岁月，想念这一段美好岁月相遇的每一位老师和同学。

四　永远的思念

永远的思念。永远有多远，取决于感情的深浅。四年的大学生活，很长也很短。长，能够学到很多知识，获取很多教育，经历很多锻炼，增长很多见识。短，寒暑易节，春秋变换，羽翼未丰满，离别在眼前。1988 年 6 月 25 日，当我带着入学时的被褥、增添的书本和深深的依恋离开校园时，我知道我的大学生活结束啦，从此这个校园不再是我的校园。今后，我所拥有的只有回忆和思念。

不能忘记先生们的教诲。任访秋大先生，中国近现代文学史学术研究方面成就卓著，培养了著名学者关爱和先生、李慈健先生、袁凯声先生，编写了填补我国近代文学研究著述空白的《中国近代文学史》，使河南大学中文系成为全国中国近代文学研究的三大重镇之一。还有，研究中国当代文学、女性文学的刘思谦先生，研究唐宋文学的宋景昌先生，研究诗经的白本松先生，研究中国现代文学的刘增杰先生、王文金先生，研究民间文学的张振犁先生，研究影视文学的何甦先生，等等。名家济济一堂，杏坛纵横驰骋。在课堂，在讲坛，聆听过他们的人生感悟和学术观点，终身受益。

不能忘记先生们的关爱。我不是一个传统的标准的好学生。每一门新课至多听两次，以是否听得清、听得懂、有兴趣、可深究为基本判断标准，确定是继续随堂听讲，还是移师图书馆读书，以至于四年大学生活基本上有三年在图书馆度过。但是，仍然得到各个授业先生们特别是苏文魁先生、李慈健先生、张俊山先生的关爱。苏文魁先生、李慈健先生引导、指导我的文学创作和编辑。张俊山先生是我当代诗歌的授课老师，也是我毕业论文的指导老师。先生笔名伊人、一夫等，河南通许人，写新诗、研究新诗，是中国作家协会会员，在中国现当代诗歌研究方面卓有建树。我的毕业论文研究的是北岛诗歌，题目是《赤身裸体，走向冬天：论北岛的诗歌艺术》。在先生诲人不倦的指导下，论文成绩获得优秀等次。其中的观点：1988 年之后，作为颇具影响力诗人的北岛，他的时代过去了。还有，我认为，北岛、崔健、张艺谋、王朔是新时期的文化英雄。至今仍然坚持这些观点。

不能忘记学友们的情谊。一年级，共同创办了开拓学社；二年级，合作编选了《新时期大学生诗潮》；三年级，协同编辑了系刊《创作与研究》；四年级，认真撰写了毕业论文《赤身裸体，走向冬天：论北岛的诗歌艺术》。每一个阶段，离不开师兄们的指导帮助、饱含纯粹情感的支撑鼓励。每一项不简单的任务，离不开同行者坦诚的合作、同道者无私的支持。这种情谊可能只有大学时代的同学才会有，才会纯粹、持久。

不能忘记中文专业培育的精神。简单说，就是浪漫主义情怀。这是学习中文的基本标准，也是基本收获。虽然在之后的岁月中，遇到了一些不可理解的事、不可理喻的人，但是这种情怀保持至今，无怨无悔。在河大读中文的岁月，是我青春的光辉岁月，值得永远思念。

作者简介：杨少伟，1984 级本科生。

我与文院的两段情

刘齐晋

河南大学文学院（前身中文系）是我的母校，2023 年将迎来她的百岁华诞。在我的心目中，她就像是一棵参天大树，长在黄河边，静植铁塔旁，历经一个世纪的春华秋实，早已硕果累累，蜚声四海。有系友撺掇我也写一点纪念文字，起初我甚不为意，因为在河大中文“济济多士”的历届毕业生中，本人只是一名普通的中学教师，平凡得如同一粒黄河之沙，怎敢轻易到“师”门弄斧？

不过，闲暇时开始关注文院的公众号，拜读了一些新老师友的大作，心中竟渐渐萌生出东施效颦的冲动。理由有三：一是本人曾先后两次在此学习研修，累计时间长达四年半之久，母校待我不薄，我自然也对她顶戴有加；二是想到我辈作为文学院的嫡宗门徒，此生别无长技，唯一可以拿来赞贺师门的，就是一篇应征小文，倘蒙不弃，便得偿所愿；三是 1988 年本科毕业的我，如今已是年逾半百，大脑记忆功能衰退，一些尘封往事如不趁早打捞存盘，恐为忘川之水冲蚀，化为乌有，岂不酿成终身之憾？

青葱岁月：大学四年

我是于 1984 年 9 月考入河南大学中文系的。记得当年河大的录取线是470，我高考考了490多分。那时还实行估分报志愿，作为一名农家子弟，心里懵懵懂懂的，根本不知道该如何做决定。之所以选择上河大，完全是听从班主任的话，他说：你父亲是个教师，你就子承父业吧，将来当个老师，虽说社会地位并不算高，但录取应该有把握；再说了，河大是一所老牌名校，又刚刚恢复了校名，能够入门深造，也不算委屈了你。由于我语文成绩较好，就同时选报了郑大新闻和河大中文。结果，因师范院校优先录取，最终如愿走进了河大，从此与文院结缘。

回顾当年开学报到时的情景，恍然如昨。作为一个乡村孩子，又是第一次出远门，当我站在明伦街上，看到眼前那古色古香的校大门时，内心深深地被震撼到了。入校门朝里走，但见笔直的中轴线两旁，全是一些庄严肃穆的古旧建筑，尤其是路右侧一溜鳞次栉比的老斋房，更让我感受到一股浓重的书院气息。再往前走，迎面扑入眼帘的是巍峨雄壮、气势恢宏的大礼堂，当身旁热情的迎新系友老乡告诉我说，这是河大的标志性建筑，全中国的大学都找不到第二座如此典雅气派的礼堂时，心头顿然涌起一种朝圣的感觉——不错，这就是我心中大学该有的样子呀！

我们中文84级共有280多名新生，被分成两个大班八个小班，号称亚洲第一大系。男生住学八楼，距铁塔公园很近，只有一墙之隔，每天出入宿舍楼，一抬头就能看见高高耸立的铁塔，无形中更增添了一种自豪感：我们叫作铁塔牌，铁塔就是缀在我们青衿之上的文化logo！中文系，作为河大设立较早、久享隆誉的院系之一，她不仅历史积淀深厚，学术传承有自，而且名彦萃聚，人才辈出，以其教风正，学风浓，遂成为我们大学四年破茧成蝶的母巢。在这里栖居的一千多个日日夜夜，有太多风朝雨夕让人怀恋，酸甜苦辣任我回味，且容我钩沉辑佚，桩桩道来。

回眸之一：军训记忆

入学之后的首项任务是军训。还记得我们军训的场所，就在大礼堂前面两侧的空地上。军训的时间至少有一个多月，按小班进行编伍：我们三班共有36名同学，其中男生24人，女生12人，男女比例正好是2∶1。军训的过程，也是大家彼此熟悉、打成一片的过程。印象中，军训内容除有队列、站军姿等课目外，还包括射击。我们先训练的是高射炮操控，而最后拉到野外进行实弹演练时，用的却是普通步枪，平生第一次真枪实弹的体验，也算是圆了一回绿营梦。训练间歇，教官们则会组织我们进行班与班之间的拉歌对抗赛，那种热火朝天的场面令人血脉偾张。

总之，军训好比是大学生活的暖场和预热，带给我们的收获却是多方位的，不仅增强了国防、纪律观念，培养了团队合作精神，提高了身体素质和能力，还增进了同学友谊及相互了解。尤其是对于我们这些农村娃来说，从前上高中时可谓男女授受不亲，现在呢，受几个开朗大方女生的影响，不再那么忸怩羞涩，跟她们说话也不再脸红了，无疑是莫大的心理突破和成长进步。

回眸之二：课业摭拾

学生的主业当然是学习。军训结束之后，我们便走进十号楼，正式开始了象牙塔内的修行之旅。感谢母校，给了我们四年系统的专业知识传授，使我们这群来自四面八方、稚气未脱的浑璞青年，如深山探宝，满载而归，由此打下一生受用的学养根基。

那时的中文系只开设一个专业叫汉语言文学，主干课程包括“三论四史两语”：三论即文学概论、美学概论、写作概论；四史即古代文学史、现代文学史、当代文学史和外国文学史，同时配以作品选；两语即古代汉语和现代汉语。此外，还有一些必修的公共课，如外语、中共党史、普通逻辑、民间文学等。这些课程叠加在一起，宛如一份营养均衡的丰盛套餐，较好地满足了我们精神发育的需求，以至时隔多年，我仍能像老闺女数嫁妆似的将它们和盘托出。

回眸之三：群师小像

名校名系，赖以支撑的必然是名师。回首当年上大学时，河大中文系可谓贤士云集：老一辈的知名教授如任访秋、高文、华锺彦、于安澜等先生，因年事已高，多已不再登临本科生讲坛，我们遂无缘一睹其风采；年富而享有盛誉者，如刘增杰、刘思谦、王芸、赵福生等先生，或因学术活动繁忙，或因担任领导职务，我们亦未能得其亲炙；曾经为我们担纲授课的，记得有牛庸懋、王文金、张家顺、何甦、白本松、魏清源、张振犁、陈江风、王刘纯、王珏等诸位恩师，他们虽在齿龄上参差有别，教学风格亦各有千秋，但在我眼里均属治学严谨、教学有方的饱学之师。

在教过我们的师辈中，令我格外钦敬的有宋景昌、张家顺、何甦、王刘纯等几位。特别是宋景昌教授，当时已经七十多岁高龄，依旧站在讲台上，为我们讲唐代文学，口若悬河，汩汩滔滔，从来不拿讲稿；最妙的是他善用肢体语言，以弥补口头妙解歌咏之不足，让我们感佩之至。印象极为深刻的是，他带领我们赏析王维的名句——“白云回望合，青霭入看无”时的情景，老先生一时兴起，不禁加上动作表演，活灵活现，令人忍俊不禁，所谓“手之舞之足之蹈之”是也。据悉，宋先生之前曾当过中学教师，甚至干过说书艺人，故有此独擅之绝技，彻底把我们迷倒。此翁最大的嗜好是抽烟，课间几乎是烟不离嘴。张家顺先生授课，主讲魏晋文学，似也有魏晋之风，他温文儒雅，不苟言笑，却谈吐深隽，条分缕析，畅达有致。听说后来跨教从政，曾经做过开封市管文教的副市长。何甦先生教我们文学概论，他曾经担任过电影《战上海》的编剧，课堂上循循善诱，纵横捭阖，铿锵激越，启迪我们领悟什么是文学，了解文学的体裁类型及创作规律，让我第一次知晓了电影艺术中有个著名的技巧叫蒙太奇。王刘纯先生给我印象较深的是他字写得好，不少同学上课时偷偷照着他的板书学练字，其中就包括我。

回眸之四：自修心悟

仰承母校，为我们提供了优越的学习环境，有良师指迷津，有益友相砥砺，不过学业上的精进，则主要还是靠自己。我的体会，大学生活不比中学，必须跟着老师的指挥棒跳舞，而是相对宽松自由，除了上课，会有大把的时间可供自主支配。作为80年代的大学生，那时的我们还是比较惜时好学的，十号楼内，图书馆里，处处留下了同学们比肩共读、书海遨游的身影。

但是，由于人各有志，兴趣不同，所以每个人都会做出自己不同的抉择。据此，我把同学们的发展轨迹大致分为两种类型：一类叫循规蹈矩型。这类学生，基本是按照惯性，仍沿袭中学时代的学习方式、习惯，平时认真听课、记笔记，考试时好好复习，争取考个好成绩。用今天的话说，此类学生应该叫“学霸”。他们把主要精力放在对专业教材的攻读上，心无旁骛，有的最终走上了考研的道路。另一类叫天马行空型。这类学生，他们的兴趣点和着力点显然不在功课上，对学业成绩也不甚在意，满足于能过得去就行，腾出更多的时间和精力，做自己喜欢的事。比如，有的喜欢阅读经典名著，广涉博取，根据个人嗜好，又细分中国、外国，或古典、现代、当代，各有侧重；有的喜欢当时正流行的西方哲学思潮，什么卢梭、萨特、尼采、叔本华、弗洛伊德，什么存在主义、后现代主义等，每每侃谈起来，都能说得头头是道，令人心折；有的喜欢文学创作，不惜花费大量时间试笔习墨，积极参加由我系学生自主创办的铁塔文学社与羽帆诗社，佼佼者荷角初露，甚至公开发表作品，令人刮目相看。

如果对号入座，我把自己划归第一类。因为大学四年，本人的主要精力基本上都用在专业课的学习上了。这样做的好处在于，为日后成为一名中学语文教师，做了较为系统的知识储备；弊端呢，便是无暇他顾，所以课外名著阅读得太少，现在回想起来，仍视其为大学四年不小的遗憾。聊以自慰的是，在中文学子“听说读写”四项技能的修炼方面，本人虽疏于博览却勤于练笔。因为内心曾一直怀揣一个小小的作家梦，尤其痴迷于诗歌创作，为此也投入了不少精力。可惜天分不高，尚乏无建树。当时一些受我辈追捧的朦胧诗人——舒婷、北岛、顾城等，都曾是我心中的偶像。记得最后撰写毕业论文，选题也是当代诗歌，由张俊山老师担任我的指导老师。参加工作之后，一直没有放弃缪斯之恋，实离不开母校初造之功。

回眸之五：同学情深

大学四年，正值人生最美好的年华，同学们除如切如磋，如琢如磨，把主要精力用在学习上之外，当然还有着丰富多彩的课余生活。永远难忘，学八楼 110 室，那些共同走过的日子。我们同寝室八个男生，人人都有自己的小个性，朝夕相处中难免舌头碰牙齿，产生一些小摩擦、小恩怨，但彼此守望相助，结下的同窗情谊却是历久弥新的。

忘不了每天晚上“卧谈”侃大山的情形，往往因对一个问题看法不同争得面红耳赤；忘不了一起下象棋，两阵对垒，楚河汉界，会因为一盘残局而厮杀得难解难分；忘不了，大夏天午休时段的毒日头下，本班男生光着膀子在大礼堂前侧的篮球场上挥汗如雨，短兵相接；忘不了，那个会讲英语的游走商贩，隔三岔五会出现在走廊里，“毛巾、袜子、皮手套，不多了谁要”——那给我们带来市井气息的吆喝声；更忘不了，周末、节假日，同学三三两两结伴，到市里逛逛大街，看场电影，抑或漫步在书店街，淘两本旧书，感受一下文化古城的别样风情——鼓楼广场、大相国寺，晨钟暮鼓，余音未歇，可还记得我们的匆促脚步？铁塔公园、古城墙畔，湖光塔影，尽收眼底，更是让我们每每流连忘返……

2018 年暑假，时逢我们毕业三十年相聚。犹记我们三班大部分同学，重返阔别已久的母校，邀上辅导员袁士迎老师，一起叙旧话新，重拾遗梦，但觉时光倒流，往昔如昨。本人一时兴起，作打油诗一首，节录于下：

“弹指一挥间，毕业三十年。人生过半百，能不生感叹！当年愣小伙，如今鬓已斑。……此番来欢聚，重返老校园。母校底蕴厚，旧貌无巨变。驻足校门口，留影作纪念。东西老斋房，如见故友面。朝觐大礼堂，心中似圣殿。往事恍如昨，百感汇涌泉。敢问曾记否，初识在梁园。共饮汴河水，胜过乳汁甘。同居铁塔下，和尚尼姑庵。朝朝与夕夕，相处整四年。小班同听课，食堂共进餐。一同打过球，一起流过汗。多少青春梦，转眼化云烟。也曾拌过嘴，也曾红过脸。懵懂加青涩，恩恩及怨怨。如今重逢时，都付笑谈间。见面问声好，执手嘘寒暖。畅怀饮几盅，半醺略尽欢。抚今共追昔，沧海话桑田。聊聊生活事，絮絮叨不完。卧谈工作事，夜深难成眠。相聚匆促间，良辰恨苦短。就此一别去，更盼下回见。各自多保重，珍惜同袍缘。得暇常联系，此生场不散。戏作打油吟，芹献莫笑咱！”

回炉再造：省培半年

我和河大文学院再续前缘，是在大学毕业 12 年之后的 2000 年。那一年，被称为千禧之年，也是我被河南省教育厅确定为省级语文学科带头人，按照“百千万工程”培养计划，随同来自全省各地的 50 名学员，入文院回炉再造的年份。我们在此集中培训长达半年之久，学院对此次承训任务高度重视，不仅组织院内资深导师为我们授课，令我们受益匪浅，而且在临近结业时还积极争取，使我们在保证修完学分的情况下，人人都拿到了一张研究生班结业证书，算是一份意外的收获。

由于我们这些学员，全部都是来自教学一线的骨干，所以院里专门为我们量体裁衣，在课程安排上，着重从学科知识结构更新与教学思想拓展提升的角度予以张罗。记得亲自为我们授课的院领导有时任院长的张生汉先生以及副院长孙先科博士，张院长为我们开古汉语课，孙院长为我们讲当代文学，他们将各自学术领域的最新研究成果倾心介绍给我们，让学员们得饮源头活水。在其他授课教师中，给我印象较深的是胡山林老师。说实在的，读本科时，胡老师给我们上没上过课已经记不清了，但这次他给我们讲史铁生专题，我的总体感觉仿佛是醍醐灌顶，深为他的学术造诣与精辟见解折服。从山林老师和史铁生那里，我才懂得了什么叫命运的荒诞与悲苦，什么是人生的终极意义探寻。

为办好这期培训班，文学院还指定专人负责，由郭奇老师担任我们的班主任。郭老师是文学院八二级、早我两届的师兄，当时在文学院任职。他为人豪爽豁达，对学员们也极为热情，凡事为我们操心，深受大家的爱戴与好评。他任命我担任这个班的班长，加上其他几位班委，要求我们利用闲暇时间，多组织大家开展一些有意义的文体娱乐活动，尽量丰富学员们的课余生活，可谓用心良苦。

母院这般周到细致的安排，无非是为了让我们安心受训，学有所获。可惜的是，当时我们这批学员，最年轻的也都 30 多岁了，早已成家立业，出门在外，心里不免有了更多的牵挂，所以普遍心浮气躁，心中哪里还装得下一张平静的课桌！虽然大家也都很珍惜这次难得的机会，但是除了白天上课，夜间基本上都是外出活动，要么喝酒要么闲逛，很少有潜心静志勤于自修的。——以我个人的感受，自知已是星移斗转，从前大学时代那种孜孜矻矻、求知若渴的状态再也回不去了！此次受训，感到另有一项重要收获是信息化水平的提高。指导老师手把手地传授，使我们这些因年龄之故本不擅长接受新事物、视新技术为畏途的“门外汉”，对于 Word、PowerPoint 等计算机软件有了较为熟练的掌握。

光阴荏苒，前几天在文院公众号上，蓦然读到山林老师关于自己在河大求学经历的回忆文章，倍感亲切之余，不禁又想起那年培训结束之时，前往登门拜访并与他依依辞行的情景，不知胡老师可还有印象？今知母校与老师汴水清漪，别来无恙，我心甚慰！

朝花夕拾杯中酒，且把菊花插满头。此生能有机缘与河大、与文院两度邂逅，该是前世多少年修来的福分；荡然心许，其中又有多少难忘物事，如同一部廿四史，恨纸短情长，无法一一赘述。最后，只想如是表白：开封，是我的第二故乡；河大，是我的精神家园；文院，是我的终身名片。“雅什清歌，百年文院，携手同行，一生相伴。”这厢刻录有我的青春我的梦，注册过我的脚印我的心，永远是我魂牵梦绕的地方！

写于 2020 年 5 月

作者简介：刘齐晋，1984 级本科生。

河大琐忆

宁高明

难忘的大学军训

一九八六年我考上了河南大学，那是一所古老的学府，坐落在古城开封。刚入学时，我参加了军训。这是国家第一次对大学生进行军训，科目不仅有队列训练，还有射击，每人发了一支五六式半自动步枪。这是我有生以来第一次摸到了真枪，不仅满足了我的好奇，也圆了我童年的梦想。

军训是在学校的操场上进行的，学校的东边正好是古城墙，在城墙与操场之间隔有一条小河，水边生长着密密的芦苇。那时的河南大学位于开封市的东北角，与铁塔公园仅一墙之隔，正处于城市的边缘。出了城墙便是荒凉的原野。城墙上树木葳蕤，荒草萋萋，是军训最理想的场所。教官全是从中国第一空降军抽调的技术骨干，负责我们班的教官是一个排长，山东人，当过侦察兵，参加过对越自卫反击战。他不苟言笑，对我们很严厉。他常挂在嘴边上的一句话是，在训练场上多流汗，在战场上就会少流血。所以，我们训练起来很热情。

我们一开始进行的是队列训练。有些动作是我们小学中学学过的，没什么新鲜感，同学们有些松懈。我记得第一次列队时，我们班有一个高度近视的同学动作稍慢一些，教官上去就是一脚，正踹在屁股上，那个同学一趔趄，差点没栽倒。这一下同学们谨慎多了，也精神多了。教官再喊口令时，我们都反应得及时准确，很少有做错的。九月的开封，虽然酷暑已过，风沙却很大，刚刚收获的田野，一阵风吹过，便是漫天的黄沙，卷过城墙，从操场上一掠而过，我们的眼睛、耳朵、鼻子里，往往会钻入一些沙尘。即使眼睛被磅得生疼，也不敢用手去揉，甚至连眨一下都不敢。一向生活懒散的女生也是小心翼翼的，出操时不敢有一丝一毫的懈怠。

发枪时我们都很高兴，枪口下有一把明晃晃的刺刀，我们总想体会一下上刺刀的感觉。出于安全的考虑，教官禁止我们上刺刀。有时我们也忍不住，在中间休息的时候，趁教官上厕所，我们偷偷地上。第一次上刺刀我竟然闹了一个笑话，我用手捏住刀柄往外掰，可无论我使多大的劲也掰不开。邻近的同学偷偷地往下一拽，再往上一推就完成了。我恍然大悟。我闹的第二个笑话就是扣扳机，我们练习瞄准时，教官不许我们放空枪，可我们忍不住。再说，趴在地上一瞄就是半个小时，挺乏味的。我听到旁边的同学不时地扣动扳机发出轻微的撞击声，我也试着扣，可无论使多大的劲也扣不动。旁边的同学偷偷地笑了，他轻轻地拍一拍扣扳机的地方，我才发现扳机是锁住的。

我是一个近视眼，偏偏眼镜又坏了，练习瞄准时看不清目标。我们班有一位近视高达七百度的学生，他即使戴上眼镜也是模模糊糊的，可我们练习起来很认真。军训结束时，我们还进行了实弹射击。军车将我们拉到打靶场，每人五发子弹。等轮到我射击时，二百米开外的靶子我只看到一个影子，上面的环形线我根本看不清。无论怎样瞄，手抖得厉害，总感觉没瞄上。站在我身后的士兵催促说，快，时间到了。于是我不再犹豫，便扣动扳机。打靶结束后，我的成绩出来了，五发子弹打了四十二环，成绩优秀，真是大出我的意料。

射击训练只在大学里进行了一年，第二年便取消了。至于什么原因，却不得而知，应该说，我很幸运，我参加了国家举办的一次真枪实弹的大学军训，这成了我一生的骄傲。即使三十多年过去了，我依然念念不忘。

跑出校园去看河

记得刚入学时，一切都感到新鲜，明亮的教室，洁净的桌凳，琅琅的书声，还有那打预备悦耳的铃声，在我一颗幼小的心里充满神圣。可等到我真正坐在教室上课的时候，短短的四十五分钟课时对我来说竟然是一节漫长的煎熬，仿佛身在牢狱之中，总想跑出去看一看。

好不容易熬到下课铃响，我们像一只只出笼的麻雀，拍打着翅膀冲出教室。那时的乡村小学总是没有门，老师也不会管我们，我们撒腿跑出了校园。校园外有一条河，这是一条流经故乡的河，也不知道它的源头在哪里，也不知道它要流到哪里去。我们就顺着水流的方向走，和汩汩的河水比赛着脚力。累了，我们就坐在河坡上，仰望那一片遥远的蔚蓝和那蔚蓝的天空下白练般的河床。好像好久都不曾来过，心里许多的郁闷都在纷纷脱落，随河水流走。我知道，自己熬过了日复一日的枯燥和年复一年的考试，才在课间的铃声里，在这孤独的校园之外，重温那一河童年的梦想。

在县城读书的时候，校园北面的田野外，便是涡河。每到周末，我们几个溜进厕所，钻过墙上的破洞，再走大约一里的路程，河流就在眼前了，我们静静地坐在河坡上，宽阔的涡河轻轻地流淌，河边上生长着一眼望不到尽头的芦苇，对岸密密的树林里坐落着三三两两的房子。洁白的水鸟掠过水天一色，把我们的目光吸引到浩渺的天空，一直淹没在天之尽头。有时候我们也会爬上渔民的小船，摇出吱吱哑哑的橹声，任水花在我们身边飞扬。

秋天的雨后，我有时也会穿过学校的院墙，去看那条落寞的河。芦花飘飘，落叶缤纷，仿佛本来在大地上的四季轮回，却落在水里，流动着一个五彩斑斓的秋天。我依然会在起伏不定的河坡上站一会儿，脚下的小草枯黄，岸边的水鸟寂声，就连水里的鱼儿也不见踪影，只剩下满河的枯枝败叶，无声而悠远。

后来考上了河大中文系，在古老的开封读书。依然是校园的城墙外，不远处，有一条缓缓的护城河。河的外边，是漫天的黄沙和稀疏的麦苗，只有在城墙根处生长着茂密的刺槐。周日里，课余间，我们相约跑出校园去看河，男男女女沿着缓缓的土坡一拥而上，脚下踏着秦时的砖汉时的瓦。高高的城墙上刮着古老的风，窄窄的护城河似乎已经走到了历史的尽头，浅浅的河床时断时续，有些生长着杂草，有些只有一汪清水，即使水很少，也有一些小鱼在里头晃动，这多像我们的前世今生，小小的校园限制了我们的想象，我们只能生活在一片狭窄的天地里。

我们迫不及待跑进城墙脚下的树林里，脚下是黄河淤积的泥沙，满地的荒草和斑驳的光影，头顶的仿佛是宋朝的天空。黄河的原始地貌迎接着我们的欢声笑语，断垣残壁，白云悠悠，岁月遥远，鸟儿也遥远。我们在护城河里仔细搜寻，偶尔也有一两个河螺在锈迹斑斑的箭镞旁蜗行，更让我们心底生长出许多对历史的回顾。流水、青草、芦苇、水鸟，还有童年的河流。现在想来，都一一在我的岁月里流过，曾经的小草年复一年地荣枯，曾经的水鸟秋去春来，那些迷乱的脚步早已消失在河流的尽头，只有那清清的河水依然在岁月里缓缓地流。

明明知道，有些美好一旦过去，只能成为记忆；有些河流一旦离开，便再也回不去了。因为我走过的不仅是自然之河，也是时光之河，重温的，也不再是旧日的河流。可是，我依然渴望，摆脱世俗的纷扰，在某个风清气朗的天气里，或者在某个星汉灿烂的夜晚，最好是在母校的城墙脚下，铁塔湖畔，独自一人沿着护城河缓缓而行，看芦苇摇曳，听水声盈盈。

作者简介：宁高明，1986 级本科生。

青春激扬的那些岁月

兰月川

1986—1990 年，我在河大中文系读书，今年刚好毕业三十年。三十年，说长很长，说短也短，不论时空如何变迁，三十年前飘过的那四年青春光阴，仍然是我内心深处最纯洁、最美好、最难忘的。如今忆起，仍然飞扬着青春的旋律，仿佛一条清浅明净的小溪，在明媚的阳光下闪耀着、跳跃着。

就像我在小说《悠悠锦年　何以深情》中所写："青春就是，以后太久，将来太长，四年正好。青春就是四年前的那个九月，青春就是 you and me。我们相识在青春里，定格在青春里。任时光飞逝，青春永不老。""青春就是，你有一百种样子，我有一百种喜欢。"

一　三十年前的农村娃

上大学时，物质相较现在匮乏很多，但对于我这个农村娃来说，食堂饭菜实在太丰富了，炒菜的种类有十多种，刚开始眼花缭乱，犹豫不决，竟不知打什么菜。晚上激动地给父母写信，流着泪告知这种难得的福气。那时候，没有互联网，也打不了电话，与家人的联系全靠写信，我基本每周写一封信，一封信通常五六天到达家里。那时候，写信收信看信，多么幸福的体验啊。若干年后，我的女儿，总是吐槽学校的饭菜，而我的记忆中，大学的食堂，不同院系的食堂，是我的欢喜之地。

大学期间，每学期父母给我一百五十元。为了能节省一点钱，从大二开始，在学长介绍下，我给一个小学生做家教，每周两到三次，一学期三十元。有一次，在寒冬结冰的夜晚，我连人带车滑进深沟里（借别人的自行车），胳膊和小腿摔伤流血。正值青春的我，一边哭，一边笑，把掉了链子的自行车推回学校，坐在书桌前，补充修改完成了一篇诗词鉴赏作业。至于摔伤，并没有去校医院看，那时怕花钱，没有去看医生的习惯。也不知过了多久，伤口悄悄愈合了。

大三大四，我特别喜欢买书，比如《红楼梦》上、中、下三册，巴金、托尔斯泰等的整套书籍，这些对农村娃来说有些贵重的书，我没有向父母多要一分钱，靠自己当家教和平时节省的钱买。而且放假回家，多多少少会给父母姐妹买点小物品。我毕业时，把六箱书托运到在焦作市上班的姐姐处，姐姐看着瘦弱的我，一顿猛批："书能当饭吃？傻子！"

那时的学生书包，清一色的绿色军包，横着的小长方形，脏了用水洗洗，四年只用一个。毕业后，母亲把我洗得泛白的书包，收进桐木箱，但由于母亲后来一直跟着我东奔西跑，老家的房子请别人帮忙照看，包括书包信件在内的很多东西，最终还是找不到了。现在各种时尚非常多，我们那时，披肩长发，白色连衣裙，人造革浅口鞋或回力白球鞋，绿书包，就是大学里的时尚。

二　铁塔之下的求学

大学之前，我算是特别努力学习的人，一心想考进大学，成绩一直名列前茅。进了河大之后，我发现优秀的学生非常多，尽管我仍然努力，但是，成绩平平。尤其是英语，我花费在英语上的时间和精力很多，可分数总不理想。大一大二，我挺自卑的。由于原生家庭原因，我原本也自卑。一次，我英语考了 85 分，开心得不得了，拉上闺蜜李睿，在大操场跑了几圈，喊了几嗓。这件事我记忆犹新。

参加电影《人生》课堂辩论，让我的自信稍增了一点。那是一个晚上，在中文系的大阶梯教室，几个同学轮流站在讲台上，讲述自己的观点。为了这一时刻，我已经准备了一周，悄悄钻进小公园，偷偷地练习，把自己要表达的意见背了下来。可是，当看到阶梯教室坐满了同学时，我控制不住地发抖，心脏飞跳。我走上讲台，盯着教室最后面的墙壁，双手紧扣，几次深呼吸后，终于稍微控制心跳，把我想说的话说了出来。我的观点是：维护巧珍，控诉高加林。听到同学们的掌声，我才清醒过来。

2008 年，一个偶然的机会，在朋友的聚会上，我见到了巧珍的扮演者吴玉芳。我跟她聊了此事，她温柔地笑了，谦虚地说自己当年太年轻了，若再多点阅历，她对角色会理解更深些。我说，经历过沧桑，我也不会像大学那样简单地评论和控诉。

印象深刻的还有，参加“全省高校万首古诗词比赛”，那一段时间，同学们每天都在背诵或比拼。我好像得了三等奖。

在学习上，我不属于悟性高的人，顶多还算勤奋。在寝室里，我与广华的书桌相对，当她从上铺跳到她的书桌上，都会对坐在对面正在看书或写信的我，轻轻地说：还在用功啊。

其实惭愧，如果说对大学的学习有啥后悔的话，一是没有充分利用图书馆，图书馆那么多的书籍和资料，我看得太少了！二是没有静下心来弄点创作，没有写过像样的文学作品。

三　飘过青春的你我

相识是缘，况且相识在青春里。

刚进校时，为了彼此认识和熟悉，我们班举行了联谊会，大家都有些拘谨。只记得有人演唱了《妈妈的吻》，有人表演了猴拳。我好像羞答答地唱了几句《采蘑菇的小姑娘》。

我有些内向，或者说高冷，在人际交往上，属于被动型，除本班同学外，其他五个班的同学认识不多。平时交往比较多的，主要是同寝室的同学。

我们经常在大操场散步或跑步，有时打打羽毛球。一起参加各系组织的舞会，在铁塔公园转转。逛街很少。乘公交车返回学校，是在豆芽街站下车，穿过窄窄的小路，步行到校。

记得大三的冬天，一个食堂开设了拉面小吃，晚上营业到十一点左右，偶尔地，同寝室的几个同学，裹着马海毛围巾和厚厚的棉衣，拿着瓷碗，去买二两细拉面。当我们围在火苗乱蹿的灶台旁，当我们坐在寝室吃着热气腾腾的拉面，当我们讨论着琼瑶、席慕蓉、三毛等人的作品，一种暖暖的幸福感油然而生。

寝室熄灯后的“暗界闲聊”是必不可少的节目，过一段就上演一次。八个女生脑洞大开，谈天论地，没有任何顾忌，畅所欲言，聊着谈着就睡着了。我们不仅按年龄大小有排序，而且每个人都有一个外号。这种单纯无忌的谈话，恐怕只有那时才会有哦。

青春飞扬的我们，喜欢齐秦、郑智化、崔健、苏芮、周冰倩、程琳、李玲玉等。我们聚在二楼的寝室，围着一台新式的收音机，全神贯注、屏息凝听周冰倩的歌曲。记得李睿同学兴奋激动地介绍周冰倩。李睿是个内敛的人，一激动就脸红，带点不好意思。她当时的这个神情，我至今记得，却忘记了当时听的歌是哪一首。

当时的明星和演唱会，对于十八九岁的我们，是遥不可及的，是一种遥远模糊的真实存在。学校在大礼堂举行的每年一或两次的文艺演出，尽管只能站在拥挤的后排或走廊，却足以让我们激情澎湃心花怒放。某次大礼堂晚会，音乐系的一个女生，白裙飘飘，轻柔地演唱《三月三》，这个画面定格在我的记忆深处。我当时羡慕不已，按现在的说法，就是“超级粉她”。

四　“课红”老师的传奇

说起教“文学概论”的胡山林老师，我们这届学生都能立即回忆起他的经典语录：“自我实现的人生，才是有意义的人生。”“不可太上心，不可不上心，不偏不倚，是为中庸。”他的人格魅力和课程讲解力，深深打动并征服了学生。按现在的网络传播，胡老师肯定能成为教课“网红”。

2016 年，当我写小说《悠悠锦年　何以深情》时，我想到了胡老师。胡老师的形象和风范，就是小说中那位大学老师“季节”的原型。“季节老师崇尚自然。他温文尔雅，谦谦君子。他平静质朴，疾恶如仇。他热爱教学，潜心著述，不奉迎，不附和，不为五斗米折腰……他讲课不急不躁，娓娓道来，条理清晰，感情真挚。他的名言……被学生们反复传说。”

就我个人而言，无论是教学还是人生，胡老师都是大学期间对我影响最大的老师。一是，他讲课的风格，尤其是条理性，他板书时的“大一小 1 圈圈①”，让我受益匪浅。在近三十年的工作中，我一直使用这一招，不论是培训员工、竞岗演讲，还是工作报告，我都尽量做到有条不紊。当我做国家注册审核员时，讲解过 ISO9000 标准，那些标准条款号，常常让我想起胡老师的课。二是，当时我遭遇了人生中比较大的挫折和迷茫，我悲观失望，晕头转向，不知所措，意志非常消沉。那一段，胡老师帮助我逐渐走出困境。胡老师说的话并不多，他主要是倾听，偶尔据实分析，也没有下过结论。若干年后，我回忆此事，才明白，老师当年就是一个心理咨询师，治愈型的心理师。

2016 年 11 月初，我带着第一本长篇小说《泡桐花开》，到河大新传院和文学院做了两场演讲，是胡老师帮我牵线搭桥，并暖场助阵。相隔二十多年，师生再次相见，虽然变化蛮大，但没有隔阂没有生疏。

感谢师恩！

我曾在一个国际性的会议上发表论文，有人问我："哪个大学毕业的?"我说："河南大学。"我的母校，我的青春，在我的心里，永远。

作者简介：兰月川，原名林红霞，1986级本科生。

1990 年毕业时兰月川与同学们在校门前合影

河大，我不是您的好学生

何正权

“青蚕栖绿叶，

起卧总相宜。

一任情丝（思）吐，

作茧自缚时。”

“正权，趁着年轻，一定要多读书，多思考，最好考研读博，提升层次，进一步深造。将来，做个造福社会的河大人！”

33 年前，河南大学校行政楼一楼一间不起眼的办公室里，一个普通话里带着浓郁家乡味的长者，和颜悦色，苦口婆心地告诫坐在他面前的青年。

长者，是现在已经差不多八旬的河大原校长王文金老先生。那年，老先生还是河南大学教务处处长。那个年轻人，就是我——一个通过高考改写命运的平凡学子，有幸走进这个曾是河南最高殿堂的学府，因而可以面聆包括任访秋在内的享誉中国学界的一位位大师们的教诲。

王校长讲的是：臧克家上学时，曾与一位女同学有恋情的苗头。爷爷观察出些微征兆后，未与克家直接谈话，而是写了一首五绝，放进克家书桌的抽斗里。克家何其聪慧，看到爷爷这首诗后，幡然醒悟，当即斩断情丝，专心致学，终成大家。

谆谆教诲的长者，辞真意切。遗憾的是，那个时候，年少气盛或者说年少轻狂的我，正沉浸在一篇散文刚刚被《南方周末》刊发的喜悦中，满心做着靠原创文学作品成名成家的梦。对长者的教导，嘴里唯唯诺诺，心里，却并没遵从。

当年的本科，不仅解决了“红粮本”的“国家干部”身份问题，也因为人才普遍匮乏，还能赢得一点社会尊重。踌躇满志的我，带着脱离苦海一样的心情，离弦的箭一样，迫不及待地找个单位，进入社会，开始了职业生涯。先在老家一家地方晚报工作，后来投奔了省级都市报。白天采访、写新闻稿、编版，夜晚埋头写诗、写散文、写小说。

那段时间，心里记挂的，是抬头可以仰望的风云变幻，是可以变成我笔下人物的名流佳话；是让人血脉偾张、感动了我，我也希望能因为我的传播再感动社会，给社会的温度再添加一把火的大义壮举；是弱者挣扎的无奈，是受害者无助的眼神。

三十多年扑腾，有得有失，有苦有甜，更有说不出的辛酸。但日子还能过得下去，也在巴掌大的空间里混了点微薄名声，写了无数文字，算是给自己找了点可以自我麻醉的药剂。

突然有一天，朱颜辞镜，春花辞树，悚然四顾，同学功成名就，硕果累累。相形之下，自己除了满头华发毫不逊色，满脸沟壑更显狰狞，更兼满身疾病苦痛，其余几乎再无过人之处。母校是一个人一生的无形标识。个人的荣辱得失，总难免被自己或他人将其与母校关联起来。特别是中国人，无论晋职、晋级，还是瞑目后的悼词，人生履历里，总有毕业院校那一项。互联网、朋友圈里，别人的好消息不断，我却一直平凡寡淡，不能用自己的作为给母校增添半丝荣光。我从心里，觉得自己对不起母校——河大，我不是您的好学生！

因为有愧，所以感念。青年时代徜徉河大校园时的意气风发，陡然涌上心头。沉睡了多年的校园记忆，春水一样波光粼粼，生动活泛了。老校长的教导，历历在目。老人家对后生的殷殷期盼，对国家发展需要高层次人才的远见卓识，让我感佩。

那时候正是心怀美梦的年龄。对我而言，写作是最大的寄托。和写作有关的事，都是大事。因为这大事，享受到一般学子没能享受到的福利，也对老师的厚爱，多了一层感悟。

一到大二，我从王继东、武俊松师兄手里接掌了在河南高校极具江湖地位的铁塔文学社。同学们公认更具诗人气质的刘静沙和宋战利接掌了同样享誉高校的羽帆诗社。一年后，比我们略低一届的学弟史怀宝等人，创建了大平原文学社。此后的几年大学生活，我几乎都在为这个文学社和社刊《铁塔湖》服务。彼时，以田原、刘静沙、平萍、贺澜起、侯曜宇、杨蕾、张军、黄文峰和我等人为代表的一群88级学子，以《铁塔湖》《羽帆诗刊》为摇篮，协同上下四届的河大文学爱好者，在关爱和、管金麟、李慈健、韩家清、邢勇、郭奇等恩师关怀鼓励下，勤奋创作，在当时为数不多等报刊文学副刊、专栏上，攻城略地，掀起河大学子文学作品发表高潮。其中，有不少专业作家都觉得它们是门槛很高的大报名刊。

文学社最核心的活动，是编辑出版油印杂志《铁塔湖》。不同于诗社，文学社要广泛联系诗歌、散文、小说乃至报告文学的各类作者。正是伤痕文学式微、先锋文学兴起、现代派诗歌狂飙突进的时代，舒婷、北岛风靡校园，汪国真、席慕蓉也有一席之地，写诗、弹吉他、踢足球，是校园共同的时尚。文学社要组稿，除了用校园的广播，最好的办法，就是每个宿舍楼楼下贴大字报《征稿启事》。河大中文系号称亚洲第一大系，我们一个年级，就招了7个班共计200多人。那时候，中国高校距离大扩招还有近10年之遥。绝大多数院校，一个系一届都不过三五十人。中文又是河大在河南高校实力最强的专业之一，大字报一帖，稿件云集。我因此，结识了上下几届文字最优美、最具才情的校友。以后，我写诗、写散文、写小说，每样都在全国报刊上发了不少，却不能给读者留下深刻印象。同行里，写诗的大家，说我散文写得比诗歌好；写小说的高手，说我诗歌写得比小说好；那写散文的行家，却说我的小说写得比散文好……呜呼，几个意思？那岂不是我啥都不好了？我后来常常反思自己：这样不专一的写作习惯，是不是就是在做社长那时候落下的。

办刊物，需要经费。文学社会员费收费有限，还得支撑平时的社团活动，实在捉襟见肘。咋办？我踌躇再三，和同学王凤鹏一起，硬着头皮，敲开了时任中文系副主任的陈江风老师家门。陈老师刚刚吃完晚饭，很热情地招呼我们进去。我们期期艾艾，说了文学社的发展情况，说了办刊的窘迫。这是我生平第一次向人张口要钱，索要的对象还是自己老师。心里的忐忑和慌张，估计全被一口荒腔走板的信阳普通话给暴露了。陈老师笑了，最后说："我这儿经费也不多，明天你们去办公室找我，我看从哪个渠道，给你们先解决两三百块钱，你们看咋样？"

巨款啊！我们一个月的生活费，国家才发放十几块钱；打字排版印刷一期《铁塔湖》，也就五六十块钱。三百元，可以让我们宽松地活动两个多学期了。我和凤鹏欣喜若狂，谢了陈老师，兴奋地回到宿舍。那夜，我半夜没睡着。第二天，我和凤鹏去中文系办公室领取了这人生中第一笔巨额公款。那以后，我们更加精心地编辑稿件，努力提升社刊《铁塔湖》办刊质量。每一期社刊出来后，等不及油墨晾干，就迫不及待地把杂志送给陈江风老师和系党委书记苏文魁、系主任关爱和等老师，请他们指点批评。再稍后，寄给学弟学妹们都仰慕的前几任社长、学兄、学姐，比如王怀让、董林、高金光等老师。同时，向他们约稿，请他们题词，勉励后学。N 多年后，有幸进入报业集团工作，晚间和诗名满天下的王怀让老师小娱乐棋牌，说起这件事，怀让老师不住地鼓励：《铁塔湖》办得很好，你们寄来的刊物，我每次都很认真地看。

人生得意须尽欢，失意的时候，喝得更多。有一段时间，看到其他大学的毕业生不断传出升官发财的消息，我在酒桌上喝高了，居然和同样不怎么得意的同学发牢骚：你看看吧，人家大学里，老师教导学生的是生意经、官场厚黑学。咱们老师倒好，追着大家的屁股，让大家做学问、搞学术。咱一群说着中国话还要学汉语言文学专业的人，这个专业就是笑话，哪里还有什么可以奋斗一生的学问？

追着我们屁股动员学习的，一群老师。其中一个，是教我们古汉语音韵学、训诂学的曾广平老师。这是中文专业里最难的课程。老师讲得累，我们学得也辛苦。我同寝室的马永贞，不知怎么就入了这位老师的法眼，几次课间休息，老师都喊住他，兴致勃勃地批讲考研读古汉语的好处，动员小马报考他的研究生：音韵、训诂是冷门，读的人少，研究生人才高校稀缺，将来好就业。同在一个大班上课的同学近百人，可愿意深造这门学问的人真少。老师的热情，于是显得廉价了。最终，就连老师看好的郭同学，因为想考双学士，在心动了好一段之后，还是放弃了报考研究生。我们想象得出老师的失望。那时，我们却不以为意。转眼扑入滚烫火热的生活，把老师的期望，忘得精光。

追着学生屁股逼学生学习的老师，都是好老师。只是，那时候，我们太年轻。

因为疏于自律，大学翘课，是我那时候的家常。最典型的一次，快学期考试了，有一门公修课，我平时基本没上。临近期末复习，估计老师要划划重点，我就跟着室友奔向学十楼大教室。那天值日的教工不知怎么迟到了，教室门锁着，大家都挤在门口。我等得不耐烦了，说："乖！老师咋恁懒，现在还不到位？"一群同学哄然大笑。一个跟我们年龄没有明显分别的男子，也盯着我，幽幽地笑。我愕然。这男子说："你有几节课没来上了？给你讲了一学期课了，你居然对我半点印象都没有？"我囧得恨不得钻进地缝，说了句

“Sorry!”赶紧开溜。生怕老师记住我的名字，考试时给我不及格。期末成绩出来，凭着好几天的临阵突击磨枪，这门课顺利过关。我也松了一口气。

每个人都会梦回母校。我多次梦见河大。梦境里，十号楼和大礼堂形成合体，既有大礼堂外表的飞檐斗拱，又有十号楼的层层叠叠。只是，每层楼之间，总是那么曲折逼仄。有时候，上下的楼梯，似乎一碰就断。我在迷宫一样的楼层之间，探头找寻应该上课的教室，总望见一张张亲切的面孔：一代宗师任访秋，拄着拐杖，颤颤巍巍，满脸沧桑，似乎正在讲述中国文学的辉煌；刘思谦老师，优雅慈祥，恍惚中，这位名师，幻化成母亲；李晓华，后来到中国传媒大学任研究生院院长、做博导的著名学者，字正腔圆的国标普通话，对我下一届的满堂师弟师妹们说，那个探头探脑的信阳学生，普通话差得很，考了两次，普通话才勉强过关……

哦，他嘴里的信阳学生，就是我。

梦里也有挣扎。有时候，梦里好不容易找到教室，课桌上却摆着一叠厚厚的试卷。一展开，不是我畏惧的高中数学，就是我根本就不会的化学、物理。我不是已经考上河大了吗？怎么还要做这些试题。我满心狐疑，挣扎着，在梦里用最深的意识反抗着。我从梦里醒来，心跳明显加快。我迷迷糊糊地反思：是不是那时候缺课太多了，母校要在梦里帮我补齐?!

作者简介：何正权，1988 级本科生。

我的自考追梦之路

王保利

漫漫人生路，有梦憾事多。我先前在给员工培训的课堂上，多次直言不讳且毫不隐瞒地讲，自己的大半生有一件憾事扰得我耿耿于怀，那就是没有过过集体生活，譬如，没到大有作为的广阔天地下过乡，没在火热的革命熔炉军营当过兵，没进过代表着文化存在和精神存在的大学学习过。员工不禁好奇地问：那你的大学文凭怎么来的？我则理直气壮地回答：是在自考的追梦路上得来的。

启 航

人不管处于何种境地，都要怀揣梦想。自己曾经是焦作第四中学文科班的佼佼者，可因偏科严重，失衡得以“瘸腿”上了高考的战场，不难想象1981年以数学10分、英语14分的惨状名落孙山。1982年复读，1983年待业，1984年5月，以高中生的身份忝列煤矿工人的队伍，第一份工作就是站在焦作矿务局王封矿教育科的讲台，与矿工兄弟姐妹们重温鸦片战争的苦难与辛亥革命的历史。1985年因集体工与全民工不能混岗，自己又戴着集体工的面具回到矿属集体单位机械修配厂螺丝车间工作。1986年元月成为厂工会图书管理员，并主办厂黑板报，编辑《青工简讯》油印小报。这期间，以书为伴苦作舟，讴歌企业颂工友。1986 年，我在《焦作矿工报》发表文章 42 篇，被矿务局评为优秀通讯员。在我代表业余通讯员发言后，局党委书记苏学勤专门表扬了我。

梦想如烈火一般，在胸膛一刻也没泯灭，而随着时间的推移愈加熊熊燃烧起来。高校的大门关闭了，想上电大又没有指标，自己渴望深造，求知的饥渴难耐让人几近疯癫。此时，在人生的十字路口，《国务院批转教育部等部门关于成立全国高等教育自学考试指导委员会的请求的通知》为我们点亮一盏明灯，犹如乡亲乔叶老师给我题的词：“文学如灯，照心前行。”河南大学中文系以扶持未进过大学校门的青年学生为己任，义无反顾架起一座代表着责任和担当的爱心桥，让我与全国成千上万的有志青年，敞开了心扉，跨入自学考试这扇大门，奔着目标，放飞梦想，奋力前行。

扬起毅力的风帆

1986 年，23 岁的自己，开始在自考的路上艰难跋涉。自己依旧热爱汉语言文学专业。学习科目虽只有区区 11 门，可对于已经参加工作的成人来说何其难哉！这时才真正领会到自考与正式高考截然不同，品尝到“好进不好出”的苦乐滋味。

那时，上课都是业余时间，周一周三周五晚上，星期天全天(当时只休周六)。上课只有市区一个函授站，我们需从十公里开外的中站区到市区学习。下午一下班，来不及吃晚饭，飞也似的赶乘公交车，在咚咚的心跳中开始听课，晚上再赶末班车返回。每周如此，成年累月如此。一学期没结束，许多人经不起这样的折腾，纷纷败下阵来。

1987 年 3 月，我调至厂办公室工作，事务繁杂，许多时候与学习产生冲突。久而久之，我也萌生不想学的念头。可看到受过工伤、拖着一条伤腿到市里学习的陈发金大哥，乐此不疲地坚持，成为王封矿第一个取得河大自考大专文凭的人，看看人家，想想自己，便摒弃退学的念头，更加珍惜时间，以顽强的毅力坚持下去。

苦辣酸甜星期天

假如要在工薪阶层中出道民意测试题：“你在忙碌的工作中最期盼什么?”我敢说，大多数人会异口同声答曰：“星期天!”是啊，对于劳作了一周的人们来说，何尝不想在这“自由王国”中或举家合欢，尽享天伦之乐；或游山逛水，增添怡然情趣；或悉心静憩，调养疲惫之躯呢?

然而，对我来说，星期天休息是奢侈的事情，因为参加自学考试，一年中的星期天全被在市里学习占据了。

为了在市少年宫能占一个好座位，每个星期天早晨，我领略不到多数同龄人“背床”的福气，便在爱人的鼾声中起床，橐橐的脚步声将街巷静寂的氛围打破，赶早班车到市里学习。

每当课间休息，充斥我耳鼓的是大厅里台球的撞击声和录像厅那诱人的厮杀声；映入眼帘的是对对情侣、老人、孩子在东方红广场漫步、玩耍的身影。这些，我都不能享受，心里不免有酸溜溜的感觉。

最难挨的要数中午了。烩面碗里的辣子尽管辣，可它抵不过我心里苦涩的味儿。嘴里咀嚼着烩面，心里却想着每星期天一大家子人热热闹闹的情形，心里着实不好受。

脑子里装满八小时的知识，乘车返回中站，已是“灯火黄昏后”了，影院、电视机前的人们在欢度良宵。当我踏进家门，长长吁了一口气，心“扑通”跌了底——哦，又一个星期天结束了。

在冬天冻得吃不住劲不停地跺脚声中，在夏天浑身“小溪”流淌的燥热中，一个星期一个星期过去了。苦也罢，乐也罢，我认了，我情愿。

简陋的条件

大学，是自己神往的，是自己羡慕的。每每路遇各所院校，就会有一种不可名状的隐痛，因此，尽量不去招惹伤心处。去年到澳大利亚一游，参观墨尔本大学，绿草如茵的环境，浓郁的学习氛围，这就是自己没上过的正规大学的模样。此时，自考学习的场景又浮现眼前。

自考刚开始，属新生事物，由私人承办，各种条件还不具备。没有固定的场所，游离、游荡、游击，这些字眼都是曾经我们学习的象征和缩影。条件艰苦，主要体现在硬件设施上，租用各单位的大礼堂，冬天没有暖气寒冷不说，还经常换地方，学习的 6 年，换过的地方数不过来。这也罢了，最可恼的是，还常换老师，老师的水平也参差不齐，由于全省各市县设置了无数的自考辅导站，河大中文系的老师很难深入每个辅导站。有时到了时间，没有老师，空跑一趟。还要早来，抢占前排好位置，不然在大后边听不清看不见。更为滑稽的是，星期天的下午，正在某礼堂上“外国文学”课，突然接到通知，人家公司要召开紧急会议，学习贯彻什么文件，我们如一群没娘孩儿，被驱散出去。那一刻，悲愤得心要撕裂，哭苍天都无泪啊！

需要赘述一笔的是，那年夏天，二嫂看着我来回跑辛苦，就让我晚上在她姐家借宿。兰姐家也不宽裕，就在一间小厨房里给我搭一张小钢丝床。虽然减少了来回跑的劳顿，可有寄人篱下的感觉。晚上学习回来，躺在钢丝床上，说不出心里的孤独和煎熬。

风雪夜归人

话剧《风雪夜归人》出自唐诗《逢雪宿芙蓉山主人》：“日暮苍

山远，天寒白屋贫。柴门闻犬吠，风雪夜归人”。编剧吴祖光先生化用了诗中苍茫、悠远的意境，讲述了在风雨飘摇的大时代背景下，围绕在旧时北平名伶魏莲生周围数个人物的悲欢离合。而我却在新时代的剧中，饰演了一个自考生风雪夜归人的角色。

33 年前的冬夜 10 点多钟，大雪纷飞，一个瘦小的身影在积雪中深一脚浅一脚跋涉着。当他经过两个多小时走回 20 里地的家，脸冻肿了，身湿透了，脚与鞋冻粘在一起。这就是我——自考的风雪夜归人。

那时，夜里上课到 9 点半，而市里开往中站唯一一趟 1 路公交末班车是 9 点，这样，不到 9 点就得出来赶车。有时，为了多听几分钟而误了车，有时不知何故末班车停发了。这样，从市里徒步回中站，便成常态。夏天还好点，冬季凛冽的寒风，刮在脸上不知是雪水还是泪水。

不要怕，继续来

每年的四月和十月，参加自学考试回来，若哪门课没考好，我就沮丧地给母亲说：“唉，考得不好。”并流露出丧气退却之意。见此，母亲常劝导我：不要怕，继续来。

我仔细思量母亲这句话，觉得颇有道理。我们一些青年人，往往热情有余，而毅力不足，一遇“风雨”就意志消沉，丧失信心，正如培根所言：“丧心生失望，失望生动摇，动摇生失败。”我们身边有多少这样的事例，他们一看到人家撷取了胜利的果实，只会喟叹：要是我也能坚持下来该有多好！

我以母亲的劝告“不要怕，继续来”为楫棹，奋力划向胜利的彼岸。

要敢于上路

说来好笑，二十好几的我，原来不会骑自行车，这成为去市里学习的障碍。在爱人的鼓励和手把手教授下，自己终于学会骑自行车。晃晃悠悠上了路，心里不免有一丝快慰。车技不甚娴熟的我，当自信心战胜了怯懦，虽然一路两三次追尾，我还是庆幸自己敢于上路了。

我们往往如此，誓言铮铮，激情过后，还是老和尚帽——平不塌。究其原因，一是没信心，二是嫌道路漫长，唯恐走不到“路”的尽头。随其流扬其波的结果，只能是在原地逡巡了。

若想实现自己的梦想，就要记住鲁迅先生的谆谆教诲：上人生的旅途罢。前途很远，也很暗，然而不要怕。不怕的人的面前才有路。

中文系的钥匙

条件是恶劣的，书本是枯燥的，让我们这些“风雪夜归人”有时陷入迷茫的境地，不知所措。就在此时，河大中文系急我们所急，适时给我们编印了《中文自学辅导》材料，恰似一把打开心灵的钥匙，伸出温暖的双手，迎接我们进入知识的殿堂，在这里，不仅能遮风挡雨，使心灵得到慰藉，还给我们插上腾飞的翅膀，令我们飞越艰难险阻，自由翱翔。

那时，受聘讲课的老师大多来自高校，他们来也匆匆，去也匆匆，基本上没有给台下几百人答疑解惑的机会。在此情形下，河大中文系的老师解了我们燃眉之急，他们针对自考生的特点，从实战出发，精心分析每门课的重点、难点，以及考试的要点。让我们不至于瞎子摸象，而是有目的地学习、领会、掌握相关的知识。

正如辅导材料那蓝色、绿色的封面，让我们扫除心灵阴霾，看到未来希望。我们自考生也宛如封面上的小草，不畏风雨吹打，毅然昂首挺胸，茁壮成长。

爱情的力量

1987 年 10 月，自己进入婚姻的殿堂；1989 年 6 月，女儿寒冰降生。这就意味自己要承担起家庭的责任，同时也宣告自己空闲的时间更少了。为让我安心学习，爱人哄孩子玩耍、睡觉是她的必修课。可以说，没有爱人的鼓励和付出，就没有我安心学习，就没有这张毕业证。可以说，毕业文凭上有爱人一半的功劳。

1987 年 4 月 18 日，《焦作矿工报》发表薛长明总编对我的专访《他在这块土地上耕耘》，他在文中写道：王保利失去了上正规院校的机会，却参加了成人自学考试。每年学费、书费要花二百多元，单位不能报销，他的女朋友却慷慨解囊，全力相助。事业上的理解和支持，胜过多少花前月下的悄悄话呵！我看得出，小伙子在接受丘比特的神箭后，在事业上更有信心了。

苦战能过关

攻城不怕坚，攻书莫畏难。科学有险阻，苦战能过关。叶帅这首诗仿佛为我所写，记忆犹新不说，还成为自己自考学习的座右铭。抑或是自己愚笨的缘故，哲学这门课一次考 56 分，一次考 58 分，连续两年都没过关。不强攻看来不行了，于是，考前专门请半月假，把所有概念内容抄在 1600mm ×800mm 的纸上，压在妻子陪嫁的写字台面上，一天到晚看呀背呀。同时，一人拿着哲学书到郊外背题，日升日落伴我同行，见证一个自考生的艰辛。

千淘万漉虽辛苦，吹尽狂沙始到金。经过 6 年半的苦读，在自考的追梦路上，历经坎坷，遭遇挫折，罹患风雨，1992 年，终于修完全部课程，取得心仪的毕业证书。拿到证书的那一刻，心里五味杂陈，百感交集，这不是一本普通的毕业证，她是含辛茹苦毅力的结晶，它是汩汩汗水浇筑而成。

一分耕耘一分收获，取得文凭这一年，自己涨了 4 级半工资，是全矿唯一的一个。这一年，自己光荣加入了中国共产党。这一年，自己成为矿团委唯一的集体工委员。直至以后成为部门主任、公司领导，都得益于河大自考的学习，为自己走得更稳更好奠定了基础。

令人欣慰的是，自学考试制度从开始设立以来，全国累计已有 2.1 亿人次参加，毕业学生 920 万人。也就是说，对像我一样近千万热爱、愿意学习的人，自考给我们提供了平等接受教育的机会，直接或者间接改变了我们的人生。

学无止境

自己没有因为跋涉到绿洲而停滞不前，而是又飞奔在追梦路上。之后，自己又在 700 多人考试中脱颖而出，又经过两年不懈努力，取得中央党校经管专业本科文凭。

在自考的追梦路上，练就自己坚韧不拔的信念，在河大的熏陶培育下，使自己增长了知识，写作等方面都得以提高。由于笔耕不辍，年年荣获矿工报优秀通讯员、中国石油河南公司杰出通讯员等殊荣。几十年来，在报刊等媒体发表各类文章 200 多万字，被吸纳为河南省散文学会、报告文学学会会员。

活出精彩

前两天见一同事，他说你快 60 的人了，还隔两天就发表一篇文章，不要活得太累，应该吃喝玩乐潇洒走一回。我给爱人说，每个人对生活的认知不同，活法也各异。

五月榴花妖艳烘，绿杨带雨垂垂重。谈起追梦，说来也巧，我在2010年3月编著的《往事印痕》书的后记便用了“梦想”的标题。文章结尾这样写道：有梦想就会有希望。只要自己付出努力，勖勉自己，笔耕不辍，就一定能行。在这火红的年代，我将矢志不渝追梦在路上。

作者简介：王保利，1986级自考生。

我的河大记忆

牛 杰

我是1989年考上河大的，那时村里能出个大学生，是很有面子的事，父亲觉得我给大牛庄争光了，再加上我没有出过远门，就亲自送我来河大。当时怕报到迟到，就提前一天出发来开封，我俩坐的是唐河到开封的长途汽车，车票是五块九，记得特别清楚，现在车票已经涨到九十五块了。上车时父亲还特别叮嘱我，路上不要多说话。一路顺利，到开封后直接坐10路车就到了河大南门，看到南大门激动的感觉至今还有。由于提前，没有接待的，于是我和父亲多次问路，才找到了我住的寝室楼学二楼。第一个认识的就是辅导员王成喜老师，王老师那时瘦瘦的身材，眼睛炯炯有神，一下子就叫出了我的名字，并给我详细地交代了报到的注意事项，我当时就觉得神奇，从没见过面的辅导员居然能一下子叫出名字。父亲后来告诉我，说我遇到贵人了，让我在河大好好听辅导员的话，好好读书。

在学二楼安顿好，天已经黑了，父亲就带我去吃饭，还是从学校南门出去，南门那道街叫明伦街，街道很窄，晚上比较热闹，最有特色的叫卖就是烤羊肉串的，“羊肉串，一毛一串——”尾音叫得特别尖细而且拖长，听着很有韵味，所以印象特别深。在街上转了一会儿，最后选定在一个叫“值得吃”的小店，那个店面很破，店老板是一个胖胖的温厚的人，我们要了两碗面条，那碗是老海碗，量很足，价格也便宜，那顿饭我吃得特别香，至今还怀念那碗面的味道，可惜现在“值得吃”已经没有了。第二天按照王老师的交代去各个部门办了入学的各项手续。然后父亲就带我在河大熟悉了一下环境，当时心里涌动着一种感觉，就是河大很大很美。父亲也很兴奋，边看边给我讲一些要好好读书的话。

我高中外语不是很好，到河大以后，学起来有点吃力，大学外语有精读和泛读，看得我脑袋都炸了，英语听力和口语对于我来说更是艰难。不过教外语的那个老师特好，至今他名字还记得清清楚楚，刁克利老师，非常温和，讲课又好，使得我的外语有了很大提高。刁老师在东十斋住，东十斋是民国建筑，原来有很多老师在那儿住。我和李肖飞去找他请教外语，刁老师对人特热情，不厌其烦，给我俩讲了好多学习外语的经验。

除了东十斋，当时老师们还有在东操场东边的河对面的平房里居住，现在那些房子已经拆了，我记得胡德岭老师就在那儿住。胡老师身材魁梧，说话幽默。我和几位同学曾经去他家帮着抬家具，我干活比较卖力，再加上爱出汗，受到胡老师和胡夫人的夸赞，搬完胡老师还用凉甜凉甜的西瓜招待我们，当时西瓜对于我来说那可是奢侈品，那天我美美地吃了不少。

河大铁塔篮球场那一片，当时也有老师在那住，叫丙字号排房和丁字号排房。平房防护不好，经常会有小偷光顾，有时间老师就给我们讲他们的防盗经验——在家里显眼的地方放五块钱，以防小偷偷不到东西，把家里锅碗瓢盆给砸了。我们总是为老师的智慧鼓掌。

尽管老师生活得那么艰苦，但一点也不影响上课，每个人的课都讲得有声有色。那时我们上课都在 10 号楼，10 号楼又叫飞机楼，在那里聆听了各位恩师的精彩讲课。华锋老师的先秦文学，蔡玉芝老师的普通话教学，王立群老师的魏晋南北朝文学，魏清源老师、李建伟老师的古代汉语，张进德老师的明清小说，刘文田老师、赵福生老师的现当代文学，李伟昉老师的外国文学，王怀通老师、邢勇老师的马列文论，张云鹏老师的文学概论，张天定老师的写作课都给我留下深刻的印象。

我在文学院读书时，文学院不叫文学院，叫中文系，全称是中国汉语言文学系，在河大是第一大系。那时文学院的活动开展得有声有色，尤其是体育运动会上，每次都能在河大拿总分第一。我当时报名参加了铁饼标枪项目，系里还给每个参赛队员配备一身运动服，邢勇老师给我们做动员讲话，那幽默而富有激情的话语时常引得我开怀大笑。参赛队员每天要到东运动场去系统训练，我当时没接触过铁饼和标枪，可能学生会体育部骆部长看着我还算结实，就让我报了这两项，通过系统的训练，我记得我的铁饼项目还拿了第六名，邢勇老师特意表扬了我。

除了体育运动会，象棋比赛啦，围棋比赛啦，羽毛球比赛啦，篮球比赛啦，经常有。王鸿杰的象棋，鲁志峰的围棋，杨起生的羽毛球，在中文系 89 级那是相当有名。还有我们宿舍的黄新生喜欢练健美，经常给我显示他那胸肌，肌肉一鼓一鼓，看得我啧啧赞叹。我喜欢去打篮球，当时篮球场都集中在大礼堂南边大道和东十二斋之间那一大片。现在都成绿化带了，其中还有一个灯光球场。中文系篮球打得最好的是王建国老师，跳得很高，运球技术也好，投篮很准。再加上魏清源老师、胡德岭老师等教工篮球队员，中文系教工篮球队经常拿学校第一。89 级学生篮球也打得不错。打得好的我记得有魏春吉、梁才、王新平、王东、邱源、李肖飞。魏春吉三分球准，梁才的篮板球抢得好，王新平中投厉害，王东拼抢积极、投篮也准，邱源运球水平高、组织到位，李肖飞胳膊长、篮板球抓得好。

89 级这一届人数少，思想很活跃，当时活跃着几个文学社，羽帆诗社，铁塔文学社，大平原文学社，办得红红火火。张舟子含蓄隽永的诗韵，史怀宝闪着幽幽蓝光的意境，蔡小俊清新自然的词句，焦彩萍典雅精美的语言，都深深地打动着我。那时我只有羡慕的份儿，热闹属于他们。系里开展团的活动也多，我当时在三班，我们班长是李春雷，团支书是刘彩霞，两个人特别有人格魅力，组织能力也强。学习之余，带我们去禹王台公园探访过古吹台，还闹过笑话，我们把“古吹台”读成“古吹一”，繁体的“台”字和“壹”很相似。我们去过兰考，拜谒过焦陵，焦裕禄精神深深在心中扎了根。我们去过黄河，在松软的沙滩上和优美的芦苇丛里找寻过文学的灵感。

最难忘的就是学校的大礼堂了，那时大礼堂每逢周末都要放电影，我买不起甲票，就买个丙票去看。记忆最深刻的就是看《妈妈再爱我一次》，那时的学生泪点低，还真有准备两个手绢的。还在大礼堂看过歌手大奖赛，我记得中文系有个叫朱江天的，唱歌唱得特别好，他唱的《故园之恋》那简直是一绝，那优美的旋律让我很长时间忘不了。有时还会看到大型演出，记得“季春之夜”文艺汇演，89 级高级口语班的演出赢得了台下学子们经久不息的欢呼声。在我记忆里，高级口语班有我们年级的刘红艳、樊慧、李宣良、卢学鸿、焦彩萍、娄开阳，那普通话说得溜得很。

现在 89 级同学在不同岗位上都取得了不错的成绩，有成为作家的，有当电视台台长的，有当主编、记者的，有成为大学教授的，还有经济领域取得成就的，等等，这都得益于文学院的培养，是文学院那时孕育了我们的文学梦。

毕业后我去当了一名中学老师，在教学的间隙，也摆弄一些文字：或一段顺口溜，或一首小词，或一篇随笔，自得其乐。在三尺讲台给学生讲文学，时时会讲到文学院的恩师们，时时会讲到文学院的趣事，也希望自己能在学生心里撒下文学的种子。最后祝愿文学院的学弟学妹们生活得更快乐幸福，也希望文学院借“双一流”的春风去实现更多学子的文学梦。

作者简介：牛杰，1989 级本科生。

永远的“大平原”

史怀宝

“嵩岳苍苍，河水泱泱，中原文化悠且长——”大学毕业将近三十年了，无论天南海北，回首中原，遥望古城，总是心潮澎湃，喊一声母校，叫一声亲娘，我永远是您的游子和放飞的希望。

河南大学现存三个文学社，一个是铁塔文学社，一个是羽帆诗社，这两个文学社都是1983年成立的，还有一个就是大平原文学社，其后将近四十年，三个文学社都长期生存了下来，这里面凝聚了众多老师和同学们的心血。作为河南大学大平原文学社和《大平原报》的主要创始人，其中有更多的感触和回忆。

1989年10月初的一天夜晚，我们刚入学不久，我和舟子、李岷参加完羽帆诗社的一个活动，回到我们的学二楼325寝室，我和王剑、李宣良议论了两件事情：一是我打算在我们年级成立一个文学社，文学社的名字以我的一部长篇小说《大平原》命名；二是李岷长得太漂亮了。我把这些事情写在日记里。

10月15日下午，中文系89级爱好文学的10位同学聚在一起，讨论成立文学社事宜，男生有我、申林平、董玉宝、舟子、王晓强等，女生有李桃英、王丹、吕爱红。大家彼此不太熟悉，选谁当社长呢？谁也没看过谁的作品，一时确定不下来。二班人多，舟子推选同寝室的董玉宝为社长，我为副社长。文学社叫什么名字呢？申林平说叫“春苗”，有人建议叫“小草”，我提议叫“大平原”。然后，大家忙着学习，忙着竞争班里的、系里的、校学生会的干部。一次，参加完羽帆诗社的一个培训活动，我决定组织一次文学沙龙活动。活动难搞，89 级中文系人又少，董玉宝、舟子、杜志勇、吕爱红等积极组织参与。11 月 4 日，星期六晚上，我们组织了一次 20 多人的文学沙龙，更像联欢晚会，我和吕爱红主持。董玉宝是个老实人，活动结束后，他告诉我不干了。

没有社团活动经验，没有经费，没有规章，没有宣言，更没有注册，文学社逐渐冷清下来。我却闲不住，继续以中文系为主，筹建新的全校性的大平原文学社。我和几位同学从本年级跑到高年级，从中文系跑到其他系，从学二楼跑到学十二楼，我向羽帆诗社社长翟洪武和副社长莫海滨师兄取经，向 88 级美术系师姐纪玉霞求教。1989 年 12 月 20 日，星期一晚上，我们策划组织了一次活动。这次活动有来自中文系、法律系、物理系、政治系、外语系的 50 多名同学，教我们现代文学的赵福生老师坐镇捧场，我与魏少华在活动上诗朗诵，赵福生老师引导大家进行文学讨论。大家各抒己见，讨论热烈，效果很不错。1990 年春节后，同学们忙着学习、补考，好多同学居然逻辑学不及格，补考的多达三十余人。周围的同学逐渐冷落了民间社团活动，我却雄心万丈，我的竞争目标是要学习超越老大哥文学社。

1990 年 4 月，古城春风浩荡，校园飘逸着紫色桐花的幽香，我决定创办一期手抄的文学报，正式竖起大平原文学社的旗帜，提出文学社的宣言。我写了发刊词，明确提出：“我们五十位社员，五个系的精英，既然来到这片土地上，就要挥动明亮的思维，捧出百花的幽香。我们凭着自己的力量和勇气坚信，有一天，世界文坛的图腾上，定会清晰绘出河大的峥嵘。”报纸明确提出大平原文学社的宗旨是“互相学习，创新发展，振兴中华文坛”。第一版除“发刊词”外，还有李春雷和舟子的诗歌，第二、三版主要是申林平的小说，张子臣老师推荐的蔡小俊的散文和田丽的一首诗歌，还有其他年级其他系的作品。第四版是李岷、李瑛、舟子、杜志勇等在《河南大学报》《黄河魂》《黄河风》等媒体上发表的作品。李松、贾静雪、卜永清同学古道热肠，帮助抄写文章，纪玉霞帮助设计版面，题写报纸名字。报纸简约，追求大气，手抄报出来后，我自费复印了三份，一份贴在校图书馆三楼阅览室门口，一份找人贴在大礼堂广场西面玻璃宣传栏内。

社团活动难搞，我将社团活动与老师讲课结合起来。

5 月 4 日晚上，在金昌吉老师帮助下，我们举办了五四青年诗歌朗诵会，我和闫娜主持。

5 月 5 日上午，我们举办“社会主义现实主义文学”讨论，我第一个发言，焦彩萍、马杰、董玉宝、娄开阳、赵文力、张舟子、李坤明等纷纷发言。

激情的大火一旦燃烧起来，就没停下来。由于家庭贫困，我们的辅导员王成喜老师给我和班内一些贫困同学申请了每学期 20 元的困难补助，我决定用这 20 块钱再办一期报纸。报纸聘请王成喜和赵福生两位老师为顾问，张来民老师和田原师兄为特约编辑，纪玉霞为美编，马登蛟老师教我们书法课，请他为报名题词。报纸发表了一些老同学的作品，还发表了焦彩萍、鲁志峰、王剑和刘静沙（中文系 88 级）、王素平（山东曲阜师大）、牛广坡（郑州）、魏冠蕾（物理系 89 级）等社员的作品。我在学校西门旁的学校印刷厂油印了二百份，每份两毛钱卖给社员或同学，有的同学居然买了。

我热情高涨，四处奔走，几乎给每位任课老师赠送我们的报纸，得到老师和同学们的鼓励，孙宏、胡传新还把报纸贴到宿舍墙上。马上暑假了，我从 325 宿舍搬到 328。一天上午，我正在宿舍看书，两位女生走进我们宿舍，一位高个大美女一下子吸引了男生的眼球。高个女生叫郭爱武，是中文系 86 级的，马上要毕业离校了，她看到我在校报发表的文章，也看见我们的《大平原报》了，经向系领导请示，希望让我接铁塔文学社社长一职。我说我已经举起大平原文学社的旗帜，婉言谢绝。后来，铁塔文学社社长由87级中文系的王继东师兄接任。暑假前还有一件事，田原师兄要去日本留学，他邀请学校几位文学创作比较好的校友小聚。饭后，我们在大礼堂前东边的小花园留影——这张照片后来被好多人称为“河大文坛七君子”。

暑假前，我收到一封《黄河魂》编辑部的笔会通知。1990年7月29日，我和田原、纪玉霞来到登封，这是我第一次参加文学笔会，来自全国各地的诗人、作家一百多人济济一堂，我在笔会上散发了《大平原报》。笔会举行第二届全国黄河魂诗歌大赛，《黄河魂》诗刊主编梁海超邀我做评委。笔会上，我认识了好多优秀的诗人，看到好多优秀的作品。王剑冰时任《散文选刊》主编，是河大校友，他看了我的诗歌，给予鼓励，专门写信向《大河》诗刊副主编易殿选和编辑蓝蓝推荐。

1990年9月，中文系迎来90级同学，89级中文系3个本科班，1个专科班，90级中文系又招了8个班。既然举起了大平原文学社的旗帜，就要继续下去。我满怀憧憬，决定面向全校征稿办《大平原报》，我们吸收中文系90级的宋淑芳、张亚军、张先飞、董景文、朱丹、黄月西、郭雯、董黎等为新的成员。报纸以质量为准绳，除发表校内文学作品外，还约稿发表了江苏的钱雪冰、安徽的张振亚等国内小有名气诗人的原创作品。王成喜老师专门写了《寄语》，在报眼发表。为了提振大家的文学士气，王成喜老师和我担任本期报纸主编，苏文魁和赵福生老师是顾问，美术系的袁汝波教授应邀为美编。

其间，我与李春雷等同学参加开封市的东湖诗会，认识了著名诗人孔令更，孔令更老师是河大20世纪70年代老校友，全国著名诗人。一天，我跟着孔令更老师、诗人史德祥拜访苏文魁教授，苏文魁老师担任中文系党总支副书记兼开封市诗歌学会会长，他在家设宴招待了我们，对大平原文学社给予鼓励，同时指出了文学社发展应注意的问题。1990 年 9 月 29 日下午放学后，田丽领着学校的一位分管社团工作的领导找到我，对大平原文学社进行注册，为了区别于中文系 89 级原来的年级文学社，我注册的名字叫“河南大学大平原文学社”；我想多注册几位社长，对方说只能注册一位，我成为第一任正式注册的河南大学大平原文学社社长和《大平原报》主编。

第三期《大平原报》出版后，我大部分免费发放，在校园影响逐渐加大。我自费印刷了新社员入社的表格，田丽和焦彩萍负责女社员招收，许多新同学加入进来。1990 年 10 月 15 日，我们召开社员大会，参会的人比较多，宋战利师兄到会讲话，那次会议给好多 90 级的同学留下深刻印象。30 年后，90 级的李继伟师弟深有感触地说：“怀宝兄，那次会议，点燃了我的文学梦想。”

我们乘胜前进，着手编辑第四期《大平原报》，报纸再一次举起了文学社的旗帜即宗旨“互相学习，创新发展，振兴中华文坛”。展示了六十三位新社员的名单，除 90 级的同学外，87 级的魏青峰，88 级的黄文峰、薛丽君也加入我们的阵营。两位新社员的诗歌特别亮眼，一位是外语系 89 级的王奇，另一位是中文系 90 级的宋淑芳。许多新作品新面孔在报纸上亮相，我和王成喜老师挂名报纸主编，张天定教授教我们写作课，对报纸给予很大的肯定和鼓励，他和袁汝波教授为特约编辑。从这一期起，报纸主办单位正式挂名为“河南大学大平原文学社”。报纸影响继续加大，我们定期组织活动，邀请孔令更老师讲课，与开封市图书馆、《开封日报》社、《东京文学》杂志社、开封市周末诗会联合举办东湖诗会、诗歌朗诵比赛、征文等活动，积极参加校园内的多种文学活动。1990 年 11 月 7 日上午，文学社召开了一次主题为“诗歌之生命力讨论”的沙龙活动，在王蓓、赵福生两位老师和我的主持下，同学们纷纷发言。其间，在孔令更老师支持下，文学社在《东京文学》上免费开设了一期“大平原文学社专栏”，刊登了我、李春雷、宋淑芳、纪玉霞、刘静沙、贺澜起等同学的作品，在同学间产生了不小的影响。

我们要求会员买每期两毛钱的《大平原报》，同学们大都来自贫困的农村，普遍家庭贫困，一些同学因此退出了文学社。王剑很勤奋，他的小说很见功底，他退了文学社，我照样给他发表文章，我被他一篇题为《卖粮》的短篇小说感动，给他排在报纸醒目位置发表。罗杰、焦彩萍、魏春吉、柴红森和地理系的潘顺宽、法律系的李瑛、外语系的王奇、物理系的魏冠蕾、教育系的凌杰等很支持工作，几乎每期报纸都买。

文学社毕竟不是学生会、系委会等正统组织，上面还有铁塔和羽帆两个大哥文学社，因此不断受到一些人的挖苦。有些同学当面讽刺我，那个经常骂我的同学穿着油亮的黑皮鞋，嬉皮笑脸地骂我们的文学社是“狗屁文学社”，我当场就跟他红了脸。

有一天，跟我很要好的同学牛杰说，他听高年级同学议论，说大平原文学社不合法，我生气了，拉着牛杰说：“走，咱们找他去。”过了不长时间，我就正式注册了我们的文学社。

一天晚饭后，一位瘦瘦的戴眼镜的同学来宿舍找我，说要跟我谈谈。我见来者不善，就穿上李春雷的白色风衣，戴上他的黑色牛皮帽，跟着他出去了。我们在东操场走了一圈，我才知道他叫李香晨，是88级美术系的，担任校学生会生活部主办的小报《河大公寓报》美编，他说他听别人说：史怀宝说《大平原报》的美术设计比《河大公寓报》好。

《大平原报》办报起点高，袁汝波教授是美编。我当场严肃地回答：第一，我从来没说过我们的报纸美术设计比你们的好；第二，我现在说，《大平原报》的美术设计就是比《河大公寓报》好。于是，我拿出报纸。李香晨也没说什么，袁教授毕竟是老师。我们谈了很多，有一年，我在郑州的大街上遇见李香晨师兄，他非常客气。

根据李春雷的建议，1991年11月中旬，我们对新老社员进行登记整顿，将一些写不出东西又不参加活动的社员清退，社员由原来的 140 人整顿到 91 人。

1991 年春节后，我周围的同学依旧认真学习、补考、恋爱，文学梦越来越淡。铁塔文学社、羽帆诗社也很少开展行动。将大平原的旗帜高举下去，必须在阵地上下功夫。大平原文学社的名声红红火火，我从学二楼到学十二楼设立了编辑部联络房间和联络人：

学二楼　328　编辑总部

学三楼　408　潘顺宽

学四楼　105　姚景亮

学五楼　230　宋淑芳

学六楼　216　黄文峰

学七楼　315　赵明河

学八楼　420　魏青峰

学九楼　315　宋战利

学十楼　323　张立群

学十二楼　146　田丽

研究生楼　120　张来民

张来民老师很支持我们的工作，他的 120 房间标注成研究生楼的编辑部联络点。新学期，父亲给我了二百元生活费（一学期的生活费用），我决定拿出来继续办《大平原报》。一开学，我就开始征稿，我挨个找各楼编辑部的编辑，这期主要稿件放在校园内。一版是在日本留学的田原师兄、张舟子和我的作品。二版是张蕾的两篇散文，贺澜起的一首诗歌，还有 90 级李民超、朱丹、杨璞的散文诗。宋淑芳才华出众，我火速提拔她为报纸副主编，三版发表了她的一首诗歌《夜行》，我至今认为她是河大最有才华的学生诗人之一。三版有魏青峰师兄的一组诗歌《北方，涌动的河》，88 级黄文峰的散文、张鹏丽的小诗和 89 级外语系王奇的诗歌《琥珀》。第四版发表了张来民老师翻译的一篇美国作家弗朗西斯的短篇小说《坐》，这篇小说让许多同学脑洞大开。四版是历史系 87 级汪燃和

88级教育系赵明河的文章。魏春吉和柴洪森是文学社最忠诚的社员，这一期刊登了柴洪森的一篇散文。这期开始，我是主编，王成喜和苏文魁、孔令更、赵福生、孙迪明老师是顾问。这期报纸印了二百多份，孙迪明先生帮忙打字、排版、胶版印刷，仅仅收了30块钱，无论印刷还是作品质量，都绝对一流，在校内外产生了良好反响。王立群老师有一次去四川射洪开会，一位老作家几次提起我和河南大学的《大平原报》，立群老师回来后，在课堂上对我进行了表扬。在后来的毕业典礼上，立群恩师再一次给予我鼓励。

大平原文学社社员刘鸿雁当选为校学生会女工部长，她主编《女子文学》报，邀请邢勇、王成喜老师和我干顾问，我提出了大量建议，帮助组稿排版，稿件全部是文学社女社员的，俨然油印版的《大平原报》。李春雷很支持我的工作，常与我一起参加活动，一天，我们拜访了开封诗人南北、牛彦芳夫妇，他们幸福地生活在一条河东岸的平房内，为我们做了午饭，我看到夫妻二人的诗稿，觉得质量非常好。

报纸还要办下去，还要组织开展活动，我的腰包逐渐羞涩，我承接了一份家教，在开封白衣阁古观音寺东门对面小院内，每周上三次到四次课，每月12块钱，对方提供自行车。就是在上家教的路上，在古观音寺虔诚的诵经声里，我获得一份灵感，创作出诗歌《那句经文》。两个月的家教后，我有了20多块钱的收入，手里积攒的稿件也差不多了，我着手办第六期《大平原报》。我骑自行车20多里路，已经把稿件送给开封南关的孙迪明老师，孙迪明是一位轮椅上的残疾诗人，他办了一份《音乐词人报》，在国内小有名气，汪国真成名前常在他的小报上发表作品。他妻子刚生了孩子，孩子叫陈号。我积攒了30多块钱，魏青峰师兄有困难，找我借30块钱，说好一周后还我，结果拖了一个月。我和李春雷一起去了一趟印刷厂，报纸印出来了，我说能不能等一周给钱，孙老师说可以给我们报纸，但是，他一个残疾人如何去河大找我们？又等了半个月，青峰师兄还了钱，我才一个人将报纸取回来。这期报纸发表了孔令更、赵福生老师和南北、牛彦芳夫妇的文章，刘静沙、陈思侠、张保朝、韩朝红的作品，还有89级同学田丽、李岷、王丹、魏智丽、董玉宝、刘强、杜志勇、康国章和野马的文章，野马是我的笔名。李慈健老师是中文系党总支书记，教我们近代文学，很关心我们的报纸，报纸顾问添加了李慈健老师。

暑假到了，学校选择优秀学生组成"河南大学和山东师范大学黄河中下游社会主义宣传和考察营"，一般的系（现在叫学院）大都选择校或系的学生会主要干部参加这一夏令营，中文系领导特别是邢勇、王成喜老师一致推荐我代表全校中文系出战，说我能写。我选择了艰苦的西线，原来说安阳自行车厂赞助我们，但最终没落实下来，怎么解决自行车问题呢？当时，宋战利师兄有一辆六成新的自行车，在市场上能卖个七八十块吧，他三十块钱就卖给我了。1991年7月7日，我们西线的12名营员在外语系辅导员毕德、地理系辅导员崔进军两位老师带领下，高举河南大学的红旗，从郑州花园口出发西进，中央电视台、河南电视台、《中国教育报》《河南日报》等报道了这一新闻。我们在豫西的崇山峻岭中骑车奔行，记得有数学系学生会主席温维波、地理系学生会主席方希、体育系学生会主席霍涛，还有景利坤、张保盈、朱云献、王会福等其他系的同学，我们的青春沿着黄河燃烧，我们过偃师，走巩义，与山村农民座谈，找老工人调研，在杜甫故里考察。在洛阳住了一天，我们参观了洛阳玻璃厂、龙门石窟等。小浪底工程还没上马，那天晚上，我们路过孟津推着自行车在漆黑的山路上摸索前行，抵达小浪底时，已经凌晨两点多。一路上，我们要么住会议室，要么住学校教室，躺在地上或课桌上，一天奔波的劳累常使我们忘记了炎热和蚊虫叮咬，我当时带着蚊帐，还好一些。在小浪底，我们听报告，看规划，两天后才出发。过了新安，我们抵达渑池，我病倒了，中午，大家吃渑池团县委招待的饺子宴，我因口腔溃疡发高烧在医院打吊瓶。

午饭后，我也打完吊瓶了，毕德老师问我行不行？我说没问题。于是，我们骑上自行车，一路向义马进军，正好赶上连日阴雨，景利坤的家在义马煤矿上，我们第一次住上宾馆，改善了两天生活。然后，我们抵达三门峡，考察了三门峡会兴棉纺厂和水电站，屹立三门峡水电大坝上，看黄河滚滚奔流直下。最后一站是灵宝，我们伫立郁山之巅，俯瞰苍茫的豫西大地，心中生出冲天豪情。风雨兼程十四天，行程一千六十多华里，纵横十二县市，火热的行程令我们终生难忘。考察结束后，我和张保盈留在学校写考察报告，其间，天气炎热，晚上睡不着，我和张保盈拿着凉席在大礼堂前休息。一天深夜，来了一群人，见人就打，张保盈挨了几下，我说我是《大平原报》主编，那些人没敢动我。我们来到校保卫处，早有几个挨打的外地培训教师在那里报警，有人害怕那帮人冲击校公安处，校公安处张处长掂着手枪，子弹上膛，说："谁敢!"第二天，开封市汽车站、火车站等好多地方，贴了对那几个小流氓通缉的布告。可惜开学后，我考察黄河的那辆自行车放在楼下被人偷走了；两年后的暑假，已经毕业的我借朱云献师弟那辆可以进博物馆的自行车办事，放在学二楼下面，也让人偷走了，留下巨大遗憾。后来，我根据豫西黄河考察经历，创作了不少文学作品，留下美好的回忆。

1991 年 9 月一开学，87 级的师兄师姐们走了，迎来了 91 级的师弟师妹们。我冷静地决定，赶快把大平原的旗帜传下去，我自费打印了大平原文学社社员招收简章以及表格，我发展男生会员，田丽、宋淑芳发展女生会员。在大平原文学社社长人选上，我打算让 90 级的张先飞或宋淑芳接任，张先飞很有才华，我找他谈了几次心，他当时情绪低落，整天弹着吉他忧伤。宋淑芳才华横溢，我很欣赏她，可是，她性格内秀，不善言辞。于是，我把目光放在 91 级社员上，我有些信"周易"，专找名字带"飞"字的同学，张先飞不行，91 级师弟王云飞写作水平非常优秀，且爱好活动，还有一个女孩叫周玉霞，也很优秀。我时常带领新老社员参加东湖诗会，东湖诗会一般有四五十人参加，河南大学大平原文学社的社员几乎占了一大半，法律系 89 级的社员李瑛端庄漂亮，经常应邀主持学校的各种文艺节目，也成为大平原文学社的专门主持人。我经常带王云飞一起开展社团工作，有一次，我带领十几位 91 级的同学来到在开封市广播电台工作的师姐许赵华家，请她为大家讲课。

当时，全国诗歌热，我常收到全国各地的笔会、诗会邀请，但是，经济拮据，我拿不起参加笔会的路费和会费。1992 年春节后，王成喜老师发给我 20 元的困难补助，我有幸去北京参加了一次笔会。1992 年 4 月 9 日黎明，我在郑州火车站倒车，竟然看到刚刚南方谈话归来的改革开放总设计师，老人家坐在轮椅上，挂着吊瓶，和蔼地对抬他转车的乘务人员说：“谢谢，谢谢。”在北京，我住在正在中国社科院读博士的张来民老师宿舍里。我向全国各地的诗人作家发放我们的《大平原报》，我邀请著名诗人叶文福和何首乌先生为我们文学社的顾问，我们在鲁迅文学院培训学习了三天，听叶文福、文怀沙、王晓、高瑛等老师给我们讲课。何首乌带领我们拜见艾青前辈，我向艾青赠送了《大平原报》，请他题词，他的手已经拿不起笔来，我邀请他为“河南大学大平原文学社”的顾问，老人家频频点头。这就是后来大平原文学社邀请“艾青、叶文福、何首乌”为顾问的真实经过。河南大学大平原文学社和《大平原报》被中国新诗讲习所评为“全国首届民间重点诗社、诗刊”，我被评为优秀创作者和组织者。

《大平原报》为同学们提供了一个发表交流的平台。李春雷的一首诗歌《致伊人》发表了两次，后来还在《东京文学》上发表；舟子的《叩门者》我认为是他大学期间写得最棒的一首小诗。除 90 级的宋淑芳和 89 级外语系的王奇外，我还发现了几位让我震惊的社员。杜志勇、申林平和王剑的小说经常出现在《大平原报》上，张蕾的散文写得很有灵性，是报纸编委。还有几位同学的作品让人眼前一亮。一天，我在校报上看到李宣良的一篇散文，优美抒情，才华横溢，我刮目相看。前三学年，我很少看到董玉宝和段贵恒的作品，一直到大四上学期，中文系《创作与研究》杂志邀请我为编委，我发现了董玉宝的一篇小说，六千多字，写得荡气回肠，生动感人；段贵恒的一首现代长诗《空房子》，写得人心灵空荡荡的。二者均属上乘作品，我坚决推荐发表了这两篇文章。还有一位90级的师弟，叫刘昌武，他给我看他的小说，我眼前一亮，当时已达到省级文学杂志发表的水平。冯明显是90级历史系师弟，写了一部40多万字的长篇小说，誊写得工工整整，绝不是平常人所能下的功夫。

在老师和同学们的关怀支持下，特别在美丽的文学梦的感召下，我努力创作，大学时代开始发表作品。开封八朝古都，灵气滚滚，得益于古城的灵感，我创作发表了大量诗歌，有些诗歌如《母亲早悟出那句经文》《今夜月光是河》《月夜归人》《痛饮月光》等先后在《河南大学报》《东京文学》《大河》《山东文学》《开封工人报》《诗刊》发表，人民日报出版社后来出版了我的一本诗集《痛饮月光》，大部分收录的是我大学时代创作的诗歌。我的一篇散文《父亲八月回家》在校报发表后，一些女生竟然感动得流泪，我继续写散文，《秋雨古韵》《等待下雪》《心诚则灵》《路》等几篇散文大学时就在《文艺报》《河南大学报》《开封日报》《开封工人报》等报纸杂志发表，后来，被多家杂志选为卷首语，《秋雨古韵》在《文艺报》发表后，受到张俊山老师的表扬。我上初中时开始尝试写小说，大学时学习忙碌，不敢放开手写，1991年我写了一篇短篇小说《帽子》，在《开封日报》文艺版头题发表，《开封日报》主编肖楠老师给予很高的评价：起点非常高，非常有才华。1991年黄河考察结束后，我创作了六万字的中篇小说《看夕阳》，1992年冬天创作了中篇小说《梦中的村庄》（即《火殇》），先后在《创作与研究》《齐鲁文学》发表，后来由时代文艺出版社结集出版。娄开阳是我大学时代的好友，他不加入文学社，却介绍他高中漂亮女同学关涛加入，关涛在89级外语系，她爸爸是我们中文系的关仁训书记。我推荐娄开阳和王屹立成为河南大学演讲学会的理事，梁遂老师是河南大学演讲学会会长，看到我们的报纸后，挑选我为校演讲学会89级分会长。娄开阳还介绍我参加河大图书馆的“书评学社”，认识了薛丽君、平萍两位美女师姐，我开始写书评，我给苏文魁和诗人蓝蓝写书评，给苏文魁老师写的书评《奉献的光辉》在《教育时报》发表了。有一段时间，我兴高采烈地写新闻稿件，哪里有活动，有比赛，我就往哪里走，经常在校广播站、开封广播电台、校报等媒体发表，有一次还在《河南体育报》上发表了一个“小豆腐块”。我的毕业论文写的是我国20世纪30年代就有名气的诗人李白凤，老人家是河大中文系的老教师，当时已离世，资料很少。经孔令更老师介绍，我来到位于老河大校园西面，即原开封市锅炉厂家属院内，见到李白凤的遗孀刘朱樱，老人祖籍山东青岛，她给我提供了大量李白凤先生的文字资料。我的毕业论文由贾占清老师指导，得了96分，相当高了。

小有名气后，经常有老师和同学找我写东西。有一次，李建伟老师通知我，说《大决战》剧组导演翟俊杰和主演要来学校，让我跟着采访写个东西。我跟着客人满校转，活动结束后，我写了一篇七百多字的通讯，恰巧，校报也派记者参加了，我写的稿件与校报发生冲突，一度引起误会，但稿件还是在《河南大学报》《开封日报》和开封广播电台发表了，我因此认识了当时在《开封日报》工作的诗人齐遂林老师。还有一次，政治系一位老教授让我帮着写教材，写了半个暑假，写完后，我就干家教去了。学校找我了几次，一次参与校史写作，一次为学校宣传电视片写解说词，马佩老师给我介绍情况。毕业前夕，系领导还推荐我参加《夕阳红》河南剧组解说词的写作。《女大学生报》邀请我为顾问，《创作与研究》邀请我为编委，开封市诗歌学会的《周末诗群》邀请我和已经毕业的刘静沙师兄为编委，等等。一些社会上的单位和个人慕名找我写报道，写述职报告，写报告文学，鹿邑县政府盖了一座招待所，请我为招待所起名字，我一下子起了二十多个。还有的同学找我写求爱信、求爱诗，写完还请我帮着送，当然，都是免费的。

如今，一些老师和同学们提起当年的大平原文学社感慨万千，百度上显示大平原文学社成立于 1985 年，其实应该是 1989 年 10 月或 1990 年 9 月。河南大学大平原文学社 1990 年正式注册时，一些同学已经不是社员了。1992 年夏天开学后，88 级的校友也走了，我一片落寞，我一直把高年级的师哥师姐视为竞争对手。是年 10 月，河南大学举行校庆八十周年庆祝活动，大礼堂正对南校门道路中间的美人蕉一派火红，各系在大礼堂前通过看板展示成绩，中文系在大礼堂前的看板最惹人注目，看板上有几个年级和文学社团的作品，六期大平原报占了看板一大半的版面，《大平原报》在校友间的影响进一步扩大。我加快了文学社传承的步伐，王云飞负责了 92 级新社员的招收工作，一次社员工作会议上，我正式宣布王云飞为河南大学大平原文学社第二任社长。我们文学社当时的顾问为“艾青、孔令更、王成喜、苏文魁、李慈健、赵福生、叶文福、何首乌、孙迪明”等。至此，大平原文学社完成了新老交接。后来，中文系 93 级师弟刘昌飞接任第三任社长。其间，刘昌飞与已在山东威海上班的我互相通信，我们交换了继续办好文学社的意见，他们说邢勇等老师非常关心支持大平原文学社后来的成长。两个“飞”字师弟，终于在大平原上放飞起文学梦想，一直到现在。2012 年，我应邀参加母校百年校庆活动，遇见大平原文学社第九任社长潘剑峰，他是在读研究生，小伙子热情诚恳，举着鲜红的大平原社旗邀我讲课。至今，历经三十年风雨，在老师、校友的帮助关怀下，河南大学大平原的旗帜依然飘扬在古城上空。

开封是世界古城名城，河南大学是这座城市皇冠上的一颗明珠。古城和母校对我的恩情太重太厚。毕业后，从山东到广东，从深圳到北京，我心中一直没有忘记母校、恩师和同学，没有忘记我们的大平原，高耸的铁塔和古朴的校风。毕业十年后我一次回到古城，深夜，我一个人跪在老校门前大哭了一场。尔后，又继续努力奋斗，为了美丽的初心，为了美好的梦想！

作者简介：史怀宝，1989级本科生。国家一级作家（教授），中国作家协会会员。

蓦然回望处，浅斟低唱情

王　芳

多少次蓦然回首，记忆里我依然嗅着开封的菊花香，在河大园书声琅琅。多少次午夜梦回，我依然在文学院十号楼的教室里听老师们讲课声韵铿锵。我在河大读中文的那段时光呀，是我最葱茏的青春，最旖旎的过往。

我是1999年入河大读中文系汉语言文学教育专业，2003届毕业，大一刚入校见证了澳门回归的举国欢庆，在东操场的火树银花里我们年轻的激情为家国盛况而绽放。2000年时恰逢千禧年的跨世纪之庆，我们也意气风发在校园里参加各种狂欢用燃烧的青春和祖国一起走进新时代。2002年大三时候亲身经历学校隆重的九十年校庆，河大走过的峥嵘岁月和校友们的卓越成就加深了我们作为河大学子的自豪感。而毕业那年正赶上非典，学校封校两个多月，去外地找工作的同学返校被隔离在五号楼参加不了毕业聚餐，后来我们的教师资格证没有来得及办理就匆匆离校，非典也加剧了我们兵荒马乱的离愁。一路走来，母校张开她温柔的怀抱用她的博大深沉安放了我们在时代脉搏里舞动的青春，也沉淀了我们深深浅浅的记忆，抚慰了我们浓浓淡淡的悲欢。

犹记得初次见你，喜忧参半。来自偏僻乡村的我第一次为了上大学而坐火车，看到开封破旧的火车站顿感无比失望，这不是我想象中的城市，不是我憧憬中的地方。那种失望直到走进河大古朴庄严的校园才稍稍得到一些慰藉和消解。河大檐牙高啄的校门肃穆壮观，飞阁流丹的大礼堂巍然耸立，书香葳蕤的校园的曲径通幽。由爱河大而开始爱开封，开封也如一个波澜不惊的老人微笑着看我的失落与幼稚，脉脉张开温柔的怀抱安抚我的偏见和肤浅。于是我从她斑驳的城墙上看懂了历史的厚重，我从她潋滟的湖水里打捞了岁月的峥嵘，我从老开封们脸上的恬静和从容读出了时光的婉转，我从年年芬芳的菊花香里嗅到绽放在宋词里的缱绻情怀。

从此，开封在我生命里成为第二故乡，河大成为我四年青春的象牙塔。一千多个日子，晨昏曦月里，清风晚霞中，河大见证我从那个偏远小乡村里走出的傻乎乎的小姑娘一点点地蜕变成长。

那时候的中文系共有十个班三个专业，七个班是汉语言文学教育专业，两个编辑班，一个广电班。广电班的姑娘大多来自城市，家境好又形象佳，总是又时髦又高傲，常常是男生们目光追随的焦点。我们汉教专业的学生大多数来自农村，当时我所在的九九级中文三班，只有少数同学是城市家庭，我们大部分人都是从各个地方的农村走出来，带着新鲜的泥土气息，带着对知识的渴求和对理想的憧憬，一脸懵懂一身淳朴地开始了四年成长。

文学院的老师们大家云集，名师辈出。我有幸在河大校园里聆听了讲授先秦文学的华锋老师一板一眼地深情唱诵《离骚》，他微胖的身体随节奏晃动，双手也在空中挥舞，摇头晃脑时候满头卷发也和炯炯有神的双眼一起律动。当时王立群老师虽然没有在《百家讲坛》走红但在文学院依然是传奇人物，那时候他给我们本科生开《史记》选读的选修课，我们慕名而去，尽兴而归。他那对有福相的大耳朵和他那穿云裂石的声音，纵横捭阖的渊博，谈笑间樯橹灰飞烟灭的从容一起满足着我们的好奇心。我折服于衣袂飘飘的常萍老师闭目陶醉地教我们品唐诗宋词，她讲《春江花月夜》的激荡人心，讲“放花无语对斜晖”的深情凝睇都深深印在我脑海里。常萍老师总是长发飘然，一袭长衫，神情疏朗，语声高亢，感情饱满，她几乎从不看讲义和教材，总是即兴发挥边投入背诵边深情欣赏。讲到动情处，常老师有时候会泪光潸然，语声哽咽，有时候也会有一段语言的留白，她微微地闭起眼睛沉浸其中，此时无声胜有声，那种深情投入让我们也屏住呼吸和她一起陶醉。常老师信口所至，字字珠玑，精彩纷呈，我总是把常老师课堂上的妙语佳句奋笔疾书在笔记上，至今我依然把那几本厚厚的笔记完好地珍藏着，多次搬家都不舍得丢弃。只是那时候年少，对很多诗词的体味比较浅，大多是被美丽的辞采所吸引，但常老师的陶醉和投入让我对很多诗词有了新的感悟。我还记得教音韵学的郭振生老师长年一件白色抽绳冲锋衣，梳着一丝不乱的三七分在课堂上有板有眼教我们唱“雪压冬云白絮飞，万花纷谢一时稀”的音韵歌曲。我也记得时任副院长的孙先科老师鼓励我们学写诗填词，然后在课堂上郑重其事地朗读点评我们稚嫩的作品。还有教我们“普通话口语”的蔡玉芝老师，不仅课堂上用字正腔圆声情并茂娓娓动情的讲课吸引着我们，课下还别出心裁用丰富多彩的活动调动我们的积极性。那些分组表演的活动给我们留下很多难忘的记忆，那时我编写了一个《狼和小羊》的课本剧，当时我表演楚楚可怜的小羊，那个演诡计多端的大灰狼的男生后来成了我的男朋友。我上女性文学选修课认识了讲课深情婉转的孙书蝶老师，孙老师不仅课讲得好，把很多女性形象解读得自出机杼而入木三分，而且课下对学生热情体贴关爱有加。她在三八节的时候请我和另一个学生去吃夜市，也在寒假帮我介绍勤工俭学的工作岗位，毕业后我的结婚生子等人生大事儿都有孙老师的祝福和牵挂，现在她早已经成了我亦师亦友的亲人。河大的老师们用他们的渊博和深情带我们走进汉语言文学美不胜收的浩瀚海洋，也用他们的为人风范和人格魅力给我的人生以丰厚的滋养和永远的教诲。

在河大读书时候，我家里上有年迈多病的奶奶，下有还正读高中的弟弟和妹妹，父母同时供我们姊妹三个读书，经济压力特别大。

为了减轻他们的负担，我在课余参加了学校的勤工俭学。当时我们同班同学张绍峰带着我一起挤过勤工楼人山人海的应聘者，我也在应聘面试中过五关斩六将，最终赢得了在图书馆整理书籍的勤工俭学岗位。在那里工作不仅仅是每月 30 元的补助能缓解我的经济拮据，更因为图书馆环境安静而舒适，工作做完之后还可以在图书馆仓库读一读不外借的书。当时图书馆里的老师对我也特别照顾，我还把当时工作的经历写成《工作着是美丽的》的文章在校报上发表。

我男朋友就常常在那时光顾图书馆，看书也看我，然后下班后陪我一起穿过幽僻的小路，那时总看到平时肃穆庄严的大礼堂在月色下格外温柔。然后他成了中文系学八楼下等候凝望大军里的一员，常常在我们宿舍窗户下亮起嗓门大喊 225，然后他在我们的婚礼上唱起“班里有个姑娘叫小芳”，那首歌他七年前曾经在他们宿舍兄弟们的怂恿下通过电话唱给过我，我们宿舍的姐妹也都通过免提一起听到。我们的校园爱情能够走到一起，有铁塔湖作证，有图书馆作证，有这首歌作证。毕业之后我们几乎每年都会回河大，从二人世界变成一家四口，十几年时光不变的是对河大的眷恋。

我在校报上发表的文章除了写图书馆工作的《工作着是美丽的》，还有写自己暑假在农村干农活的《夏季风景》，有写一年一年过年感受的《年年岁岁人不同》，也有写孙书蝶老师的《你和你的名字一样美丽》等九篇。其实最开始在校报上发表文章都是因为重名“惹的祸”。当时中文系还有一个女生也叫王芳，来自郑州，我们两个同名，也都在一个大班上课。是那个王芳最先在校报上发了一篇文章，后来很多同学都对我表示赞叹，我很不好意思，只能惭愧地解释说“那不是我写的，是和我重名的同学”，说得多了，自己内心也暗暗萌发了往校报投稿的念头，于是我鼓起勇气认真写了一篇叙述在外读书思念亲人写家信的文章《家信》，怀着忐忑的心情投给校报编辑部。几天后，我惊喜地发现自己的那篇文章也被刊登在校报上，这次那个署名的王芳是真的我自己。我终于可以心安理得地说，那个在校报上发表文章的王芳就是我了。

当时校报刊发的稿酬是 30 元，领到 30 元稿酬的时候，我的内心无比激动，那是我人生的第一笔稿费，也是我第一次看到自己通过写文章可以获得精神的成就和物质的报酬。那个细雨纷飞的中午，我第一次领到校报的稿费，一路雀跃，然后拿出 5 元请那个陪我去领稿费和我一起分享喜悦的刘姓小伙子吃了一顿西门的水饺，那荠菜水饺的香味似乎一直在记忆里弥漫着，也鼓励着我继续用文字凝固感动，定格温暖，而多年以后，我格外钟情写东西，一直坚持着用文字梳理记录自己生活的习惯。多年之后，那个陪我一起分享喜悦的青涩小伙子，那个和我搭档演课本剧的“大灰狼”也成了我两个儿子的父亲。

如今我们都在郑州的教育系统工作，郑州离开封很近，我们也离往事很近。几乎每一两年都会特意回河大看看，去当年各自住的宿舍楼下伫立一会儿，去当年一起读书的长廊下静坐一会儿，在这个校园里有那么多扑面的青春记忆在一层层的年轮洗刷下清晰如昔。走出校园我们也会在平平仄仄的古城里走一走，并肩走过大梁门和书店街的路口，岁月让自己的眼睛和心灵都变得温和宽容。打量着开封的街巷，即使陈旧也觉得尽是亲切的问候，那种兀自悠然的从容，那种宠辱不惊的淡定，只有历经沧桑的人才懂，只有心存眷念的人才珍重。

往事不会了然无痕，于河大，于我们，都一样。河大，依旧斟满了宋时酒深情地在等候，依旧搭建起菊花台结满了相思愁，我们在灯火阑珊处蓦然回首，许多往事浅斟低唱着清清浅浅的温柔。

我们在河大读中文的时光呀，如一阕光阴婉约的长短句在一场风花雪月的青春梦里牵念依旧。

作者简介：王芳，1999 级本科生。

2003 年，大四时王芳与宿舍姐妹于校门外合影

“混”在河大的日子

——我与河大的不了情

陈　举

关于题目，之所以称之为“混”，是多年之后，每每遇到当年朝夕相处的同学，回忆在河大读书时，听他们眉飞色舞谈及某某老师在教室嘲讽挖苦完搞文艺理论的同行后，站在十号楼123教室窗前郁郁寡欢，斑驳的阳光斜射到他吞云吐雾的侧影上；谈及某某老师到豫东某县看到的标语“坚决杜绝第六胎”；谈及令人仰慕之至的“高级口语班”也就是后来的播音主持的前身等各种秘事；还有谈及王立群老师在课堂上说我们是他所教授的最后一届本科生的情形……我竟然大都浑然不知，彻底沦为一个毫不相干的听众。甚至怀疑自己读了一个“假的”河南大学。而细细想起来，当年在这所百年名校读书的四年，没有拿过一次奖学金，英语不仅没有过四级，还挂了一次科，好吧，和那些学霸们比起来，真真切切算是一个实实在在的“学渣”。

毕业30年，虽没有读过万卷书，却真的走过了万里路。跌跌撞撞中一路走来，常有朋友问我，你走得如此艰苦，又是什么原因支撑你依旧执着前行？

我想，个中缘由可能是与母校河大有这么一段扯不断理还乱的不了情缘。

一　初结前缘

我出生在四川东北部的一个叫渠县的小县城，父亲在中华人民共和国成立初期参军，随后跟随部队参加了那场前无古人尚后无来者的抗美援朝战争，其中有段时间还有幸成为彭老总身边的警卫人员之一，而正是他的这段“幸运”也成了“三分子”运动中被攻击的对象，还一度被扣上了“里通外国”的帽子，以至于老父亲在生前，几乎都不愿意提及那段日子。在一个月黑风高的夜晚，为了避免一场莫须有的抓捕，父亲点燃了炉灶的一把火，烧了他的立功受奖证书。如今被我单独保管的唯一能证明他参加过抗美援朝战争的复员证和几张照片，还是母亲生生地从火堆里抢出来的。

那一夜，父亲背着我、拉着哥哥，母亲抱着妹妹、拖着姐姐，翻过一道山梁，到了小姨家，匆匆吃了几口东西后，父亲抱着我，拉着刚 12 岁的哥哥，消失在茫茫群山之中。在县城他一起复员的战友帮助下，父子仨坐上了开往重庆的绿皮火车，第二天清晨，在漫天大雾中，又挤上了重庆开往宜昌的轮船。天快亮的时候，有人过来给我们每个人发了一朵小白花让戴在胸前，那一天恰恰是 1976 年的重阳节。

轮船上响起低沉悲伤的哀乐中，广播里一个男中音反复播送着《告全党全军全国各族人民书》，后来我知道，当时那个男中音叫夏青。

依稀记忆中，后来好像又倒了一次船，坐了一天的火车，来到家在河南邓县（今邓州市）穰东的父亲的一个战友家。在那里，父亲把哥哥上学的事情安排完，就匆匆带着我赶回四川小姨家，要赶快把妈妈和姐姐、妹妹一起接走。再次经过宜昌的时候，已是十冬腊月，呼啸的寒风中，我紧紧趴在父亲宽广温暖的背上，用冻得通红通红的小手捂着冻得通红通红的耳朵，只听见他脚下踩着冰碴子嘎吱嘎吱的声音。走在宜昌的沿街门店里，父亲背着 4 岁的我，想给我买个帽子戴上，可是走了很多家都没有找到合适的，后来买了一个“气死风灯”（也就是民间常见的火车头帽子）才算拉倒。多年后，老父亲说起这段往事时说，是因为当时我的头太大，小孩子的帽子我都戴不上，而那个“气死风灯”的帽子后来陪着我度过了整个童年，直到上了中学不再戴帽子。

1977 年的春节，大年初二，父亲带着我回到老家，在一众亲人的帮助下带着全家正式离开了我们的生养之地——巴山蜀水，凭着一个地址不详的信封，到了另外一个具有 2000 多年历史的豫南小城新野。父亲没有找到当年和他一起经历过生死的战友，一家人漫无目的走在新野县城通往唐河的马路上，直到遇到了一个叫丁文祥的好心人，他赶着马车，看到正在新野溧河沙台的沙河桥休息的一家人，下车问了情况，和父亲交流了几句，就问愿不愿意跟着他走。在那个时候，在全家无路可走的情境下，父亲和母亲几乎没有考虑可能会遇到的风险，就满口答应跟着一个从未谋过面的河南汉子走了。也许已经去世多年的父亲没有想到，母亲和他的临时决定，让我们一家人自此在河南这片土地上扎下了根。

懵懵懂懂中，我们一家人跟着到了那个叫丁沟的村子后，好心人把我们一家安置好，找来了村里的干部一起商议，丁文祥专门到了距丁沟十几公里的熊油坊村，找到了他熟悉的大队干部，说说了我家的情况。大队干部们当即拍板，同意让我们全家落户，很快派人在村子后面那片梨树林边上，帮我们盖成了三间茅草屋。就这样，在奔波将近大半年之后，我们终于在背井离乡之后有了属于自己的家，也从此，“熊油坊村”这几个字，伴随了全家至今将近半个世纪，以后仍然会继续陪伴下去。

我们全家安顿下后的第二年暑假，父亲又去邓县把哥哥接了过来，一家人才算真正意义上团了圆。

因为远离故土，各种饮食都不甚习惯，在漂泊定居的很长一段时间，甚至几乎在异样、排挤、冷漠甚至欺辱中度过了自己的童年、少年时代。慢慢地因为成绩好的原因，老师经常到家走访，给别的孩子讲我如何学习，鼓励我好好上学，说村子里还没有出过大学生，这个孩子很有希望将来考上大学。老实说，那个时候，对大学是什么、在哪里都一无所知。

1984 年，我考上了乡里重点中学，当时的乡中学校长庄云朝和我的义父是表亲，他对我说，你的经历和别的孩子不一样，要好好珍惜，好好学习，将来考上大学。他还说他曾经进修的学校叫开封师范学院，现在刚刚恢复校名河南大学，学校历史很长，出过很多著名的人物，其中就有南阳人姚雪垠，他还读过姚雪垠写的《李自成》。这是“河南大学”第一次出现在我的记忆中。三年之后，我被保送到了县重点高中，遇到了我人生中又一位导师薛桂山先生。

二　再续渊源

高中三年，谈不上有多么令人回味的故事，唯有对薛先生的敬意和怀念。提起薛桂山，20 世纪 80 年代到 90 年代，所有从新野一中走出来的毕业生都能如数家珍。最让人记忆犹新的就是，每天最后一节课铃声响起，1000 多名学生立刻从教室里山呼海啸冲出来，穿过横穿学校校区的小河奔向学生食堂，但经常会齐刷刷突然站立不动，一眼望去，只见在桥头站着一位满头银发、满脸笑容的老人，只见他一招手，顷刻间千军万马从他身边呼啸而过，只留下老人爽朗的笑声。薛先生毕业于开封师范（后来的河南大学），是当时新野的名人，兼着县人大的领导职务，一身正气，对学生和蔼可亲，是我高三时的班主任。

那时候，因为父亲和哥哥常年在外打工，母亲经常周末骑着自行车给我送粮食，久而久之，薛先生就认识了母亲，慢慢也了解到我家的一些情况，这些情况，多年后母亲跟我说起时我才知道。难怪先生经常会问我将来打算考什么学校，有没兴趣当老师之类的话。

高三下学期，记得是4月份，我们突然接到一个通知，说上级给学校一个保送河南大学的名额，让大家自愿报名。很多同学都写了申请书，那个时候自己一心想考个清华北大之类的所谓名校，所以就没想着也去写申请的事情。一天晚上，我正在教室上晚自习，有个同学过来说薛校长让你去他办公室，我有些发蒙，不知道自己犯了什么错误。于是怀着忐忑到了先生办公室，他劈头就是一句：大家都抢着写申请书，你为什么不写？我迟疑了一下，说“我觉得我能考上，而且肯定能考上一个更好的学校，不想去河南大学”。“河南大学怎么了？它不好吗？我就是从那里毕业的，咋的啦？”不等我反应，接着又是一场暴风骤雨：“你觉得你能考上，万一你考不上呢？还让你妈骑着车给你送粮食？还让你爸带着你残疾哥哥在外奔波打工？”我顿时语塞，一时竟无言以对。“赶紧写申请去，下课后拿过来。”他大手一挥，不容置疑地把我轰出了办公室。一个星期后，我的名字出现在了学校保送河南大学名单的公示栏里。

1995年的春节，大学毕业入伍后第一次探亲回家，专程去看望先生，他说，当时申请的学生有很多，还有不少领导写条子打招呼，他力排众议，学校政教处老师经过反复评估、征求意见，最终决定保送我去河南大学。

所以，在1990年的5月，当我那苦兮兮的高中同学们还在挑灯苦读准备高考的时候，我揣着河南大学中文系面试通知单、口袋里装着薛先生专门写给他的一名得意弟子已在河大化学系88级就读的李秀山师兄的一封信，几经周折，一人坐车到了七朝古都开封。那天下午，我第一次站在了古色天香在数十万河大学子心中举足轻重的河大南门。那天晚上，秀山师兄带着我第一次走在树荫蔽日、古建成群的校园，第一次站在古城墙上回望西南的家乡，第一次抚摸着出自建筑大师之手的大礼堂的立柱，那种仰慕、那种久违的亲切竟油然而生，原有的抵触和陌生在夜空中传来的铁塔风铃中早已消失殆尽。因为我知道，从此时起，我与河大从此有了割舍不断的世纪情缘。

三　爱在河大

在河大读书的日子里，前面说，我对任课老师的记忆更多的是懵懂、迷糊一片甚至漠然，以至于很多年以后和一些任课老师相遇的瞬间，记忆几乎都是瞬时的苍白。但是学渣的日子里，自然有学霸们不曾了解的快乐和糗事。

开学伊始，中文系学生会在新生中招募新人，我竟然鬼使神差去报了学生会文艺部，面试的88级师姐问有什么才艺，我说会唱歌，那就唱一首听听。记得我选了一首叫《牡丹之歌》，结果一开口，满屋子只剩下了一个，一问才知道他是因为别人跑出去的时候鞋子被踢到了一边才没有出去，哈哈，这次的惨败竟然没有让我气馁。过了一个星期，学校广播站招募新生，我默默地按照写的楼宇地址投递了自己写的一篇习作。记不清楚写的是什么，只知道过了几天，87级师兄王继东来到宿舍找我，跟我聊了很多，比如什么是新闻，什么是新闻的“五个W一个H”，什么是三段论，还告诉我报纸语言与广播语言的区别，比如报纸语言是几月几日，而广播语言是几月几号。他问我，有没有兴趣加入广播站的报道组，还让我做了90级广播站报道组组长。

从此，我与新闻、我与写作、我与河大广播站、我与河大校报结了四年之缘。所以，在我的同学还在教室里听课写作业、我的室友们在图书馆貌似苦读其实在追妹的日子里，我穿梭在学校各个院系办公室、师生中，游走在学校办公楼、七号历史楼的写稿、编稿、审稿的琐碎程序中。那个时候，最大的快乐就是走在校园的每条路上，都能听到自己编写的稿子从灯杆上的音箱里被负责播音的同学声情并茂地播送出来，最大的幸福就是看着自己写的豆腐块文章在校报编辑部孙青艾老师、刘剑涛老师、严励老师的帮助下变成了铅字，在宣传部刘献副部长、王桂兰副部长和程秀波老师督促下一点一点成长成熟起来。

记得大一下学期，河南大学春季运动会准备开始，中文系组建学生运动队，第一次选拔参加春运会的队员。这一次，我毫不含糊报了短跑项目，哈哈，这可是我在高中时期的保留节目。在东操场的跑道上，众目睽睽下，100 米试跑，我把一起报名的同学甩了有好几米远，被当时担任中文系运动队教练的 88 级体育系师兄史俊海选中，当时一起入选系运动队的有张占涛、邹震、吴爱华、李林慧等。每天除了跑广播站，就是下午跟着运动队训练，也是从那一年(1991 年)，我们和 88 级的杜洪亮、89 级的殷涛一起捧起了河南大学春季运动会男女团体冠军，此后连续三年卫冕成功；而我连续获得了男子 4 ×100 米接力、4 ×200 米接力、4 ×400 米接力、100 米短跑的季军，200 米短跑冠军。也是因为参加运动会，我和中文系团总支书记邢勇老师熟悉了起来，是他给予了我更多的信任和支持，后来作为中文系团总支宣传部部长，在邢老师的支持下，中文系的新闻报道工作连续多年让兄弟院系只能望其项背。

还记得大二那年，同学们都回家过春节了，因为家里经济拮据，我没有路费回家过年，在系办公室主任李建伟老师帮助下，作为勤工助学人员留在系办值班。大年三十晚上，听着窗外的鞭炮声，我一个人坐在 6 号楼中文系办公室默默伤神，这个时候桌上电话响了，我拿起电话，电话那头是邢勇老师的声音：“来家吧，一起吃顿饺子。”还是在学十楼西侧的平房里，我过去的时候，邢老师爱人张老师已经把饺子给端了上来，“赶紧趁热吃吧”，我一边默默吃着饺子，一边悄悄抹着眼泪。邢老师说，“哭啥，有啥哭的，赶紧吃饱回去值班去”。离开的时候，张老师拿出来一件军大衣说，你在办公室值班，有点冷，穿上这个，邢老师还拿出来100元钱，说这个收着，以后有啥需要过来跟他说，我坚决推辞着说不要，张老师过来直接把钱塞到了已经裹到我身上的军大衣口袋里。那年的春节，是我四年大学中最为孤独的一个春节，但也是我最为幸福的一个春节。

四年中，像邢老师这样默默帮助支持我的还有校报编辑部的孙青艾老师。有一段时间家里没有及时给我寄钱，孙老师知道后，当即从刚刚领的工资里给我拿出来100元钱，让我先用着，这个钱直到毕业多年后再次看到孙老师后才还给她，她说她已经忘了这件事啦。宣传部的王桂兰副部长，在我去河南日报毕业实习的时候，知道我比较拮据，专门拿出来300元钱给我，说在郑州学习，要用钱的地方很多，宽备窄用。也许，正是有了像很多像邢勇老师、孙青艾老师、王桂兰老师这样默默帮助我的先生们，才有了后来的我、今天的我。

在河大读书的日子，我收获了自己的专业和热爱，也收获了很多老师的帮助，还有更多先生大家的教诲。大二下学期，辅导员说需要找几个同学去帮系里一位老先生搬家，于是我和几个同学（对不起，已经记不起名字了）一起到了学校西门的教工宿舍区，将一个教师宿舍堆积的书用三轮车送到学校南门外的教授宿舍去。当我们满头大汗拉着满满一车书送过去时，一位腰快弓成90度的老人，戴着高度近视镜正在门口等着，后来才知道他就是胡适先生的学生、中国近代文学史上有着赫赫大名的任访秋先生。我们抱着成摞成摞的书跟着他一起上到二楼，只见十几平方的书房，四周全是书柜，已经堆满了各种古文书籍，那个时候我才真正知道了“浩如烟海”的含义。任先生一边挪着门口的书，一边和我们聊着天，问我们几年级了，有没有上过现代文学课，谁在给我们上课，我们一边帮助先生整理满地的书，一边小心作答。整个半日，先生都是把一本本书小心擦拭干净，整整齐齐放在书柜上，有很多还专门写着字条夹在上面，先生说他正在带几个研究生整理中国现代文学史纲，所以不能放乱了。临走时，先生还鼓励我们说，中文系学生，要多读中国古代文学的书，了解五千年的文明历史，不要蜻蜓点水，更不能好高骛远。现在想来，我依旧有些汗颜，很多时候发现自己上学的时候没有认真领会先生的教诲，书到用时方恨少的尴尬才常有发生。

大学期间，还有一位老师是我不能不提起的，就是教授我们古代汉语的刘冬冰老师。和她熟悉不是因为我喜欢古汉语，恰恰相反，冬冰老师的课我几乎很少去上，很多古汉语、方言对我来说简直就是天书，苦涩难懂，所以当时冬冰老师应该对我没什么印象。直到她教的这门课要结课了，我才拿着课本到教室听她划重点。记得很清楚，课间十分，冬冰老师走到我面前，说这位同学，我怎么不认识你，你是我们班的同学吗？没等我身边的室友接话，我的脑子一抽脱口而出："老师，我也不认识你。"（哈哈哈哈!）已经记不起来当时刘老师是什么反应，只是知道后来这门课差点挂了科。后来，冬冰老师生病住院，她爱人在郑州上班，孩子上学没人接送，于是我们同学万永旗、金卫东、张邨、邵桂平、郑玉杰、高颖等七八个人加我一起组成了小团队，一组专门负责接送冬冰老师家的孩子星星，另外一组专门在医院陪护冬冰老师，直到冬冰老师康复出院。也是过了很多年，每每见到冬冰老师的时候，彼此唏嘘不已，她说她一直感谢当年照顾她的这几个同学。以至于后来我毕业实习准备就业时，冬冰老师还专门给她在省委宣传部工作的77级河大中文系同学杨丽萍老师（时任省委宣传部外宣办主任）打电话、写信，请她帮助我。若干年后，当成为丽萍老师的属下，谈及此事时，丽萍老师淡淡一笑说，非要说感谢的话，我们都应该感谢河大培养了我们。

四 远望河大

大四的时候，正值毕业实习季节，很多同学忙着找自己心仪的工作，而自己何去何从？实习前，我回到中学的母校新野一中，看望还在工作一线的恩师薛桂山，他详细询问了我在河大四年的情况，然后给我写了一封介绍信，让我去找当时在河南日报工作的刘海程先生。费尽周折我把桂山先生的信递给他，他认真地看了看说，想来报社工作的人很多，你可以先过来实习，等实习结束再看看有没有机会。后来几个月，我在河南日报党群处实习，跟着马宏图副处长和顾超老师、平萍师姐学习时政新闻、新闻特写。

5月的一个周五下午，在河南日报实习的我接到了中文系党总支副书记张怀真老师的电话，让我抓紧回学校一趟，说有重要的事情。回到系里，辅导员王建国老师通知说让我带着自己的作品、证书第二天到中文系党总支办公室去，具体什么事没有说。等我到了系办，张书记直接把我带到了另外一间办公室，两位身穿军装的军官坐在那里，让我把自己的简历、发表的文章、各种获奖证书交给他看。后来我才知道，原来那一年，总政给原陆军第20集团军政治部一个地方大学生招录名额，他们是来招人的。系领导说，部队领导已经见过了在学校的绝大部分同学，暂时还没有适合他们的对象。知道这个情况后，我也没把这事放在心上，想着条件太高自己未必是人家想要的，况且自己还在河南日报实习，留下来的可能性极大。到了周日下午，我准备去郑州继续实习时，张怀真书记通知我说20集团军已经准备录用我了，让我周一到解放军155医院体检，我有些犹豫，告诉张老师说自己不想去，结果被张老师劈头一顿批评，说去部队多好，到大熔炉里锻炼锻炼，对你一生都有帮助。她语气坚决地说，不要推辞了，你是党员，必须服从组织分配。就这样。我只好到解放军155医院参加体检，很快被正式通知录取。因为当时走得比较急，几乎没有和老师同学作认真的告别，就匆匆开始了自己的八年军旅生涯。

到部队报到后，很快被分配到原陆军第20集团军军直侦察连，成了一名学员排长。再后来，又被总政治部集中到了原济南军区步兵侦察大队进行为期半年的军事训练，从普通站军姿到各种武器的学习使用，在白雪覆盖的操场上练习射击，一趴就是一个小时，起来的时候胸前已经被融化的雪水浸透，而背上已经铺满了雪花。训练间隙常常回忆在母校的点滴，夜间站岗时耳边总是响起当时校长李润田在十号楼123大教室告诉我们的“中文系学生要有一口标准的普通话，写一手漂亮的字，能写一手好文章”的谆谆教导。后来有机会带着新闻与传播学院学生拍摄制作纪念河大成立105周年“感动河大”人物，再次见到李润田先生，依旧能够感受到先生“对河大过往的毕生付出、对未来河大的满满期许”。

以后的日子，自己因为工作屡次变动，部队体制调整，工作性质的变化，我和母校的联系暂时中断了。这期间，我从原济南军区集训结束就到了原步兵第128师炮兵团（驻登封），1996年成建制转隶为武警部队，自己从连队排长、副指导员、政治处新闻干事、师新闻干事，到1997年年初被抽调到武警总部，再后来到了中央电视台驻武警记者站（原武警总部电视制作部），成为一名央视军事报道记者。

八年军旅生涯，作为亲历者、见证者，有幸参与了香港回归、1998年三江（长江、嫩江、松花江）抗洪、1999年澳门回归等20世纪重大历史事件的电视报道工作，参与了国旗护卫队、国宾护卫队、女子特警队等系列纪录片的拍摄制作，连续三年被武警总部评为新闻报道先进个人，1998年全军抗洪电视报道先进个人，荣立二等功一次、三等功两次；还被选送到中国作协鲁迅文学院武警作家班参加专期培训，聆听当时中国最为前沿的作家、艺术家雷书雁、铁凝、周大新、蔡桂林等耳提面命的教诲，触摸当代中国文学的温度和脉搏。而我深知，在远离母校的日子，其实自己的点滴成长，都因汲取了母校河南大学的营养、承继了她百年文脉风骨的缘故。

五　再续前缘

2002年夏天，我脱下橄榄绿，从部队转业到地方工作。2004年是距离我们离开至敬至爱的老师和母校的十年之际，受同学们委托，谋划了十年聚会重回母校的活动，再次见到了王文金校长、刘增杰先生、关仁训老师、张怀真老师、邢勇老师和王立群、王利锁、蔡玉芝、王建平、王建国老师，聆听了时隔多年后刘增杰老师为我们毕业十年创作的那首充满诗意和感情的诗歌的朗诵，也是从那一年，我与母校的情缘终于再次续上。后来我因健康原因离开了很多人做梦都想去的机关，在那一段独自在家病休的日子，总是在想，若干年后我若再次回到河大，会以什么身份去见曾经关照我的恩师？蓦然间想起了多年前任访秋先生声调不高但依旧振聋发聩的声音，中文系学生应该认真了解我们民族的文明史，自己应该做点什么，于是依稀在先生们的教诲中，再次站在了华夏文明历史传承区的前沿，明白了我们这一代人应该承担的责任与使命。

在远离体制的十余年中，我和小伙伴们以讲述中国好故事、传播河南好声音为使命，围绕黄河文化、河洛文化、太极文化、少林功夫、乡村振兴、非遗传承、黄帝根脉、红色文化等主题，创作了一大批具有浓郁特色的电影、纪录片、微纪录片、微电影、微视频等，一大批作品获得国家部委、团中央、省级奖励；成功策划服务了河南省第7—14届国际投资贸易洽谈会开幕式、中欧政党高层经贸对话会、上合峰会、全球跨境电子商务大会、豫沪合作交流会、豫粤合作交流会等50多场国际性文化活动，获得了较高的行业声誉和影响力。

2014年在毕业20年之际，我们中文系90级166位同学在年级长彭聚珍的号召下，众筹募集了50万元人民币，在文学院设立了

“1990 文学奖”，这是河南大学建校以来第一个以年级群体命名的奖学金，近年来获奖的学生都被推荐上了国家重点高校的研究生，获得“1990 文学奖”也由此成为他们人生成长中大学阶段最值得骄傲的事情；2015 年后，很荣幸被新传院聘为业界导师和全媒体实验班导师，有幸与历届广电专硕同学共同学习、创作河南文化题材的艺术作品；2019 年受 90 级校友委托，我们以“鹰展文化”的名义在新传院设立了“鹰展文化奖励基金”，以此鼓励表彰新闻与传播学院在教学科研、实践创作中获得较好成绩的老师和同学，目前已经顺利执行一期奖学金的发放。

2023 年是文学院成立百年的大喜日子，为了回馈母校、回报母校恩师的培养、呵护之情，我再次受中文系 90 级同学的委托，分两次代捐了 150 万元人民币，以此支持文学院的学科高质量建设，激励在院师生不负重托、为文学院更高水平的发展做出贡献，而能够看到母校师生取得成绩，我和其他中文系 90 级同学一样倍感荣幸。

不知不觉间，啰啰唆唆中，竟写了如此冗长的文章，想不出什么来暂时终结这段与母校河南大学的世纪情缘。回望自己成长的路上，母校始终陪伴着自己，而自己更是时刻关注着母校取得的成长。从 1912 年至 2023 年，在她成长壮大的 110 多年中，将近百万的毕业生已经成为各行各业的中坚力量，成为推动国家、民族进步的颗颗螺丝钉，也正是因为有了越来越多的优秀学子，这所人文荟萃、为国家做出巨大贡献和牺牲的超百年大学，才会以更高、更新、更强的姿态坚实地站立在黄河之滨、中原腹地，才会和散落在海内外的千万学子结下这割舍不断的世纪情缘。

曾经，母校滋养我们一起长大；未来，我们陪伴母校一起壮大！

作者简介：陈举，1990 级本科生，河南鹰展创始合伙人、河南大学硕士生导师，国家、省广播电视行业与网络视听领军人才，纪录片制作人。

渊薮：聚贤之乐，尽在文院

郑慧霞

河大中文 91 级张润泳同学大学毕业，留母院工作，曾先后担任中文 92 级和 96 级政治辅导员。2020 年 7 月是 96 级毕业整整 20 年之时，年级长陈义同学对与年级有关之一切一直尽心尽力，曾经在年级毕业 10 周年聚会之际，组织全年级向母院捐赠一批图书资料——谁言寸草心，报得三春晖。为做好毕业 20 年相关事宜之安排，陈义年级长向同在京工作、河大中文 91 级孟云飞老师请教协商，在云飞老师倡议并经过与在京同学商议后，遂有 91—96 级同学文化扶贫之行，遂得小文以识此行。

聚贤亭记

人生难在一“聚”，何者？有可聚之人而可聚之期难约；可聚之期已约而可聚之人临聚不果；可聚之人如约而聚转瞬又站台伤别离！聚至难而极易散，足见聚之难！然唯其难，故可珍可贵可铭心间！

己亥年春月可永识者，予谓即在兰萍臬婀娜，义虎随云飞自京至嵩之聚。予谓聚之乐，于得近母校旧址重温播迁迹——油然自豪于同为河大文学子；聚之乐，于得近程门遥想当年立雪志—肃然起敬于天中地；聚之乐，于得近陆浑一笑里——顿悟何谓此心泥黏絮；

聚之乐，于偷得浮生数日闲——方信风云际会彼此有缘语不虚；聚之乐，于品羊汤大快朵颐酣畅淋漓之际；聚之乐，于三杯两盏淡酒后共话恰同学少年时；聚之乐，于浪遏飞舟尽释如海尘事里……一点一滴一呼一吸一颦一笑举手投足行止坐卧在在皆是聚之乐事！

犹为可乐可识者，为午后登山途经一无名小亭休憩时——亭极平常，予竟不甚留意有无雕饰。立于登山必经处——此乃为游人歇倦所用也。游人或环亭而坐或立于亭下。春阳于山间，温暖可爱。亭内人声如市——忽被问此亭若欲名当名何名，竟脱口而出“聚贤亭”——予切切于此聚之乐不禁之流露也！自念贤者云飞兄与兰萍娜义虎诸君，即在予夫妇左右，自当与夫君见贤思齐——此乃心乐“聚贤”之深衷也；日向贤者近一步，日日如此则或可聚贤成多——即贤者纵高明难学，然予夫妇向贤之初心不改，此或可得贤朋自远方来之乐，此乃“聚贤”之真味也。坐于亭中欣然四望，感贤者难再相聚而今皆得同坐于亭中，论德论业皆有以教予夫妇也，幸得斯景斯境斯亭相聚，不觉心动神摇可喜可乐可欣可慰也！

既感妩媚诸君共聚白云，何得无辞以志雅集？想山中何所有唯多白云尔——遂得“海阔天空观云卷云舒，春华秋实赏花开花落”二句：白云在天，山花在地——蓝天云聚则如碧海千堆雪，万里无云则万里天；山花开时芬芳可赏，山花落时嘉果得尝。云聚云散、花开花落，皆可观可赏——此乃戒庵老人所谓“顺天而动，随时而过，触景生情”之意也。贤如予夫妇左右相聚之云飞兄与兰萍娜义虎诸君，自是当世达者，如云如花，触处生春。坐亭中，举目四望，白云如海如雪如绵；山花或白或红或黄；远处山峰高低错落叠嶂；丛筱有灰有绿静谧且安详。如此江山如此人，一时间俱得相聚于心中眼底，何其幸也！予着高跟鞋，竟乐聚而不觉疲，虽步履蹒跚竟登至顶峰。登顶四望：烟霭轻笼远峰，亦诗亦画。惜乎顶峰施工，喧嚣如山下而不得久留，遂拍数照后下山。然山路陡峭险峻，高跟鞋下山确乎不易，终成诸君之累——然仍走兴不减，润泳终究看不过眼，不予商量花钱雇一滑竿——每每不过意，每每坚持于难走时下，如此时走时抬，终于下山，稍作休息即返。云飞兄不顾登山之累，即索笔墨纸砚，挥毫泼墨题写“聚贤亭”并对联。人生如云，散则为霭为雾为岚，聚则成山成海成片。聚亦美，散亦美——如此圆明无碍，或得白云之“闲”。

作者简介：郑慧霞，1991 级本科生，河南大学文学院副教授，硕士生导师。

铁塔中文的基本品质

武新军

同学们，首先欢迎你们来到河南大学文学院学习！三十年前，我和大家一样，怀着忐忑不安的心来到河南大学中文系，后来又留在这里工作，三十多年的经验告诉我，你们是幸运的，因为这里有你们快速成长所需要的阳光、空气和土壤。

一

在河南大学北侧，有一座开宝寺塔，俗称铁塔，塔高十三层，号称“天下第一塔”。开封铁塔历史悠久，始建于北宋鼎盛时期，它目睹过宋代国都的繁华，经历过元明清的动荡，见证过辛亥革命和帝制解体，经历过抗战烽火，在它年满 900 岁时，又看到了中华人民共和国的成立。开封铁塔坚忍不拔，经历过 37 次地震、18 次大风、15 次水患，经历过日本炮火的轰炸，至今仍然巍然耸立。因此，不断有人阐释千年铁塔与百年河大的关系，关于“铁塔牌”学子的叙事，也因此广泛流布海内外，河南大学培养出来的历届学生，都被赋予了厚重坚实、有高度、百折不挠、自强不息的铁塔精神。每届河大毕业生也都带着河南大学的记忆，走向四面八方，把铁塔精神推向各行各业。

关于“铁塔牌”学子的叙事，有力增强了河大学子的身份认同感，但作为建筑的铁塔，真的可以培养出铁塔精神或铁塔性格吗？我曾阅读过几本建筑心理学著作，也知道建筑会影响人的性格与心理，但我不相信白天眼望铁塔、夜晚耳听塔铃，就会自然而然形成铁塔品质。三十多年前，我和一位本科同学气喘吁吁爬上铁塔最高处，当时我想到的是努力更上一层楼，读了本科读硕士读完硕士读博士，而同学的想法，则是只有拼搏才能获得成功，只有历风雨才能够见彩虹！同学们，等你们十月入校之后，也不妨首先攀登一下铁塔，检验一下你们对铁塔的感受。

我想探讨的问题是：既然对铁塔的观感会因人而异，那么河大学子是否具有共同或相似的品质特征呢？什么是铁塔中文学子的基本品质呢？在编辑了十八个月的“我在河大读中文”栏目之后，我强烈地感受到：河大文学院毕业生是具有共同的性格特征的，这种特征也是可以从文学院校友中辨识出来的。一位资深的研究生导师说：河大文学院研究生的学位论文，其注释多是原始文献和文学报刊，多数论文都是富有历史感的；一位教育局管人事的校友说：中文系毕业生敬业乐群，习惯于挑灯夜战，普遍给人勇挑重担、埋头苦干的印象；一位市级基础教育教研室的主任说：中文系校友最大的特点是知识面宽、不摆花架子，拉犁耕地能够深入下去；一位地方领导说：文学院学生最大的特点，是能够创造性地开展工作，能够解决别人解决不了的问题……从大量的说法与回忆中，我们可以概括出一些基本的品质：中文系校友是“务实”的，专业能力是“扎实”的，思维与工作方式是具有“创新性”的，在各行业的工作中，是能够与时俱进、提出新问题并解决新问题的。

铁塔中文的学子们，不论在哪个行业工作，都或多或少地打下了大学教育的烙印，在各行各业都干得风生水起：目前在河南省各高校文学院的院长、书记、副院长与重要的业务骨干，多数都是河大中文学子。在全国的其他高校，也有不少文学院校友担任管理工作，或者是单位的业务骨干。河南省各重点中学的校长与语文骨干教师，中文系校友亦占据主导份额，几十年来一直是河南省中学语文教育的砥柱；在政府机关、报社与广电等部门，他们大多是最好的笔杆子，有时甚至出现一个单位几大笔杆子全是河南大学中文系学生的盛况……而所有这些，多奠基于校友们务实的品格、卓越的专业能力与创造性的思维和工作方式。

同学们，不久的将来，你们也会打上铁塔中文的烙印，带着铁塔中文学子的基本品质融入社会，这就需要你们对学院学科的历史传统有所了解，对铁塔品质形成的原因有所了解，在继承传统的基础上更好地面向未来。

铁塔学子的基本品质，不是来源于作为建筑物的铁塔，而是来源于中文系百年办学的历史传统。有一种东西，我们看不到摸不着，但它的的确确地存在着，它烙印在一代代河大文学院学生的心灵里——这就是河大中文的历史传统，经过近百年的积累、积淀与发展，形成强大的精神气场和文化氛围，形成了“铁塔之下好读书”的良好学风。

铁塔学子的基本品质，不是来源于作为建筑物的铁塔，而是前辈学者们薪火相传、文脉赓续的结果，是冯友兰、郭绍虞、刘盼遂、罗根泽、李嘉言、任访秋、于安澜、高文、华锺彦、牛庸懋、刘增杰、佟培基、王立群、关爱和等一代代学者的治学精神、治学路径与治学方法前后传承的结果。他们在不同历史时期，致力于培育大学的学术风气，将最前沿的学术信息与思想的种子带进了河南大学，使其在后辈学子内心深处生根发芽、成长壮大。鲁枢元教授把这种传承形象地阐释为“传灯”。从“读中文”栏目大量回忆文章可以看出：前辈们人格高尚，知识渊博，文史并重，诗书画兼擅，治学严谨，工作勤奋。他们的言传身教，传递给弟子们的，绝不仅仅是专业技能和谋生手段，而是如何看待人生和名利，如何教书与育人，如何获得安身立命的志业理想与道德情感，如何获得使自己日趋完善的精神力量。从“读中文”栏目的大量回忆文章，也可以看出学子们如何潜移默化地受到了师长们的影响，在为人、为学、做事等方面，认真地向师长学习，“智山慧海传真火，愿随前薪作后薪”。

铁塔学子的基本品质，不是来源于作为建筑物的铁塔，而是来源于我们的课程设置。几十年来，我们的课程一直在不断调整与完善，但有一些基本的核心点是坚持不变的：中国语言文学课程，一直突出兼修中外，让学生深入理解中国语言文学的发展历史及理论，理解外国语言文学发展的历史及理论，并建立起中西方比较的视野。一直突出贯通古今，注重培养学生阅读古文字与文言文的能力，使用与整理古代典籍的知识和能力，也关注近现代以来文学变革的历史与文论发展的趋向。一直在突出写作能力的培育，提升学生汉语应用与文学写作的水平，使汉语的使用更加纯正规范，应用写作更加准确得体，文学写作更加富有张力。

铁塔学子的基本品质，不是来源于作为建筑物的铁塔，而是来源于我们丰富多彩的品牌社团与活动。羽帆诗社、铁塔文学社、马克思主义研究会，都是我们学院具有将近四十年历史的品牌社团；我们的秘书文化节，也有十几年的历史了；还有我们的杂志《试墨》与《追求与探索》，网络版《铁塔语文学刊》《河大生态文化研究》《文学跨媒介传播研究》等。这些社团和杂志，是我们起飞的试验场，帮助我们把知识转化为能力，点燃了我们文学写作的热情，帮助我们把个人的潜能发挥到极致，使我们获得走向社会、担当社会责任的信心。

铁塔学子的基本品质，不是来源于作为建筑物的铁塔，而是来源于我们的院训院风。为了我们能够更快更好地成长，为了我们早日具备铁塔中文的品质，我在这里也不得不好为人师，向你们提一些基本要求，说一说我们的“院训”，或者说“学规”。为迎接百年院庆，学院的几位老先生一直在凝练我们的院训、院风，并尝试对其进行界定。这是我第一次对我们的学规进行阐释，也有向同学们、校友们征求意见的考虑。

二 学规：博学慎思 笃行日新

（一）博学：语出《中庸》“博学之，审问之，慎思之，明辨之，笃行之”。

1. “博”是对知识结构的要求，我们希望同学们能够做到专与博的统一：片面专精，专而不博，容易打破世界的整体性，切断了不同专业、学科之间的整体联系，易陷于坐井观天、孤陋寡闻；“未有不博而能约者也”，在专的基础上求博，才能上下贯通，左右逢源，发现问题，解决问题。而片面求博，博而不专，易流于鸡零狗碎，贪多求全，食而不化；“业必能专，而后可与言博也”，在博的基础上求专，才能对局部问题进行更为精细、更为深入的研究。

2. “学”是获取知识和能力的方式，是读书人终其一生的习惯。作为一名合格的中文学子，都应该能够做到生命不息、学习不止。希望每位同学都能养成高效率的学习方式，对这个问题，古代的学者们曾进行过缜密的研究，也曾有过激烈的争论，从这些争论中我发现，能够处理好学与问、学与思、学与辨、学与行的关系，把学、问、思、辨、行很好地结合起来，共同指向个人的快速成长，能够有效利用所有的时间，也就找到了高效率的学习方式。

3. “博学”，对我们中国语言文学专业的学生来说，就是要以专业为本位进行跨学科探索，在学好专业的同时，在语言文学同历史学、哲学、社会学、政治学、传播学等学科的结合部努力，紧盯学科之间的交叉地带与薄弱点，丰富文学的研究内容，解决单一学科无法解决的问题。

（二）慎思：在朱熹看来，《中庸》中提出的“学、问、思、辨”，都是为了穷理。“慎思”意为审慎地思考，首先需要学问结合，加强交流与对话，下棋找高手论剑上华山，这样才能有切实的提高。其次需要学思结合，在广泛获取知识和信息的前提下进行思考，而非毫无根据的玄思冥想，这样才能够有所得。再次是思辨结合，思考问题不能太散漫，要有判断有结论。最后是思行结合，思考的问题应具有实践创新的意义，经得起实践的检验，而非坐而穷理，使我们的思考脱离笃行的方向。

1. 直觉、想象思维能力，即眼、耳、鼻、舌、身等感观“觉悟”的能力；各种感官都应该是开放的，都应该能够很好地与我们的“心”对接。由于中文学科的特点，直觉、想象思维能力尤为重要，用文字呈现感觉的能力，是必不可少的，把诗和思相结合的能力，也是必不可少的。

2. 逻辑思维能力：逻辑思维能力包括两种最基本的能力，其一，整合概括能力，是从部分到整体的建构能力，能够对杂乱的知识、信息进行整合，从中提炼出有用的道理、规律和认识，其理想的境界是鲁班造桥。其二，分析能力，是从整体到部分的解析能力，能够条分缕析，不拖泥带水，其理想的境界是庖丁解牛。整合能力和分析能力，是读书治学做事都必不可少的能力，具备了这些基本的能力，才能穷天下至善之理，才能直抵核心与本质。朱熹在《学规类编》中，曾用一句大白话来规范学生：“为学读书，须是耐烦细心去体会，切不可粗心……去尽皮，方见肉；去尽肉，方见骨；去尽骨，方见髓。”大白话中有深意，讲的就是如何形成这种直抵核心与本质的能力。

3. 批判性思维能力，是人类能够不断进步的动力，是新发现新发明产生的前提。《晦翁学案》中“读书，始读未知有疑，其次则渐渐有疑。中则节节是疑，过了这一番后，疑渐渐解，以至融会贯通，都无所疑，方始是学”，这个“方始是学”的阐释，清晰地阐明了批判性思维能力的重要性。

（三）笃行：扎扎实实去实行，重实践、接地气，不虚文。笃行之意也可分为三个层面：

1. 个人的道德、理想、人格、能力（技能），只有在不断地践行中，才能成长与完善，一般的行还不够，必须笃行才能有效。只有在不断践行中，才能抵达“心与理一”的境界，形成人格，形成智慧，形成能力。

2. 只有在实践中，才能够出真知、出规律、出真理，才能够检验知识之真伪，观念之效能。只有在实践中，才能把知识与观念内化于心，外化于行，在知与行之间建立起良性的循环，使二者相互促进。

3. 笃行才能学以致用，担当读书人的社会责任。获取知识是为了应用于实践，文学专业的同学应具有深厚的人文情怀，做志于学、益于友、利于国的人，在不断践行中，把所学所得奉献于人类、民族、国家发展的需求。

（四）日新：语出《大学》第二章“苟日新，日日新，又日新”。意思是洗涤旧日之垢，得一新我，一日得一新我，则日日更新。

1. 个人的学习应该天天向上，不断追求知识、视野、格局、能力的提升，时时明确常识与创新的区别，不断地从常识层面超拔出来，获得创新性发现、思考与方法，成长为具有创新能力的人。

2. “日新”与“有恒”的关系：创新源于长期的专注与积累，能够围绕某一目标，坚持不懈地进行思考和探索，“积累有渐”必然会“豁然贯通”。学习中文不可能速成，只有长期钻研，才能在学术研究、教学工作、创业实践中迸发出创新的活力。

3. “自新”与“他新”的关系：多数创新源自社会需求，源自人与人智慧的交流，交流的深度与广度，决定着创新的高度。在自我日新的基础上，也要带动“他新”，成为民族、国家创新驱动的重要力量。

三

同学们，终于讲完了我们的学规，有点板起面孔训人的意味，也是不得不如此，只有有了学规，才能有基本的遵循。希望我们能够一起努力，传承河大优良学风，养成“专心学业，亲师近友，读书养气”的风气。

同学们要敢于与老师交流，在出现困难时，要善于接受老师们的帮助。在“读中文”栏目的许多文章中，最让我们感动的，是师生之间的“聊天”“唱和”与“通信”，学术传承经常是通过一节课、一席话或一封信开始的，学生们都非常珍惜与老师聊天的机会，感激老师们不遗余力的提携。鲁枢元与祝仲铨，都是国内有影响的学者，他们都是在见到李嘉言先生的书房，并与李嘉言有了“交流”之后，萌生了要做学问、当教授的想法，并为此而拼搏奋斗，终于实现自己的志业理想：

“嘉言先生一生，是老老实实做人、认认真真做事、扎扎实实做学问、朴实无华却桃李满枝、硕果累累的一生。学嘉言先生那样的人品学问，做嘉言先生那样的学者，是一届又一届众多河大学子的心愿。在听了先生的讲课以后，在越来越多地了解了先生以后，我们年级许多同学都有这样的愿望，甚至系里那些青年教师、助教也都把嘉言先生那种学识渊博、治学严谨、勤勉敬业、宽厚仁爱、诲人不倦、谦恭温和、顾全大局的学者风范、长者风范、领导风范作为自己做人、做事、成就事业的典范。”（祝仲铨：《与李嘉言一家的缘分》）

“亲师”重要的例子不胜枚举。如被称为中文系四老的于安澜先生，他是在范文澜的启发下选择了文字学、音韵学的研究方向，成为蜚声中外的名家；而在于安澜先生的启发下，王蕴智老师选择甲骨文与文字学作为毕生的研究方向，现在成为国内少数几个真正能够承续绝学的大家。（王蕴智：《记我的导师于安澜先生》）李春祥老师的一句话，决定了康保成老师把戏曲作为一生的研究方向，师生之间平时的谈话，一步步地把他领进了学术研究的门径，后来成长为戏曲研究的大家。（康保成：《跟春祥老师学戏曲》）

在师生关系的处理中，我还想强调一点，敬爱自己的老师，不要把庸俗社会学的东西带入纯粹的师生关系中。对老师也不要盲从，师生应该是一个理想的共同体、学习的共同体，在深入研究的基础上，可以提出和老师不同的意见，在学术问题上，弟子不必不如师，学生也可以帮助老师成长，师生对话、教学相长，这才是理想的师生关系。

“亲师”之外，还有“近友”。在“读中文”栏目中，我们看到太多的同学之间相互支持相互成就的回忆，有在一起论学而都成为著名学者的，有相互鼓励而事业有成的，有相互支撑而渡过难关的，有同一寝室四位同学，全部考取博士研究生的。同学们之间，需要形成相互砥砺的风气，需要建立理想的同学关系。“同学”（动词而非名词）太重要了，独学而无友，势必孤陋寡闻、学业难进，我们鼓励2021级新生建立兴趣小组，组建创新创业团队，培养团队精神，取人之长，共同进步！

同学们，铁塔是一个建筑，但铁塔并不仅仅是一个建筑，铁塔还是一个独特的文化符号，是我们的前辈们，我们一代代的学子们不断努力，赋予了其独特的文化内涵。愿我们大家一起努力，以自己的生命、自己的热情、自己的创造性，赋予这“天下第一塔”更为丰厚的文化内涵。

作者简介：武新军，1992级本科生，1998级硕士生，河南大学文学院院长，教授，博士生导师。

汴京·印象

江清水

“小城叫开封，大学叫河南大学。开封不大，却曾经是七朝古都；开封古朴淡定，却曾经是世界上最繁华的城市，她成就了华夏文明的极致。”“来到开封，来到河大，是我生命中最美的邂逅。”这是授业恩师王立群先生在其博客写的题目为“小城大学”的文章。每每浏览这篇短文，十几年前的开封求学生涯浮上心海，因大学而结识开封，因结识开封而喜欢开封。

开封是座有深厚文化底蕴的城市，她不大，而且城池完好，城门还在，和邻近的郑州比有点尴尬。但是她的历史内涵弥补了她的先天不足，她的新生就因为有河大而永远年轻，开封人都习惯叫河南大学为大学。就像王老师写的：“河南大学是一所有自己个性的大学，个性决定魅力，魅力来自地域特色，来自文化传承，来自学者大师。大学之大，不在城大，不在楼高，不在喧嚣；在于大师，在于文化，在于底蕴。大学的经历，不是单纯的知识累积，而是一份向大师靠拢的内驱力。几年之后，当你离开这里时，你带走的不是大楼，只能是你自己，一个浸染了河大底蕴、重新塑造过的完整的自己。河南大学是一所没有围墙的大学，是一个可以放飞自己、绽放自信的青春舞台。选择她，你不会后悔。因为你，河南大学将会更加蓬勃；因为河大，你的生命将会更加精彩。这就是河南大学，一所百年大学。你可以不选择她，但是，你没有理由不欣赏她。”

是这所百年名校熏染了我，她浓郁的文化氛围陶冶了我，让我经历了从一个乡村少年到都市青年的嬗变。当第一次踏进这座古朴典雅的圣地，就感到一种莫名冲动，一种神经痉挛的悸动。在逸夫楼、十号楼、文学馆、科技馆、大礼堂……都留下了蹀躞悠长的脚印。在这里聆听了来自国内外学者、专家、教授、作家们的妙趣横生的授课和演讲，记得印象最深的当数王立群老师的古代文学课，就在文学馆阶梯教室内，两三个班一起聚精会神，没有打瞌睡的。那时也没有手机，上课就是及时记笔记，写心得体会，做必修课作业。记得王老师的第一节课是这样的，他没有带书本，在黑板上写下自己的名字后，就开始和同学们互动了，他拿着个花名册一一让同学们自己说出自己的名字与籍贯。时不时，他插进去些地方的风土人情，历史掌故之类，一下子把同学们的情绪调动起来，整整一个中午，大家好像都提前认识了500年了。

随后的课堂，他没有带书本，只有一本薄薄的讲义之类的册子，每次都象征性地往讲堂上一放，明显带有山东味的普通话就抑扬顿挫地撒播开来……王老师先串讲，从上古传说、三皇五帝、先秦诸子百家、汉乐府、唐诗宋词、元曲明清小说……如数家珍般娓娓道来，听得同学们大张嘴巴，忘了记笔记，连路过的外系学子也驻足聆听，仿佛就是一场视觉大片和文化的饕餮盛宴。记得同学们古代文学成绩没有一个低于80分的，都是一次通过。

开封叫汴京我是通过对南宋诗人林升《题临安邸》“山外青山楼外楼，西湖歌舞几时休？暖风熏得游人醉，直把杭州作汴州”这首诗认知的。汴字，通过查阅字典就是指古水名，古称卞水，指今河南省荥阳市西南索河。隋开通济渠，中间自今荥阳至开封的一段就是原来的汴水。汴州，古州名。北周改梁州置。治所在浚仪（今开封市）。五代梁建都于此，升为开封府。五代、晋、汉、周以及北宋也以为都。常称汴梁，又称汴京。今为开封市的简称。可想而知，开封就是与水分不开的，城北十公里就是悬在开封头上的“悬河”黄河。据说比铁塔要高出好几米，一旦黄河决堤，开封就是一片汪洋了。所以，开封又叫“城摞城”，是几代古都抬升的城市，假若用洛阳铲随意打开一个窟窿来，就会穿越好几个朝代哪。我曾和同学们结伴骑自行车去过城北黄河滩的柳园口，这里一片黄河湿地，岸边是垂柳依依，浅水处是芦苇铺地，仿佛到了白洋淀一般。伫立河堤，面对一眼望不到边的水域时，不由自主就会记起《诗经》反复吟唱的：“蒹葭苍苍，白露为霜，所谓伊人，在水一方……”

每逢礼拜天，学子们最乐意去的就是书店街和马道街。书店街是书的海洋，是精神食粮。马道街是让你胃口大开的美味天堂，凡去开封不到马道街吃点特色小吃就会遗憾的。还有就是他的名胜古迹，热闹非凡的大相国寺。如果说没有《水浒传》花和尚鲁智深倒拔垂杨柳的故事，人们是记不住它的，太喧嚣了。也许像道家说的大隐于市吧！再就是他的夜市文化，也是水浒里写李师师与浪子燕青以及与帝王的情感纠葛成就了开封浪漫旧事……

开封与宋朝息息相关，兴于宋衰于宋。御街往东有个东西向叫双龙巷的古街，传说就是宋赵匡胤赵光义的家所在，青石块铺街，挤挤挨挨地夯筑旧胡同，看不出帝王将相之家的迹象。每次经过看到街头巷尾追逐打闹的顽童仿佛穿越到宋，想起供人们玩耍的蹴鞠，以及想田连元先生讲的评书《水浒传》高俅发迹的故事。蹴鞠这项游据说发源于春秋战国的齐国故都临淄，唐宋时期最为繁荣，经常出现“球终日不坠”，“球不离足，足不离球，华庭观赏，万人瞻仰”的情景。在宋代获得了极大的发展。施耐庵《水浒传》中，写了一个由踢球发迹当了太尉的高俅。小说虽然在人物事迹和性格上作了夸张，但基本上是宋代的史实。高俅球技高超，因陪侍宋徽宗踢球，被提拔当了殿前都指挥使，这要算是最早的著名球星之一了，也佐证了足球孕育于中国的事实。

开封名胜古迹很多，龙庭潘杨二湖、包公祠、繁塔、延庆观……

以及保留完好的几座城门。清明上河园，翰园碑林是后来的新景观。翰园碑林是李公涛老先生用毕生心血打造的书法艺术瑰宝，记得初建时，我们还采访过他老人家，并认识一位叫梦晨的文学青年，他作为一名义工，长年累月地在该苑服务。她说过，在这艺术氛围浓郁的环境里工作学习，时时刻刻都是一种精神享受。据说，该苑是除西安碑林外中国境内最大的碑林之一。

曾几何，为了方便参与社会实践和接触社会，曾租住校西门的铁塔一街和豆芽街，离开象牙塔真真融入小市民的生活，接受实实在在的古城缓慢与有节奏的生活。在开封的大街小巷里，不乏沿街叫卖的贩夫走卒，间或有吊个水桶操狼毫在街面练书法的银发老人和学前儿童，以及在晨曦微露的公园里练习太极拳的市民，就像现在的广场舞般平常。

记得除必修课外，白天不是在图书馆就是参加各种社团活动，参与办纯文学小报，去聆听名师讲课和听学术报告。好像记得最清楚的是听作家刘心武讲红楼梦的一次讲座，在外语系对门的科技馆一楼阶梯教室内，座无虚席，最后签名留念什么的，具体内容记不住了，但签名的笔记还在。他一方面增加了我对文学的热爱，另一方面让我深刻领略了《红楼梦》这部国学的经典。对《红楼梦》的喜爱由此成为嗜好。一部经典胜于百部平庸杂志，所以，迄今四大名著里，只有《红楼梦》看过三遍，涉及三个不同版本，还是意味隽永，爱不释手。

少年不知愁滋味，为赋新词强说愁的年龄杳如黄鹤一去不复返了，对纯文学的炙热已渐行退去，然而在工作之余，又把文学当作一种兴趣与爱好来经营，把“无事静思，有福读书”当作座右铭。在当今多元化、价值观纷繁的年代，唯有文学世界才可以涤荡心中的浮躁与烦闷，是一片心灵栖息的净土。

美丽的梦，留下美丽的忧伤！中学时代正值汪国真热，他的诗歌伴我一直迈进大学校门，在河大这所百年名校，我犹如一个嗷嗷待哺的小襁褓扎进了母亲怀抱。在十号楼、文学馆、逸夫楼，在铁塔，在古城的垛堞上，在柳园口猎猎黄河风吹拂下，在浓郁、深邃的中原文化熏陶和洗练中，使我完成从一个乡村少年到一个文化青年的嬗变。

一九九五年初春，大河上下，冰融雪消，我与驿城汝南水屯同窗宋心宽一起策划筹办了以纯文学为阵地的《新世纪学生报》。我们几个文友，节衣缩食，废寝忘食，又在校团委、系院支部老师们的帮助下，进行紧张筹措。当第一期创刊号付梓印刷见到报样的刹那间，我们欢呼雀跃，奔走相告。由于是纯文学报纸，仅在各大院校交流，几期过后，经费吃紧，捉襟见肘，惨淡经营。但值得欣慰的是，其与当时流行的校园民谣一样培养出了一大批文学青年，如白杨树、邵永刚、张新成、季风、孙红亚、李凯旋等，并得到了当时《星星诗刊》第一编委，著名诗人石天河老师的扶持和指点。清晰记得当时我们把每一期学生报邮寄给他老人家时，他总是在百忙中一一批复，经常写信告诫我们这一代青年学子，要远离与文学不沾边的事，多努力，积极提高自己的精神境界，丰富自己的艺术素养，要耐得住寂寞，并对我的部分诗作进行点评修葺。记得我的一首《冬之树》中两句："企盼是铸造（改铁铸）的乌鸦，希望（改希冀）是明晴的朝霞。"石老稍加改动两组词，便诗意横生。在他老人家的引领下，我在习作上有了较大进步，从最初的对汪国真的迷恋，对舒婷、顾城、北岛、杨炼的崇拜中解脱出来。使我明白了"文无达诂、偶然得知、自然天成的道理"。当年初全国大学生诗歌选拔赛河南区，我的一首《远山乡情》与白杨树的《关注巴格达》在《莽原》九五年第二期上发表了。随后《童年》《红辣椒系列》等文章陆续见于报纸杂志……

而今掐指一算，十六载如白驹过隙。而我却为了生计和家庭，在文学上丝毫没有建树，可依然把对文学的挚爱，把诗歌的"洗泽心胸的澡雪精神"铭刻心间。如今，在闲暇之余，埋头笔耕不辍，写出了近百篇诗歌、散文以及理论文章。在依稀的梦里，在对文学的憧憬的精神世界里，依然记得河大诸位恩师学长对我的谆谆教导和影响。

目前，开封以菊花为市花，每年金秋就在龙亭公园和御街附近搞一次菊花文化艺术节，开展艺术搭台、旅游经济唱戏的招商引资活动；其实，开封影响力最大的是大宋文化，菊花作为一种载体，只是商业化的一部分，历史文化的再挖掘、再延伸才是其大放异彩的春天。不外乎有人说，如果让其穿越到古代，他们首选北宋，因为这段历史是最接地气与最雄浑壮丽的黄金时代。

作者简介：江清水，1994级自考生。

我的大学

靳宇峰

1995年盛夏，高考成绩出来后我的心里凉了半截儿，比本科线高个十来分，语文只有90多分（满分150分哪）。细想也不意外，我的求学生涯充满戏剧性，中考前一晚邻居放露天电影（那时候民间大庆的重要方式），我兴冲冲地看到半夜散场，什么电影不记得了，只记得母亲焦急的表情阴沉的脸，大考在即，她强忍着不敢骂我，这种欲盖弥彰的平静倒使我颇为担心，辗转很久不成眠，结果成绩倒颇不赖。性格决定命运，考试对我而言，一定程度上算是运气。当时我们老家的高考录取方法具体不得而知，大概是第一志愿不能录取就会被任意分拣投档吧。就这样，语文成绩很差的我被河南大学中文系编辑专业录取了。

怀疑上了个假大学

学费问题

1995年，相当一部分大学是不收学费的，少数大学部分专业试行收费。我们那时的学生对社会普遍懵懂，大学是终点般的存在，对专业毫无概念。民间盛传大学生就是国家人儿，管吃管住包分配，前有车后有辙，我们所见大抵如此。偌大一册填报指南中收费专业寥寥无几，河南大学的编辑专业位列其中，学费1500元，在那个时代也算一笔巨款，况且大学交钱上就是没考上的观念深入人心，想来这样的大学不受待见实属必然。

通知书风波

河南大学的录取通知书让我们全家陷入奇怪的心情，因为，通知书太简陋了。之前家里已经有几位大学生，我的同学们也会拿各自的通知书来分享，通知书就是学校的名片，大都精心印制，形同贺年卡，算得上是对未来学生的一份见面礼。那时候大学生还算天之骄子，录取通知书往往会被家人像圣旨一样供奉，来客须净手摩挲赞叹，围观者也啧啧不已，报道时还不忍上交。可是我们河南大学的录取通知书就是半张粉红的纸片（后来才知道这种纸片在河南大学被滥用到令人发指的地步，这是后话）装在可怜的牛皮纸信封里，未免得遭见多识广者嘲讽，我的通知书就一直被夹在一本书里没敢露脸，直到报到时被毫不吝惜地上交。

报到见闻

以前没出过门，父母决定送我上大学，我们一家坐火车先到郑州，再辗转乘长途车到开封，向司机打听河南大学怎么走，满以为如此知名的地方会比较容易找，却被冷冷回答说："不知道，开封到了，路边不让停车，快下。"这一幕让我们对河南大学在省内的地位产生了疑惑，下车后老半天才艰难地找见了学校在火车站设立的接待点。看着热情洋溢的接待学长们，我们才都长出一口气。九月的开封依然炎热无比，从车站到学校走的是东外环路，汽车甫一启动就拐进了破破烂烂的世界，沿途熙熙攘攘的是赤膊的人们。母亲嘟囔道这算是个什么地方，父亲还小声宽慰道这肯定不是正街，哪儿都有破烂的郊区，但这破烂的状态居然一直顺着大街延续，直到汽车最后艰难地闯过狭窄的明伦街，一头钻进古朴的南大门，我们一家才算感觉放了一点儿心，这看上去不像是一所假的大学。

其他问题

报到要求都在一张白纸上写了。比如自带被褥，到校后一间宿舍八个人，没有暖气，冬冷夏热，铁架子高低床（上铺连个扶手都没有，后来还曾发生人摔伤的事件，幸好那时有公费医疗），人均一条草垫子，中间四张大桌子，兼做储物柜与写字台，一人拥有半张使用权。相比之下，去年我姐上的大学就是由学校统一发放卧具，各人有柜有桌，显得正规而高级。又比如学校通行的各种票据，都是用极为廉价的各色纸片凑合而成，尤其是饭票，大如邮票，薄如蝉翼，一不小心就粉身碎骨，高中食堂的塑料饭票与它相比简直就是贵族。

没有军训

那几年普遍的进入大学的第一件事就是军训，仿佛成人礼一般神圣。在那时，军训是专属大学新生的，真枪实弹很是拉风。得益于同学间盛行的通信，我们很快就知道我们是极为少数的没有军训者，纷纷收到各地同学的军训照后，我们也有些不淡定了。好像有一次我们班最大的学生干部张利公开提出这个问题，我们的辅导员是少年装老成的彭恒礼老师，他严肃地回答：“那我们就自己像军人一样严格要求我们自己吧。”掷地有声，中气不足，纯属糊弄人。

校园内外

学校有三个大门，其中最荒芜的是东大门，就是在全国重点文物保护单位开封城墙上开的一个豁口。门外仿佛传说中的乱葬岗，低矮扭曲的临时建筑不堪入目，白杨多悲风，其下有沟渠，道路多泥泞，曲折断人肠。晚上九点准时关门，外面漆黑一片。校西门外是所谓内环路，就是原先的惠济河被填平，两边有一些教师公寓，夹杂其间的仍是有人永久居住的临时搭建物。总之就是有碍观瞻吧。幸亏我们有南门，历史悠久的南门最为气派，也算是学校的脸面，进门一条笔直的大路直通神圣的大礼堂，两旁是遮天蔽日的法桐，掩映着几座壮观又妩媚的建筑，大礼堂前为两个大花园，树木葱茏。校园内鸟语花香，书声琅琅，门外就是热热闹闹的明伦街，小吃摊鳞次栉比，烟火气十足。闭户安读圣贤书，开门可闻人间事，时间越久越意识到这一带是我们学校的气脉所在。

师生宿舍

中文男生宿舍在13号楼，红砖裸露的三层筒子楼，西边紧挨着大操场，煤渣的，栏杆上晾晒着各色衣物；各类球场环绕，白天扑里扑通的声音响成一片，充满青春的荷尔蒙气息；窗户西边是一片臭水塘，蚊虫肆虐，入夜此起彼伏的青蛙就咕呱咕呱不停，不过听累了也能睡着。老师们住所也不怎么样，上述臭水塘以东，城墙以西有一片棚户，美其名曰河东区，炎夏雨季常患水灾。校园北部是最大的一片棚户，以天干名之，甲乙丙丁排房是也，我们熟悉的老师多半起居其中，曲径通幽，鸡犬之声相闻。神奇的是大礼堂后还有一条街，校园生活所需应有尽有，它的名字就叫“一条街”。

校园怪谈

我们入学时全校学生8000余人，夜间照明普遍不足，教室里能有一半灯亮就算不错，许多不规则的建筑掩映在树木繁盛之处简直暗影重重，夜半琴声等荒诞不经之说也被有意识地夸张。东门内是一个荒芜的大院，据说是废弃的校办工厂，烟囱钢架枝丫着。1998年学校借CUBA东风，在西门内盖了一座前卫的体育馆，钢架屋顶。怪才张庆民化神奇为腐朽说：“河大建筑最有特色，进了南大门一直走，中间是座庙，左手边是个加油站，右手边是个火葬场。”

校园里的真精神

读书组

刘景荣老师对我们人生有重大影响，因为她组织了一个读书小组，只要乐意读书，不拘范围均可参加，门槛是定期要汇报交流读书心得。作为组织者，刘老师殚精竭虑，带领我们读书讨论，联系校内名师问学：任访秋先生厚厚的镜片，张振犁先生的满头白发，刘思谦先生的激情澎湃，解志熙仿佛长在手指上的香烟，关爱和飘忽的眼神……这些场景多年来在脑海中回荡，构成了我所理解的大学之道：待人处世真诚，做事为学认真，思想观念宽容。这个松散的小组承载了我大学期间大半的精神生活，开阔了视野，收获了知识，巩固了友谊，20多年过去，成员遍布天涯海角，从事各种行业，也不乏卓有成就者，每次聚首总有一个不变议题——大家一起看望刘老师。

图书馆

当时河南大学图书馆分新旧两处，藏书之富颇值得骄傲，对于本科生来说，旧馆更亲切一些。四楼有珍贵的自习教室，冬暖夏凉，难得灯管几乎没有坏的，只是位置太过稀缺，需要绞尽脑汁才能暂时谋得一处。临考季节馆里更是满坑满谷，连台阶上都是念念有词的学子。

二楼与三楼是开闭架借书处与报刊阅览室，个人感觉这里才是大学真正的魅力所在。阅览室是读者的天堂，学校一直舍得在此投入，这也是河大的优良传统之一，可惜按图索骥找寻资料，末了却发现报刊常被“开了天窗”。管理员严防死守，找资料者深恶痛绝，但屡禁不止，比起网络普及后的剽窃者，此种现象因自私者斩草除根而尤显恶劣，不禁深叹人性之丑恶。

本科生一次只能借四册书，有些书借来看不进去，只能还了再借，有时需要收集资料，很容易超数，出出进进实在不堪其烦。所以我最喜欢的是开架借书室，经常逃课钻进去，一排排书架挨着翻去，有兴趣了就站着看蹲着看，实在有兴趣就准备借走，如此不觉便是半天，直到图书馆下班。也是从那时发现了陈寅恪、王国维、钱锺书，才知道了张爱玲、沈从文、施蛰存；明白了这世界之大超乎我的想象，在书籍面前，人应该是谦卑的，但这谦卑滋养了坚强的灵魂。我曾幻想将来要与书为伍，以后也算梦想成真，却发现书架之外还有更为广阔的天地，其间不乏幽暗与无奈。文字的世界是黑白的，理论总是灰色的，但生命之树常青。

课堂记事

大一第一门略显高深的必修课是逻辑，手舞足蹈的梁遂老师更使这门课变成中文系历届学子的共同记忆。大三梁老师再度为我们授课时，常被我们有意地“欺负”。那年冬至时，我们班组织吃饺子，派人主动邀请他参加我们的聚会，酒至半酣时故作恍然大悟状，记起好像还有课，纷纷向老师表示要离席上课，当然这课正好是梁老师的，梁老师遂宽容地大手一挥说你们且尽兴，待我赋诗一首以助兴，于是换来半日其乐融融。其实梁老师并非不知道我们的花招，只是以宽容与激情相待而已。

老师们各有特色，古代文学有两位老师很有意思：王珏老师平时西装革履，温文尔雅却绘声绘色，讲《关雎》时在教室里学鸟关关，神情兼备。张进德老师就比较可怕，上课前点名认真，有时课间再点名一次，拿着名单对着人头数，以往的“化身先生们”（一人代替多人答到，还要变换高低音）都扛不住了；更可怕的是他还会布置背诵的作业，在下次上课前检查，所以他的课让人颇有压力，好在张老师一口方言很亲切，讲课也是激情飞扬。王老师年过半百头发乌黑，张老师三十有余却脑门锃亮，我们私下里一度很困惑他俩的年龄与外貌。

董长纯老师的演讲课安排在大四，其实董老师讲课很有一手，演讲术也算颇有心得，肢体与语言结合，声情与语调并茂，很耐听。只是临近毕业，我们班 34 人已经散乱无比，有人在外实习，有人纯粹偷懒，总之小教室里常常只有三五人，我们自己都不好意思，董老师反倒说：“没关系，几个人我都讲，哪天只来一个人，我就请他到家里坐沙发上听讲。”不料一语成谶，终于有一天只有段宏杰兄一人去上课，他出门前看着被窝里的懒汉们还打趣说争取去坐坐董老师家的沙发。半小时后段兄回来了，很有些气馁，说董老师见了他后说你也回去吧，今天休息一次。故事的高潮是本门课结业考试，34 人齐聚小教室，黑压压的，董老师一进门很显然受了惊吓。

课余生活

从高中煎熬中过来的我们，大学里才感受到真切的自由，恨不能把所有跟节日沾边的日子都庆贺一番。不夸张地讲，很多 70 后们的青春是从大学才开始的。“青春！全都是青春！可笑的、迷人的、美丽的青春。”各类学生组织课余也开展丰富的文化活动，如放电影、歌咏比赛、演讲会、剧社等，力求各得其所；民间组织也很活跃，以老乡会、联谊寝室为代表；还有商业头脑发达者的各种创业活动乃至扫舞盲等公益活动，真让人目不暇接。其中看电影是门槛最低的，只是要买票。票很简陋，有时只是在纸片上盖个章，这就给我们可乘之机。鉴于河大偏好使用上文提及的那种粉色的纸片，材料唾手可得，用不着专业技能，稍微细心一点就可以制作几张票出来，为了保险，我们会用张真票放在最上面，然后一群人一哄而进，查票的只来得及数下人数。这样的恶作剧只是偶一为之，趣味大于逐利之心。但一墙之隔的铁塔居然要收我们门票，而且比较贵，这就有些是可忍孰不可忍了。于是翻墙逛铁塔公园便是必修课，无论男女生，外地来了同学，一起招呼着翻墙去也算别具特色的待客之道。

同学情

我们年级的同学按来源大体分三类：高中生，中师生，艺术生。概括一下呢，高中生占多数，普遍面临生活与学习的转型；中师生是通过苛刻的选拔进来的，虽然起初文化基础稍差，但他们奋起直追，成绩反倒更好，加上已经在集体生活中历练数年，待人接物多了些成熟沉稳，办事能力较强，很快成为班级干部与老师的宠儿；艺术生则个个身怀绝技，潇洒漂亮，是校园里靓丽的风景，尤其是女生，漂亮到同学一场居然没勇气上前打个招呼。年级公共大课一起上，就在10号楼两头的大教室，专业课按小班授课，时间一久，大家渐渐以志趣来组合，班级界限反倒模糊了。大学时精神逐步成熟，其间产生的友谊有牢固的精神基础，少了许多功利心，所以会历久弥坚，或成为终生至交，或仅仅偶然联系，无论何时何地，同学二字似有神奇魔力，瞬间把我们带回青春。刚入学时，我跟在南建背后亦步亦趋，锦泽抱着吉他在床上反复弹着同样忧伤的曲子，整夜辗转不成眠的大勇，总是酷酷的东斌一手漂亮的钢笔字，与我相互恶毒攻击20余年的郑鹏一直孜孜不倦地围剿小闹钟，建伟穷得没饭吃还拼命买书，中午时各宿舍烟气腾腾地做饭，入夜楼道里一群人光着膀子看电视，毕业时，大家把所有的脸盆与衣架留给我，同学的名字不必列举，每个人在我心里都有记忆。至今我每次经过13楼门口都会有些恍惚。

以上所记，杂乱无章，确是我们真实的过往，如今我们都早已过了不惑之年，“劳役、欺诈、成功、爱情，全都在我们脸上留下痕迹，我们疲惫的眼睛还是在探索——始终在探索——焦渴地在向人生探索什么东西；可是我们还在期待的当儿，它已经溜走了——已经无影无踪地，在一声叹息、一道闪光中逝去了，随之而去的是青春，是力量，是充满着浪漫色彩的幻梦”。

作者简介：靳宇峰，1995级本科生。

河南大学，我的精神脐带

黄高锋

我一直认为，自己是个幸运儿。1999 年 7 月，我参加高考。那时候恰逢高校扩招，我第一志愿报的是河南大学，高考考了 665 分，那年全国分数线是 664 分。就是这多出的金子般的 1 分，改变了我的人生命运，让河南大学向我伸出了橄榄枝。很难想象如果与河大失之交臂，我内心将是怎样的黑暗与痛苦。就这样，我就像一粒发芽的种子，告别了贫瘠的土壤，怀着无限的憧憬来到了河大这片沃土。

揣着录取通知书，满怀兴奋与喜悦，我在父亲和哥哥的陪伴下，提前一天到学校报到。河大中文系男生宿舍位于东操场边儿的 13 号公寓。那天，宿舍其他同学都还没有提前报到，房间空荡荡的。晚上我和父亲、哥哥就住在宿舍里。躺在床上燥热不说，最讨厌的是蚊子，嘤嘤嗡嗡，半夜在耳边飞来飞去，我们浑身都被咬出了好多疙瘩儿。以至于多年后每次和家人回想起当年上大学时的情景，家人都会苦笑感慨："河大的蚊子真厉害、真咬人呀！"

河南大学，我心中的博雅之堂，从此开启了我的人生新征程，为我打开了一扇通往理想的大门。在这里，沐浴着清新自然的空气、沉醉于古朴典雅的建筑、浸润在馥郁浓厚的校园文化氛围中，我像《红楼梦》里刘姥姥进了大观园，对一切都充满了新奇。我在笔记本上暗暗告诫自己："考上河大，不能到头来宝山空回！"

清华大学教授梅贻琦曾经说："大学之大，非谓有大楼之谓也，乃谓有大师之谓也。"河大中文系薪火相传，汇聚了一大批大家名师，他们潜心传道、认真授业、耐心解惑，给我们以思想的洗礼、精神的熏陶和心灵的启迪。华锋老师讲先秦文学，在课堂上吟诵经典，总是脱口而出。他要求我们熟背《诗经》《离骚》中的经典句子。我那时比较胆小，最怕他上课时提问，尽管也深知他是为我们好。胡山林老师上课总是从容裕如，他的声音抑扬顿挫。他是一个参透人生的智者，总是在洞明世间万物的情怀中，与我们分享文学与人生的感悟。至今还记得他上课分析史铁生作品时的情景。他还建议我们最好把学问与自己感兴趣的事结合起来。常萍老师给我们讲唐宋文学，她上课时激情澎湃，洋洋洒洒，收放自如，再加上长发飘飘，颇有儒者大将风度。她讲李白的《将进酒》，完全融入了她的生命体验和内心情感，讲出了一种至上的艺术境界，让我们沉浸其中，陶醉不已。

其他如教古代文学的曹炳建老师、王利锁老师，教现代文学的杨萌芽老师、孟庆澍老师，教外国文学的袁若娟老师、赵宁老师，教圣经文学的梁工老师，教古代文论的张大新老师，教音韵学的郭振声老师，教普通话口语的蔡玉芝老师，等等，难以一一列举，都给我们留下了深刻印象。中文系的老师思想并不保守。记得刘景荣老师为我们开设当代文学课，当时新生代女作家卫慧的《上海宝贝》刚出版不久，在社会上引起了很大的反响。她及时引入课堂，为我们分析讲解作品。我印象刘老师还出了一道思考题："从梁生宝到高加林，再到倪可，你想到了什么?"河大老师批改作业也非常认真。记得有一次教欧美文学的袁若娟老师，让我们写有关莎士比亚《哈姆雷特》的评论，我写了一篇作业交了。等作业发下来我发现袁老师在后面做了具体点评，并说我的论点能够自圆其说，也给了一个不错的分数。大学毕业后，我把大学期间的作业略加整理，后来都发表了。有时河大老师的一句话，就足以让我们铭记一辈子。如教我们民间文学的高有鹏老师，有一次他在课堂上语重心长地说："你们现在正是拔节的时候，而不是结穗的时候，趁现在大学时光，要好好打基础。"这句话被我一直铭刻在心。本科毕业后2008年我重回河大读在职研究生，刘增杰老师、孙先科老师、刘进才老师、孟庆澍老师、白春超老师等都给我们上过课。刘增杰老师年龄虽大，但精神矍铄，讲起课来观点精到，很少拖泥带水。他从观念层面到具体操作层面，从做学问到做人，引导我们如何写论文，可谓春风化雨，润物无声。本科毕业时我写的论文是关于沈从文。后来再考入河大读在职研究生，硕士毕业论文依然写的是沈从文。沿着这个方向我一直锲而不舍，直到前年出版了一本关于沈从文的专著。正是从读本科到读研究生阶段，河大中文系老师启发了我的文学灵感，激发了我的学术兴趣，从而为我的专业发展和学术追求奠定了良好的基础。

河南大学历史悠久，文化底蕴深厚，校园文化氛围十分浓郁。学校经常会邀请一些文化名人来讲学交流，开阔我们的视野。如曾经邀请在电视连续剧《三国演义》中饰演曹操的著名表演艺术家鲍国安到校讲学。我印象那天人山人海，雨过天晴，大礼堂入口处排了一条长长的队伍。报告中，鲍国安现场学曹操的"三笑"，学得惟妙惟肖，博得了满堂喝彩。

那时候，中央电视台《开心辞典》栏目非常火，学校还邀请过中央电视台节目主持人李佳明来学校交流。据说原本王小丫也要来，因故未能成行。李佳明告诫我们要做一个"有心人"。"你现在所做的一切，都是在为你将来做准备"，这句话给我留下了深刻印象。河大中文系也经常邀请学界大家来讲学，以活跃学术文化氛围。如曾经邀请王富仁讲鲁迅，邀请鲁枢元讲生态文艺，邀请吴福辉讲"经典作家和经典作品"，还曾经邀请老舍先生的儿子舒乙讲老舍。舒乙将自己父亲的形象精练概括为北京人、旗人、满人、穷人等"六种人”。河大教授也会在校园举办讲座，如刘思谦老师讲女性文学、孙先科老师讲当代小说、王立群老师讲《选学》研究等。河大大礼堂是百年河大的精神地标，学校在这里经常会举办一些校园文化活动。大学时我在大礼堂观曾经看过史诗剧《切·格瓦拉》、话剧《茶馆》，还有根据梁山伯与祝英台故事改编的舞剧《化蝶》等。河大大礼堂每周末还会放电影。《安娜·卡列尼娜》《泰坦尼克号》《乱世佳人》《我心不死》这些电影，都是那时候看的。学校还统一组织观看过根据作家张平反腐小说《抉择》改编的电影《生死抉择》。学校校园文化活动也充满着现代青春气息。我们那一届学生有幸赶上了河大九十年校庆，当时学校邀请中央电视台《同一首歌》走进河南大学，在大礼堂前广场举行演出，可谓明星云集、星光璀璨，大礼堂前广场顿时成了欢乐的海洋。河大周末文化广场也办得有声有色、丰富多彩。记得有一天晚上我路过大礼堂前，正巧听到台上一个女生自我陶醉演唱英文歌曲《友谊地久天长》，悠扬的旋律多少年来一直在内心回荡。

在河大读书时，我自认为还算勤勉自励。“穷且益坚，不坠青云之志。”每天从寝室早出晚归，挎着书包，拎着水杯，或到教室，或到图书馆，或到僻静的草坪上去看书。有一段时间，我对戴望舒的诗歌很感兴趣，我还把他的《寻梦者》中的名句“梦会开出花来的，梦会开出娇妍的花来的，去寻求无价的珍宝吧”，写在小纸条上，贴在寝室床头，以此来勉励自己。

大一下学期，我在河大中文系马克思主义研究会创办的刊物《追求与探索》上发表了一篇关于素质教育的文章《转变观念　落到实处》。那是我的文字第一次变成铅字发表出来，内心兴奋不已。那时候我还指点江山、激扬文字，记得曾经在河大“九九十大新闻热点及风云人物评选”活动中荣获“最佳评论奖”。回忆河大岁月，我也读了不少书。外国的如莎士比亚戏剧、《红与黑》、《复活》等，中国的如余华的《活着》、张炜的《古船》、池莉的《烦恼人生》、方方的《风景》、张承志的《黑骏马》等。我记得阅读余秋雨的《山居笔记·苏东坡突围》，里面有一段很经典的话："成熟是一种明亮而不刺眼的光辉，一种圆润而不腻耳的音响，一种不再需要对别人察言观色的从容，一种终于停止向周围申诉求告的大气，一种不理会哄闹的微笑，一种洗刷了偏激的冷漠，一种无须声张的真实，一种并不陡峭的高度。"这段文字我很欣赏，那时候专门抄下来，大概也是自己渴望由稚嫩走向成熟的心态使然吧。有一段时间摩罗、余杰的书在大学生群里不胫而走。而今，工作繁忙再加上人事纷繁，再想沉下心来读书已经成为奢望。毕业前我还写了一首诗《相信自己》，那是毕业时面临迷茫未来的真实内心写照，至今读来仍感慨万千。一分耕耘，一分收获。通过不懈努力，我大学四年顺利通过了大学英语六级考试，荣获了奖学金，当然最重要的是找到了一份令自己满意的工作。

河大，开启了我的理想之门，见证了我在理想征程中的青春奋斗足迹，让我汲取了丰富的知识学养，在潜移默化中培养了兴趣追求，成为我一生的宝贵精神财富。河大无形中还塑造了我的性格。记得有一次，一位河大领导在大礼堂前活动讲话中，把河大学子和郑大学子做了一个比较。他说郑大培养出来的学生是"天马行空式"的，有闯劲儿；而河大培养出来的学生是"温柔敦厚型"的，有底蕴。大概意思是说各有千秋。河大让我从内向走向开放，从自卑走向自信，从懵懂走向成熟，从贫乏走向丰富。回首河大岁月，我感到自己并没有在碌碌无为、浑浑噩噩中度过。当然，在河大也有青春的感伤，也有些许的遗憾，但更重要的是沉甸甸的收获。

路遥的《平凡的世界》中有这样一段话："大学，这是人生的一个分水岭，当你一踏进它的大门，便会豁然明白，你已经从孩子变成了大人，青春岁月开始了，这是你的黄金年华，连空气都像美酒一般醇香醉人。"河大读书的时光是我一生的芳华。如今，时常怀念河大的一草一木，怀念河大古朴典雅的大礼堂，怀念河大亲切的良师，怀念我们宿舍的兄弟们。尽管大家天各一方，但“聚是一团火，散是满天星”，彼此都在心里惦记着。怀念是一种美好的情感，如同醇酒，我将之珍藏于心。河南大学，我的母校，犹如我的精神脐带。如今在工作岗位上，我依然时刻铭记着河大“明德、新民、止于至善”的校训，时刻不忘坚守、传承和弘扬河大精神。我魂牵梦萦的母校！随着岁月的流逝，我发觉自己内心的眷恋之情愈发炽热、历久弥新。

作者简介：黄高锋，1999 级本科生。

归来：一个80后与文学院的故事

张霁月

我是河南2001年的应届高中毕业生，我所参加高考是河南高考历史上比较特殊的一次："3+大综合"，之前是"3+2（文/理）"，之后是"3+文综/理综"。我们那一届高中生挺波折的，高二按照惯例进行了文理分班，并淡化了相应课程的学习；高三开学得到通知高考是"大综合"，便又撤销文理划分，开始全盘复习，所以那一年高三学生的压力特别大，因为文理所有课程都要复习。虽然取消了文理划分，但我坚定地将自己第一志愿定为中文；而在河南读中文，最好的肯定是河南大学了。2001年春节走亲戚时，便借来早我一年参加高考的表哥的"报考指南"，目标锁定河南大学文学院。然而意外发现河南大学文学院除了中文专业，还有一个"广播电视新闻学"专业，对于80后的我来说，是在广播旁、电视前长大的，于是对这个与广播电视相关的专业格外感兴趣。"报考指南"上还写了，要在高考前参加一个专业考试，成绩合格才能报考这个"广播电视新闻学"。

2001年河南大学文学院广播电视新闻学的专业考试时间是4月19—22日，20日是周五，我便周五下午出发晚上到，利用周末考试，把对高中学习的影响降到最低。五个多小时的长途大巴车后，我第一次来到开封，第一次来到河南大学。在学校南门外随便找了家小旅馆住下，第二天参加文学院组织的广播电视新闻学专业考试。现在文学馆的那栋楼，最北边朝东的一个窗户对外敞开着，核验身份、办理手续、交报名费，看着准考证上盖着的鲜红的“河南大学文学院”，内心难掩激动，接下来在这栋楼里进行了初试、复试。我的考试很顺利，4 月 21 日一天全部结束，复试完已是下午 5 点，此时开封已经没有回南阳的大巴车了，于是就在开封客运汽车站坐上去郑州的大巴，到郑州赶上了晚上七点最后一班返回南阳的车。由于时间太晚车上只有六七名乘客，路上越走越黑直到外面什么也看不见，只记得后来我裹着棉袄抱着印有“河南大学中文系广播电视新闻专业加试准考证”的包躺在后排睡着了，到南阳已是次日凌晨一点多。

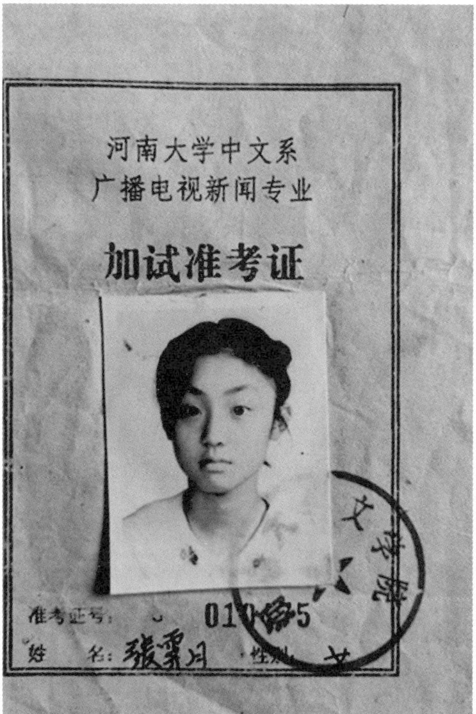

2001 年 4 月，张霁月参加文学院广播电视新闻专业加试的准考证

很快在五一后，上午的一个课间我收到河南大学招办的一封信，上面印着当年的专业考试分数线和我的成绩，是这个成绩单让我有了走进河南大学文学院的可能。不出意外地，我被高考填报的第一志愿河南大学文学院广播电视新闻专业录取；有些意外地，我是以当年报考这个专业的全省文化课第一名的成绩被录取。

2001年“9·11”那天，我第一次坐上南阳至开封的火车，由于铁路规划原因，南阳到开封的火车要绕道洛阳，比长途汽车还慢，走了近七个小时才到开封。军训之后很快开始了我在文学院的学习生活，很多老师的课堂都给我留下了深刻的印象，梁遂老师的逻辑学总是那么激情洋溢，张生汉老师的古代汉语总是那么严谨生动；我们的古代文学、当代文学由好几位老师授课，记得其中有一位是正在文学院读博士的青年教师，课堂上神采飞扬的老师下课后端着白搪瓷盆和我们一起挤食堂，这位老师还在文学院自办的刊物上写过几篇文章，每一篇我都认真读过。当时文学院有好几个文学社和学生自办刊物，都是最简单的油墨印刷、最朴素的卡纸封皮，里面却有最认真的文字。正是在文学院求学的这段时间，使我形成了对文学院最初的印象：勤勉、认真、质朴、踏实；十余年后归来，在文学院工作，所深切感受到的还是文学院最初留给我的这些印象。

文学课程的内容是丰富的，中国古代文学的课堂笔记我记了整整四本，当代文学更是从小说讲到散文、诗歌，每一本笔记都是在河大读中文的收获，正是这些奠定了使我受益终身的文学基础。然而让我印象最为深刻的，是2002年讲“当代诗歌”的老师在讲“建国后的第一代诗人”时，讲到了郭小川，讲到我国“第五代”导演将郭小川的《一个和八个》拍摄为电影——当我在笔记本上记下这些内容时，便开始有了对文学与电影最初的怦然心动。电影《一个和八个》是“第五代”的开山之作，彼时的张艺谋还只是影片的摄影师。2012年，我应中国电影博物馆之约写了一篇文章，正是关于电影《一个和八个》。十年前，我在河大文学院当代文学的课堂上与一部电影邂逅；十年后，我在河大文学院《中国电影史》的课堂上给学生讲这部电影。十年，弹指瞬间，从学生到老师，正是文学院的薪火相传，让80后的我在文学与电影之间找到了自己钟情的一片天地。

文学院的学习生活是充实、扎实的，然而在文学院读中文的时间过得很快，在我本科学业进行到一半的时候，由于学校院系调整，文学院的“广播电视新闻学”“编辑出版学”“新闻学”三个专业被分出来，与历史文化学院的“广告学”一起成立了新闻与传播学院，我也随着院系调整暂时离开了文学院。虽然离开，却常常怀念，折枝成林的文学院是心中最难以割舍的牵挂。

本科毕业后我考入上海大学电影学院完成了硕士和博士学业。读硕士、博士的时候，全班都只有我一个河南人。一个人在外求学的日子是孤单的，便常常会想起河大的校园，想起文学院的课堂，想起图书馆前的小花园……

十年一觉中文梦。从18岁走进河南大学文学院，十年后我的求学生涯终在沪上结束。毕业后我进入上海电影集团工作，担任《电影新作》杂志的责任编辑，正是得益于在河大读中文时所获取的对文字的感受力及所学到的知识，使我可以游刃有余地应对这份工作。每天穿行于徐家汇的十字街头，眼前是鳞次栉比的各色建筑，脑海中时时映现的却是摇曳的铁塔风铃，对文学院的留恋与向往始终埋藏在内心深处。后来我选择告别魔都，在“冲天香阵透汴梁”的日子踏上了上海开往开封的火车；车轮滚滚，一个80后的学子归来，回到河南大学，回到曾经读中文的地方。于是我成为河南大学文学院的一名80后教师，非常幸运的是，我后来所研读的电影学专业能够让我为文学院戏剧影视文学专业贡献自己的力量；站在三尺讲台上，我努力学习着文学院前辈老师的样子。

回到文学院之后，我在2012—2014年跟随孙先科教授进行博士后工作，我的博士后研究题目是“十七年小说与电影改编”，还是文学与电影，从文学院课堂上我和文学与电影的最初相遇，到文学与电影成为我不断探索和努力的方向，是文学给了电影滋养，是文学院给了我为梦想努力的方向。河南大学文学院，是梦开始的地方，更是梦成真的地方，山重水复还归来，归来仍是此间少年!

作者简介：张霁月，1991级，河南大学文学院副教授，硕士生导师。

来，为河大干杯！

何荣智

离开河南后，忆起开封时我常想到听过的一句话："开封，开封，开门见风。"这个多风的城市，历史悠久得让人惊叹。河大就是在开封这个老城静静地等待着莘莘学子踏足，又默默地注视着他们离去。

在成为河大学生之前，我跟文学已开始有了一定的缘分。那时家虽穷，但重视教育的父母一直在坚持着供我读书，希望我能在学习这条路上走得长远。我能感受到父母的辛苦，也很珍惜学习的机会。课外的时间，我会找一些小说、散文、童话等文章来读。记得有一次爬上阁楼，翻到了父亲的藏书《保卫延安》，如获至宝的我，在田野里放牛时有滋有味地读了起来。高中时我还读了路遥的小说《平凡的世界》《人生》等，这些小说引发了我对读书的一些思考。高考的意义，正如路遥在《人生》开篇前引用柳青的话说的那样："人生的道路虽然漫长，但紧要处常常只有几步，特别是当人年轻的时候。"在选择学校时，师资雄厚、图书馆藏书较多、学费较为便宜的河大，对我来说无疑是一所较具吸引力的大学。由阅读所引发的对外面世界的向往，化作学习的动力，最终换来了一张跟文学续缘的、沉甸甸的录取通知书。

收拾好行囊，攥着舅妈帮买的火车票，我从桂林出发，经郑州转大巴，在二十多个小时后，来到古色古香的河大，加入文学院2003级5班这个集体，与来自河南的毛超、安徽的照清、山西的李赟成了室友。

进河大最初的那段时期，宿舍的座机非常受欢迎，因为我和同学们都没有手机，要通过座机给亲朋打电话；此外，我们也常常通过书信跟亲朋联系，收信、读信、写信、寄信的过程，正是一份份牵挂来、去之时。后来，我们各自有了手机，虽然那时手机功能比较简单，但可以打电话和发短信，已很满足。记得我手机套餐里的200条免费短信，常能用光；有的同学买了可发500条短信的套餐，也是觉得不够用。在那些单纯的时光里，善感的文学青年，借助书信、短信等文字载体，抒发心中诗情，有的还由此收获了珍贵的爱情。

在河大，我们住在仁和公寓的餐厅楼上，下楼吃饭很是方便。我印象最深的早餐是馍夹菜。去上课路上有时也停下单车，在路边摊喝一碗胡辣汤，吃两根油条。然后继续骑车穿过东门城墙，进入校园。在去理综楼上课时，要经过一花园，早上园中众声喧哗，一副副“疯狂英语”的架势。那股热腾劲儿吸引着人不断加入他们的行列，形成较具气势的景象。“一日之计在于晨”，花园的早读拉开了河大学子一天学习的序幕。

文学院课程的开设是十分丰富的，包括古代汉语、现代汉语、语言学概论、普通话口语、古代文学、近代文学、现代文学、当代文学、港台文学、东方文学、外国文学、民间文学、比较文学、古典文献学、古代文论、西方文论、文学概论、文学欣赏导引、美学、逻辑学、写作课等。除上述课外，我还选修了电影欣赏、视听语言等课程。作为文学院的学生，课外还需要读很多文学作品。老师提醒我们读经典，经典却常让人望而生畏。只有当我们真正走近它们，才能深切感受经典作品的博大精深。这期间我读过最厚的书是《静静的顿河》，感觉就像是爬上了一座高峰，看到了壮阔的景象，闲散时光因为阅读而变得充实。

文学院有大平原文学社、羽帆诗社、铁塔文学社等社团。这些社团起到了活跃学校文学气氛，加强各学院文学爱好者联系的作用。入学之后，在学长们引导下，我和室友李赟加入了铁塔文学社。再后来，学长们因为学业忙纷纷退出，我们竟成了该社“领导”，和一同入社的本院、新闻与传播学院的社友一起推动社团活动的开展，并吸纳文学院 2004 级的学弟学妹加入社团，通过编辑团报《铁塔湖》等方式，物色下一届接班人。这些社团，正是随着一级又一级文学院学生的接力，而持续在河大各学院中播撒着文学的种子。

在河大学习之余，学校周边的小吃常能让人身心放松，我曾写下这样的文字：还未尽兴，手中的羊肉串就已哧溜溜只剩下光条条的棍了，那含在口中，火、烟、肉、油相融而化成的酥松香辣的小东西，引发胃对食物强烈的渴望之情，只是美味的食物总是消失得快，快得像未曾品尝过。其实，很长一段时间，我与西门外那些小吃，仿佛平行线，如今两线相交，便顿生相见恨晚之感。浮在空气中四处招摇的香气，和火焰上泛着美丽光芒的各色食品，其威力，比起那些此起彼伏的叫卖，无疑具体形象得多。昏黄的灯光下，一张张朝气四溢的面孔，给这喧闹的夜，缀上了几许风景。风看起来似乎也嫉妒，憋着劲向四处驱散油烟香气，而相聚于此的学生们，依然悠闲地吃着、喝着、聊着。或许是我平常太过匆忙，蓦然回首，竟生出许多感叹来……

时光飞逝，转眼就到毕业时。大学期间，我共参加 66 门课程的学习，拿下 157 个学分，其中大一 21 门课程共 47 分，大二 23 门课程共 58 分，大三 17 门课程共 41 分，大四 5 门课程共 11 分。虽没有特别出彩的成绩，但未曾挂过科，也算是在平稳中度过了。然而回首往事，总觉得有更有意义的过法。可是生活不能假设，况且河大也曾给予我充实。置身其中，能感受到文化的厚重，学风的淳朴。老师们以高尚的人格和渊博的学识引导着我们，如温和的蔡玉芝老师在普通话课上对方言音重的学生的信心和耐心，豁达的胡山林老师谈文学与人生时给我们带来的快乐与启迪，慈善的刘景荣老师给我们上当代文学课时的谆谆不倦，等等。特别值得一提的是，如邻家姐姐的燕俊老师带我认识电影，在当时资源相对有限、手机尚未智能化的情况下，让我看到了很多的经典影片，感受到文字世界和影像世界之间的密切联系。到后面本不是影视专业的我也选了电影做我的毕业论文方向，并得到燕老师的悉心指导。

毕　业

毕业意味着要各奔前程。室友毛超一路“过五关斩六将”，成为郑州外国语中学老师。李赟在历史文化学院找到我的一个广西老乡做女朋友，毕业后带着她回了山西工作。我和照清、海波等同学则选择了考研。我们在河大南门外的一个小院租房住了下来，除了晚上睡觉，其他时间基本泡在图书馆或教学楼的自修室中，一般是天未亮就出了门，直到夜晚自修室要关门时才离开。一段紧张的学习后，我们迎来了考试。记得那时正大雪纷飞，因为英语考得不好，内心十分惆怅，美丽的雪景随之黯然失色。后面的成绩跟预想差不多。正当“山重水复疑无路”时，我又幸运地争取到从该校电影专业调剂到戏剧专业的机会，由此又燃起了希望。读中文系时的知识储备助我顺利通过复试，如愿考入上海大学。而跟我一同留守考研的照清、海波，分别考上武汉大学、华东师范大学，我们带着各自的收获，离开了母校河大……

与照清、海波的考研三人组

读研时我曾参与一个口述电影史的项目。在一次项目组聚餐中，电影学的聂伟老师听说我来自河大时，他特别高兴，细数起中文系的老师来。他是河南人，对于河大也有着一份感情。等到喝酒时我举杯敬聂老师，聂老师那句话出我意料之外：“来，为河大干杯！”

如今，离开河大已十年有余，这期间我见到了我的三个室友和其他一些同学。很多的朋友，则是在毕业之后没有机会重逢。虽然现在不能常听见河南音，不能常品着河南味，但我相信那沉淀在心底的河南情，会随着岁月流逝而越发浓郁。

作者简介：何荣智，2003级本科生。

几回回梦里回河大

张香梅

作家肖复兴说如果青春是一条河，那么，它流过的两岸树木葱茏水草丰美的地方就是校园。我想每个人的内心深处都有一个校园情结。

就像患周期性感冒一样，每年有几个时节我都狂热地想念开封，走在开封的每一条街道我的心都不能平静，因为这座小城里有我深爱的母校河南大学。曾经在那里生活过五年，几乎算是我的第二故乡，甚至一度打算在那里定居。

诗人于坚说："我的爱偏激，固执，我只爱云南的昭通市。"我能否模仿一下："我的爱偏激固执，我只爱开封的河大。"

"岁月凝聚眼眸，时间在不经意间溜走。经过的路，牵过的手，快乐停停走走，往事在漂泊中回首，酿成了深埋心底的烈酒。"

和河大的遇见是我一生中最美的邂逅，几回回梦里回河大。

一　因为四个字，我选择了这里

和河大的缘分应该追溯到中学时代。那时，我在一个偏远闭塞的乡村中学读书，一心渴望着通过读书改变命运。每天埋首苦读圣贤书的一群乡下孩子如井底之蛙般很少见识到外面的世界。

建华是我村的第一个大学生，也是我的师兄。当年考上了河南大学，在村里很轰动，村人啧啧称奇。有一天，他从河大给母校写来了一封信，感激母校的培养之恩。学校出于激励学生的目的，把那封信贴到了学校的宣传栏里。一下课，同学们围得里三层外三层的争先恐后地去看。个子矮小的我踮起脚尖只看到一句话：“当我迈进这所古色古香的大学里……”“古色古香”是一种什么感觉？我想去看看。从此，这四个字就牢牢印在了我心里，也注定了我与河大的缘分。

此后经年，兜兜转转，曲曲折折，2002 年，我真的走进了这所古色古香的大学。9 月，我提着行李和父亲一起跨进那扇飞檐翘角黄琉璃瓦的大门，终于知道了什么叫古色古香。正是天高云淡的开学季，我看见了满校园怒放的菊花，如花的女生，白发的先生从林荫道深处走来，一切都美得像一幅画。我内心波澜起伏，眼睛不禁湿润——念念不忘，必有回响，因为初中时不经意看到的那四个字，我来到了这里。

犹记得文学院一位老师曾经这样评价开封和河大：“七朝古都王者气，百年名校翰墨香。”王立群老师在《一座小城　一所大学》中也这样说：开封不大，却曾经是七朝古都；开封古朴淡定，却曾经是世界上最繁华的城市，她成就了华夏文明的极致。

河南大学，扎根在开封这座幽静古朴的小城里。她北依千年宋代铁塔，塔不是很高，号称“天下第一塔”；她东临明代古城墙，墙不是最长，仅次于南京古城墙；她经历了几度变迁，却依然谱写着灿烂的乐章，这就如同我深爱的河大：古朴而不奢华，低调而有风韵。

来到开封，来到河大，是我生命中最美的邂逅。

当我走进河大校园，我发现自己瞬间被打动了，内心交织冲撞着一个声音：我要的就是这份古朴！千年铁塔、沧桑城墙是她的外表，波澜不惊的铁塔湖水是她的内在气质，气势庄严的牌楼式大门、建筑精湛的博雅楼和博文楼、小巧别致的东十斋、稳重大气的大礼堂是她深厚底蕴的外化。

当我作为河大的学生真正进入到河南大学，品读着掩映于翠绿中的建筑，品味着历史的厚重和文学的绚美时，河南大学注定成为我生命中不可分割的部分。古朴典雅的学术传承使我增益了对文学的喜爱，温润内敛的大师风范让我愈加沉静。正是在河大的学习为我走上三尺讲台找到了坚实的支撑，正所谓底蕴的厚度决定事业的高度。

二　不怕走最远的路就是捷径

当年因为家庭压力或者迫于生计，学习成绩优秀的我们初中毕业后情愿不情愿地选择了上师范。毕业包分配，国家铁饭碗，转为城镇户口，对最底层的务实的农民父母有着致命的诱惑力，不能苛责他们格局不够大目光不够长远。毕竟，“挖到篮里才是菜”是他们最朴素的处世哲学。

当年，我就在父亲的包办下上了师范。当时，大哭一场，对父亲颇有怨恨。但父亲也有他的考虑和苦衷：三年高中上下来，眼睛也近视了，身体也搞垮了，考不考得上好大学还是未知数，不如报师范。女孩子，当个教师，体面、清闲、稳定，一年还有两个超长的假期，似乎是再合适不过的理想职业。你反抗也没有用，一个十三四岁的孩子还无法把握自己的未来。

拍完毕业照，吃完散伙饭，我们这群人像蒲公英的种子被撒向穷乡僻壤，为农村教育的发展出力流汗。分到基层之后，有人曾经设想，我先待上几年，有了力量再出逃，你太高估人性了。再不舒服的地方，你慢慢扎了根，配偶、孩子，一点不多不少的薪水，这是你的生态链。离开与改变很难，是多数人精神承受不起的高强度动作。

也有人教了几年，通过考研走出去了，但是这条路太过漫长煎熬艰难。家庭拖累，精力不济，信息不畅，意志不坚，人言可畏，都是乡村教师考研路上的绊脚石。

我一边兢兢业业地教书，一边做着大学梦，那个梦一直在我心底潜滋暗长。人生很多的决定不是一蹴而就的，一个想法就如同星星之火悄无声息地埋进你的心里，因为机缘巧合，因为念念不忘，才让一个可望而不可即的想法，逐渐成形、壮大，最终坚如磐石，直到光芒万丈。2002 年，已经在乡下教了 5 年书的我决定通过成人高考圆自己的大学梦。幸运的是我考上了。

虽然我们是河大第一届成教中文本科，但是，为我们配备的师资非常强，和应届本科生师资共享。王立群老师、白春超老师、刘进才老师、魏春吉老师、李兴亚老师，对学生认真负责，讲课风格各异，让我们享受到一场场文化大餐。我们这群来自乡下的教师也非常珍惜这来之不易的学习机会，像干燥的海绵一样如饥似渴地汲取着知识。

尤其是刘进才老师博学多才，亲切谦和，亦师亦友，对我班同学影响非常大。刚入学时，他经常拿自己的亲身经历激励我们，不仅教给我们知识，还教给我们人生道理，他对我触动最深的一句话是：人生是没有捷径可走的，不怕走最远的路就是捷径。我后来决定考研就是受他的影响。

毕业时，我们这个几乎全是乡村教师组成的班级有一多半人考研成功，想来和刘老师的激励和现身说法有很大关系。出来上学，机会难得，不想再回去，别无选择，只有考研华山一条路，只能破釜沉舟，背水一战。考研时很多人英语丢弃多年，只能从 26 个英文字母起步，其艰难程度可想而知。

学校图书馆丰富的藏书让爱书如命的我欣喜若狂，我穿行在图书馆如森林般的书架间，几乎迷失了自己。禁不住感慨：即使我每天手不释卷地读，又能读完其中的几万分之一？明白了“吾生也有涯，而知也无涯”的道理。

在河大读书期间，我最喜欢去的地方是图书馆。走进历史悠久的图书馆老馆，走上有回声的木楼梯，嗅到数十万册图书所散发的深幽气息，如此静谧安宁，莫名叫人心安。毕业经年，最怀念的地方还是老校区的图书馆和图书馆前参天的法桐。

三　不怕万人阻挡，只怕自己投降

人生必须有一段日后想起来荡气回肠感动自己的日子，才不枉此生。

已经进入不惑之年的我，星夜回首往事，曾经迷茫过，消沉过，懈怠过，数次跌入人生谷底，唯有那段为考研奋斗的岁月依然在记忆中熠熠生辉，是我生命中最浓墨重彩的一笔。2007 年，从河大中文系本科毕业当了几年初中语文教师的我决定考研，填报的还是我深爱的河南大学。好胜、刻苦是我们这个“逆袭”群体的普遍特征，从来没有停止过奋斗，一想到自己曾经荒废了几年时间，就不敢懈怠。

最难的是出发。决心已定，于是就长途跋涉去市里买回来各种资料，在教书的镇上租了一座几乎废弃的院落开始了备考生活。备考几乎要一年时间，还要上课，这其中经历了初为人母的焦头烂额，第一次考研失利的挫折打击，还有周围人对我一个已婚妇女的“痴心妄想”的嘲笑和非议。

而爱人的支持和对幼女的深爱，犹如大地之母，双脚一踩上，就有了源源不断的力量。

心在哪里，时间就在哪里。上完课，常常顾不上擦去手上的粉笔灰就捧起书本，墙壁上贴满了千头万绪的各种名词解释，英语单词，时事政治，从睡梦中惊醒就开始苦读，头发就是在那时越变越少的。

家，近在咫尺，却不敢回。因为想到和我竞争的人一定在各大高校的长明灯教室彻夜苦读，唯恐一松懈就会落后于人。为梦想而战的万丈豪情战胜压倒了一切懒散、娱乐、借口。那是一段寝食难安的日子，那是一段痛苦难熬的日子，终于迎来了接受检阅的那一天。

农历十二月的北方，滴水成冰，穿上厚重的羽绒服，套上保暖的雪地靴，时隔多年后，做了母亲的我，一个人，再次走进考场。为那个未泯的理想而战，为别人眼中的“瞎折腾”而战。记得在洁白的试卷上写下第一个字时，手都在微微颤抖。

四场考试，十二个小时。名副其实的一个人的孤军奋战，我咬紧牙关，挺过来了。走出考场，大脑像被榨干一样一片空白。爱人开着我们婚后买的最值钱的“嘉陵”摩托车冲破湿冷的夜雾来接我，我坐在后座上任凭热泪长流。我知道，我感动了自己。

之后，就开始了甜蜜而忐忑的等待。暮春初夏时节，我收到了我魂牵梦绕的河大文学院寄来的研究生录取通知书。彼时，我正牵着女儿肉肉的小手在村后的小树林里散步。天上柳絮在飞，树上鸟儿在叫，地上花儿盛开，我听到了心中花开的声音。如诗如画的校园，白发的先生，如花的女生，我终于又一步步走近了你们。

奋斗后的成功是如此醉人。如果说，成为母亲前，我考研仅仅是为了自己此生了无遗憾，做了母亲后，我更多了一种给孩子更高的起点更广阔的视野而拼的使命感。

2008 年，我如愿以偿地来到了魂牵梦萦的母校攻读现当代文学硕士学位。当我在环境优雅的图书馆如饥似渴汲取知识的时候，当我在课堂上和来自全国各地的优秀学子进行思想交流碰撞的时候，我觉得所有的努力和付出都是值得的。

带着女儿在河大读研的三年，除了艰辛，也有满满的美好回忆。每年的金秋时节，小城的菊花就该开了。那是小城一年中最大的盛事。花开时节，满城姹紫嫣红，大街小巷氤氲着菊花的香气。

每到这个时节，不再去想泰山压顶的毕业论文，不用急如星火地去幼儿园接孩子。骑上旧货市场淘来的二手单车和好友一路穿过花海逛遍不大的古城，是一年中最大的奢侈和福利。站在龙亭湖畔，看远处的红墙黄瓦被菊花簇拥，明丽的秋阳打在脸上，那一刻，唯愿心在灿烂中死去。

在导师魏春吉老师的精心指导下，我顺利完成硕士论文答辩。2011 年 6 月 1 日，我特意带着女儿旁观我的学位授予仪式，当我一手拿着毕业证书，一手牵着女儿走出学校大门的时候，不由感慨：人生若此，夫复何求？考研已经终结，考研精神不能终结。感谢那段每一天都闪耀着奋斗光泽的考研岁月，它让我明白：逆袭是可能的，改变自己的命运是可能的，过自己想要的生活也是可能的。实现梦想，任何时候都不会晚，最最重要的是，把这种可能性展现给我的下一代。如今，我的女儿已经考上理想的高中，跟我对她的言传身教和在河大校园的熏陶有很大关系。感谢母校。

四　每年我都来看你一次，可好

又是一个蝉鸣声声的夏天，骊歌响起，又到一年毕业季。惆怅与伤悲蔓延在许多人的心底，这种惆怅与伤悲大约有一多半是源于对青春往事的恋恋不舍，就像叶赛宁的诗句“金黄色的落叶堆满心间，我已经不再是青春少年”。在“河大文学院”公众号上看到在大礼堂前举行的文学院 2020 届本科生毕业典礼，我不禁红了眼眶。

掐指一算，2011 年，我从黄河边上这所古色古香的大学现当代文学专业研究生毕业，到今年已经近 10 年。午夜梦回，母校依然让我魂牵梦萦。也许在学校的时候，我们会抱怨食堂的饭不好吃，图书馆的书陈旧得要命，回宿舍要走到遥远的南门坐公交，考研时教室灯光被沉厚不堪的专业课书籍压得灰暗无比……

也许我们会感叹日子过得太慢，总觉得毕业遥遥无期，可一旦毕业季临近，许多人心头会涌起太多的眷恋不舍，原来走得最快的总是那些最美好的时光。

最喜欢在春日黄昏坐在铁塔湖边琥珀色的空气里，看风筝拽着一颗童心在蓝天上摇曳，看男生抱着球风一样冲进操场，看垂钓的老人气定神闲静待鱼儿上钩。那一刻，我真想像歌德笔下的浮士德那样大喊一声：“多美啊，这一刻！请你停留！”时光水一般滑过，体育场湛蓝如洗的晴空，热闹的塑胶跑道，挥汗如雨的男孩子们，还有像鸽哨一样嘹亮的乐音，连同四年里深深浅浅的脚印都远去了。

一旦告别校园，就要收起年少时所有的轻狂与任性，做西装革履口是心非的成年人，去残酷的世界真枪实弹地打拼。再没有人在长明灯教室陪你通宵达旦地复习期末考试，再没有人和你在足球场上风一样狂奔，再没有人周六的晚上推心置腹地和你促膝长谈……我最怕的是一别经年之后，当年那个白衣少年已经变成了秃顶凸腹的大叔，满身的世故油滑气；那个白衣蓝裙爱写诗的少女变成了粗服乱发的臃肿妇人，身上再也没有了一丝书卷气……

去年夏天带着孩子重回母校，母校一如既往的沉静。看到满池的荷叶掩映着寂寞睡莲，通往图书馆的沧桑法桐越发浓密，看学弟学妹们背着书包提着水壶去自习室上课，忽然有一种想哭的冲动——哭自己也曾经拥有。后来时光走远了，我回到原地看向自己，才知道有些记忆是怎么走也抹不掉的：周末的自习室人少安静，铁塔湖的粼粼波光在我的心头荡漾，宿舍楼下的法桐隐天蔽日，而夜晚的操场永远和正午的食堂般熙熙攘攘。

河大，因为你，我第一次出门远行，开始掌握自己的命运；因为你，我圆了自己心心念念的大学梦，让人生不再有遗憾；因为你，我得以在更广阔的天空翱翔，过上了自己想要的生活，一切都是幸福的模样。在文学院即将迎来一百华诞之际，我心里满溢着对你的爱和感激。河大，我每年都来看你一次可好。祝你越来越好，祝福你。

作者简介：张香梅，2002年成教中文本科生，2008级硕士研究生。

进考场

左黎晓

我特别喜欢进考场的感觉，到现在还是。

从小到大各种考试，各种考场，印象最深刻的，还是河南大学的考试考场。那是2012年的三四月份，我参加河南省对口升学美术类专业考试，考场就设在河南大学明伦校区艺术学院。那是我第一次去河南大学。在此之前，河南大学只出现在我老师和表哥的口中，表哥通过努力顺利考取河南大学，而我从小学开始的很多老师，也毕业于河南大学。那是一个书香氤氲的所在，是高尚高雅的所在，我在心里这么想。

我们一行同学在老师带领下搭乘专车于傍晚出发，夜半时分抵达古都开封。我们的汽车沿着古朴的街道行驶，由于司机师傅也是第一次来开封，而汽车导航也不精准，我们迷了路。旅途劳顿，我们在车上有些焦躁，老师下车询问路边透出灯火的包子铺，答案是河南大学就在前面拐角处。我们竟已来到她的身边却不自知，我心中兴奋起来。哦！河南大学，我表哥谈起眼角熠熠生辉的大学，我老师们口中那满是回忆的大学，我心中早已把你想象得高大巍峨又古朴的大学，我终于来到了你的面前！

车停在河南大学南大门，透着夜色和星光，我们看到了南大门那如老学者般的神色。同学们多在车上睡去，等待着天亮赶紧去考场报名。而我则下了车，独自徘徊在这大学校门。大门紧闭，保安室的灯光隐隐，我心中因为对河南大学的几分敬畏而不敢再往前走，便隔着些距离抬头看她的大门。秀气端庄的四个“河南大学”大字，在夜幕中也难掩光辉。我禁不住上前几步，想要认真端详这几个大字。它们真好看，我顺着笔画在心中一个一个地描摹出来，即使凌晨的凉风不断，但我心中依旧满是温暖。可是这种温暖又很远，因为，我只来到了她的校门，如果有一天，我也能从这所大学毕业，该有多好！

天亮以后，陆陆续续有人聚集在学校大门口，等待报名。我们也收拾起东西，期待着一睹这大学真容。穿过巍峨挺拔南大门，我们原来疲惫的脚步变得轻快起来。回头望，大门内侧写着“明德新民，止于至善”，便让我的眼中也充满了明净与清爽。我们放慢脚步，走在这笔直大道上，左右是河南大学明伦校区近现代建筑群，隔了老远便能闻到书香。我们肃然起敬，你看看我我看看你，眼中充满惊喜，不知该说些什么好。路边花园里，一个大学生正在晨光中朗读，他声情并茂。老师小声告诉我们，这位应该是学文学或是播音主持的大学生。我们故意从他身边走过，想要再近些看他。他通身散发着青春与睿智的气息，圆框眼镜下的眼睛，也满是光辉。我们和老师边走边回头望，老师是想到了自己的大学时光？我们是不是也对这大学生充满羡慕，也想有朝一日像他一样？

经过气势恢宏的大礼堂，东侧便是艺术学院。当年河南省参加对口升学的美术类考生有近四千人，外带着当年参加专升本美术考试的学生，少说有五千人。我们一片乌泱乌泱的考生你推我搡，拥挤在艺术学院门口。从我们身边走过的，是艺术学院的大学生们：或是穿着长裙，身材高挑，翩翩地从我们大部队旁走过；或是戴了眼镜，吃着手中的早餐，快步向另一处教学楼走去……我心中羡慕极了，不停地回过头看他们，搜寻着他们身影中的青春与光芒。

报了名，考试在紧张忙乱的情形下结束了，黄昏，我们便要驱车返航。

我心中是很不舍的。这是我表哥老师口中心心念念的大学，也是我心中的大学，我不想走，我想在她的校园里再走走。老师唤我们快点上车，我则回头望向了大礼堂，望向了不远处的开封铁塔。我在想，如果有机会，我一定要再走进这校门，静静地坐在校园一角，从夜晚到天亮。

从河南大学回来，我们要为夏日里的高考做准备了。对口升学机会少，河南大学也只在舞蹈戏剧相关专业招收对口生，我们美术类考生是没有任何希望考取河南大学的。但我并没有忘却心中对河大的憧憬，边紧张备考，边想着考入省会郑州的学校，这样，我离河大就越来越近，至少，可以在闲暇时再走一遭。

我最终进入郑州的中州大学读大专，在读期间，我如愿以偿和同学一起又去了开封，走进河南大学的校园。这次的感觉是近了许多，南大门匾额上的大字在阳光下散发着厚重光彩，苍松翠柏掩映，让你忍不住要进去一探究竟。我们驻足在首任校长林伯襄的雕塑前，看仆仆风尘中的雨露阳光；我们停留在“河南留学欧美预备学校”的大门前，回望求学百年的历史沧桑；我们来到李大钊的石像前，聆听关于家国的铿锵回响……我们穿小径、走湖边、越竹林、行水上，我们听林风飒飒，我们望云卷云舒。我们坐在铁塔湖边，夕阳余晖将铁塔的影子投入湖中，我们谈起未来，谈起理想……

我决定参加高等教育自学考试，报考河南大学主考的汉语言文学专业。我在想，和河南大学哪怕发生一丁一点的联系，也不愧于这多年对她的念想。

于是，我再一次地不断地奔入考场。我穿行在四月十月的郑州城，这时自学考试正当时。我清晨伴着星光出发，挤入拥挤的公交。车上都是去参加自学考试的学子，我们相顾一笑，继续看着手中的复习资料。她在这一站下车，他在下一站下车，我们赶紧让出一条道，让她或他赶紧下车，奔赴考场。考场外，早已站满了考生，大家都在抓紧复习，企图抓住那一丝一点的知识，为考试，也为未来铺好道路。考场上，有和我一样的学生，也有工作多年的中年甚至老年人。我们相顾一笑，好像在问，准备得怎么样？有几分把握？一路赶来挺累吧？考试开始，大家奋笔疾书，我也沉浸在沙沙声中。那是生命的声音，是动人的奋进旋律，饱含对未来的希望，似要穿透纸背。一场结束，我们匆匆微笑告别，转而奔赴下一个考场。你是否在考场外的台阶上趴着膝盖睡了一个不一样的午觉？你是否为了转场连午饭也没来得及吃？天降雨，你是否忘记带伞，东躲西藏地找寻避雨的地方？

待到一天考完，归途上，总能看到早晨遇到的那位姑娘，或是那位小伙儿，又是相顾一笑，会心又暖心，成也罢不成也罢，至少，我们努力过，而且，我们不会对自己失望。成绩下来，你为通过的科目欢呼，对不及格的成绩沮丧，没关系，再来！人生没有终止符，只有前行键。

大专期间，我完成了自学考试的所有科目，并走入河南大学参加毕业论文及学位论文的专业指导。当我手握论文答辩卡坐在答辩室时，我的心中激动又满足。我终于通过努力，获得了这所学校的认可，终于和她，建立了某种联系。这是我再高兴不过的了。后来，我参加研究生考试，报考汉语国际教育硕士，想要打牢与河南大学的关系，但因准备不足而未能如愿。但未来，我想我还会尝试。

毕业以来，我手持盖有河南大学红印章的毕业证学位证叩开了心仪单位的大门，虽然多有波折，但也收获了自己的职业理想。当同事领导对我投来赞誉，我总心中有光，那光，是从河南大学升起的，穿行千里万里，给我骄傲和力量。

人生还有很多考场，我也要不停地去奔忙。我相信自己不会孤独彷徨，因为，我心中有关于求索与理想的希望。

作者简介：左黎晓，2012 级自考生。

谁是周总理接见的河大中文学子?

魏清源

一　照片的诞生

百年河大，历尽磨难，饱经沧桑；河大百年，辛勤耕耘，桃李芬芳。滔滔黄河，以她博大的胸怀，哺育了河大；广袤中原，以她丰厚的土壤，滋养了河大。20 世纪 50 年代初，开枝散叶后仅余中文、历史、外语、地理 4 系的开封师范学院，在一代代河大人百折不挠、自强不息的努力下，终于重铸辉煌，在 2017 年进入国家双一流建设高校行列，再次成为高等教育国家队的一员。近 110 年的奋斗历史中，有太多的先贤值得我们缅怀，有太多的画面值得我们记忆。“周恩来总理在三门峡水利枢纽建设工地接见我校师生”，就是所有河大人应该铭记的历史画面。这个画面记载了河大师生积极参加国家社会主义经济建设的历史，体现了周总理对河大师生的热情关怀和鼓励。

三门峡黄河大坝北邻山西省，西邻陕西省，是新中国成立后国家在黄河干流兴建的第一座大型水利枢纽工程。大坝于 1957 年 4 月 13 日破土动工，1961 年 4 月竣工。当时的施工条件与现在不可同日而语，施工机械不多，土石方多靠车拉肩扛，施工需要大量人力。1959 年 10 月 11 日晚，河南大学（当时的开封师范学院）中文系 56 级、57 级、58 级、59 级四个年级共 1240 多名学生在系党总支书记傅钢、开封师范学院院长助理兼中文系主任钱天起带领下，从开封乘坐火车出发，前往三门峡水利枢纽建设工地参加社会劳动实践。当时的火车，时速很慢且沿途站点颇多，他们于 12 日很晚才到达三门峡。稍事休息，第二天便上了大坝建设工地。

黄河三门峡水利枢纽作为“一五”计划时期苏联援建中国 156 项重点工程中唯一的水利项目，从酝酿决策到规划编制，从技术设计到机构组建，从工程开工到两次改建直至正常运行后综合效益的发挥，自始至终凝聚着周恩来总理的心血。为解决工程遇到的重大难题，1959 年 10 月 12 日晚，周总理第二次来到三门峡，随同前来的有水电部、石油部、农业部、黄委会、长江流域规划办公室以及陕、晋、豫、鄂等省的负责同志。他一下火车，不顾长途跋涉的疲劳，就立即在三门峡交际处主持召开会议。会上，他认真倾听各方面的汇报，同大家一起讨论三门峡水利枢纽拦洪蓄水和今后继续根治黄河的问题，并研究了陕、晋、豫三省的水利与运输问题。会议一直开到深夜两点多。次日早上，周恩来总理来到大坝工地，深入了解施工情况。

历史就是有这般的巧合。周总理乘坐的小车停在通往大坝的临时道路上，下车后，他在河南省委书记吴芝圃和水电部领导的陪同下，一边听着工程指挥部领导的情况介绍，一边前行，正遇上行进在这条道路上的河南大学师生。看到总理到来，“工地上一片欢腾，人们有的鼓掌，有的招手，有的欢呼，有的跳跃……周总理面带笑容，兴奋而稳健地走到我们中间。同学们个个欣喜若狂，都伸出热辣辣的双手，争着和总理握手”（56 级学生周昌维：《难忘的时刻》）。随着新华社记者照相机轻微的“咔嚓”声响，一张河南大学历史上最有纪念意义的珍贵照片诞生了。

能够与全国人民敬仰、爱戴的周总理交谈、握手，这是莫大的荣耀。此后的河南大学中文系师生，一直沉浸在受到总理接见的幸福回忆中。与总理握过手的58级二班学生牛登云，“信手捡起几片树叶，小心地放入翻腾的河水中，祷念着：漂吧，漂吧！漂回千年铁塔，以叶传书，向可爱的母校师生报个喜吧”（牛登云：《难忘的瞬间》）；与总理握手并交谈的八班学生何毅然，“激动得不能自已，好像体内注入了长效兴奋剂，格外振奋，竟致一眼不合地连续工作了四天三夜而不知困倦”（何毅然：《难忘的时刻》）；刚刚毕业留校工作随队来到三门峡的青年教师宋应离、周鸿俊、王宗堂，当晚挑灯夜战，合作写出《亲切的会见，巨大的鼓舞——周恩来总理在三门峡工地接见参加劳动的开封师院师生》，三日后在《三门峡日报》刊出（2021年8月23日17：54分文章写到这里时致电宋应离老师落实）。然而人们似乎忘记当时有记者拍了照片，也不会有人想到去找寻这张照片。

二　照片的回归

25年后，1984年5月15日，教育部颁发了“将河南师范大学改为河南大学一事，准予备案”的文件，学校正式恢复“河南大学”校名。遵照省委指示，1985年9月，学校要隆重举行河南大学建校73周年的活动。在校庆的准备工作中，时任校党委宣传部部长的张振江老师在整理这段校史时，看到了1959年10月23日《开封师范学院报》第一版登载的《周总理在三门峡工地勉励我师生参加生产劳动》一文，为弥补没有当时图片的遗憾，完善图片资料，他翻遍了当年的报刊文献，终于找到了一本三门峡水库劳动的画册，其中有一张周总理接见学生模样的劳动者的照片。因此照中被接见者都戴着劳动用的肩垫儿，因而无法从校徽上判断是否为河大的师生。但根据时间、地点、人物特征以及我校师生当天接受周总理接见的事实等因素，他还是将画册中的这张照片“秘密”请到了河南大学校史之中。多少年来，这张照片激励了一代又一代河大人，在各种宣传渠道中为河南大学争得了荣誉。（见时勇《周总理“到”河大的前前后后》，2002 年）然而这张照片中与总理握手的究竟是不是河大师生，由于始终没有找到可靠的证据，张振江老师的内心一直压着沉重的包袱。2002 年河南大学 90 周年校庆前夕，再次负责整理校史资料工作的他，经过再三考虑，本着对历史负责的精神，决定将这幅未能证实的图片取下，以了却多年的心病，并将这种情况和自己所做的决定告诉了河南大学党委宣传部的时勇同志。

时勇是中国摄影家协会会员、中国高校摄影教育专委会理事，担任《河南大学报》美编、摄影记者 26 年（2018 年 3 月不幸去世）。他长期参与河南大学的新闻宣传工作，学校的几乎所有重大活动，都有时勇忙碌的身影，都有他拍摄的摄影作品。他不仅为学校留下了数量众多的珍贵图片，而且非常关注学校的历史。他以挖掘河大老照片为乐趣，系统地整理了河南大学百年的老照片，先后出版了《与世纪同行：河南大学 90 年》《百年河大》《百年镜像》等图书，因此他对《周总理在三门峡水利枢纽建设工地接见我校师生》这幅图片非常熟悉。1997 年 4 月 26 日，河大《中学语文园地》编辑部举行庆祝创刊 25 周年座谈会，时勇作为摄影记者出席了会议。与会的还有许多中学教师、该刊物的作者等有关人员。当天中午在二招餐厅用餐时，出于职业的习惯，时勇和同桌萍水相逢的代表们谈到了河大辉煌的历史，扯到了周总理在三门峡水库工地接见河大师生的往事上来。意想不到的是同桌的一位老师竟然就是水库劳动的参加者，竟然就是周总理当时接见过的中文系学生代表，更想不到的是他断定照片中和总理握手的人就是他——漯河市高中语文教师、中文系 58 级 9 班学生李荣庚。李荣庚老师还激动地回忆了当时的情况，他说：“我和宋效贵、甘玉兰等同学荣幸地作为代表来到总理身边。当时总理正和一位四川口音的女同志交谈，看到我们后，总理转向我和宋效贵（甘玉兰后到），经工地指挥部的同志介绍，总理和我们一一握手问候。当时我激动万分，深情地仰望着总理，一句话也说不出来，脸却憋得通红。还是总理先开口：‘你们辛苦了！’我们才说：‘总理辛苦。’总理还嘱咐我们说：‘回去代我向同学们问好，感谢大家支持大坝建设。’……”（见时勇《周总理“到”河大的前前后后》，2002 年）当时勇把上述情况告诉了张振江之后，张振江才卸下了心里的包袱，对这张照片的真伪不再纠结，这张照片才得以继续保留在校史之中。

三　照片的困惑

历史有了记载才能传之后世。史前文明的传承最早用图画，文字产生之后，传史主要使用文字。1839 年，利用光学成像原理形成影像并使用底片记录影像的照相机发明出来之后，图片在记录历史中开始发挥越来越大的作用。即使是在有了录音、录像设备的今天，图片的纪实作用也并没有减弱。新闻图片的优势，在于以其形象性从视觉上和心理上引起读者的注意。与文字相比，新闻图片的客观性、真实性更强，但其全面性、详细性则不如文字。就《周总理在三门峡水利枢纽建设工地接见我校师生》这幅图片来说，新闻的六要素里，只有她记录的事件是清楚的，即“周总理在劳动工地接见群众”；接见群众的结果是可以感知的，即“鼓舞了人们的劳动热情”。其他要素如时间、地点、人物、事件的起因与经过等，仅从照片上很难看出来。因此，我们今天审视这张图片时，免不了会有很多困惑：

困惑之一：周总理接见这些人的具体地点是哪里？

困惑之二：周总理接见这些人的详细过程是什么？

困惑之三，周总理是在什么时候接见这些人的？

困惑之四：周总理接见的这六个人究竟是谁？

其中第一个困惑已经有了明确的答案，无论是从图片的背景，还是从照片中人物装束、事后的新闻报道，都可以确定周总理接见我校师生的地点是在三门峡的水库大坝建设工地上，这是没有争议的。

周总理接见时的具体过程，根据现有的材料我们也可以大致梳理出来：

8：30分左右，总理在河南省委第一书记吴芝圃、水利部副部长李葆华、钱正英陪同下走向大坝，不时地同夹道欢迎的人们点头、握手。他走到河南大学中文系党总支书记傅钢面前，仔细端详着他胸前的校徽，和蔼地问："你们都是开封师范学院的？你做什么工作?"傅钢同志回答说："我做党的工作。"总理点点头，又问钱天起做什么工作，钱天起说："我是中文系主任，我们这次是来参加劳动的。"总理又关切地问，什么时间来的，来了多少人，劳动多长时间，钱天起一一作了回答。总理听后笑着说："好，教育与生产劳动相结合啦!"总理看到了站在旁边脸涨得通红的甘玉兰，就与她和另外几位同学握了握手。总理看到在高空作业的工人，向他们挥手致意，还向大坝上的工人询问了一些问题。这时好多闻讯的同学围了过来，总理热情地伸出双臂同大家握手，并笑着说："你们都是开封师范学院的，我刚才见到你们的老师和领导了。你们来劳动，很好。现在可以学点水利，回去以后好好学习功课。又能劳动，又懂水利，将来去教中学生就有东西可讲了。"同学们激动得不知说什么好，总理非常了解大家的心情，一个又一个地与同学们握手，用亲切的话语向同学们表示慰问。10：00左右，总理乘汽车离开了工地。（见樊国强《幸福的时刻，幸福的回忆》，载《资治文摘》，2015年）

至于周总理接见师生的时间，虽然后来的文字材料记述并不一致，但经过分析后得出正确的结论也并不很难。1982年、1992年两个版本的《河南大学校史》以及2002年出版的《河南大学大事记》中，都把周总理接见河大师生的时间写作"10月30日"；现在三门峡大坝宣传栏里这张图片下面的文字说明则“1958 年 4 月”（王学勤女儿 2019 年参观三门峡大坝时所见）。但宋应离等三位老师在《三门峡日报》上发表的《亲切的会见，巨大的鼓舞——周恩来总理在三门峡工地接见参加劳动的开封师院师生》、1959 年 10 月 23 日《开封师范学院报》刊登的《周总理在三门峡工地勉励我院师生参加生产劳动》、中文系教授李嘉言日记所写的中文系师生去往工地的日期、中文系被接见学生的回忆文章……太多的材料可以证实，这个令人难以忘记的日子是：1959 年 10 月 13 日（对这个时间，文学院武新军院长《周总理对中文系师生说了什么》一文有详细的考证）。

其实，对于文学院和河南大学来说，我们最关注的核心问题是，照片中周总理接见的是不是河南大学中文系师生，如果是，他们又都是谁？如果照片中的总理接见的不是河南大学师生，那么这张照片就与我们学校没有了关联。

按照时勇文章的记述，中文系 58 级九班学生李荣庚“断定照片中和总理握手的人就是他”以及同班同学宋效贵、甘玉兰，似乎这个问题已经有了答案。但我们从李荣庚其后的话语和他 1999 年写的回忆文章中，却又看到了对这个结论产生怀疑的理由。李荣庚在 1999 年所写的《难忘的会见——忆 1959 年周总理亲切接见河大师生》（《河南大学校友通信》，1999 年）中，详细回顾了与同学一起跟总理握手交谈的情景，却没有一句明确说图片上与总理握手的就是自己。无论在时勇的记述里，还是在李荣庚的文章里，李荣庚也都没有明确说明照片中其他人的名字（他提到了宋效贵和甘玉兰，但没有说明照片中哪个是宋效贵，哪个是甘玉兰）。按照人们的心理，与总理握手是人一生中多么值得自豪的事情，如果握手的是自己，他一定会明确说出的，也一定能够指出哪个是宋效贵，哪个是甘玉兰。笔者以为，中文系 1200 多名师生都在大坝上，总理一定是一路前行，一路与师生甚至其他人握手并交谈，李荣庚、宋效贵、甘玉兰与总理握手之后，总理不会不理会路边聚集的师生，径直前去。

他一定会与其他师生握手并交谈的。记者拍下的一定不止一张照片，只是事后选择刊登发表的这张照片，并没有李荣庚等人。但照片上的人应该也是李荣庚认识的我校学生，所以李荣庚对时勇说的可能是“跟总理握手的就是他们”，时勇一时过于激动，忽略了“们”字，错以为与总理握手的就是李荣庚“他”自己。

四　照片的人物

2016 年 4 月，文学院党委书记葛本成、院长李伟昉找到已经退休多年的我，说 2023 年文学院将举行建院百年的庆典，为迎接院庆，希望我负责筹备院史展览馆的建设。作为一个在文学院工作了 40 多年的老教师，没有理由辜负院领导的信任。从承担这个任务一开始，我就意识到在校史馆展出的《周总理在三门峡水利枢纽建设工地接见我校师生》，对于将来的文学院院史馆来说，应该是最重要的一张图片，说她是“镇馆之宝”也不为过。历史的灵魂是“真实”，这张照片能不能在将来的院史馆中展出，必须确定照片中周总理接见的是不是我们河南大学中文系的学生。

我首先想到的是拜访曾经担任过中文系副系主任的王芸老师。她是中文系 56 级的学生，按时间她应该参加过三门峡的那次劳动锻炼。到王老师家说明来意后，王老师却告诉我，在 1957 年年初，她以共产党员的身份，给毛主席写了一封汇报“大鸣大放”运动中出现问题的信，在随后的反右斗争中，她被免除了年级党支部书记的职务，受到“保留学籍，劳动察看”的处分，并没有随年级同学去三门峡建设工地，而后随 58 级学习，于 1962 年毕业留校工作。她给我提供了两条线索，一是她听说甘玉兰同学与周总理握过手，二是张豫林老师应该知道一些情况。临分别时，王老师热情地赠我《五味人生：纪念河南大学中文系 56 级同学毕业四十周年》一书，并告诉我，书中有几位同学的回忆文章中提到了周总理接见河大师生一事。

几天后，在校园见到张豫林老师（56级学生，留校后一直在中文系任教），我向他了解当时的情况，他说自己保存的有周总理接见中文系师生的这张照片，答应回家后找出来给我。一周后，当我们又见面时，他却很遗憾地说，翻遍家中所有地方，照片没能找到。我随即翻出手机里保存的总理接见中文系师生的图片，让张老师辨认照片中的人物，张老师说他都不认识。此后我又让同是56级学生、毕业后留校任教的王中安、张永江、邹同庆三位老师辨认，结果仍然令人失望。

2019年4月16日，我在浏览河南大学新闻网时，发现了时勇所写的《周总理“到”河大的前前后后》一文，当看到文中“意想不到的是同桌的一位老师竟然就是水库劳动的参加者，竟然就是周总理当时接见过的中文系学生代表，更想不到的是他断定照片中和总理握手的人就是他——漯河市高中语文教师李荣庚（中文系58级9班毕业生）”这一段话时，我心中的一块石头落了地，它说明图片中总理接见的确实是中文系的学生，这样这张照片就可以在院史馆里展示了。此后很长一段时间，我的精力都放在了搜集其他与文学院院史有关资料和撰写《河南大学中国语言文学学科史》上，没有再关注这张照片。

文学院院史馆的建设牵动着文学院每个人的心。新任文学院院长武新军也非常关注周总理接见中文系师生这张照片。他找到了所有能够找到的有关这张照片的文章，通过认真分析，也发现了照片中与周总理握手的人很可能不是李荣庚。我们两个决定再想法联系甘玉兰来予以证实。王芸老师用微信发来了甘玉兰的电话号码，2021年8月13日，笔者给58级甘玉兰同学去电，一连三次，都在通话中；晚上9：15分，通话成功，请求加微信，把照片发给她，但她说不会用微信，同意第二天等她女儿回来后，帮她加上我的微信。8月14日下午，接甘玉兰来电。告知我的微信号码后，由她女儿协助，添加微信成功。当即将照片发去，请其辨认。同时给我的漯河市同班同学王秀根打去电话，请他到漯河市教育局等他认为有可能的单位，打听李荣庚的消息，尝试直接联系李荣庚本人。8月15日上午10：00，向甘玉兰询问结果。她说照片中的人没有她。当时他与傅钢书记、钱天起主任、王亚平副书记、宋应离老师等最早与总理交谈握手，之后没有再跟随总理前行。由于年代久远，照片中其他人已认不准。接着，王秀根来电，漯河市教育局、人事局等单位都打听不出李荣庚的信息。我即向武院长汇报了上述情况。武院长不无惋惜地说："既然这张照片不能证明与中文系师生有关，院史馆里恐怕就不能用了！"

我特别不甘心。有那么多翔实的文字材料证明周总理确实在三门峡大坝上接见了我们中文系师生，如果因为我们证实不了，使得这张照片最终不能在院史馆中展示，对于文学院乃至整个河南大学来说，都会是很大的损失。我静下心来，重新梳理一下事情的头绪，决定继续从李荣庚、甘玉兰的同学里寻找线索。我打开电脑里已经完稿的《河南大学中国语言文学学科史》，使用Word文档的查找功能，输入"甘玉兰"，来到"62届毕业生名单"页面，面对着418个名字，我一个一个地看下去。突然一个熟悉的名字跃入眼帘，"牛登云"，他是河南大学附属中学语文教研组组长，与我夫人是同事，我们很早就认识。我马上让我夫人找出附中退休教师电话簿，很快找到他的电话号码。8月15日下午5：16分，打通了牛老师的电话，说明了我想了解的情况。牛老师的第一句话就让我异常惊喜，他说："你可找对人了！"然后他说，周总理在三门峡大坝上接见的就是他们同班的六位同学，他手里就有这张照片，是六人中的王学勤同学在一个博物馆发现后，请馆领导给了她一张底片和一张14寸照片，王学勤又洗了几张，给五位同学每人一张，他一直精心保存着。由于牛老师不会使用微信，我请他把周总理接见他们的具体情况形成文稿。因疫情防控不能到他家里，约定第三天上午到他所住"九鼎雅园”小区南大门外会面。

我满怀期待地等到了8月17日。上午10：20分，驾车赶到九鼎雅园南大门外。少顷，牛老师手拿一个塑料文件袋走出院门。多年未见，已86岁的牛老师虽满头白发，但精神矍铄。激动地握手后，我迫不及待地让他打开文件袋。他从中拿出一张照片和三页稿纸。看到照片的那一刹那，我惊喜得差点流出热泪。就是她，就是她！就是和我手机里那张一模一样的照片！多少年了，事情终于要水落石出了！我激动得不知道说了多少声“谢谢”，才想起让牛老师告诉我照片中的人物。牛老师左手拿着照片，右手食指指向照片中的人物，说，正与总理握手的叫张怀顺，挨着张怀顺的女同学是王学勤，王学勤旁边的另一个女同学叫王凤英，张怀顺后边只露出面部的就是他。他与总理握手后主动后退一步，张怀顺才能到总理跟前与总理握手。挨着牛老师的另一个同学是周建民，最边上的男同学叫黄世森。他们六个都是中文系58级二班同学。他接着说：“周总理接见我们的具体情况，我都写好了，你可以拿回去看。”说完把他写的《难忘的瞬间》文稿递给了我。

告别牛老师后，已是17日10：50分。为了让大家早点知道这个喜讯，我当即拨打了武新军院长的手机。可能武院长当时有事在身，通话被取消。11：05分，我刚到家，武院长的电话打来，我把事情的结果告诉他后，他也很激动。我们约定第二天到学校当面向他汇报，并把照片和牛老师的文章给他。

当天晚上，我努力让自己激动的心情平静下来，又想怎么样才能让上述结论更加具有说服力。我想到了牛老师给我的王学勤老师的电话号码，即于20：49分拨通了王学勤老师的电话。自我介绍之后，我们互加微信成功。我请她简单介绍一下总理接见时的情况、总理跟同学们说了些什么、照片中出现的几位同学的名字和照片发现的过程。我有意没有告诉她已从牛登云老师那里了解到的细节，是想等王老师回复后对照一下两个人的回忆是否一致。8月23日

11：05 分，王老师用微信把她保存的照片和写的《一幅老照片的追忆》发来，我立即打开文件，看到她所写的照片中人物与牛老师说的完全一致。我再对比一下 86 岁的牛登云老师，其个头、面庞与照片中露出的面庞何其相似！下面这张毕业照上的王学勤老师，与照片中的王老师相比几乎没有什么变化，我如释重负，终于彻底放心了。

这意味着长达几年时间的《周恩来总理在三门峡水利枢纽建设工地接见我校师生》这张照片的“证实”工作顺利完成。我们可以郑重地告诉世人：

周恩来总理在三门峡水利枢纽建设工地接见河南大学中文系师生是不争的事实！

周总理接见河南大学中文系师生的时间是 1959 年 10 月 13 日！

照片上周总理接见的六位学生从右至左分别是王凤英、王学勤、张怀顺、牛登云、周建民、黄世森！

周总理对我们的关怀和鼓励，将会永载文学院和河南大学的史册！

作者简介：魏清源，1974 级本科生，河南大学文学院教授。

《还书图》发现前后

王定翔　谢　廓

著名国学大师段凌辰所作朱批点评《昭明文选》，抗战时遗落散佚，民间藏书家陈中灏于肆间发现、购买收藏，并于抗战结束后将其悉还原主。段以诗馈谢，中原文坛诸儒踵以诗文、书画赞襄记之，画家魏紫熙精心绘出《高士还书图》。“文革”十年，段公生前藏书、著述再遭劫难，先前曾失而复得的段批《昭明文选》亦不知所踪，唯《高士还书图》画品及诸儒题咏诗文由其长子段佩简完好珍藏。记叙《高士还书图》发现过程，对所题诗文进行时序链接，对20世纪这一文坛盛事发生背景、文化意义进行初步探讨，有利于中华文化的传承。

一

拂去经年积尘，推开泛黄长轴，展现在作者面前的是这样一幅图画：远树含烟，野郊绿皱，洄河逾岭，石髓锁道；于空谷寂寥之中，一老者双手捧托着一沓线装古书，踏着寒霜，走过河桥，叩击柴门……

这幅被题作《高士还书图》（下简称《还书图》）的国画出自近代著名画师魏紫熙之手，画品的传主是平顶山学院文学院老教授段佩简，而所记事件的主人公则是段佩简的父亲、已故国学大师段凌辰先生（1900—1947）。与画品相关的，还有为之题作诗、词、文的许子猷、许敬参父子和陈中灏、于安澜、牛庸懋、宋景昌、蒋镜湖、杨子固、熊绪端、胡朝宗、李苧楼、郭翠轩、党玉峰等享誉近现代中国文坛的艺林高手、国学宿儒。诗、词、文、书、画臻为一体，珠联璧合，再现了抗日战争时期的一段悲喜故事，再现了侵华日寇对中华文化的野蛮摧残和中国老一辈知识分子面对外敌侵略为保护、传承中华文化而进行的英勇抗争。

二

由对《还书图》的追忆，传主段佩简把采访者的思绪带入了烽火连天的抗战岁月。

1937 年 7 月 7 日，卢沟桥事变爆发，日寇铁蹄随即踏入中原。为躲避战乱和保存中华文教火种，河南大学决定将文、理、法三学院迁往信阳鸡公山，将农学院、医学院迁至南阳镇平。1937 年 12 月，全校师生离开校园。1938 年 1 月，文、理、法三学院学生来到鸡公山，还未安定下来，又因豫南战事吃紧，不得不前往镇平。

1939 年 5 月，日寇发动新野战役，战火逼近镇平，河南大学师生员工只好徒步翻越伏牛山，于月底抵达洛阳嵩县。学校决定将医学院留在县城，校本部和文、理、法三学院迁至潭头镇（今属栾川县）。

1944 年 5 月，侵华日军逼近嵩县县城，一些河南大学师生惨遭杀害，学校再次被迫撤离，历经月余转迁淅川紫荆关。

1945 年 3 月，日寇发动豫南鄂北战役，河南大学师生被迫离开紫荆关，转迁陕西西安、宝鸡。

1945 年 8 月 15 日，日本宣布无条件投降。是年年末，河南大学师生终于结束辗转逃难的苦痛岁月，回到阔别八年的开封。

“在从 1937 年 12 月至 1945 年 12 月的八年间，父亲和诸多河南大学教授一样，负书担橐，挈妇将雏，随学校辗转播迁，尝尽屈辱与

《还书图》

辛酸。最令父亲痛苦纠结的是，他在任教中州大学、中山大学、齐鲁大学和河南大学期间苦苦搜罗的藏书和授课讲义、著作手稿大部分也在辗转流离过程中丢落散佚，其中包括倾尽父亲半生心血所作朱批点评的30册六臣注《昭明文选》（下简称《文选》——引者）。”

段佩简还追叙道：“这些东西如果丢落在民间也就罢了，要是落入日寇手中怎么办？这是父亲回到开封后经常念叨的一句话。足见他对失去朱批《昭明文选》是何等的锥心之痛！”

三

抗战胜利，人心思返，段凌辰先生作为首批返校人员，其兴奋与喜悦自不待言。更让他没有想到的，是他亲手点批又散佚尘寰的六臣注《文选》也物归原主！

据段佩简的回忆，朱批六臣注《文选》璧归与后来发生的一段艺林佳话，皆缘于一个人——陈中灏。陈中灏，开封人，平时喜爱古书。抗战期间，他居难开封。一次，他在旧书摊上买到一部精美的《昭明文选》，喜不自胜。看到扉页题书及古朴的钤印，他即料定此书当是一著名学者的心爱之物，就格外珍惜，不轻示人。

抗战胜利，河大复校。一日，文友杨子固来访。杨时任教河南大学，识得《文选》的朱批点评乃河大段凌辰教授的手迹墨宝。陈中灏当即决定派家人将珍藏多年的珍贵刻本归还失主，并随函附七律一首《呈凌辰段先生并乞教正》：

往岁避乱大梁，曾于肆间购得六臣注《文选》一部，计三十册。幸尚完好，心甚爱之。近闻友人云，此为汲县段先生批点书也。因念物各有主，爰经杨君子固之介，遂题“还合浦珠结翰墨缘”八字归之。意有（犹）未尽，复成小诗以志鸿泥，藉留他日艺林佳话。耳公见之，得毋谓班门弄斧耶？

六朝萧选手铅黄，笔挟风雷剑吐芒。劫火不侵神默护，斯文未丧我知藏。名齐北斗千秋业，心燕南丰一瓣香。仰止高山劳向往，拥书今识百城王。

陈中灏归还段凌辰的旧物只是要“还合浦珠结翰墨缘”，不取丝毫报酬。欣喜之余，段凌辰怎能不尽心答谢？无奈陈君义气薄天，坚辞不受。段公感激之余，写下一首古朴高雅的五言诗《酬陈中灏先生并序》相赠：

丙戌岁暮，先生以国难中所失六臣注《文选》见还，并附赠七律一章。对故书，咏佳什，俯仰今昔，叹息弥襟。因赋此首，请于君安澜书之，用以相贻。非敢为艺林增故实，亦聊作异日回忆之资云尔。

毋生借文选，友朋有难色。名籍人知重，讵能谓为啬？抑抑陈夫子，温文蓄令德。高怀异常趣，坦荡见古直。慨然损所好，还我旧朱墨。随卷媵嘉咏，妙义足矜式。……载读幻妇词，使我增惶惑。佳（甲）兵仍未弭，聚书岂易测？愧乏蜀相资，无力事刊刻。故纸再摩挲，中情只恻恻。

诗中所云毋生，就是中国古代刻书家毋昭裔。据《旧五代史》卷四二等记载，他少时贫困，向人借读《文选》《初学记》而不得，决心得志后刻书以利天下学人。后蜀明德二年（935）在成都任宰相时，他出私财命学生勾中正、孙逢吉写《文选》《初学记》《白氏六帖》，并雇工刻印，又设学馆刻印《九经》，西蜀文化由此大兴。段公以毋生的嘉言懿行来高度赞美还书只结文墨缘的文人高士，可谓恰到好处。

于是，宾主同欢，持觞为贺。侍陪者中有位名叫于安澜的，既是段公的同乡，又是段公的得意门生。于安澜自幼喜爱书画、文学，在中学读书期间受到国学大师范文澜的指点，精心于学，潜心向道，后考入河南大学，蒙恩师段凌辰公教泽，学术大有长进。他诗、画、书独步一时，编纂古籍画论多种，名动学林。

作为国学名师青眼有加的开山弟子，于安澜凭借自身的审美情趣和艺术天赋直觉地发现了这个艺林佳话所深蕴的社会道义与古直民风。他不仅遵照师命，以工楷誊抄恩师诗序，而且在心中谋划了更为深远的一个艺坛盛举。

四

于安澜想到了结识不久的青年画家魏紫熙。魏紫熙为陈中灏、于安澜的义举所感动，蛰居画房数日，精心绘出了《高士还书图》一帧，与于安澜一道奉于段凌辰案前。

其后，河南大学牛庸懋、蒋镜湖、杨子固、宋景昌等诸多师友相继会于段府，赞此盛事，发为歌咏。画师魏紫熙也因作《还书图》而名动神州，声播海内，一时洛阳纸贵。

牛庸懋先期曾就读于北平大学国学系，后经国学名师孙席珍教授引荐给段凌辰。段凌辰曾以柳宗元的文章作为试题，不料牛庸懋如有神助，答得十分到位，当即被收为入室弟子。毕业后，牛庸懋留在河南大学任教，奉段公于左右。作为得意弟子，他在诗中赞叹恩师的深厚学养和高士的旷世义举：

> 大梁词客陈中灏，温文偏有嗜古癖。买书挥金肯就贫，街头冷摊每伫立。忽逢萧选铅黄满，掇英楼主手所批。欣然重价携之归，曝阳驱蠹加摩挞。时把缃帙夸友朋，展卷辄能开快悒。昨闻先生归大梁，慨然饬使奉赵璧。兼媵一纸黄绢词，芙蓉出水谢雕饰。先生更有瑶章酬，艺林遂尔增故实。二公不曾谋一面，是时义气胶与漆。一段佳话可千秋，文字因缘足矜式。魏子乃为绘作图，点画清妍匠心密。

通读全诗，一韵到底，毫不费力，确实了得！

接着登场的是段凌辰的同窗好友、时任河南大学教授的蒋镜湖。他在诗中对高士义举同样极为赞叹，把众多师友乃至画师的欣喜若狂之状刻画得淋漓尽致：

今忽获旧籍，呼我以酒劳。云有陈先生，汲古蕴雅操。乱中购此籍，印拓凌辰号。无缘见君子，中心恒慥慥。吾友赵理之，奔走来相告。谓重在道义，愿以书还报。匹夫贵黄金，高人肝胆照。得缔翰墨缘，非以虚名钓。凌辰意慊慊，举觥共一爵。安澜得闻之，高义叹独到。吟诗纪其事，友朋共感召。乃倩老画师，精心写其貌。馈成还书图，诗画齐炳耀。聚书还书人，两堪是则效。试看尺幅间，幽深寄其奥。丹青两会心，非以逞形肖。直是延津剑，岂仅资赏眺。艺林增古馨，谁云世末造。

诗中所提到的赵理之，即后来名噪中原的文字学家赵天吏，当时也是河南大学教师，是古文字学家朱芳圃的得意弟子。

杨子固时任河南大学教习，既是陈中灏的旧相识，也是接洽办理还书事宜的人。他的诗歌开篇用庄子文义感叹世道离乱，贪心所为者众，而后感叹陈中灏古道热肠与慨然还书之义举：

矫矫陈先生，旷怀逾古初。市得贤者书，还归合浦珠。……所异贤达士，恫瘝不予殊。不忍吝所欢，而使义不舒。慨然出所得，奉还旧室庐。高义薄云天，世道资匡扶。时贤俱感发，摇笔散琼琚。并有好事者，为制还书图。自愧才力弱，黾勉随之趋。敢效邯郸步，滥事东郭竽。欲歌声先哑，欲绘术又疏。拮据事短章，聊表吾衷曲。

宋景昌也是段凌辰的门下高足，抗战时期曾随校辗转播迁，不离先生于左右，对先生学养人品景仰之至，对先生失书而复得的悲喜心情感同身受。他的诗，韵随意转，灵动而飞扬，令人拍案叫绝：

魏子既绘还书图，群贤复题还书诗。审玩丹青与嘉什，欣然手舞足蹈之。兴飞不识文义陋，敢将萧艾杂芳芝。夷门词客陈中灏，温文儒雅擅辞藻。虽亦游宦非所好，长能安贫志于道。家无长物惟图书，不惜千金收残稿。离合万事如有神，天兴未尝丧斯文。失册几经转人手，街头冷摊忽归君。数叠湘帙美古装，卷首页底满铅黄。千言广证辨鱼鲁，一语品题见否臧。如此名物诚可珍，更可思者在其人。所谓伊人在何处，溯洄从之渺无音。先生携家归去来，冷落故馆生青苔。旧日典籍无一有，长街问询劳奔走。陈公虽未一识韩，素于令名仰北斗。急饬健使奉赵璧，兼滕瑶章纪其实。先生酬赠属长歌，遂而姻缘结翰墨。嗟呼道丧已日久，举世交欢尚美酒。戚戚唯识谋货财，谁复能以文会友？陈公芳躅为世箴，非徒佳话传士林。我愧才短难周意，聊示景慕一片心。

著名作家姚雪垠的启蒙老师、时任河南大学教授的李萼楼也献上了一首格调工稳的七律，言简意赅，极为贴切：

湘帙缥囊卷色黄，雅怀高义吐光芒。毋生版镂存忠恕，合浦珠还赖宝藏。佳话当传名不朽，芸编应与事俱香。斯文一气重知己，漫笑卢仝是癖王。

郭翠轩时任河南大学《词选与曲选》教师，与段凌辰意气相得。此时，他填了一首《金缕曲》为贺：

远树拖清景。倚长天，野郊绿皱，水光山影。屈指流年添别绪，谙尽人间热冷。怅征尘，洄河逾岭。石髓松烟锁前道，忆晨昏，雅藻开酩酊。思往事，自憧憬。

诗书满架缙缃整。立程门，文谈娓娓，妙论时听。几载沧桑丹铅好，合浦依然玉莹。展绮画，林荫桥横。一缕幽情云海阔，慕高风，争看群贤咏。惭独我，赋惛梦。

此曲上阕写魏紫熙绘图之景色，雅人高士相会林泉，格调高远，意境深邃，令人过目不忘。下阕写段先生藏书之丰，门生故旧名流云集，争相题咏。如此艺林盛事，由此自谦不入格调。

党玉峰，时任河南大学校长秘书，后任学校多个委员会委员，长于任事，是个难得干才，在西迁中负责家属大队联络交际，居功不浅。对此盛举，他也作了一首七律诗，惜字词漶漫，难以辨识，只得暂作阙如。

感此艺林盛事，德高望重的书法大师许钧先生竟也忍不住挥毫泼墨了。他在反复品味魏紫熙画意并为之题写“还书图”后，意犹未尽，提笔又作《题还书图并序》云：

中灏购善本文选，丹黄杂陈，颇以为幸。闻系凌辰物，义而□之。紫熙为作还书图，予题引首，书竟二十八字，笺此韵事——

高士还书真义举，我闻此事两贤之。更披妙画增苍秀，乘兴挥毫纪小诗。

许钧，字平石，号子猷、蘧庐散人、散一居士、凝一居士，1878 年生于开封，23 岁以府县案首入庠，25 岁补廪生。入民国后曾任河南通志馆金石修纂处主任兼纂修、河南大学教授等职。20 世纪二三十年代，许钧即与靳志、关百益、张贞，同为河南书坛最具影响的人物，享有“河南一支笔”之誉。其书法造诣在当时中国书法界与江苏武进的唐驼、陕西三原的于右任、天津的华士奎等人齐名。

在许钧的影响下，他的七个儿子大多能书善画。其中长子许敬参曾师从段凌辰多年，毕业后供职于河南省博物馆，曾数次参加殷墟考古发掘，并与段凌辰一同主持处理过轰动当时的汲县盗墓案件。二人既有师徒之谊，又有故交之情。值此艺林盛事，敬参岂能袖手不出而忝作雅趣？于是，有了下面这首五律：

欣披还书图，更读还书诗。高贤世罕有，而今两观之。嗟余遭离乱，缥缃委尘缁。安得逢割爱，重馈高人仪。

为《还书图》题诗者中，还有与段凌辰一道在河大避乱辗转中结为患难之交、时任河南大学法学院教授的熊绪端。睹此还书盛事，熊先生以一腔感慨赋就七绝一首，以此庆贺文坛挚友珍藏秘籍的失而复得：

还书风义重还金，夐矣斯文契合心。难得选楼添故实，丹青一幅写苔岑。

到此，民国时期发生在国立河南大学及省会开封名流宿儒齐声吟诵嘉章妙词的盛事还远没有谢幕。1947 年夏季，一代名儒段凌辰教授因病去世。于安澜找到恩师段凌辰生前挚友胡朝宗，拿出当年为纪念先师艺林盛事的众多诗稿，恳请这位通儒撰写新词，以志纪念。胡朝宗闻言动容，即席泼墨，于是一幅酣畅淋漓的书法佳作和婉绝妙词《浣溪沙·题还书图歌并跋》留给了世人：

陌路还书叔季无，更难画伯写成图，群贤题咏画璠玙。
从此艺林添故事，千秋佳话助茶余，不忘胜举滑州于。

胡朝宗，字改庵，1912—1914 年任职于湖北外交司，抗战时期任教河南大学文学院。在河大避战乱辗转途中，他与段凌辰结为生死之交。如今，故人已经过世。在阴阳两隔间，朝宗念兹在兹，灵动飞舞的章草如飞龙、赛疾鸟，笔到意到，气韵酣畅，实为名词名书双绝之作！

通观《还书图》诗中的笔迹，除许钧父子、熊绪端、胡朝宗是以其独到笔意戛戛独造外，其余诗作悉由于安澜先生工楷誊写。款款心曲，流注笔端，以此报答先师的在天之灵。

五

发生在抗战时期的《还书图》这段艺林盛事，距今已六十五年了。它是怎么被发现的呢？

2009 年初春，本文作者之一的王定翔因《鹰城古树大观》草成而联系出版事宜，与工作在河南大学出版社的同窗谢景和君多有交通。时谢君正为编校《宋景昌诗文集》和平顶山学院新闻与传播学院秦方奇教授所著《徐玉诺诗文辑存》而忙碌着。宋景昌老先生同为王、谢于河大求学时业师，而方奇君又同为王、谢的至交好友。三人在诵读宋先生诗文后尝有心得交流，不免会为《题还书图歌》发问质疑："还书图"事主段凌辰的后人在哪里？段氏后人有无珍藏《还书图》？

谢、秦两君都是在学问方面喜欢刨根究底的主儿。经过他们两人的努力，所有的疑问都得到了解答。段凌辰一生育有多个儿女。他于 1947 年故世之后，其藏书、著作手稿于子女中各有遗存，但大都不幸毁于战乱和"文革"，包括其失而复得的点评本《昭明文选》亦不知所踪，唯《还书图》及先贤题咏诗文于长子段佩简处藏敛甚紧，秘不外传。1984 年，段佩简请来装裱师，将其收为一轴。《还书图》由此幸得存焉。

更加值得庆幸的是，现执教平顶山学院的段凌辰先生的孙女、段佩简先生的次女段纳，于教务之余，百般搜集整理先祖散落的遗作、手稿，《西洲剩曲》《选学丛稿》《碎金小稿》等手稿正在整理之中。幸乎段家文脉相承，后继有人矣！

作者简介：王定翔，1977 级本科生；谢廓，2008 级本科生。

读者来信选登(一)

编者按：自文学院公众号推出本栏目以来，得到大量校友读者的关注和肯定，有人在文章后留言，与作者直接交流，有人在转发文章时发表高见，有人在别人转发的文章后发表感言，还有人直接把意见发到我的微信和邮箱。所有读者的意见都弥足珍贵。本期从中选择一些有代表性的留言进行推送，意在促进作者与读者的交流与互动。编者会认真接受相关意见和建议，改进组稿与编稿工作。这三个月来，编者最苦恼的一直是栏目的阅读量问题，有时会想到，如果靠办一个需要纸张、印刷、发行、稿费成本的刊物谋生，仅有不到3000的发行量，编者恐怕早已饿肚子了。因此，期待得到更多读者的支持与帮助，期待更多的读者能变为作者！本栏目旨在建设校友文化，倡导史料性、文学性与思想性的统一，尊重文体风格的多样化。同时，遵照读者的建议，我们也欢迎以诗歌、书法、绘画等形式呈现大学时代的经历、情感与记忆，对此我们会以专号的形式集中推送。其他学院的校友书写与中文系相关的记忆，也是我们非常期待的。

宋纯鹏（河南大学校长）：每次阅读“读中文”栏目，那些文情并茂的忆往，如一个不断期待播出的连续剧，情节紧凑而扣人心弦。或以诙谐的语言、细腻的思想，或以抒情的意境、生动的细节，让人随着故事情节发展而赞叹、感慨、羡慕、落泪。随着每篇故事的演变而让人领悟大学的传承和魅力，丰富和升华了“有故事”大学的文化和精神。

许绍康（河南大学副校长）：文学院的这个征文活动是一件很有意义的事，在校内外引起很大反响。我也一直关注，看了其中的很多文章。希望将来文学院能把栏目文章结集出版，这是对校史的一种有益的丰富和补充。也希望口述史的工作，在将来能引起更多人的重视。

贾璋（广东省在校本科生家长）：自从孩子考入河南大学文学院，就对河大、河大文学院的公众号倍加关注。有一天，看到第一篇短文《我在河大读中文》，细细品过，觉得饶有趣味：从武老师的个人经历对河大的历史有了生动的认识。随着公众号上回忆文章的逐步推送，河大的历史、河大的师生在脑海中日渐鲜活起来。说实在话，孩子初从繁华的南方城市来到开封这个中原小城，颇有几分沮丧和失落，然而随着对河大认识的逐步深入，才了解到河大百年历史的沉淀，人文精神的传承，看到那么多大学者甘守寂寞，醉心学术，痴情于教育事业，终身不悔，每每备受感动。难能可贵的是，这种坚守和奉献能一脉相承，使历届学生都沐浴在浓郁的“前瞻开放，自强不息，海纳百川，严谨朴实”的河大精神中，河南大学能跻身世界双一流，中文专业在全国的影响力，都是这种精神的体现和结果。现在，我为孩子能在河大，尤其是河大文学院就读深感欣慰和庆幸，唯愿孩子能得真传，学有所成，唯愿河大、河大文学院能再创辉煌！

禹秋霞（在校本科生家长）：文学院开设这个栏目匠心独具，展示了名家的文采、风采，让我们了解了河大中文系发展的厚重历史，最让我们感叹的是很多名家都是河大培养出来的！让我们对河大文学院充满了崇敬之情，觉得孩子有幸在这样的学院读书，是一种骄傲！希望能够从栏目中读到更多的精品力作！

刘小文（在校本科生家长）：通过孩子的微信，我经常阅读到栏目文章，有点感想：其一，以优秀校友的亲身经历，见证了河南大学在杰出人才培养方面的良好成就，宣传了河南大学办学成效，为孩子们的成长树立了榜样和标杆；其二，通过栏目策划与实施，联络了杰出校友，沟通了校友情感，凝聚了铁塔牌学子的河大情怀；其三，通过杰出优秀河大校友实际讲述，让河大中文系的形象更加深入人心，并为其他高校校友工作提供了可供借鉴的优秀案例。

程云（河南省委统战部）：我是带着深情来写那篇回忆文章的，毕业 30 多年来，母校永远在我的心里，一刻也不能少离。平时一直关注母校发展，只要是跟河大有关的事，都会全力以赴。母校是我永远的梦，永远的精神家园，永远的幸福所在。那天看到王利锁同学的回忆文章，一下子激发了我的写作欲望，勾起了我对菁菁校园生活的回忆。写的时候，我是战战兢兢，生怕细节出错。清明节前就构思好了，一直到 4 月中旬才开始动笔，写好后又跟王利锁、周杰林、孙继海等同学反复核对，4 月底才定稿。感谢编辑武新军老师的辛勤劳动，把一个个鲜活的回忆变成生动的文字，在社会上引起巨大反响。我的母校我的爱，永远留在记忆深处，永远是她最美的样子。希望母校百年老树开新花，合着时代的旋律，奏出铿锵有力的美丽乐章，为无数河大游子留住乡愁，留住心中最美的伊甸园。

张生汉（文学院原院长）：一个有近百年历史的院系，回顾一下历史——无论是个人角度还是集体角度，都有意义。也让后来者知道，我们是这样走过来的。道统，学统，我们还是要传下去的。口述历史很重要。当务之急是请像王芸老师那样的经事多记忆力还好的老先生们谈谈以往，可以放开谈，将来用的时候再视情况取舍。再下来就是张俊山老师一辈，依次接续。学统道统，事关一个学院一个学校的精神的弘扬。

张云鹏（河南大学出版社原社长）：这个栏目办得好，也很有意义，是文学院生动的文化史。分层次、按节奏推出的办法很好，益于持续，也增添活力。最近重点推出中学语文教师的文章，对提高生源质量也会起到潜移默化的作用。特别是对文学院老先生们的忆往，要想想办法，必要的时候可以采取访谈口述的方式。

刘绣华（国际汉学院院长）：每读一篇“我在河大读中文”，都激起我这个“酸里酸气”的“化学生”对我们唱着“我们是 80 年代新一辈”的“青葱烂漫”大学生活的美好回忆。我是 1981 年考入化学系的，是被“学好数理化，走遍天涯都不怕”的浪潮挟裹到化学系的。高中时没听语文老师动员“刘绣华，你报文科吧，我保你考上北大！”以至于年轻时的我，每有机会去北京，都一定会挤出时间到北大未名湖边去“发会儿呆”。那时听中文系的老乡说，我们中文系的不少老师，其实很有学问和名气，不比北大的差！对中文系学生“溢出的才华”，也是打心底里敬慕。忆当年，每到“满城尽带黄金甲”的时节，都会和同学赶时间，尽快做完实验、写完实验报告和作业，拿着摘抄名言、名句、诗词的“小抄本”，撒欢儿似的跑到学校花园欣赏园丁培育展出的各色、各样的菊花，抄写那每盆菊花上所挂的“中文生”创作的“咏菊诗”。回忆太长了，有感而发，不能自拔。现弱弱地请示编者：我可否“穿上马甲”，以“我在河大没读中文”为题，再增加一些回忆，混入“我在河大读中文”中？

管昕（中央人民广播电台）：“我在河大读中文”这组文章非常好，我常看。作为晚生，向前辈学习，向老师们致敬。很羡慕他们，那个时代大师云集，老师们教书育人很卖力，学生和老师都很纯粹。重要的是，河大的学风很好，应把这种学风传承下来，润物细无声，河大的文化感染人影响人正在于此。

马惠玲（国际汉学院副院长）：河南大学的外国留学生教学起步于中文系，开始于 1985 年。35 年来，留学生的教学培养从语言生发展到本硕博，学生分别来自日本、美国、加拿大、韩国、越南、埃及、土耳其、蒙古等国。留学生们对学校、老师有很深的感情，如日本的山中昌幸、岛崎绫子、二木雪江和土耳其的金剑、蒙古的王民等，若能邀请他们也来写一下在中文系、文学院读书时的感受，栏目会更丰富些。

张俐（河南大学文学院教师）：此栏目是难得的与学兄、学姐、学弟、学妹们一起回忆难忘师恩的机会！谢谢！心中永远割不断对养育我几十年的中文系的挚爱！我是栏目的忠实读者。

刘进才（河南大学文学院教师）：为迎接文学院的百年华诞，“我在河大读中文”这一栏目的策划别开生面。每每读到这些庄谐并出、风格各异的精彩文章，总会激起我们对于文学院百年历史的深情回眸，唤起我们丰富的文化记忆与各自的情感认同。希望这个栏目能够不断推出更多、更优秀的文章。

郭灿金（河南大学新闻与传播学院）：“我在河大读中文”，以个人的视角记录时代，以个人的情感串联往事，既是文学院学生的成长史，也是文学院的学科发展史，更是文学院师生共同的心史。未来结集出版，必成绚丽风景。

金英华（北师大燕化附中）：读了几篇文章，每篇都饱含深情，一段段激情燃烧的河大的岁月。这个栏目真好，记录了生活的美好，给了所有在河大学习生活过的人一次重温人生最美岁月的机会，也给阅读这些真情文章的读者一次触动内心柔软之处，并引发共鸣的机会。

杨萌芽（河南大学新闻与传播学院院长）：“我在河大读中文”是一个成功的创意传播策划案例，有效连接与激活了校友们的情感记忆，传播了“河大中文”这个品牌。互联网思维的核心是连接和共享，品牌价值的挖掘也应秉承此原则。百年河大中文学科积淀深厚，尤其注重人才培养、品格养成，故铁塔学子皆有厚积薄发、行稳致远之品格，为区域乃至全国做出了重要贡献。当下高等教育改革的方向也是重人才培养质量和内涵发展，将立德树人、成长成才作为大学教育的重要目标。校友的职业发展与成长是一流专业的重要指标，在移动互联时代，类似活动有助于吸引更加优质的生源和聚合更多的社会资源，形成良性循环和品牌效应。

娄金鸽（美国得克萨斯州 TAMU Chinese School）：“我在河大学中文”这个栏目，我一直在关注，因为这个栏目让远在海外的校友，忆起在河大度过的青葱美好岁月，想起铭记在心的时刻、老师和同学们。透过这些文章，你可以了解每个人的生命故事及其对人、对历史和世界的观察和感悟。这些珍贵的记忆和文章，留下来不仅是为着我们，更是为了后来的学子。大学是一个学习和成长的地方，更是一个认识良师益友，历练自己的重大人生阶段，是人生下一站的重要起点和基石。在大学，你会收获人生三种最珍贵的情感：爱情，友情和亲情。就像好酒，时间越久越香甜醇厚。河南是我的故乡，河大是我远航的起点，我的一生都有她相伴。

刘军（河南大学文学院教师）：一切经过沉思的东西都是严肃的。河南大学文学院自打推出“我在河大读中文”栏目之后，可谓应者云集，来自不同行业的毕业生纷纷举笔，怀旧事，念师恩。旧时光一旦经过抚摸，就会变得温润，同时，一个人的记忆也激发了更多人的记忆。在新媒体语境中，这个栏目何以独具一格，在我看来有如下几个点位：其一，选题紧贴河南大学深厚宽博的文史传统，这一传统中能够形成风格的学者，皆会通过文字的勾画，走向鲜活和立体。一名好的大学教师，有能力培育出一片森林，这就是落叶成蹊的本源所在。其二，从笔法层面来看，它是去文辞粲然的，文字的朴素与诚实恰恰照应了中文传统中的为学与做人。其三，从推出的规律来看，彰显了校友为重的基本思路，举凡校友之作，广纳博收，而非庸俗市侩主义的做法，过于推崇高官、名流、巨贾。所谓校友之情谊，恰在于时光删减后留下的东西，如同山脊上的月光，打在一片溪水之上。其四，在基本宗旨上，以保存文史资料为重，去营销化的策略，很容易贴近人心。以上四点，正是此栏目逐渐显露头角，形成可观形状之因。栏目不足的地方也很明显，即多年的为学与做人的人文传统，压缩了中文系毕业生文字表达或凌厉或空明，或深透或灵秀的空间，这一点，与北大的李零、清华的陈丹青等人的文章，有着很长的距离。希望在接下来的内容推送中，能够得见笔法洗练、层次纵深的作品。

康富强（上海大学博士生，河大文学院本科生）：从去年看到

《文学院百年院史》史料征集启事起，就对这项述史工作满怀期待，看到“我在河大读中文”栏目，便每期必读。其中《记我的导师于安澜先生》《跟春祥老师学戏曲》对我触动极大，前者以学术史的方式致敬安澜先生，纪念“文院四老”让我们知源流；后者以师生情见证文院薪火，体味后继学人让我们懂传承。我入校时“文院四老”离我们已经很遥远了，而康保成老师的“一捧土”也已成为“传奇”。经过四年的学习与生活，文学院培育了我对学人、学术、学统的憧憬与向往，所以2016年本科毕业时，我就在自己的公众号“东辰路”上推送12期的“河大学人专辑”。当时的感觉就是了解自己的师承是一种使命，而学术史脉络的回溯又让我觉得站在了一个很高的起点上。所以，河大中文的学统、我的老师们成为我前行的出发点与特别牢靠的码头，我从文学院走出，如今我也正沿着河大中文的传统继续走下去。

王辰（2016级博士研究生）：岁月穿梭，人生几何？垂首凝眸，往事如昨。栏目及时地为校友们提供了一个追忆似水年华的平台。作为它的铁杆“粉丝”，每一期刊登出来我都会仔细品读。有的写得文采飞扬，令人拍案叫绝；有的写得妙趣横生，令人忍俊不禁；有的写得荡气回肠，令人为之潸然；有的写得入木三分，令人久难忘怀。有鸿篇巨制的，也有短小精悍的；有一马平川的，也有波澜起伏的；有奔放恣肆的，也有清新隽永的。总而言之，字里行间流露出的是学长、学姐们浓得化不开的“师徒情”“同窗谊”“母院恩”。

王松锋（2018级博士研究生）：每一代校友都有其独特的言说形式与情感结构，栏目通过对百年文学院各个时期校友风采的展现，打捞时代记忆，澄清历史细节，沟通校友和在校生的情感交流，营造个人与时代的互动氛围，以此传递务实扎实、崇尚创新的中文系校友性格，以此传播青春激扬、砥砺共进的校友情感，激发广大校友身份认同，激励在校生抵达生命的远方。

焦晓宇（2018级硕士研究生）：“我在河大读中文”栏目让我们对文学院的悠久历史有了更加清晰的认识，也让我们对文学院的崇敬之情愈加立体丰满。原来我院自建立起，就不乏学识渊博与无私奉献的师长，亦不乏勤奋刻苦、成绩卓然的校友。透过历届校友的文字，我们看到了他们作为学子的初心与理想以及毕业多年后对母校、对老师、对同窗的回忆与惦念，这也提醒我们珍惜当下，全力以赴地对待每一天。

霍亮（2018级硕士研究生）：看到栏目中前辈们回想的河大生活，仿佛自己也置身其中，跟随着他们听铁塔风铃。每天都期待能在公众号上看到前辈们在河大读中文的故事。沿着他们的记忆，我找寻着属于自己的河大印象。

孔祥熙（2018级硕士研究生）：在老师们的回忆和记述中，一个个鲜活的时代细节和动人的求学故事扑面而来。这些有血有肉的历史，不仅是老师们的求学史，也折射着社会和教育的变迁。同样的青春年华，有着同样的深厚友谊和风月浪漫，同样的求知若渴和尊师重道，也有着不一样的环境和遭遇。在同老师们跨越时代的青春共振中，我们不禁重新审视自己的生活、学习和成长，认识到读书求学时光的宝贵，认识到要拨开浮躁功利的当代烟尘，重新坚信善与真。

崔雨莹（2016级本科生）：每天翻看栏目的文章，眼前浮现的是河大从漫漫岁月长河中走来的样子。这些文章或追忆先师益友，或回顾生活点滴，也常会祝福憧憬。伴随着他们的讲述，一个更加立体的河大文院深深印在了自己的脑海中。真高兴自己现在还在这河大最早设立的院系之一读书学习。现在看来，“我在河大读中文”真是一个很好的平台，帮我们找到曾经的同门，曾经的记忆。我的爷爷也曾在河大文院的前身开封师院中文系读书，如果他尚在，真希望看到他也能写一篇文章。所以还没有投稿的先生们，赶快动笔吧！

汤梦瑶（2017级本科生）：“我在河大读中文”不仅仅是一段经历，更是一种情结。拜读前辈们的文章，常常在他们的求学回忆里知晓很多文院往事，而每当读到这些新奇又亲切的文院故事，我总会有一阵喜悦涌上心头。在这些来稿的文院前辈中，有在三尺讲台上传道授业的老师，有在文学事业中笔耕不辍的作家，还有在各行各业发光发热的优秀人才……“我在河大读中文”是一个集故事与情怀于一体的栏目，真心祝愿它能够越做越好，也愿我们的文院蒸蒸日上！

张雨婷（2017 级本科生）：如果河大文学院是一条在时光中流淌的河流，那么曾在其中求过学的代代学子就是日光下水面上的层层波粼。通过栏目中展示的文字和图片，我仿佛变身为一名见证者，荣幸地见证着一位又一位学子与文学院的独特故事。同时，身为一名文院学子，我也感到无比自豪，并决心今后要在更广阔的天地中发光发热，为河大文学院这条河流再添生机！

邵光展（2017 级本科生）：推出的每一篇文章都饱含前辈们对母校、对文院、对巍巍铁塔的浓浓眷恋。作为文学院的一名在校学生，能够有幸从这些温暖且炽热的文字中感受那些充满理想与激情的岁月，实在是非常荣幸；作为一名年轻的“铁塔牌”学子，我感到万分自豪。百年文院传我以道、授我以业、解我之惑；河大中文系前辈们的一德、一言、一行仍将在中原热土上滋养着无数后辈。在母院百年华诞来临之际，衷心祝愿她生日快乐！

集稿者：2017 级明德计划实验班王琰、吕钰琪。

读者来信选登(二):书记院长谈中文

卢克平（河南大学党委书记）：“我在河大读中文”栏目沟通了广大校友和在校师生的联系。栏目创办之初，就有校友通过我向栏目转发稿件。为这个栏目写稿的，有优秀中学语文教师和大学教师，有优秀新闻传播工作者，有优秀的公务员和管理干部，有著名的学者和作家。这些回忆文章，展现了河大文科的优势、显示出河大文科为经济社会发展所做出的突出贡献。这些回忆文章，打捞出不同时期河大文科的办学经验，如潜心育人的高尚品格，良好的师生、同学关系，富有创造性的社团活动，相互砥砺的良好学风等。我相信，认真梳理总结这些经验并加以新的创造，河大文科一定会创造新的辉煌。

王文科（河南大学新闻与传播学院党委书记）：中原，一座古城，孕育一所大学。已经108岁的河南大学，代代学人凝结成“百折不挠，自强不息”的大学精神。文学院作为河南大学人文底蕴最为深厚的专业学院之一，是千千万万文学学子的文学与梦想的启航地。我与同龄人一道，从20世纪80年代初来到中文系求学到留校工作近四十载，深切体会到文学院严谨的教风，优良学风，人文和谐的院风，真可谓名师辈出，代代相承，正如巍然屹立的千年铁塔，质朴，挺拔，坚韧，厚重，从容。在中文系读书的岁月，老师们教我们学知识，写文章，悟人生。中文系是我们开启青春与梦想，构画事业与人生的梦想田园。正如我们中文系八一级毕业三十年时赠与母系的一巨石，我们的辅导员王刘纯老师所书“大音希声”。祝愿文学院一路拼搏一路歌，桃李芬芳满园春……

李卫国（河南大学欧亚国际学院党委书记）：我是 1981 年 9 月 14 日从山城焦作来到河大读中文的，那时还不满 17 岁，现在已经 56 岁了，我在河大这片土地上学习工作近 40 年了。我在中文系学习了四年，却为河大奉献了一辈子。我在纪念河大 90 周年校庆时一篇文章《风雨同舟伴君行》中写道：今生选择河大而无悔，选择中文而骄傲。我至今感谢我在中文系度过的四年浪漫、充实、理想、激情的岁月，大学真是一个化腐朽为神奇的地方，四年的中文学习竟然把一个懵懂无知的少年培养成为一个有了初步的人生观世界观，有理想有追求，有能力有担当的青年。中文系和我有着千丝万缕、难舍难分的情结。血浓于水，情重于山，中文系对我母亲的柔情，父亲的刚毅，兄弟的帮助，姐妹的关心，我无法用其中的任何一种情感来诉说，只能说各种情感各种感恩化作一种镌刻于脑海融进了血脉的解不开的情结。感谢对学生如亲人的辅导员李慈健、王刘纯、董武军老师对我们人生的引领，生活的呵护；感恩那些满腹经纶才华横溢的老教授任访秋、于安澜、高文、华锺彦、宋景昌、王宽行、白本松、李博传给我们知识和思想。他们不讲普通话，没有讲义和教案，更没有 PPT，全装在脑子里，是名副其实的大家。他们不是在上课而是在表演，有的如洪钟声情并茂，壮怀激烈，有的如小溪慢条斯理，娓娓道来，至今想来依然难以忘怀。无论今生走多高走多远，我都会永远记住我是中文系的学生，我在中文系学到的点点滴滴已然化为了我的思想和情怀，在前行的路上一直有着天生我材必有用的自信，直挂云帆济沧海的豪迈，咬定青山不放松的坚持，心旷神怡荣辱不惊的淡然陪伴着我。

张润泳（河南大学纪委副书记）：每个人的人生都有很多关键

"点"深深烙进记忆深处，它会在不经意的瞬间被激活被唤醒被向往：成长的经历、心智的成熟、渴望生活的印记……都或深或浅或浓或淡或明或暗静静地在那里，所以我们需要一个平台去复活去呈现去倾诉这些无时不与我们同在的过去，这或许可以叫做朝花夕拾！感谢新军精心培育倾力倾心倾情酝酿推出的——"我在河大读中文"这个栏目：这个栏目让我们每一位河大中文人有了一个共同的温暖的家的回忆！河大中文学习的经历正是我们每个人人生最值得回忆和书写的关键点。因为有了"我在河大学中文"的经历，我们才能成为现在的我们自己：我们学会了在平淡中默默地为梦想而坚持，我们理解了什么是真正的远方和诗意，我们见证了一个个河大中文人用"理性、道德、行动"书写的美丽！河人中文，是温柔敦厚的代名词，她无比丰厚的内蕴需要我们一个个河大中文人来用心诠释！"我在河大读中文"就是在为我们提供最适合诠释的那块儿芳草地！相信大家的诠释会让我们的"河大中文"更加亮丽！会让这块儿芳草地芬芳四溢！

王增文（商丘学院人文学院院长，1977 级本科生）：我对母校的印象可以用三"好"三"实"来概括：三"好"首先是有一支特别好的教师队伍。我们上学时教授有任访秋、华锺彦、高文、于安澜、龚依群、牛庸懋等先生，副教授有王梦隐、滕画昌、陈信春、王宽行、宋景昌、何法周、刘增杰、李春祥等老师，还有一大批优秀的中青年教师，他们学识渊博，师德高尚，爱生如子。其次是有一个特别好的图书馆。当时的图书馆是在六号楼和七号楼，这两栋楼都是近代建筑，古色古香，到这里借书和读书，心里总有一种庄严和神圣的感觉。图书馆藏书特别多，当时就有 100 多万册，特别是还有 10 多万册线装古籍弥足珍贵，报纸杂志也比较齐全。当时的图书馆是我们阅览求知、安放心灵的最佳去处，是一座文明和文化的圣殿。最后是当时的学风特别好，大家深深感到"文革"10 年浪费了宝贵的青春年华，在高中毕业多年之后又考上了大学，学习机会难得，总想把过去浪费的时间补回来，所以当时大家一天到晚满脑子想的就是学习，真是如饥似渴，废寝忘食呀！三“实”是说我们河大中文系师生都特别朴实、扎实、厚实。所谓朴实就是为人忠厚实在，不事张扬；所谓扎实，就是做学问实实在在，不走捷径；所谓厚实，就是学术功力深厚，厚积薄发。正因为我们河大人有这种三“实”作风，所以才能无往而不胜。

秦方奇（平顶山学院教务处处长、新闻与传播学院院长，1980级本科生）：最近在新军兄策划的“我在河大读中文”栏目中读到各位校友、同学的回忆文章，自然勾起我自己的河大记忆。从1980年9月8日入学成为中文系入室弟子始，我向河大诸位先生、老师求学问道分为两个阶段。第一阶段是四年本科阶段，青葱岁月，虽懵懵懂懂，但有幸聆听了任先生的教诲，得益于刘增杰、刘思谦、白本松、魏清源、李博、王文金、张俊山、周启祥、宋景昌、王芸、程仪、王燕燕、严铮、滕画昌、岳耀钦、何甦、张家顺、张振犁等老师课堂亲炙，领略了校外专家王瑶、冯其庸、邓绍基、姚雪垠、殷之光、黄伯荣等名家风采，如期获得了“铁塔牌”的毕业名号走向工作岗位。2000年9月，我入华中师范大学黄曼君先生门下读书，研究方向转向中国现当代文学，河大文学院既是国内现代文学研究的起源地之一（“中国现代文学”的名称是任访秋先生在抗战时期出版的《中国现代文学史》首先使用的），也是国内研究的重镇，我与文学院诸位先生有了更多密切的接触。在编辑《徐玉诺诗文辑存》过程中，除了经常向刘增杰先生、解志熙先生、张云鹏先生请教外，在与孙先科、李伟昉、刘进才、刘涛、武新军、张先飞、杨萌芽、孟庆澍、胡全章等青年学者访谈问学中，再次感受到河大中文系的博大与厚重，即如增杰师《厚重中原》所愿，中原文脉，在这里赓续。愚钝如我，与河大中文结缘，忝列其中，何其幸哉。

丁富云（曾任河南工程学院党委组织部部长，1980级本科生）：河南大学入选全国双一流高校行列，喜讯不断传来，百年母校复兴在即！近日常从校友微信朋友圈见到怀念母校的文章，这些或长或短的文字总是最能触动人心最柔软的地方，每每把我带回到20世纪80年代初在河南大学时的青葱岁月……走进校园，先后映入眼帘的是绿砖青瓦巍峨的校门、通向礼堂宽阔的柏油马路、沿途古朴雅致的斋房，即使那常开不败随处可见的火红的石榴花，也总是带着河大特有的温厚的书卷气息。在河大读书四年，留下深刻印象的是黎明时分，在8号宿舍楼前、大礼堂四周、铁塔湖边众多手持书卷晨读的青青学子，还有那傍晚时分，互相搀扶着在校园散步的一对对白发伉俪……这一道道美丽的风景，永远是那么温馨，那么亲切。珍藏在记忆深处更多的则是那些恩比山重、情似海深的授课老师和辅导员的音容笑貌和过往趣事。10号楼这边，同学们分别在一楼、二楼教室聚精会神地听老师们讲课：刘增杰老师正耸着肩膀绘声绘色地描述鲁迅笔下的“高尔础”形象，宋景昌老先生正大汗淋漓慷慨激昂地吟唱“大江东去”，写作课贾华锋老师正在一板一眼地介绍“老坚决”；而古文学教研室那边，王宽行老师和李博老师正在脸红脖粗地围绕对曹操的评价展开激烈辩论，王老师的拐杖有力地杵着水泥地板，不时发出咚咚声；形式逻辑考试成绩公布后，梁遂老师被一群怀有质疑的同学追入宿舍。河大中文系，这个传承着百年老校宽松的学术氛围和浓郁人文精神的学术家园，是多少学人艳羡的地方。“大堰河我的保姆，我是吃你的奶长大的”，每每忆起母校，王文金老师那满带着信阳口音、富有韵味的朗诵之声，便回旋在耳畔。是的，我们莫不是吮吸着母校乳液长大的一代代学子！河南大学，是我们永远魂牵梦绕的精神家园和学术生命的根！回想往事，还想问一下当年10号楼旁的回民食堂还在吗？当年在此工作的众位师傅，幽默的小王师傅、纯朴的老刘师傅、慈祥的帮厨大妈现在怎么样了？还有当时在此就餐的近80名校友，你们还好吗？中文系80级的宋伟、袁士迎有幸留校与张进德、蔡玉芝等同学效力母校，杨志敏远赴新疆，听说都干得风生水起。每周四回民食堂改善伙食：

炸糖糕、炸菜角、黄焖鸡、糖醋鱼……好好吃。这些美食，总是伴着打饭师傅尾音婉转的开封话，被热情地送到同学们手上。这浓浓的，回味无穷的家的味道。四年大学生活，一世未了师生情缘。河南大学，我永远的牵挂！祝福您，我的母校！愿您乘着新时代的浩荡东风，以如椽大笔，书写出更加灿烂、彪炳历史的新篇章！

赵金钟（岭南师范学院文学与传媒学院院长，1981 级本科生）：我曾在一篇散文中写道："我去过清华校园，那里有一块荷塘，荷塘里亭亭玉立的荷花被现代文学大家朱自清妙笔绣在天地间无形的画布上，穿过长长的历史隧道绵延至没有尽头的时空。我去过北大校园，那里有遐迩闻名的燕园，燕园的落霞被当代散文大家宗璞，用散发着历史幽香的浓墨，重重地抹在历久弥新的中华民族湿漉漉的记忆里。我去过河大校园，那里是中原大地上最古老的校园，旁边是千年古塔，塔边是铁塔湖。当代学人刘增杰徜徉湖畔，端详铁塔，用裹云挟霞、渺渺生烟的文字，将倒映于湖中的塔影续在他那丝丝入扣的论著的末尾。"——我并不求准，只是为了抒情的畅快。我愿意把河大与清华、北大放在一起，也不是为了给母校贴金，而只是为了它们曾经共有的那一份厚重，那一份沉甸甸的、透射着历史古重气息的人文精神和办学传统！我读大学的时候，任访秋、高文、华锺彦、于安澜、赵天吏等老先生已退居二线，刘增杰、刘思谦、陈信春、李博、白本松、王立群、王文金等中青年先生走上了前台，成为中文系新的台柱子。再后来，关爱和等更新的台柱子又一根根地立了起来。薪火相传，绵延不绝。就河大而言，它的厚重之所以能够一直传下来，就是因为这一代代学人都能够"守心"。"守心"是河大的立学之本。外面的世界很花哨，自己的节奏不变乱。当代教育家涂又光先生提出了著名的"泡菜理论"，即泡菜的味道取决于泡菜汤。校园文化影响和决定了浸泡其中的学生的精神风貌和行为风格。河大和她的中文系即是如此。我爱河大，我爱我师！

周全星（河南科技学院文法学院院长，1982 级本科生）：心灵深处，河大记忆还是深藏于心的常常想起的老师们！辅导员老师共有五个，陈江风老师带我们时间最长，两年。他们是我们学习生活的良师益友。很多如雷贯耳的先生给我们上过课。现在想起，历历眼前。任访秋先生给我们开设“近代文学”选修课。先生那时精神矍铄，只是走路得弯着腰。先生教诲我们“板凳要坐十年冷，文章不著一句空”，是我记得最牢的一句话。后来关爱和老师接上，同学们都仿照他写板书。王文金老师讲授“现代文学”之“根据地诗歌”；古代文学有王宽行先生、宋景昌先生、王云先生、白本松先生、张家顺先生，年轻点的有张进德老师、王珏老师。王宽行、宋景昌两位先生上课很少看教案，仿佛曹植的诗篇，古籍典章都在脑子里似的，讲到兴起，一咏三叹、连演带唱，必考究出韵味来！还有现代汉语王燕燕、王中安、刘冬冰老师；写作课贾华锋、贾占清老师；文学概论和电影选修课的何甦老师；当代文学课岳耀钦、刘文田、刘思谦老师。当时刘思谦老师已经是“全国十大青年批评家”了。另外还有开设马列文论课的王怀通老师，外国文学的卢永茂老师，后来一些年轻点的老师，如梁工、赵福生、张生汉、解志熙老师等，开课授业，受益良多。由上述而生的感悟是，一个学科需要很多的领导、老师、专家、学者集终身力量、所有智慧、一生岁月去搭建、守望、呵护。因此，学科拥有一支好队伍是决胜因素。国家发展需要，社会公众认可，主管部门和学校环境适合，是学科发展的土壤。一个好班子，尤其是党政团结协作，知人善任，保证学科发展聚力向前。一个好愿景，对学科今后的去向明确，特色彰显，人才培养有质有量，平台阔大，团队稳固，自然就能永立不衰之地。愿中文系盛世盛举，永远枝繁叶茂！

曹书文（河南师范大学人事处处长，1983 级本科生）：尽管大学毕业已经 30 多年了，但一想起母校中文系，心里总是温暖的，精神上也很自豪。我始终认为河大中文系是国内最好的中文系之一，中文系其建系历史之久、文化底蕴之厚、学术影响之广与国内名校同类学科相比都毫不逊色。80 年代的河大中文系是“亚洲第一大系”，一般人对此称呼的理解多是就其学生规模而言，其实，中文系更重要的内涵还是其拥有众多的“名师”，先后给我授过课的刘思谦老师、刘增杰老师、李春祥老师、王宽行老师、宋景昌老师、白本松老师、王立群老师等，他们精彩的传道授业解惑都让年轻学子们受益终身，即使刚刚走上讲台不久的张云鹏老师、张进德老师、王珏老师等，他们每一堂课都能给我们带来新的收获。刘思谦老师带病坚持上课晕倒在课堂的情景，让我至今难忘，魏清源老师把枯燥的古汉语课讲得韵味无穷，辅导员屈文梅老师对学生无微不至的关心等都堪称学生心中最美老师的典范。丰富多彩的学术讲座、周末大礼堂的电影放映、各色各类的社团活动、文化普及性的知识竞赛等，都成为中文系学生时代大学生活的重要内容。四年的大学生活奠定了我后来人生的底色与基调，中文系老师的为师之德与治学之道对我的影响是润物细无声的，这也成为我后来努力做一名好老师的动力与榜样。

任动（周口师范学院文学院副院长，1988 级本科生）：我曾在河南大学中文系读本科和硕士，对河大有着难以磨灭的记忆。河大中文系给我的整体印象是：有历史，有积淀，有情怀，有格局。“学而不思则罔，思而不学则殆。”在河南大学的美好岁月，我最难忘记的是读书和沉思。河大中文系一直有良好的读书氛围，受此熏染，我上大一时，迷上了《诗经》，通读了朱熹的《诗集传》和方玉润的《诗经原始》等，受益良多。虽然工作以后，我主要从事中国现当代文学的教学和研究，但《诗经》等古代文学典籍的浸润，无疑强化了我对文学的认知和感悟。我的本科毕业论文是《论郁达夫小说的真率》，完稿以后，呈给导师赵福生教授，他还比较满意，不仅给我优秀的成绩，还给我诸多鼓励。岁月倥偬，大学毕业工作已近 30 年，成绩寥寥，实在汗颜，对不起师长的期许。聊以自慰的是，大学毕业之后，我把本科毕业论文略加修改，还能在学术刊物公开发表，可见当时的用功，时光没有虚度。“现在，青春是用来奋斗的；将来，青春是用来回忆的。”随手写下这些，是想与学弟学妹们共勉：一定要珍惜青春，在充满浓郁书香和人文情怀的河大中文系，博览群书，勤于思考，锐意进取，以成栋梁。

刘保亮（洛阳理工学院人文与社会科学学院副院长，1990 级硕士研究生）：到河南大学中文系读研是我人生的一个转折点。1985 年中师毕业后在乡下任教，有最初参加工作的欢欣，但更多的是对前途的茫然，报考河大成为自身进一步成长并改变生活轨迹的希望。三十年前考研答辩的场景犹在眼前，十分感谢导师组任访秋先生、刘增杰先生、赵明先生、王文金先生的厚爱，使我得以破格录取，于是有了河大三年读书的幸福时光。恩师刘先生平易近人，讲授解放区文学很有激情，也注重在师生讨论中提高学生的学术素养。上学期间多次到西门外刘老师家中请教，先生无论多忙都悉心指教。特别是有一次大雨滂沱，电闪雷鸣，无奈阻隔在先生家中，多有打扰，与我则受教颇多，待回研究生楼的路上，时见水坑与折断的树枝。刘老师可谓河大教师群体的一个代表和榜样，充分体现了学高为师、德高为范。至今每当回忆起河大三年的读书生活，都十分感念老师们的教诲培养，也提醒自己在今天的教师岗位上勤奋敬业。

范红娟（郑州师范学院传播学院院长，1990 级本科生）：2019 年，我女儿如愿考取了河南大学，算上这名新晋学子，我家已有三代六人受教于这所百年老校了。我是 1990 级本科生，那时候中文系号称亚洲第一大系，学生多，大家多，风流荟萃。我跟同学去过解志熙老师家里，布置简单，解老师微笑着听我们高谈阔论，偶尔点评两句，身后的书架里密密匝匝的；王立群老师讲“山水文学”，板书用竖版繁体，有男生嘀咕看不懂，他一回头，眼光凌厉；华锋老师上课音调高亢，仿佛随时都能诵唱起来；书法老师马登蛟脸上线条刀砍斧削，跟他的上课风格相映成趣；王芸老师讲宋代文学，“凄凄惨惨戚戚”声犹在耳……这些老师，在各自领域各领风骚，但对我来说，只有近在咫尺的亲切、亲近。如果说，大学四年是河大中文系给我画下的实线，之后的20多年，中文系就像虚线一样一直伴随我的人生，关照我的成长。我曾多次回来开会、交流，继续聆听师长教诲；中文系的师长同学后来成为我的领导、导师、同事、朋友；踏实做人，谨慎做事，精进学问，提升自我——我从来没有离开过中文系。2019年暑假，我们一家三口来到栾川“国立河南大学潭头办学纪念馆”，站在范文澜、任访秋等耆宿先贤的照片前，我们感到了中文系的文化精神对所有学子的滋养和延续。“人情练达即文章”，中文系优秀的历史传统和深厚的学术积淀，来自优秀的教师队伍和代代传承的精神风采，这笔宝贵财富，我们每一位学子不仅需要传承延续，更需要通过不懈的努力将其发扬光大。祝愿中文系、文学院成就日丰、影响常在、精神永系！

赵黎波（河南师范大学文学院院长，1993级本科生）：二十多年前的一个清晨，坐了差不多一夜火车的我，在河大迎新的车辆上从破旧的西门进入了河大。当时心里颇有些失望，一个没怎么出过远门的农村孩子，当时暗自的想法是上大学离家越远越好。没想到到了不远不近的开封和第一眼看起来颇有些破败的河大。同样没想到的是，自己一晃在这个地方待了七年。我常常感慨，人生有几个七年，而且是人生中最美好的青春年华。七年间，逐渐熟悉着校园的一草一木，和她融为一体，成为自己生命和回忆的一部分。毫不夸张地说，七年的生活学习，改变了我的整个人生。因为喜欢当代文学课程，仰慕老师们的学问，就考了本校的研究生。当年刘思谦老师刚从美国回来，孙先科老师博士毕业，还有致力于诗歌研究的张俊山老师，三位导师招了河大中断几年的当代文学方向研究生。我和几位同门有幸在几位老师的指导下开始了学术的起步，至今我们几个从事的还是和专业相关的工作。刘思谦老师说自己幸运的是将“谋生”与“谋爱”完美地结合在一起，自己虽没有老师的境界，也努力将自己喜欢的专业作为自己终生的志业。那时的我们没有太多的想法，考研仅仅是因为喜欢。宿舍的几个姐妹都选择了喜欢的专业日夜苦读，最终一个宿舍 6 个姐妹考取了不同专业的研究生，这还曾经是河大的一段佳话。后来宿舍又有 4 人继续攻读了博士学位。这里，奠定了我人生的方向，收获了此生最珍贵的情谊。河大给我的馈赠远不止这些，它给一个农村的孩子打开了人生的一扇门，让她看到了世界的广阔，让她看到了人生的丰富，并成为她一生的精神家园和美好回忆……希望文学院能多提供学习交流的机会，做河南省中文学科的领头羊，在学科发展上还能够给予我们不变的关注和支持！

王文参（洛阳师范学院文学院副院长，1998 级硕士生）：1998 年 9 月，工作了 7 年后的我，又到河大读中国现当代文学硕士研究生，有幸成为刘增杰、刘思谦、沈卫威、解志熙等老师的学生。22 年过去了，恩师们给予的教诲和学术的指导，点点滴滴都铭记在心，并伴随 22 年的工作和学术研究的进步。特别是论文导师刘思谦先生，对我论文的圈点批注、一字一句地修改，这种学术的严谨和为师的责任一直规范和激励着我当好一名老师。另外，我和武新军、马燕、王瑞、王萍、黄庆山等硕士同学三年，大家都能够以诚相待，多数时间都在读书、在辩论，可以说，大家都是在不断的交流中慢慢提高，对学问逐渐有了初步的理解。总之，在河大三年，师生情谊，同学友爱，浓厚的学术氛围和积极向上的力量，今天回味，让人备感温馨。

吕东亮（信阳师范学院新闻传播学院院长，1999 级本科生）：“读中文”专栏的每篇文章我都细细读过，每次读时都领受到一种亲切的家园之感。“何人不起故园情”，情思绵绵，未有穷期。由于我自己从事现当代文学研究，对这个学科的师长们的故事感触犹深，尤其是解志熙老师讲到的先生们，令我辈感慨不已。之前读过《任访秋先生纪念集》《从同适斋到不舍斋》，再之前零零星星地读过关于这个学科学人的记述文章，这次又读到许多回忆性的文字，感到一个温情脉脉的学术共同体的顽强存在。之所以说顽强，是因为在众所周知的当下学术生态中，这种共同体以及其间的温情、深情，委实是太难得了。作为晚辈的我竟然有些怀旧了，这种怀旧当然是一种想象性的怀旧——未曾参与的怀旧。衷心祝愿母校母院鹏程万里！

阎开振（岭南师范学院文学与传媒学院院长，2000 级博士生）：我最早与河大结缘是在 1994 年，当时参加了中文系举办的世界银行贷款项目之“中国现当代文学培训班”。培训班虽然只有不到两周的时间，但河大古老的历史与深厚的文化底蕴、中文系中国现当代文学学科的显著成绩与鲜明特色已给我留下了深刻印象。其中，特别是刘增杰老师的挨个宿舍看望，赵福生老师讲课的“喜形于色”，解志熙教授的年轻、沉稳而又烟不离手等，现在想起来都历历在目。而系里发给学员的 10 余本《19—20 世纪中国文学思潮史》与《中国近现代文学研究丛书》，也让我如获至宝，并且成为之后很多年放在案头的常翻之书。也许正由于这样的“姻缘”与“印象”，我于 2000 年报考了文学院中国现当代文学专业博士研究生。那年 5 月，当知道了自己被录取的消息时，夕阳西下，我站在校门外的城墙上，除了偶尔掠过的从齐鲁古城转到中原古城的些许落寞之外，更多的还是一种激动、兴奋与感激。我感激河大接纳了我，让我在而立之年有了一个新的开始。而之后的三年，我便在这个百年校园里沐浴了各种恩泽。我记得，我们跟随刘增杰老师研讨当代学人，到刘思谦老师家里讨论文学研究新方法，吴福辉老师给我们讲“细读”，沈卫威老师组织我们论《学衡》。我还记得，刘增杰老师怕我报销麻烦而省去了许多手续，关爱和老师身为校长而一向关爱学生、平易近人，刘思谦老师则一面是直率批评，一面又温风细雨。我更记得，当我在吴福辉老师的指导下开始研究京派文学的时候，现代文学学科的老师们所给予我的身份提醒、古城文献指引、研究方法的启示以及人情物理的理解……所有这些，都让我深深地体会到，母校所给予我的不仅有做学问的方法，更有做人的道理。所以，作为一个“河大人”，我将永远铭记“明德新民，止于至善”的校训，有信心和决心将“团结、勤奋、严谨、朴实”的优良校风发扬光大。

龚奎林（井冈山大学人文学院院长，2006级博士生）：我是2006—2009年在河大文学院与同学张舟子一同跟随导师孙先科教授攻读中国现当代文学博士，感谢母校给予我拓宽视野、深化思考、增强能力的机会。毕业后同学们都留在河南，我则回到南方老家，但心里总会回忆在母校的点点滴滴，回忆铁塔悠悠风铃和古色古香的民国建筑，想念刘增杰、刘思谦、关爱和、孙先科、耿占春、梁工、张云鹏诸师对我们的引导、教诲与关爱，他们深厚的学术功底、宽广的人格胸襟、慈爱的提携后进都让我们折服。我记得，经常和同门出入孙老师的办公室，相互讨论交流，在思谦老师家上课争论得面红耳赤，增杰老师的黄钟大吕耳提面命，如果用两个关键词来概括老师们的人格共性，那就是“谦和涵养、温文尔雅”。母校已成为所有河大校友心灵相通的精神家园，那谦和涵养、温文尔雅的学术大师，那独具韵味的民国建筑，那芬芳四溢的西门旧书一条街，还有那食堂里的河南烩面和小米粥，以及路边的烧饼白吉馍，都是无法忘却的记忆。回忆是温馨的、多情的、美好的，过滤了生活的艰辛与求学的焦虑，我们06级和祝欣、陈啸、于昊燕、程小娟等05级师兄师姐是走得最近的，经常一起交流、听她们的经验之谈，了解河大掌故，也畅想未来的就业和发展。尤其是河大现当代文学聚集了一批优秀的年轻学者，放眼全国他们都是年轻辈中的佼佼者，但都和任访秋、刘增杰、刘思谦、关爱和、孙先科等前辈学者们一样，内敛谦和，坚守在开封的菁菁校园，坚守在民国风格的书斋中，教书育人，潜心学术，这是我们这些学子们最钦佩的。我们课余饭后散步的时候都在交流，为什么母校母院有这么好的凝聚力，我想，这就是母校的感召力和学术渊源的向心力使然。是的，感恩母校，感谢恩师，虽然远隔千里，博士毕业11年，但我依然每周都会进入母校和母院官网，去浏览她的发展变化，去感受语言的芳香，去观摩她的育人方式。人不能至，但心向往之，一旦母院官网有好的教书育人经验我都会搬来，为我学院所用。所以，当别人问我母校的时候，我都自豪地告诉他们河南大学，因为母校的沉郁、老师的仁爱让我们感到师恩浩荡、气场博大，这是我一辈子的财富。谢谢亲爱的老师们，遥祝你们身体健康，祝母校蓬勃发展更上一层楼。

张东旭（河南科技学院文法学院院长，2011 级博士生）：2011 年 9 月的开学季，我站在河大南门，如一个在尘世中跋涉了多年的朝圣者来到了圣地。在河大读博三年，是我人生的幸运，圆了我多年的河大读书梦，跟随了自己仰慕已久的孙先科老师。河大的各位老师最让我难忘。我们去刘增杰、刘思谦老师家里上课，有时一起喝豆浆。刘增杰老师声调深沉有力，话锋常带情感。刘思谦老师极富演讲家气质，她曾要求我们发言不要看稿。开题报告会两个刘老师同坐，彼此之间智慧的诘难，幽默的应答，太多精彩的瞬间！孙先科老师的课在周六上午，一个主题，一气呵成。他总说自己记忆力不好，但小说细节讲得那么清晰，文本的剖析、理论的提升和方法论的总结完美融为一体。李伟昉老师给我们讲他做博士论文的过程，他对研究领域前瞻性的把握和对论文注释的苛刻要求令我们受益匪浅。老师们的课太精彩！以至每次我都高度紧张，唯恐错过半句，下课时有精力透支之感。文学院藏书特别丰富，师生常同台阅读。入校不久，一次我在阅览室正看《文艺研究》的一篇文章，没想到作者武新军老师就坐在我旁边。当别人喊他名字时我一阵惊喜。后来养成一种习惯，翻阅期刊下意识先找河大老师文章，刘进才、刘涛、孟庆澍、张先飞等老师，我都是先熟悉他们的名字，后来才见到真人的，这种感觉真的非常好。百年河大，厚德载物。感谢河大各位老师，你们用丰富的学识铸造了一届届学生的灵魂，也给我开辟了一条崭新的人生道路。

武新军致读者:校友情感的形成与传播

一　何谓校友性格?

校友(Alumni)是一种建立在共同经历、情感与记忆基础上的松散的关系。基于共同的教育经历，校友们在知识结构、执业态度、为人处世等方面，会呈现出某种相似性。执美国本科教育之牛耳的威廉·玛丽学院，不断宣传自己培育了多少位总统，宣称其校友的性格是“具有强悍的组织与管理能力”;杜克大学校友们则不断宣传他们的足球，宣传他们的蓝魔(Blue Devils)，宣传杜克校友的性格是“知识服务社会”“在遭遇困难时最善于寻求帮助与合作”。那么，什么是河大中文系的基本性格呢?一位多年在省教育厅从事管理工作的老师说:中文系校友普遍给人“埋头苦干”的印象;一位市级基础教育教研室的主任说:中文系校友最大的特点是不摆花架子，拉犁耕地犁铧能够深入下去;一位地方领导说:中文系学生最大的特点是能够创造性地开展工作……大量的说法和反馈意见，可以概括为中文系校友是“务实”的，专业能力是“扎实”的，思维与工作方式是具有“创新性”的。他们不论在哪个行业工作，都或多或少地打下了大学教育的烙印，在各行各业都干得风生水起：目前在河南省各高校文学院的院长、书记、副院长与业务骨干，多数都是河大中文系毕业生，在全国其他高校，也有许多校友担任组织工作或业务骨干；河南省各重点中学的语文骨干教师，中文系校友亦占据主导份额；在政府机关和报社，他们大多是最好的笔杆子，有时甚至出现一个单位几大笔杆子全是河大学生的盛况……而所有这些，多奠基于其务实的品格、扎实的专业能力与创造性的思维与工作方式。而这些相似特质的形成，与长期以来的老师身教、院风熏陶、课程设置以及课外社团活动是密不可分的。

二　校友情感的形成

校友情感是对母校的情感，是对“校友”身份的认同感，是在共同的经历、情感与记忆的基础上形成的。校友对母校的认同感，取决于母校对自己的“塑造”与“改变”的程度。母校给学生带来改变自我的空间与可能性越大，学生的校友身份认同感越强。母校给予学生的，绝不仅仅是专业技能，而是要教会他们如何看待人生和名利，如何教书与育人，使他们获得安身立命的志业理想与道德情感，获得使自己日趋完善的力量——如此，校友情感就容易建立起来。本栏目中所有来稿中的叙事与情感书写，都共同地指向了这一点。一位20世纪80年代的自考生，怯生生地给我来信说：当年有百千万像他一样的同龄人，想上大学又没门路，只好选择自考，中文系的自学考试为他们指了路开了窗。通过艰苦的努力，他拿到了自考学历，招了工提了干，受到单位的重用，在管理岗位和文学创作中取得了足可自慰的成绩。他问我自己是不是校友？可不可以为栏目写稿？对于以自考、函授、夜大等方式获得学历的校友，我们当然万分诚恳地想要建立起密切的联系，非常渴望在来稿中听到你们的心声！良好的师生关系，是维系校友情感的最关键性因素。

在已推送的文章中，有许多敬业的老师，他们不仅在校期间给予学生无私的帮助，尽职于传道授业解惑。学生毕业之后，仍然关注着他们的事业发展，关注他们的精神状态，甚至关注他们的爱情婚姻。而学生自然也会经常惦记自己的业师，向业师汇报自己遭遇的挫折与收获的喜悦，利用各种方式与业师保持着精神上的联系。而最让人感动者，业师已逝二十余年，还能投入数周的时间与精力，写作回忆业师的万字长文！校友情感是在共同的理想和利益的基础上凝聚起来的：推动学术的发展，提高基础教育的质量，改善社会、文化、文学生态，都会成为凝聚校友情感的力量。而校友个人事业的发展，也会得到校友群体的帮助。曾经无数次地听说，某位校友在写作、投稿中得到前辈校友的帮助，某位校友的著作受到某位校友的启发，某位校友在初登讲坛得到前辈学友的指点，某位校友在职场中遇到困难，前辈校友帮他化解了危机……当然，他们也会从非校友中获得巨大的帮助，校友情感本来就应该是开放的而不是封闭的，应该是宽容的而不是排他的。校友情感也是空间与时间的产物。校园空间的物象，有力地参与了校友情感的建构。在诸多来稿中，频繁出现雄伟肃穆的大礼堂，端庄古朴的南大门，历史悠久的古城墙，明净秀丽的铁塔湖，沉稳大气的十号楼（红楼、飞机楼），巍峨入云的铁塔、悠悠的风铃声，不同时期回荡于校园的歌声、张贴于墙上的海报，老师们的文字与书法……这些空间物象，在不经意间铭刻于校友的记忆中，并时常在他们的脑海中浮现，激起小小的涟漪，形成无意识或有意识的校友情感。

时间把校友情感淘洗得更为纯粹、更为强烈。这些年参加校友毕业十年、二十年、三十年、四十年、五十年聚会，发现校友们离校时间越长，越会珍惜青春的记忆。他们会说某某建筑发生了什么变化，会问：某某建筑什么时间没有了？某某老师是否还健在？南门的池塘什么时间不见了？铁塔湖的围墙什么时间拆除了？谈论的话题更多地指向过去。这一点在本栏目中也有明显的表现：来稿最多的是78级、79级、80级、81级、82级，以及20世纪70年代的工农兵大学生。由于这个时期大学招生的非正常化，各年级内部学生之间的年龄相差较大，不过多数都是50后、60后早期生人，年龄多在60—70岁，年轻些的也接近60岁了，正是笔锋最健之时，很多模糊不清的、空白的历史记忆，更多还要靠你们来澄清，依靠你们来填补！校友情感是长期的而非短暂的，因为它关联着青春记忆，关联着成长的苦恼与喜悦，关联着走向社会后职业与志业理想的实现。一位因病卧床多年的校友，从孙女的手机上看到了栏目中文章，经常问孙女这期推出了谁的文章，推出了写谁的文章，并且最后以口述的方式，在孙女的帮助下，完成了他对在校读书的回忆。这足以说明校友中所蕴积的情感，其力量是何其强大。与我年龄相仿的，以及比我年轻的校友们，来稿也极为活跃。你们正当年富力强之时，联系着更多的学生，联系着更多的社会资源，正在从事富有创造性的工作。在接下来的日子里，本栏目会对你们的文章进行重点推送，我们对此满怀期待，也希望年轻的朋友们积极来稿，提出更多建设性的意见！

三　校友情感的传播

在组稿和编稿的过程中，我们一直有一个疑问：20世纪50年代末、20世纪60年代初在河大读中文的师友，为什么没有人来稿呢？是廉颇老矣，还是看空了一切？从年龄来看，他们多为40后，多在70—80岁之间，有的还在发表学术论文，有的还在著书立说，有的还在各种岗位上发挥余热。前天与王文金、宋应离老师交流，才算找到了真正的原因，原来这个年龄段的前辈，很少用智能手机，也很少使用微信。也就是说，有不少前辈学友是身处现代信息传播范围之外的。我发现，前辈们更喜欢回忆过往，都非常愿意书写自己的记忆，不过还是习惯用笔写在稿纸上。当我拿着打印出的栏目文章向你们约稿时，都得到你们的热情支持。有些记忆在你们心目中，早已回味过百千次了吧，用文字把你们的记忆呈现出来，也算是对反复纠缠自己的记忆有一个“总结”吧！由此想到校友情感的传播问题，本栏目所推送的文章，平均每篇点击阅读量只有2000—3000。对此编者既满意又很不满意。满意的是：栏目主要依靠校友们的身份认同感，依靠你们的随手转发，这是自由的传播，能够有这个阅读量，已足以证明校友情感的强大存在了。很不满意的是：还有那么多想写的老先生完全不知道征稿信息，学友们耗费大量时间写出的稿件，不能与更多的学友见面！作为一名喜欢传播学的老师，有时免不了也会瞎想：紧密追随社会心理的自由传播，科层制的强制性传播，都会有巨大的传播能量，自由传播借助于强制性传播，在二者之间达于均衡，当会获得更大的传播效能。我少儿时代生活在一个偏远的山区，有时在山上行走，会捡到各类迷信宣传品，云抄写十遍可以家人得福，不传抄者家人遭祸，人人喜欢得福，人人惧怕罹祸，这种强制性的功利性的传播，每每容易奏效，竟然能营造出浓郁的迷信的氛围。

啰唆这么多，卒章显其志：“我在河大读中文”栏目旨在搭建校友与在校学生思想情感交流的平台，旨在营造砥砺问学的良好风气，旨在让在校生获得一个瞭望未来的窗口，使他们能够从更多校友成长的经验中获益。编者也只是希望更多的校友能够关注本栏目，希望能够积极地随手传递（propagate）学友们的思想、情感与智慧，使它们能够抵达更多的学友，建立起更多的校友身份认同！

百年坚守，百年辉煌

——《河南大学中国语言文学学科史》序

关爱和

有着110年办学历史的河南大学，设置中国语言文学学科已经100年了。在河南大学中国语言文学学科设置100年之际，魏清源教授受文学院委托，爬梳众多资料，历经千辛万苦，以筚路蓝缕、以启山林的精神，编辑写作了《河南大学中国语言文学学科史》（下简称《学科史》）一书，为河南大学中国语言文学学科设置100年献上一份厚礼。《学科史》完成后，清源师命我为书作序。我初甚惶恐，以为有翔实可读的《学科史》在，序文反成画蛇添足、佛头着粪之举。但转而思忖：我自恢复高考制度后到河南大学求学，迄今已经40余年。40余年间，读书于斯，教书于斯，个体生命中的春夏秋冬在此迁延，个人情感中的喜怒哀乐在此维系。青春中的最好年华得与文学院共度，学术上的些许收获得与文学院分享。河南大学的中文学科100年，我与其共同走过将近半数的历程。作为百年学科的受教者、获益者，我还是有话要说、有话想说的，故而不揣谫陋、拉杂书之，向百岁生日的河南大学中国语言文学学科，献上一炷心香。

学运关乎国运

中国现代大学，发轫于 20 世纪初年西学东渐的背景下，发轫于“中华民族到了最危险的时候”的特殊年代。在这个年代，保学、保校、保国、保族问题纠缠在一起。国家、民族的命运左右学科、学校的命运，学人、学科的命运紧紧维系于学校与国家民族的命运。辛亥革命以后的一个多世纪中，我们的国家、民族的发展，多半在颠沛动荡、山雨欲来的紧张匆促的节奏之中，学科、学校发展所最需要的闲庭信步、谈玄论道的环境氛围，反成为中国大学的梦想与奢求。这是我读《学科史》最为强烈的感受。在国家民族存亡与现代化的背景下，勉力发展学术，培养人才，书写学科与大学的艰难与辉煌，这是河南大学与国内大学的相同之处。而河南大学地处中国中部，地处中华文明的重要发祥地。中国现代化过程中的中部劣势与中部艰难，河南办学人决策的观念与能力，又使这所中原地区的名校，走向高水平大学建设的过程，充满着独有的曲折与艰辛。在中国，河南是最具中国底色的省区，河南大学就生长在最具中国底色的省区，其艰难挣扎、命运多舛，自然成为中国大学成长的一个缩影和代表。

河南大学是中国新旧教育交替嬗递的一个标杆。河南大学明伦校区是河南大学的根，也是河南数所名校的根。明伦校区所在的夷山，是一个有故事的地方，在此建立的河南大学注定成为有故事的大学。明伦校区的第一个故事是：这里的方寸之间浓缩了开封两千年的建城史。河南大学的前身——河南留学欧美预备学校在清代河南贡院旧址上建成。清代河南贡院北依宋代开宝寺塔，东靠明代古城墙。东靠的明代城墙曾经历多次黄河水患，目睹过李自成借黄河水灌淹开封惨剧的上演。北依的开宝寺塔俗称铁塔，是鼎盛北宋重要的文化遗存，见证过一千年前世界最大都市的兴盛繁华。宋代铁塔建在战国魏都城夷门山。夷门是信陵君窃符救赵故事的发生地，是开封八朝古都故事的序曲。因此，称明伦校区是开封历史的风暴眼，并不过分。明伦校区的第二个故事是：它是中国科举考试的终结地，又是河南现代高等教育的萌生地。1900 年，庚子事变，北京贡院被毁。1901 年，光绪、慈禧回銮北京，路经开封，看到新修的河南贡院，决定把 1903 年、1904 年的全国会试放在河南贡院进行。1905 年废除科举，河南贡院便成为中国上千年科举考试的终结地。废除科举 7 年后，一所名为“河南留学欧美预备学校”的新式学堂在河南贡院的旧址上建立。

这所新式学堂 1923 年更名为中州大学，1930 年更名为河南大学。从河南贡院到留学欧美预备学校，是一个新旧转移、进化蝶变的历史过程。河南大学是从上千年传统抡才制度的废墟上，成长起来的一棵中国现代高等教育的大树。

河南贡院到河南留学欧美预备学校新旧教育蝶变的完美，让在铁塔下、古城边读书的河大学子过分迷恋。因此，一代代河南大学的校史编写者，谈河南大学的创建，总是从河南贡院说起，却很少谈起河南大学与河南大学堂的关系。河南大学堂创建于 1902 年，是“清末新政”的成果。校址选在前营游击署，年招生 200 人。1903 年改为河南高等学堂，1912 年停办。河南大学堂办学旧址在现在的河南大学第一附属医院院内，河南大学堂毕业生秉志、傅铜、李敬斋、张鸿烈、王毅斋成为河南大学的重要办学人。河南高等学堂停办后，其剩余办学经费用于另在禹王台举办一所农业专科学校。这所农业专科学校于 1927 年合并到中州大学，成为河南大学的农学院。以上三条理由的支撑，仍不能让校史编写者把河南大学的办学起始点从河南大学堂算起。河南留学欧美预备学校在河南贡院的旧址上办学，新旧蝶变的浪漫与魅力，远远大于将办学起始点提早 10 年的诱惑。河南大学人的学统认同与“轴”的性格，在办学起点的自我选择中体现得十分充分。如此，一直是 1912 年，而不是 1902 年，被认为是河南大学的建校元年。

河南大学110年的办学历史有几个重要节点：一是从1912年，河南留学欧美预备学校破土而出，1923年省立中州大学成立，初设文理两科。1927年到1930年国立第五中山大学筹建、河南大学成立。1942年在抗战的烽火中国立河南大学命名。这个过程中，河南大学在总体上是走上坡路。二是1948年中原大学从河南大学中横空逸出，1952年、1956年两次院系调整，校史上称为“折枝成林”，这是一个离析多于聚合的时期。河南大学作为一个整体，元气大伤，走了一段下坡路。三是自1984年恢复河南大学校名，经过30余年的爬坡过坎，2008年、2017年进入省部共建和国家一流学科建设行列。这是一段不忘初心、聚集元气、再振名校雄风、重返国家队的过程。在国运与校运桴鼓相应的历史律动中，我们才能更好地把握河南大学中国语言文学学科兴衰起伏的节拍。

河南留学欧美预备学校运行10年，硕果累累。1921年起，河南有识之士又萌生在预校的基础上，筹建大学的想法。恰在1922年，中华教育改进社第一次年会在北京召开。辛亥革命后做过教育部部长、时任北大校长的蔡元培，在会上提出《国立大学与省立大学分别设立议》，议案提出：中国大学分为国立与省立两种。“国立大学为全国高深学术之总枢，全设文、理、农、工、医、商，法、美术、音乐各科，并设大学院及观象台，动植物园，历史、美术、科学诸博物院等”，“省立或区立大学，采法国大学区制，以大学为本省或本区各种教育事业之总机关。于特设高等学术机关外，凡本省或本区各种教育事业之计划、布置、监督，均担任之，即以代现有之教育厅”。按蔡元培议案的规划：国立大学设五所，除北京大学、东南大学粗具规模、更求完备外，更于广东设西南大学、成都设西部大学、武汉设中部大学。国立大学的设置如此布局与高格，河南的当务之急只能是积极申报省立大学。为创造申报条件，第一次督豫的冯玉祥，查抄河南督军赵倜家产，充作办学之资。北洋政府在批准河南办学方案时，要求冠以“中州”二字，以示省别。于是，河南第一所大学便以“中州大学”为名，原计划合入政法、农业专科学校，因时间匆促，未及实现。中州大学是继北京大学、南洋大学、北洋大学以后，与武汉大学、兰州大学、清华大学一起，相继走入中国第二批合并改制的大学阵营的高校。河南的大学兴办，醒得早、跟得紧，迈出了关键的第一步。

1923年成立的中州大学，完全依靠河南留学欧美预备学校的班底。北洋政府规定：改大学者，必须至少有两个科（学院）。中州大学便首先设置了文科、理科。据《学科史》记载，文科1923年成立时设国文、哲学两系，冯友兰担任首届文科主任。1924年设教育学系，1925年设历史学系。冯友兰是河南南阳唐河县人，1918年6月毕业于北京大学哲学门，1919年5月考取河南官费留学生，1920年入美国哥伦比亚大学研究院哲学系学习，1923年获博士学位，被中州大学校长张鸿烈聘为文科主任。据蔡仲德《冯友兰先生年谱初编》所引冯氏自述：

> 这时候，河南的教育界也起了变化。原先的留学欧美预备学校升级了，改为河南的省立大学，定名为中州大学。师资缺乏，要靠我们这一批留学生回来补充。我们在回国之前，中州大学都已经同我们取得联系。我被内定为文科主任（相当于后来的文学院院长），回到开封以后，就走马到任。

冯友兰走马上任后，对办大学颇有研究，也甚有心得。1925年5月，冯友兰在《现代评论》发表题为《怎样办现在中国的大学》一文。文章认为：中国现在欲谋求学术上的独立，必须做好输入新学术、整理旧学术的工作。输入与整理学术，需要有人才；人才的培养，需要有好的本科大学、好的教员。本科教员的培养途径，一是办研究部，引导教员研究学术；二是办编辑部，编译西洋学术，提升自我学术能力。冯友兰办好现代大学的思想，因为有国内的北京大学、西方的哥伦比亚大学的成功做法为根据，在20年代的中国，极具针对性。中州大学、河南大学的发展，也基本循此方向。可惜的是，冯友兰发表此文不久，就离开了中州大学，到广东大学、燕京大学任教。冯友兰之后的文学院，至1935年的10年间换了八位院长，其中在学术界较有影响的是杨亮功、李廉方、傅铜、萧一山。

杨亮功是安徽人，毕业于北京大学国文系，1928年在美国取得博士学位后，到中州大学任文科主任，后任安徽大学校长、台湾考试院副院长。李廉方是湖北人，留日学生，在张之洞创办的两湖师范学堂任历史教习，辛亥革命的参与者，到河南后，任教育厅厅长，1930年任省立河南大学文学院首任院长兼教育系主任。1933年傅铜接任。傅铜是河南大学堂学生，公费留学英国、日本，在北大、西北大学任教，出任河南大学文学院院长后，转任安徽大学校长，1949年后任中国科学院哲学学科一级教授。萧一山是江苏人，清史专家，1935年出任河南大学文学院院长，1938年离任。

院长更换频繁，与校长更换频繁有关。校长更换频繁，与学校的设置和更名频繁有关。1927年，冯玉祥再次督军河南，借筹备国立第五中山大学的机会，将河南政法专科学校、河南农业专科学校合并至省立中州大学，设置为中州大学法学院、农学院。1928年筹建成立医学院。至1930年省立河南大学的校名启用时，已经是拥有五大学院的大学，远超教育部规定的“三院九系”的大学设置条件。1930年前后，也是国内知名学者来河南大学执教数量最多的时期。

1935年萧一山出任文学院院长后，国文系与历史学系合并为文史学系。萧一山1938年离任后，嵇文甫继任文学院院长。嵇文甫，北京大学哲学门毕业，与冯友兰同届同门。北京大学哲学门1918届毕业生18人中，有两位河南籍学生，两位均入选学部委员，都在河南大学发展中写下浓重的一笔。而嵇文甫在河南大学的时间更长，带给河南大学的影响更深远、更长久。

各省省立大学快速发展的同时，国家1922年通过的设立国立大学的计划，也在发生变化，即开始考虑大学教育的布局与地区均衡发展。具体的做法就是创造条件，每省设一所国立大学。地方设立国立大学较早的是浙江（1928 年），其次是云南（1938 年），再次是贵州与河南（1942 年），稍后是安徽（1945 年）。至此，中国基本上实现每省一所国立大学的布局。国立河南大学是河南大学办学历史上的顶峰，它标志着河南大学进入高等教育的国家队行列。

获得国立河南大学称号时，河南大学在流亡办学的途中。1930 年省立河南大学成立，五大学院阵容整齐，踌躇满志跃跃欲试之时，抗日战争爆发。1936 年夏天，以张学良为主要办学人的东北大学流亡内地，借河南大学校舍办学半年，然后西迁。1937 年 12 月，在抗日战争全面爆发之后，河南大学也步武东北大学，踏上了豫南豫西流亡办学之路。在极其困难的流亡条件下，图书设备受损，师资学生散落，但大学还在，弦歌不辍。晋升国立大学的喜讯，使流亡途中疲于奔命的河南大学，看到了希望与曙光。在国内所有抗日流亡的大学中，河南大学是少数与日本军队正面遭遇的学校：1944 年在日军围剿潭头的惨案中，河南大学师生死伤 20 余人。在侵略者的铁蹄下，寻找一张安静书桌，也需要付出血与生命的代价。

强调“国立”对于河南大学的意义，不仅是强调其办学水平，更重要的是强调其办学境界。在八年贫瘠山区粗茶淡饭供养、铁蹄践踏血雨腥风来袭的生存环境下，河南大学咬紧牙关，昂首挺胸走入国立的行列，创造了办学的辉煌。其不屈的意志、不死的精神，已经化为河南大学百折不挠的精神底色。嵇文甫作词的河南大学校歌诞生在 1940 年，它写出了师生的心声：“嵩岳苍苍，河水泱泱，中原文化悠且长。济济多士，风雨一堂，继往开来扬辉光。四郊多垒，国仇难忘，三民是式，四维允张，猗欤吾校永无疆。”以中原、中华文化继承者自任的“济济多士”，既满怀“国仇难忘”的愤恨，又秉持“继往开来”的志向。“曾经沧海难为水”，既然战争的血腥屠杀不能把大学毁灭，此后所面临的艰难险阻，更可以坦然面对。

“猗欤吾校永无疆”，是一种心愿与祝福，也是一种意志与底气。

国立河南大学的命名，使河南大学进入教育的国家队行列。之所以看重“国家队”，是因为国立河南大学的桂冠，只保留了十年——在1952年的院系调整中，河南大学失去了这一桂冠。直到2017年进入国家双一流大学建设，才获得重返国家队的机会。得而复失，失而复得，成为描述百年河大光荣与梦想的关键词。

1942年进入国立行列的河南大学，在接下来的20年里，经历了三次伤筋动骨的拆分，三次拆分的结果是拥有六大学院的国立大学，成为一个只剩下文科院系的开封师范学院。

第一次拆分发生在1948年的解放战争中。1948年6月，中国人民解放军华东野战军攻克开封，然后撤离。在开封的河南大学师生受国民政府指令迁往苏州的同时，嵇文甫、王毅斋带领河南大学、开封高中部分师生，随解放军到了中共中原局的驻地宝丰县，办起了中原大学。10月下旬，开封第二次解放，中原大学随后迁回开封河南大学校区。1949年8月，中原大学随中原局迁往武汉，在苏州的河南大学被省政府接回开封明伦校区。这次危机，使原有的河南大学的师资队伍有了一次深度的分裂与瓦解，其流向分别是台湾、江南和武汉。

第二次拆分是1952年的院系调整。百废待兴的新中国，需要现代化建设人才，大学工程与专业型人才培养数量不足。国家借鉴苏联模式，在每大区保留一所综合性大学的前提下，调整组合若干所单科性学校。在中南区确定保留武汉大学为综合大学之后，拥有六大学院的河南大学，面临的是若干专业学院的拆分独立。在医学院、农学院、行政学院分别独立，经济、财政、建筑等专业调整至中南各校后，河南大学仅剩的文、理学科与撤销的平原师范学院合并，易名为河南师范学院，开封、新乡两地办学。开封为河南师范学院一院，新乡为河南师范学院二院。校史上把这一分崩离析的调整过程称为“折枝为林”，河南大学成为河南若干所大学的根。

第三次拆分是1956年开始、1962年完成的河南师范学院的调整。如果说1948年河南大学的危机是战争与政权认同带来的，1952年河南大学的危机是国家高校设置政策调整引发的，1956年开始的河南师范学院内部的专业调整则是河南教育工作者缺乏远见卓识的瞎折腾行为。1956年河南师范学院内部开始的调整重点是文理分院：文科专业调到开封，称开封师院；理科专业调往新乡，称新乡师院。方案出台后，教师反对以开封、新乡冠校名，反对文、理科合并调整专业。据闻，当时主持分校事宜的院长是一位学术上很有造诣的学者，为了劝说老师接受分校而治的结果，“循循善诱”：“大学何必在乎冠名？清华大学以清华园得名，不也照样成为名校？”此类大言，在调整后的开封、新乡两师院渐入颓境后，被讥为欺世笑谈。1960年前后，河南艺术学院、河南体育学院、开封师专并入开封师院。开封师院师范教育的特色愈趋显著。

中文学科在三次危机中有惊无险。在与新乡师院中文专业的合并中，有20余位老师加入开封师院中文系，其中包括华锺彦、于安澜、钱天起等名师。

恢复河南大学校名是在1984年完成的。2014年是恢复河南大学校名30年，我当年曾写过一篇文章，评价恢复河南大学校名的意义：

> 1984年恢复河南大学校名，在河南大学发展史上是一个重要的里程碑。在改革开放大潮刚刚涌动的年代，校名的恢复，对积蓄力量、渴望发展的河南大学来说，是久旱而逢甘霖。恢复校名之后的河南大学，如同千回百转的长江冲出夔门，一路无可阻挡地奔腾向海。当年为恢复河南大学校名而做出努力和贡献的前辈先贤，他们的名字应该和创办河南留学欧美预备学校的林伯襄一样留在河南大学的校史上。
>
> 30年间，河南大学把敬畏与低调植入心底，把骨气与自信融入生命，把迎接挑战、逾越难关、奋力前行作为常态，以聚

沙成塔、集腋成裘的不懈努力，化小胜为大胜，由量变到质变，赢得了河南大学又一个最为珍贵的黄金发展时期。

化小胜为大胜，由量变到质变的河南大学，需要国家的支持，需要发展的名分。但教育部门一省一校的懒汉思维，使河南大学总是没有走出河南的机会。2012 年是河南大学百年校庆的年头，国家启动综合能力提升工程，河南大学是有机会进入其中的。河北、山西两省审时度势，在其本省的 211 工程学校之外，另辟蹊径，给以省名命名的高校一次冲击国家队的机会。而河南的教育官员，在重大机遇面前，又一次表现出缺乏眼界胸怀、不愿积极作为的态度，坚持重复申报河南的 211 建设高校，将河南大学得天时、行地利的机会付之东流。记得我们当时与教育官员据理为河南大学力争时，这位官员脱口而出："我们现在的申报也没错。"天底下的人都知道"没错"和"更好"是两种有云泥之别的做事境界。以"无错"作底线，只能是错失良机。我们深知：只要这类不明大势与事理的人还在，只要这种鼠目寸光的思维还在，中科大不能落地河南、河南师范学院分割为开封师院和新乡师院的怪剧就会继续在河南上演。在这种背景与心情下，我在纪念河南大学恢复校名 30 年的文章中有以下表述：

河南大学与中华民族共同经历 20 世纪的风风雨雨，并在艰难曲折中形成了卓越的品格和成熟的心态。她以人才培养、学术发展、社会服务和文化传承的贡献服务国家、服务人民、服务中原。她根植中原大地，香飘五湖四海，是一所赢得尊敬、值得敬仰的中国名校。不必抱怨河南大学有名气而无名分，河南大学的名分在中华复兴、在中原崛起的伟大事业中。中华复兴不能没有中原复兴，中华崛起不能没有中原崛起。中原复兴、中原崛起不可能没有河南大学的参与。这就是河南大学的价值所在，也正是河南大学的底气所在。不犹豫彷徨，不左顾右盼，脚踏实地，力戒空谈，耕耘今天，收获未来，这才是河南大学发展的康庄大道。

写作这篇文字的2014年，我们希望进入国家一流的建设行列，但不知道机会何在。我们相信天道轮回，机会只会给有准备的人。我们相信坚持自强不息、百折不挠的河大精神，终会有成。2017年国家一流大学一流学科的建设圆了我们重返国家队的梦。有了重返的机会，我们的责任是将河南大学的学科，包括中文学科做得更好。这也是我们回顾历史，纪念中文学科创办100年的重要目的。

学术系于学人

学科的基础是学术，而学术的发展，又系于学人。中州大学首任文科主任冯友兰1925年提出的依靠教授、发展学术、办好大学的设想，被近百年的办学实践证明是行之有效的方法与路径，并一直为河南大学中文系、文学院所遵循。

河南大学文学院第一代师资，大致是在1900年以前出生，接受国内外新式大学教育后来校任教的。他们是冯友兰（1895—1990）、郭绍虞（1893—1984）、董作宾（1895—1963）、嵇文甫（1895—1963）、段凌辰（1900—1948）等。

郭绍虞1923年应聘到河南中州大学任教，1934年再次来到河南大学任教，并担任国文学系主任。董作宾1923年经北大教授徐旭生推荐，入北京大学研究院国学门学习，1925年在中州大学任教。冯友兰、嵇文甫毕业于北京大学哲学门。冯、嵇回到开封后，出版《心声》杂志，这是“五四”前夕在河南发行的唯一新型刊物，开启河南新刊物的先河。冯1925年离开中州大学。嵇最初在开封第一师范任国文教员，1924年入职中州大学国文系，1927年到苏联学习，1933年重新就职于河南大学。

1926年以后就聘中州大学、省立河南大学的知名学者还有江绍原（1898—1983）、刘盼遂（1896—1966）、罗根泽（1900—1960）、胡山源（1897—1988）等。这是一个今天看来近于奢华的国文阵营。一代民国知名学者，因为种种机缘，来到河南大学，或惊鸿一瞥，或长期坚守，他们均凭借自己的学术造诣与学术影响，让河南大学文学院显现一时的辉煌。

冯友兰初任中州大学文科主任时刚刚28岁，月薪二百元——这是一份与北京大学教授相差无几的收入。冯友兰除教授“中国哲学”“西方哲学”课程外，关心国内正在进行的“人生观”论战。1924年，冯友兰把他在曹县中学演讲两周的稿子整理为《一种人生观》，由商务印书馆出版。他以自己的学理，回答了对人生目的、人生价值的思考，参与了张君劢、丁文江的文化论战。冯友兰后又以此题目在中州大学演讲，将国内最前沿学术的信息与思想的种子带进了中原大地。冯友兰中州大学期间在商务印书馆出版了他的博士论文《人生理想之比较研究》，由此获得哥伦比亚大学研究院哲学博士学位。1925年4月，中州大学文艺研究会创刊《文艺》杂志，冯友兰撰写发刊词，宣言“文艺研究会以研究国故及文学为宗旨”，并以“芝生”之名发表译作《赫拉颉利图斯残句》。冯友兰以自己的行为履行了以研究、翻译为手段，提高教师学术水平、扩大学生视野、培育大学风气的主张。

郭绍虞1924年到中州大学，缘于顾颉刚的推荐。郭绍虞初到中州大学为副教授，一年后为教授，在中州大学约两年半的时间。郭绍虞是文学研究会的发起人，写作很多新诗。进入中州大学前，曾在福建协和大学任教三年。在中州大学期间，郭绍虞写作的兴趣开始向学术研究方向转移。他在中州大学办的《文艺》刊物上发表《晚周古籀考》《中国文学演化概论》《赋在中国文学史上的位置》等论文，在《小说月报》上发表《中国文学演进之趋势》，在“小说月报社丛刊”中出版《谚语的研究》单行本。郭绍虞1927年离开中州大学到武汉中山大学短期任职，很快又被在燕京大学任职的冯友兰推荐任燕京大学国文系教授。郭在燕京大学确立了中国文学批评史的研究方向。1934年，郭绍虞借燕京大学休假之暇，再次任教河南大学，一度代系主任。这一年，他的《中国文学批评史》上卷出版，并列为教育部“大学丛书”。

“五四”之后的中国大学，在西风东渐与再造文明的学术背景下，学科分类与构建过程进展迅速。因为大学教学工作的需要，文学史的研究与写作自然成为国文系教授的学术目标。郭绍虞从创作，转向文学史研究，再独辟蹊径进入文学批评史研究的经历，显示着“五四”之后学术分类研究的细化、专业化过程。学术畛域的划分与思想的种子，在大学传播速度极快。1928年入职河南大学的刘盼遂与次年入职的罗根泽，曾先后在清华国学研究院学习，最初确立的方向是随梁启超研究诸子学。后为获得津贴，罗根泽兼入燕京大学研究院，与冯友兰、郭绍虞有交集。罗根泽在河南大学讲授“诸子概论”“中国文学史”课程。有《战国策作始蒯通考》《邓析子之真伪及年代考》《五言诗起源说评录》在《中州大学周刊》《河南大学文学院季刊》发表。晚年任职南京大学，与郭绍虞同以文学批评史家名世。刘盼遂到中州大学后，教授“说文”“尔雅”等课程。任职期间，《跋王贯山〈说文〉部首表》发表于河南中山大学《励学》杂志，《〈文选〉篇题考误》《〈天问〉校笺》发表于清华《国学论丛》。1929年秋到北京，任教于北师大、清华，1934年重回河南大学任教约半年。其间，有《文字音韵学论丛》由北平人文书店出版。晚年就职于北师大，参与全国古籍整理规划工作，与嵇文甫同在哲学组。刘、罗在河南大学任职的时间都不长，但他们的学术成就以及学术路径，对河南大学文学院学术风气的形成，还是具有积极的影响。他们的学术方向的选择与任职去留的选择，都比较随意和有着较大自由空间，这与民国较为松散的大学制度有关，也与自我发展与养家糊口的生存需要有关。

董作宾参与发掘殷墟、研究甲骨文的学术活动，对河南大学的学科建设影响更大。1926年董作宾被聘为中州大学讲师，教授语言学和史学课程，时约一年半。1928年中央研究院历史语言研究所成立，董作宾凭着学术敏感，建议史语所主持发掘安阳殷墟，并代表史语所，主持数次小屯发掘工作。随着发掘工作的深入，董作宾在史语所的身份由通讯员，变为编辑员，1932 年为研究员。董作宾 1933 年发表《甲骨文断代研究例》一文，主张将殷墟所藏 200 余年卜辞，依照十个标准，分为五个时期。甲骨文断代学说，大大提高了甲骨文作为历史与语言资料的价值，也奠定了董在甲骨学界的地位。第三次挖掘后，中央研究院与河南省博物馆在发掘权上有争议，中央研究院的工作停止一年。时任史语所所长傅斯年来河南调停。调停的结果是河南大学史学与国文系教授及学生可以参与有关考古工作。此后，教授马非百、张邃青，学生尹达、石璋如等参与了考古发掘的过程。殷墟的发掘，使河南大学师生有机会在家门口参与 20 世纪中国最重要的考古事件，培养出数位考古与甲骨文研究人才，大大夯实了学校文史研究的基础与传统。

段凌辰，河南卫辉人，毕业于武昌高师，1926 年就聘于中州大学。主讲“中国文学史”等课程，专攻《文选》《文心雕龙》与魏晋六朝诗文。有《中国文学概论》等著述，黄侃作序并给予极高评价。段先生随河南大学经历流亡全过程。1945 年 8 月，抗战胜利的消息传到河南大学所在的石羊庙，在师生的欢庆会上，段先生吟诵杜甫的《闻官军收河南河北》诗为大家助兴。

河南大学文学院第一代师资显现辉煌之际，第二代师资已经奔走在学术的途中。第二代师资约在 1905 年前后出生，在 1930 年以后省立河南大学时期入职。其中刘节（1901—1977）、姜亮夫（1902—1995）、高亨（1900—1986）、朱芳圃（1895—1973）均为清华大学国学研究院前三届的毕业生，分别于 1930—1934 年间来河南大学任教。清华研究院的一代新秀翘楚集中来河南大学任教，使省立河南大学中文学科一时呈现出人才荟萃的局面。

刘节在清华国学研究院与陆侃如、王力、姜亮夫同届。毕业论文为《中国古代哲学之起源》。毕业后到南开大学任讲师，1930 年 8

月到河南大学任文学院教授兼国文系主任。1931年秋到北京图书馆任金石部主任。曾为《古史辨》第五册写序。1949年后执教中山大学，是历史系四大学者之一。有《刘节文集》传世。“文化大革命”中，他替老师陈寅恪挨斗的故事，留下一段人间温情。

高亨因东北沦陷，于1933年入职河南大学。在开封期间开始《古今通假会典》的写作，出版《庄子今笺》，撰成《墨子新笺》，启动了终其一生的子学研究。朱芳圃第二次到河南大学任教，即是高亨推荐。高亨1938年8月，受聘于武汉大学。1953年后任山东大学教授。

姜亮夫1934年1月到河南大学教授“文学史论”，成书一册，七八万言。完成《楚辞校笺》，开始着手对严可均《全上古三代秦汉三国六朝文》的增补之事。所作《古声考》刊于《河南大学学报》，《甲骨吉金篆籀文字统编》一书，由河南大学石印40部。姜亮夫20世纪80年代所写的《自传》中回忆道：“在开封三年。此时我想仿裴松之《三国志注》之例注《宋史》，大量读唐、宋、五代人文集，录了名人生卒，后来又通考唐以前、宋以后名人，成《历代名人年里碑传综表》，交商务印行。”《自传》对开封的读书生活一往情深。姜亮夫1935年年底离开河南大学到法国学习。1937年应聘在开封办学的东北大学，不久随东北大学西迁西安。

朱芳圃是这一时段清华研究院毕业生中在河南大学工作时间最长的一位学者。朱先生是湖南人，1926年入清华国学研究院，依当时学制，1927年6月1日毕业。为进一步深造，朱芳圃与刘盼遂、吴其昌、刘节申请留校继续研究一年。毕业典礼后的第二天，王国维自沉昆明湖，众弟子参与治丧。朱芳圃有《述先师王静安先生治学之方法及国学上之贡献》在1927年的《东方杂志》发表。1931年夏，由刘节介绍，到河南大学国文系、历史系任教，开设“文字学”“训诂学”“国学概论”等课程，并与张邃青、马非百等教授参与殷墟考古发掘和甲骨文研究工作，在文学院开设“甲骨学”课程，对文学院学生尹达、石璋如的学术发展有重要影响。1933年出版

《甲骨学文字编》，1934 年出版《甲骨学商史编》。其间，也曾在湖南大学、东北大学任教，1939 年在河南大学流亡办学期间，重回河南大学任教。1951 年创办《新史学通讯》（《史学月刊》前身）并题写刊名。1973 年病故于湖南株洲。

20 世纪 30 年代省立河南大学时期在文学院任教的知名教授还有缪钺（1904—1978）、卢前（1905—1951）、邵瑞彭（1887—1937）。

缪钺 1930 年到河南大学任职前，只有北京大学预科的学历和保定私立中学国文教员的任职经历。经人介绍，河南大学校长张广舆破格聘其为文学院教授，讲授“六朝文”“六朝诗”“杜诗”“词选”等课程，利用图书馆，编写讲义，有《鲍明远年谱》在《河南大学文学院季刊》上刊载。1931 年夏，缪钺从文学院离职。

卢前是南京人，毕业于东南大学国文系，受老师吴梅的影响，研究曲学。1931 年到河南大学任教的当年，其《霜厓曲录》由商务印书馆出版。在开封的三年中，与陈绂卿、邵瑞彭关系最好。陈绂卿是林纾小说翻译的合作者，邵瑞彭通朴学与词章。任职期间，有《散曲选》《清文选》《明清戏曲史》出版。

邵瑞彭，字次公，浙江淳安人。曾为国会众议院议员，1923 年因揭露曹锟贿选而名扬天下。1927 年受聘北京大学任教授，1931 年受聘于河南大学国文系，任系主任。1933 年 2 月，《河南图书馆馆刊》出版，邵题写刊名，自己有文章发表，并约卢前等人撰稿。主编《国学》周刊，编选学生习作《夷门乐府》及辑录之《元明曲萃》。倡组金梁吟社，词集《山禽余响》在开封出版。1937 年，年仅 50 岁的邵瑞彭卒于开封火神庙后街寓所。

1930 年以后的省立河南大学时期，清华国学研究院毕业生群体的学术路径偏于国故整理、国学研究。缪钺、卢前、邵瑞彭的所长，则在诗词曲赋研究、欣赏、吟诵、习作方面。师资招聘不拘一格，使之各擅其长，形成了河南大学文学院名师云集的局面。文学院 1931 年毕业学生于安澜 1989 年回忆邵瑞彭对他《汉魏六朝韵谱》

补佚工作的指点帮助时写道：

> 余毕业后任教之下学期，因事返校。知交尹达告余曰："本期新到有邵次公教授，诗词名家，学识渊博，曷往进谒？"即于晚饭后至邵寓，并袖出篇章就正。邵阅毕，鼓励备至，并纵谈当时名家。既而为言师范校课忙碌（时余在信阳师范任教），阅读之暇无多，明年拟北上报考研究生，致力考据，题目尚在考虑中。先生当即提出汉魏六朝时期韵书散佚，应行补之，余深韪其言。

知名教授与向学者的学术传承，可能就是从一节课、一席谈话开始的。而大学所提供的，就是传承的环境和条件。如果说尹达的甲骨文研究、历史研究的学术目标是在参与殷墟发掘过程中形成的，于安澜的汉魏六朝音韵研究计划，就是在邵瑞彭这样的知名教授的耳提面命中，臻于成熟的。尹达、于安澜进入学术研究的过程，标志着河南大学文学院第三代师资力量在形成与发展之中。

河南大学文学院第三代师资出生在1910年前后。进入学校任教分别在国立河南大学时期、1949年新河南大学时期、1956年新乡师院中文系并入开封时期。国立时期进入河南大学任教的知名教授有于庚虞（1902—1963）、张长弓（1905—1954）、任访秋（1909—2000）、李嘉言（1911—1967）。新河南大学时期入职的有高文（1908—2000）、李白凤（1914—1978）、万曼（1903—1971），1956年由新乡师院并入的有于安澜（1902—1999）、华锺彦（1906—1988）、刘纪泽（1901—1960）、钱天起（1906—1968）。

第三代师资中，有数位读研究院的时间在20世纪30年代初。2020年上半年读《钱玄同日记》，我吃惊地发现《日记》中与河南大学学人有关联的记述甚多。这些关联可以从一个切面看出河南大学学人的学术活跃程度。嵇文甫1928年从苏联归国后，曾在北京大学、清华大学任教。《钱玄同日记》1930年11月11日记："访颉刚，晤嵇文甫（初遇）。”1931 年 4 月 21 日记：“车中适遇嵇文甫，大谈其今古文及两汉问题（因钱玄同、胡适、顾颉刚与钱穆为今古文问题又龃龉也）。”《钱玄同日记》1931 年 6 月 14 日记在河南大学任国文系主任的刘节事：“午后回孔德，晤建功及颉刚。颉刚说，颇有意于再兴末次之今古文论战，刘节必加入，适之将成敌党。”刘节此后不久到北京图书馆任职，成为钱玄同的侄孙女婿。任访秋先生 1929 年到北师大读本科，后又到北京大学读研究院。钱玄同此时是北师大国文系主任，北大研究院教授。《钱玄同日记》1934 年到 1937 年七次记“任访秋来访”的信息。于安澜 1932 年到燕京大学读研究院，继续《汉魏六朝韵谱》的研究，请益于音韵大师。《钱玄同日记》关于于安澜来访有六次记载，《日记》中最初称于海晏（安澜），后直称于安澜，也可知于老以字为名的变化当在此时。钱玄同与董作宾、罗根泽、郭绍虞的来往多见于日记。1933 年 7 月某日记购白寿彝新编成《朱熹辨伪书语》，1934 年 5 月、1936 年 4 月，分别记购朱芳圃之《甲骨学文字编》《甲骨学商史编》之事，并称《商史编》“采集众说而成，似尚简明”。钱玄同 30 年代在北京的学术地位较高，在音韵文字学研究及国语运动推广方面形成了学术“死党”。音韵文字学方面的两位死党，一是赵荫棠，一是孙海波，其人生故事，因为种种原因，与河南大学有所交集。赵荫棠为河南巩义人，1924 年入北京大学研究所，研究中原音韵，甚得钱玄同赏识，《日记》中称赵为“赵老铁”。据钱《日记》记载，赵 1934 年想到河南大学工作，后因校长更换，取消计划。另一位北漂学者敖士英知道赵荫棠不去河南大学后，希望赵能推荐自己去。最终敖士英因傅铜在安徽大学做校长，去了安徽大学。而傅铜是从河南大学堂与河南留学欧美预备学校走出的学者。《钱玄同日记》在记载此事时，附带说明了赵、敖愿意到外地大学求职的一个重要原因：“北平所入太少，仅有 120 元。”赵荫棠 1949 年后任职于河北师范学院、西北师范学院，1969 年回原籍，1970 年病死于巩义。孙海波（1911—

1972）是河南光山人，1934 年毕业于北师大研究院，抗战时期曾任北师大秘书长，古文字专家。1955 年在辗转数校后，到开封师范学院任职，两年后被划为右派，1972 年于开封去世。我们以上故事的穿插讲述，重在通过《钱玄同日记》的阅读，说明河南大学学人在快速成长，河南大学的学术影响力在不断增大。

20 世纪 30 年代在北京读书后来成为河南大学文学院知名教授的还有李嘉言、张长弓。李、张原籍河南。李嘉言 1930 年考入清华文学院国文系，1934 年留校任教，经历了西南联大办学的过程，跟从闻一多研究唐诗，有《贾岛年谱》等著述。1947 年，第一次受聘为河南大学文学院教授。因不愿随学校南迁回到家乡武陟，后到北京。1949 年新河南大学成立后，被河南大学校长请回，1951 年起，担任中文系主任多年。有《古诗初探》《岑诗系年》《长江集新校》等多部著作传世。张长弓 1929 年入燕京大学研究院随郭绍虞做中国文学史研究。后在包括燕京大学的若干所学校教书，1942 年入河南大学文学院任副教授，1945 年晋升教授。张长弓早年从事文学创作，入研究院后，治学以中国文学史和河南鼓子曲、坠子书为主攻方向，有《中国文学史新编》《鼓子曲言》等著作。因文学史家段凌辰先生前两年去世，1950 年，李嘉言领衔编写新河南大学《中国文学史讲授提纲》，与张长弓、任访秋合作完成。其分工是：张长弓先秦两汉，李嘉言魏晋至唐，任访秋宋元明清及总结。

于庚虞先生是新月派的重要诗人，在北京创办过《绿波周报》多种刊物。1935 年到英国伦敦大学研究欧洲文学史，1937 年任河南大学文史系副教授。后到西北师大任教，1945 年重返河南大学。1963 年病逝于开封家中。

高文先生 1926 年考入金陵大学中文系，1934 年入金陵大学国学研究院成为胡小石先生的弟子。曾在西北大学等校任教，1951 年到河南大学。早年从事汉碑研究，有《汉碑集释》著作。晚年继李嘉言之后，引领河南大学《全唐诗》编纂工作。

李白凤先生与于赓虞先生经历近似，是诗人、书法家和文字学家。与柳亚子、田汉交往甚多，有多种诗集问世。1954 年到河南大学任教，继续发表诗作，有《李白凤印谱》《东夷杂考》出版。1978 年在开封家中去世。

万曼先生早年与于赓虞同为绿波社成员。1953 年入职河南大学，主讲“现代文选”等课程。曾任中文系副主任。有《唐集叙录》《汉唐风物杂考》《白居易传》出版。1971 年病逝于开封。

于安澜先生 1931 年向邵瑞彭请益、1934 年送钱玄同审看的《汉魏六朝韵谱》于 1936 年由中华书局出版。于先生再接再厉，又接着完成《画论丛刊》的出版。这两部书成为他学术的奠基之作。后又出版《画史丛书》《画品丛书》，成为美术专业的必读书。

华锺彦先生 1929 年入东北大学学习，1931 年“九一八事变”后转学至北京大学，1933 年毕业于北京大学。早年在河北、北京及东北各校任教，后到平原师范学院，1955 年并入开封师院。华锺彦先生的学术研究从《花间集注》起步，有《戏曲丛谭》《中国历代文选》等著作，晚年倾心于先秦文学研究。喜作诗，善吟诵。有旧体诗作品 2000 余首。2009 年在河南大学出版社出版《华锺彦文集》。

刘纪泽先生是江苏盐城人。东南大学国文系毕业后，入清华国学研究院。在暨南大学、安徽大学任教，是我国著名的“目录学”家，著有《目录学概论》《世说新语校注》等著作。1954 年到平原师院任教，后到开封师院。1960 年去世。

钱天起先生是浙江瑞安人。1927 年毕业于武昌中山大学国文系，在上海、山东等地工作，1949 年后，任平原师院中文系主任。到开封师院后，任院长助理，兼中文系主任、开封师院副院长。编写有《学生国文类书》等著作。钱先生去世于 1968 年。

余生也晚。我到河南大学文学院学习已经是 1978 年。20 世纪 80 年代，上述列入第三代的知名教授健在的还有于安澜、任访秋、高文、华锺彦四老。华老 1988 年离世，其他三位老人都在 2000 年前后离世。1978 年前后，任老做系主任，华老、高老做副主任。再以后，在中文系管理岗位的主要是 1956 年的毕业生陈信春、何法周、刘增杰教授，他们成为李嘉言、任访秋先生之后的文学院掌门人，为文学院 80 年代以后承前启后的发展作出了重要的贡献。

河南大学文学院开办以来，未曾举办过研究院。1978 年中文系开始招收研究生，应该相当于设置研究院，有了研究性人员培养的层次。至第一届、第二届毕业研究生张家顺、赵福生、蒋连杰、王立群、康保成、张宝胜、李一平及 77 级、78 级本科毕业生留校任教，师资得到很大补充。按照 10 年一代的师资年轮，20 世纪 80 年代初，河南大学文学院的师资更替，应该是在第 6 代、第 7 代之间了。

进入开封师院时期，学校成为地方性院校，学生招生趋于地方化。国家人事、户籍制度的管理，及布票、粮票按户口所在地发放，使高校教师队伍的流动变得困难，流动的趋势趋于减缓。以优秀学生留校补充师资来源，成为师资队伍建设的主要方式。在一个来来往往的流动群体中，区分出师生代际，划分出前浪后浪，也变得十分困难。

好在进入开封师院之前，河南大学文学院办学的“初心”已经形成，围绕办学初心而生的道统、学统也隐然而在。后来者、继踵者，无不审时度势，跟着走，接着讲，行天时、地利、人和之大道。虽然前路漫漫，行走艰难，但意志坚定，阵法不乱。河南大学文学院因此而人才辈出，硕果累累，继续成为国内高校中文教育的重镇。河南大学中文学科 100 年的奋斗历程中，在这里辛勤工作过的每一个人都值得回忆，每一个人都值得尊敬。有了每一个人的努力、每一个人的坚守、每一个人的贡献，我们才有值得骄傲的昨天，才有花团锦簇的今天，才有星光灿烂的明天。

学科强盛之道

回顾河南大学文学院 100 年的办学历史，深感学科强盛之道有三：曰学术引领，曰均衡发展，曰保持优势。

所谓学术引领，就是继承良好的学术研究的传统，提倡思想自由严谨求实的学术精神，营造鼓励学术研究的氛围，形成有利于学术研究的制度。大学是知识传播的地方，更是知识生产的地方。留学欧美预备学校的追求是睁眼看世界，走出国门，拥抱西方，寻求融合中西；中州大学的传统是学术独立，输入新知，整理旧学，力图通贯古今。对天文地理、古今中外问题的探究，成为这所大学的学术传统。在学校、学院任教的大师，无不以研究学术、探究学术为生命的第一需求。冯友兰任河南大学文科主任时所写的《怎样办现在中国的大学》中谈到如何解决“像样大学的教员”问题，设置了两个基本条件：“（一）所请之人，要有继续研究他所学之学问之兴趣与能力，（二）大学要给他继续研究他所学之学问之机会。”100 年过去了，冯友兰所说的培养“像样大学的教员”的条件，依然可以成为我们办院的遵循。1982 年 9 月，87 岁的冯友兰重返哥伦比亚大学，接受母校名誉文学博士学位，用英语写作了一篇答辞，由女儿钟璞代为宣读。答辞概括了自己从哥伦比亚大学走出 60 年的治学与思想经历：第一阶段是“五四”以后来到美国，最先用东西方的地理区域解释文化差别。第二阶段大约在 20 世纪 30 年代，以古代与近代的历史时代解释文化差别。进入 20 世纪 40 年代，则以社会类型的不同解释文化差别：

> 在 40 年代，我开始不满足于做一个哲学史家，而要做一个哲学家。哲学史家讲的是别人就某些哲学问题所想的，哲学家讲的则是他自己就某些哲学问题所想的。在我的《中国哲学史》里，我说过，近代中国哲学正在创造之中。到 40 年代，我就努力使自己成为近代中国哲学的创作者之一。我开始认为，要解释不同文化的矛盾冲突，无论是用地理区域还是用历史时代都不如用社会类型来得令人满意，因为前两种解释不能指出解决的道路，而后一种解释正好指出了道路，即产业革命。

在西方大学讲坛和个人学术出发地，袒露自己的学术与情感历程，为中国道路的选择大胆辩言，冯友兰的学术真诚是值得敬佩的。在哥大期间，冯友兰还有一首诗：

> 一别贞江六十春，
> 问江可认再来人？
> 智山慧海传真火，
> 愿随前薪作后薪。

读过这首诗的人很多，但读过作者对此诗亲自诠解的人不多。作者在《三松堂自序》中自我解说道：

> 《庄子·养生主》说：火的燃烧靠燃料。前边的燃料着完了，后边的燃料要赶紧续上去。这样火就可以继续传下去，不会熄灭，“火传也，不知其尽也”。人类几千年积累下来的智慧真是如山如海，像一团真火。这团真火要靠无穷无尽的燃料继续添上去，才能继续传下来。我感觉到，历来的哲学家、诗人、文学家、艺术家和学问家都是用他们的生命作为燃料以传这团真火。唐朝的诗人李贺年轻的时候作诗很苦。他的母亲说：“是儿将呕出心肝来。”其实何止李贺？历来的著作家，凡是有传世著作的，都是呕出心肝，用他们的生命来写作的。照我的经验，做一点带有创作性的东西，最容易觉得累。无论是写一篇文章或者写一幅字，都要集中全部精神才能做得出来。这些东西，可能无关宏旨，但都需要用全副的生命去做，至于传世之作那就更不用说了。李商隐有两句诗：“春蚕到死丝方尽，蜡炬成灰泪始干。”蚕是用它的生命来吐丝的，蜡是用它的生命来发光的。

冯友兰用呕心沥血、以生命写作之类的词语，描述创新知识之难。创新知识固难，传播知识也不易，它同样需要教师站在学科的前沿，对需要传授的知识，追根寻源，抽茧剥丝，条分缕析，知其然知其所以然，才能胜任传播的责任。现代知识的传播，同样需要研究能力、治学能力作为基础。因此，学术研究的能力，是一个“像样大学”教师的基本能力。大学的每一个成员都应以发展学术、传播学术作为自己的职责。一所大学，一个学院，其教师的学术能力越高，其学科的水平越高。

冯友兰办“像样大学”的第二个条件是“大学要给他继续研究他所学之学问之机会”。第二个条件的创造，与国运国力、校运校力有关，与学院的经济支撑条件与价值导向有关。让教师生活得更好、更富足、更有尊严，同样是重要的。夷门有“养士”的传统，把旧时夷门“养士”的传统与现代学术创新的精神结合，也是我们创建一流学科不能回避的话题。

所谓均衡发展，对“像样一点”的高水平大学来说，就是中文专业所设置的七个二级学科，均保持较高的教学与科研水平。中国语言文学专业，是现代大学的科系与课程设置。在书院转大学过程中，中国语言文学虽然由原来的一枝独秀变而为一干众枝的一枝，但却一直是现代综合性大学的主要科目。只要汉语还是中华民族的共同语，中国语言文学学科就必然成为融合中西、沟通古今的重要工具，成为承继传统、实施国民教育的不可或缺的生力军。创建世界一流学科，中国语言文学学科，是离世界一流学科距离最近的学科。

中文学科的骨骼是中国语言与文学。“五四”是现代文学与古代文学、现代汉语与古代汉语的分水岭。“五四”文学革命推动文学与语言两个领域的现代化过程，胡适“国语的文学、文学的国语”十字方针，包含着对两者关系的描述。胡适在《〈中国新文学大系·建设理论卷〉导言》中，分两条线索追溯文学革命的背景：一条是曾国藩、梁启超、严复文学变革的线索，一条是王照、劳乃宣拼音文字改革的线索。在文学革命未发生前，它们始终没有合拢。“五四”文学革命的努力方向，就是促成这二者的合流。

在白话文取代文言文，现代汉语取代古代汉语之后，中国语言文学学科的设置，就更加必不可少。中国语言文学专业课程的学习与训练，至少需要达到三个目标：一是兼知中外。了解中国语言与文学的发展历史及理论，并从比较的角度了解外国语言与文学发展历史及理论。二是贯通古今。获取阅读古文字、文言文，使用古典文献、整理古代典籍的知识和能力。三是出类拔萃。综合提高汉语应用与文学写作的水平，使汉语的使用更加纯正规范，应用写作更加准确得体，文学写作更加优雅富有张力。

河南大学文学院自成立起，其学科建设就呈现出文学与语言兼重、文献整理与现代研究双臻、学术写作与文学写作并行、书案研究与田野考察结合的局面。许多知名教授往往是多领域发展，多途径治学。教授中以文史研究见长的学者居多。文人加学者类型的抑或不少。以1931年入职文学院的邵次公教授为例，早年参加包括南社、新南社在内的多个诗社词社，有多种诗词集印行。受聘河南大学后，主编《国学》周刊，组织学生诗社，编选学生习作《夷门乐府》刻印发行，是一位游走于写作与研究之间的教授。华锺彦教授在东北大学、北京大学受到的教育也大同小异。华先生个人传记回忆北大毕业时“文字声韵、经传诸子、诗歌词曲”已“初步会通”，至于“如何取舍，要看从事工作需要决定”。华先生在高校教授古典文学之余，不忘诗词写作。晚年在河南大学为高年级本科生开设“古典诗歌韵律及其作法”专题课，指导旧体诗的写作与吟诵。张长弓教授早年从事小说创作。考取燕京大学后，专攻文学史与河南曲艺研究。到河南大学任职后，到相国寺及南关茶棚与坠子艺人长处深谈，采录坠子唱段及乐曲，写成《鼓子曲言》《河南坠子书》两种著作。以学者的眼光和立场，研究民间艺术，其开拓精神，让人感佩。

中国语言文学学科设置百年有余（2020年北大中文系庆祝设立

110 年），其二级学科之间具有越来越紧密的学理联结。一个“像样的中文系”需要七个二级学科（设置少数民族语言文学学科的院校有限）的全面建设与发展。在均衡发展的大盘子中，七个二级学科一个也不能少，一个也不能掉队。河南大学文学院具有一级学科博士点、博士后流动站多年，师资的补充又是五湖四海式的招聘，保持各学科点较高水平的均衡发展并非十分困难的事情。

所谓保持优势，就是在学科均衡发展的前提下，形成学术与研究优势。在每个国立综合性大学都有中文系的情况下，我们进入第一方阵是困难的，但作为“像样的大学与像样的学院”，最好的办法是尽量接近第一方阵。做到尽量接近，就必须形成被学术界认可的学术与研究优势。所形成的优势点越多，接近第一方阵的相对面积就越大。

河南大学文学院在多年的办学历程中形成了自己的研究优势。让我们先从唐诗的整理说起。李嘉言先生 1956 年在《光明日报》发表《改编全唐诗草案》，得到学术界的支持。1962 年，中文系组建了校订全唐诗工作组，李嘉言、于安澜等七位教师及十几位学生参与其中。1964 年工作组完成《全唐诗首句索引》《全唐诗重出作品综合索引》，交中华书局。1967 年，李嘉言先生去世之后，全唐诗工作由高文先生主持，完成《全唐诗诗句索引》800 余万字。在没有电脑的情况下，《索引》是由 100 多位学生和老师手抄完成的，其艰难可知。20 世纪 80 年代高文先生主编了《唐文选》与《全唐诗简编》，在全国古籍整理学界获得广泛好评。1995 年之后，佟培基先生逐渐接手主持河南大学的《全唐诗》编写，国内学术界情况风云突变。变化的结果是河南大学由第一主编的位置退至第五主编的位置，原来定于中华书局出版的《全唐诗》改由某省级出版社出版。学术领域的丛林法则，在河南大学已进行 20 余年的《全唐诗》的学术工程中上演。担任河南大学承担任务的主编期间，佟培基先生以多病之身强撑危局。至 2015 年《新编全唐诗》初、盛唐部分出版时，与李嘉言先生倡导时的格局，已不可同日而语。李嘉言先生

1964 年交中华书局的《全唐诗首句索引》一直未能出版。中华书局总编徐俊 2020 年写文章，回忆在文学编辑室成长的过程时，有以下一段话："那个时候没有好的检索工具，还好我们文学编辑室当时存留了河南大学李嘉言先生主持唐诗研究室的时候手抄的一套《全唐诗首句索引》，这又给我提供了一个非常便利的条件。×老师的《补编》，我每一首都用这个索引查过，核查是否佚诗。"读到此段话时，我心中在流泪。先辈的学术心血，我们未能尽到守护的责任，先辈传下来的学术工程，我们本可以做得更好。其中的教训，何其惨痛！唐诗的整理与研究，仍然是文学院的学科优势，如何将这种优势巩固下来、发扬开去，需要新的一代有远大的学术理想与本领，在唐诗的整理与研究的路上，走得更好更远。

《文选》研究也是文学院的研究优势领域。《文选》是南朝萧梁时期昭明太子编纂的一部文学总集，梁代之前的文学精华几乎悉数收入。20 世纪中文教育中，《文选》是绕不过的重要典籍。河南大学的《文选》研究大家，最早可以追溯到 1926 年入职的段凌辰教授。学界评段氏"选学"是"戛然独造，文笔斐然，有闻于时"。改革开放以来，《文选》的研究不断升温深入，逐渐成为国际性的学术话题。王立群教授数十年来从事《文选》研究，取得了一批重要成果。《文选》在流传的历史过程中，版本繁多，注家纷纭。围绕《文选》研究所形成的学术问题混乱复杂，莫衷一是。王立群教授以他所承担的国家社科重大招标项目《〈文选〉汇校汇注》为中心，组成了一支中青年专家为主体的优秀团队，致力于《文选》版本搜集、注释、整理、研究工作。《〈文选〉汇校汇注》在继承传统校雠理论与方法的基础上，采用图文结合的全新形式汇校汇注，预计成果 1000 万字。完成后，将极大有利于国内国际《文选》研究的推进。

中国现代文学与近代文学研究的结合也是文学院前辈富有学术眼光的布局。任访秋先生 1940 年到河南大学，先治古典文学，后治现代文学。1964 年可以重新发表论文后，研究龚自珍。李嘉言先生看到任先生的研究成果后，建议任先生专攻近代文学，打通古代与现代。任先生在20世纪70年代后遂将研究重点移到近代。任先生1981年在全国率先招收中国近代文学研究生，1982年中国近代文学学术会议在开封召开。国内高校的学科建构中，近代文学大部分与古代文学学科结合较紧密，河南大学近代文学则植根于中国现当代文学学科。任访秋先生之后，中国现当代文学学科的带头人是刘增杰、刘思谦教授。20世纪80年代初刘增杰教授与王文金和赵明教授的中国解放区文学史研究、刘思谦教授的当代小说研究，90年代刘增杰教授的20世纪中国文学思潮史研究、刘思谦教授的女性文学研究，使河南大学文学院的现当代文学学科在学术界享有盛誉。新世纪以来中国近代、现当代文学研究力量的携手合作，形成了河南大学文学院的学科特色。

明清文学、语言与文字学的研究，也经历了几代人的努力与传承。明清小说研究、戏曲研究、音韵学研究、甲骨文研究、《说文解字》研究、近代汉语研究都曾经是我们的优势，今后还应该成为我们的优势。现代语言学、方言调查与研究、文艺学、比较文学学科，目前都聚集了一批学养深厚的学者。只要齐心聚力，方向明确，方法得当，抓住学科、人才、项目、成果集聚的龙头，都应该能成为河南大学文学院的优势学科。七个二级学科的争芳斗艳，才是文学院期待的春天。

历数河南大学的学科优势时，我脑海中还有两个“劳模”式的人物，一个是张振犁教授，一个是梁工教授。张振犁教授早年在北师大读书，随民俗与民间文学大师钟敬文先生治民间文学。到河南大学工作后，把田野调查与案头工作结合，用一生的精力从事中原神话体系建构与研究。在20世纪《中原神话研究》《中原神话论》完成的基础上，2017年，又以93岁的高龄，完成近200万字的《中原神话通鉴》，被学术界称为“中原神话的开拓者”。梁工教授本科毕业于北师大，后随南开大学朱维之教授读研究生，专攻《圣经》

文学研究。入职以来，心无旁骛，出版10余部著作，发表近200篇学术论文，主办《圣经文学研究》刊物10余年，均与《圣经》文学研究有关。张振犁教授、梁工教授这样甘坐冷板凳，做“窄而深”的研究，事一学而终身的“劳模”，和上述立身学术前沿、擅长以学术优势攻城略地的作战“团队”，在文学院的学科建设中，都是值得尊敬和提倡的。

地方院校在教育部的建设与评价体系中是少有发言权的。李伟昉教授在担任文学院院长多年后，跻身教育部中文专业指导委员会，实属不易。这与河南大学文学院中文专业的地位有关，也与他个人出色的学术表现有关。李伟昉教授在四川大学的博士论文《英国哥特小说与中国六朝志怪小说比较研究》，获得国家2007年度百篇优秀博士论文奖。他本人2018年入选国家万人计划。2020年，河南大学为他成立“莎士比亚与跨文化研究中心”，相信他领导的比较文学团队会取得更出色的成绩。

在讨论均衡发展时，我们强调七个二级学科的齐头并进；在讨论继续形成学科优势时，我们提倡七个二级学科之间，以及与相关学科间的跨界融合。目前国家正在实施“新文科”建设工程，有人预测新文科建设的中心是弱化学科壁垒，突出问题意识；有人宣布新文科将启动新中国成立以来的第三次学术转型，重建学科体系，提升文化实力。新文科建设，可能为我们提供一次知识整合、革故鼎新的机会。我们应该有所准备，应该有所作为。我们衷心祝愿文学院在新的学术大潮中，百尺竿头，更进一步。

1978年的3月，在十号楼一楼大堂走廊的板报栏里，有一首手抄的小诗发表：

在这里什么最动听？
——塔铃伴书声；
在这里什么受推崇？

——无畏地攀登！

小诗的作者是中文系一位知名的教授。刚刚入学的我，被这朴素的诗句所打动。40 余年间，文学院勤奋向学的氛围，大师们耳提面命的教诲，催我努力。但细细想来，心中的力量，又何尝不是源于这首朴素的小诗？这首发表在壁报上的小诗，读者有限，不如冯友兰“智山慧海传真火，愿随前薪作后薪”的诗句流传广远。但细品两首诗的思想逻辑和内在情感，又何尝不是旁通曲畅？文学院一百年生生不息的密码，也许就蕴藏在两首诗中。

传播知识创新知识，永远是大学的使命所在；

传承学术发展学术，永远是文学院的精神追求。

以此为序，与文学院同道共勉！

作者简介：关爱和，1977 级本科生，1982 级硕士生，河南大学文学院教授、博士生导师，曾任河南大学校长、党委书记。